HEYNE <

Buch

Starr liegt er da, die Haut blass: Nur ein einziger Blutstropfen zeugt von der Gräueltat. Der kleine Fischerjunge wurde ausgeblutet. Bezichtigt werden die Juden. Die Stadt steht kurz vor einem Pogrom. Der junge, noch unerfahrene Prospero Lambertini soll eigentlich im Auftrag der Kirche Berichte von Wunderheilungen auf ihre Richtigkeit überprüfen. Als er die Tochter des eingekerkerten Rabbis sieht und sich ihrem Wesen und ihrer Schönheit nicht zu entziehen vermag, steht sein Entschluss fest: Er muss den Mörder finden – koste es, was es wolle.

Der große Auftakt einer spannenden historischen Kriminalserie mit wahrem Hintergrund: Prospero Lambertini war ein »Wunderdetektiv« – und der spätere Papst Benedikt XIV.

Autor

Nicholas Lessing studierte Germanistik, Geschichte und Philosophie. Nach seiner Promotion arbeitete er als Regieassistent, Dramaturg und Regisseur, ehe er für Theater und Rundfunk schrieb und als Übersetzer aus dem Russischen arbeitete. Für das Fernsehen war er als Autor (u. a. diverser Krimidrehbücher) und Produzent bei führenden Produktionsfirmen tätig. Unter anderem Namen schreibt er Sachbücher über den Vatikan und Kirchengeschichte. Heute lebt er als freier Autor mit seiner Familie in der Nähe von Berlin.

NICHOLAS LESSING

Sein Blut komme über uns

Historischer Thriller

WILHELM HEYNE VERLAG
MÜNCHEN

Für Cornelia und
Antonia Sophia

FSC
Mix
Produktgruppe aus vorbildlich bewirtschafteten Wäldern und anderen kontrollierten Herkünften

Zert.-Nr. SGS-COC-1940
www.fsc.org
© 1996 Forest Stewardship Council

Verlagsgruppe Random House FSC-DEU-0100
Das für dieses Buch verwendete FSC-zertifizierte Papier
Holmen Book Cream
liefert Holmen Paper, Hallstavik, Schweden.

Originalausgabe 12/2008

Printed in Germany 2008
Umschlagabbildungen: © Galleria degli Uffizi,
Florenz/bridgemanart.com;
© Kunsthistorisches Museum, Wien/bridgemanart.com
Umschlaggestaltung: Nele Schütz Design, München
Satz: Buch-Werkstatt GmbH, Bad Aibling
Druck und Bindung: GGP Media GmbH, Pößneck
ISBN: 978-3-453-40587-5

www.heyne.de

1.

Die Kutsche jagte durch die klirrend kalte Nacht, hinweg über die holprige Gebirgsstraße. Rücksichtslos trieb der Kutscher die sechs Pferde an, begleitet von dem fahlen Licht des Vollmondes. Im Inneren der Kutsche saß der Kardinal und wurde grob durchgeschüttelt. Schließlich musste er noch im schützenden Dunkel der Nacht Rom erreichen, sollte sein riskantes Unternehmen überhaupt Aussicht auf Erfolg haben. Keinen Tag länger durfte er die Sühne aufschieben.

Ein kurzer Zwischenaufenthalt in Orvieto hatte den Kirchenfürsten durch eine unerwartete Begegnung nur noch mehr in Eile versetzt. Die launige Führung des Kanonikus durch den Dom nach einem köstlichen Mahl mit gebratenen Nieren und umbrischem Rotwein endete in einer jähen Konfrontation mit der eigenen Schuld. Dabei hatte der Kanonikus nur beabsichtigt, ihm die Kunstwerke Fra Angelicos und Signorellis zu präsentieren. Von einem Fresco Signorellis aber blickten ihn plötzlich die Augen des toten Angelo an. Augenblicklich gefror ihm das Blut in den Adern. Mühsam versuchte er, seine Aufregung mit Scherzen und Komplimenten für die Kunst zu überspielen. Aber das Bild ging ihm nicht mehr aus dem Sinn. Mehr noch, es quälte ihn geradezu. Man erzählte, dass ein von Trauer überwältigter Signorelli seinen Sohn, der in der Stadt Cortona erschlagen worden war, nackt ausgezogen und mit zitternder Hand und wundem Herzen gezeichnet haben soll. Der Junge auf dem Bild glich dem toten Fischersohn in der Synagoge aufs Haar.

Längst hatten sie den Felsen von Orvieto hinter sich gelassen und tauchten in das nördliche Latium ein. Die Landschaft erweckte den Eindruck, ein trunkener Geselle habe in grauer Vorzeit aus lauter Übermut Schluchten in den vulkanischen Tuffstein gehauen und sie dann aus Reue über seine Gewalttat am anderen Morgen unter verworrenen Buschwäldern verborgen.

Endlich öffnete sich das Gebirge und gab den Blick auf die Tiberebene frei. »Rom«, rief der Kutscher.

»Gut, gut«, erwiderte der Kardinal hellwach, zog den Vorhang am Fenster zur Seite und sah kurz hinaus. Das sandige Wasser des Tibers wirkte in der Nacht wie ein Strom aus Pech. Wer etwas auf sich hielt, lag längst im Bett und schlief. Ein kluger Mann vermied es, zu dieser Stunde, zur Stunde der Hexen und Meuchelmörder, in der Ewigen Stadt anzukommen. Der Kardinal wusste aus eigener Erfahrung, dass die Hölle nach Mitternacht ihre Pforten öffnete und ihre dunkelsten Kreaturen auf die Stadt losließ. Die Fischer würden am anderen Morgen wieder Leichen aus dem Fluss ziehen.

Die elegante Kuppel des Petersdoms schwebte mahnend über den Dächern der Stadt, als sei sie der Geist Gottes selbst, der seine Untergebenen wohlwollend, jedoch mit einer anmutigen Strenge regierte. Der Kardinal befand sich noch in andächtiger Bewunderung über das imposante Bild, als der Fuhrmann energisch die Zügel anzog. Wiehernd kamen die Pferde vor dem Stadttor zum Stehen.

Erneut schaute der Kardinal aus dem Fenster. Seine Anspannung wuchs. Ungeduldig beobachtete er den Kutscher dabei, wie der vom Bock sprang, einen Schmerzenslaut ausstieß, fluchte und zum Tor humpelte. Mit dem hölzernen Knauf seiner Peitsche schlug der Mann heftig gegen das Tor: »He, ihr Schlafmützen! Aufwachen! Lasst uns rein!«

Nichts rührte sich. Wieder klopfte er an, wieder brüllte er, nun mit ganzer Kraft: »Macht das Tor auf, ihr Halunken, für seine Eminenz Prospero der Heiligen Römischen Kirche Kardinal Lambertini.«

Seine Worte waren kaum verklungen, da setzte auch schon rege Geschäftigkeit ein. Das Tor öffnete sich einen Spalt. Prospero der Heiligen Römischen Kirche Kardinal Lambertini erblickte einen Soldaten, der im Gehen noch rasch einen Hut auf seinen kahlen Schädel setzte. Der Soldat, dem man die Schläfrigkeit anmerkte, raunte dem Fuhrmann im Vorbeigehen zu: »Gnade dir Gott, du Landei, wenn du gelogen hast!«

Dann stand er vor ihm. Prospero zählte fünfundsechzig Jahre, wirkte aber sehr viel jünger. Das lag vor allem an seinen verschmitzten großen blauen Augen, in denen sich Güte und Klugheit deutlich und lebhaft widerspiegelten. Seine hohe Stirn verriet, dass er ganz der Intellektuelle war, doch seine roten Pausbacken ließen auch den Liebhaber der Gaumenfreuden erkennen. Die große Nase über einem Mund, der eingerahmt war von Lachfältchen, verlieh seinem Gesicht eher ein angenehmes denn ein schönes Aussehen. Sein volles kastanienbraunes Haar wurde von ersten grauen Strähnen durchzogen. In den letzten Jahren beobachtete er sehr zu seinem Missvergnügen, dass sich Ansätze eines Doppelkinns bemerkbar machten. Doch andererseits war das vielleicht für einen Seelsorger gar nicht so übel, wenn eine gewisse Weichheit im Gesicht den

Eindruck des scharfen Denkers milderte. Lange hatten die beiden Seelen in seiner Brust, der Wissenschaftler und der Priester, miteinander gerungen. Dieser Kampf hatte sich erst beruhigt, seitdem er als Erzbischof nach Bologna zurückgekehrt war.

Der Kardinal wusste, dass jeder in der Ewigen Stadt ihn aus seiner Zeit als Inquisitor kannte. Seine spektakulären Ermittlungen wurden in den Wirtshäusern und in den Küchen der reichen Leute, aber auch in den Kellerlöchern und Verschlägen der Armen erzählt, und wie es die Art der Römer war, wurde sehr viel ausgeschmückt und mit unzähligen Anekdoten gewürzt. Es freute ihn keineswegs, dass die Verfehlungen seiner jungen Jahre durch mündliche Überlieferungen im Gedächtnis der Stadt überlebt und mit der Zeit immer monströsere Ausmaße angenommen hatten. Selbst der Soldat am Stadttor, so bemerkte der Kardinal, erkannte ihn. Dieser salutierte nämlich auf Anhieb mit einem über das normale Maß hinausreichenden Eifer. Als er dann noch Anstalten machte, sich umständlich zu entschuldigen, fiel der Kirchenfürst ihm väterlich ins Wort. »Es tut uns leid, dass wir deine Nachtruhe gestört haben, mein Sohn, aber wir haben es sehr eilig.«

»Sehr wohl«, antwortete der Soldat mit einer ungelenken Verbeugung. Prospero hielt ihm seine Hand mit dem Ring hin. Der Soldat küsste das kleine Kreuz aus Ultramarin. Dann brüllte er seinen Kameraden zu: »Macht das Tor auf für Seine Heiligkeit!«

Aus dem Wagen steigend, schüttelte Prospero den Kopf, denn ein Schlüsselsoldat, wie man die Söldner des Papstes nannte, sollte eigentlich wissen, dass die Anrede »Seine Heiligkeit« nur dem Papst zustand. Doch der Pontifex war seit einer Woche tot und ganz Rom fieberte dem heute beginnenden Konklave entgegen. Lambertini ahnte nicht einmal, wer als nächster Stellvertreter Christi aus der Wahl hervorgehen würde. Aussichtsreiche Kandidaten gab es einige. Er zählte nicht zu ihnen. Nur eines wusste der Erzbischof, dass er in seiner Heimatstadt Bologna endlich Glück und Ruhe gefunden hatte und keinesfalls die Cathedra Petri und die Rückkehr in die Ewige Stadt ersehnte.

Schmunzelnd stieg er zu dem Fuhrmann auf den Kutschbock hinauf. Ihm entging dabei nicht, dass der Kutscher ihn erstaunt anblickte, weil der Kardinal sich plötzlich mit ihm gemein machte. »Bevor wir zu Seiner Eminenz Sylvio Valenti Gonzaga fahren, müssen wir noch etwas erledigen. Los, ich führe dich. Halt aber den Mund über unseren Ausflug!«, befahl Prospero Lambertini dem Landsmann, auf dessen Diskretion er setzte.

2.

Den Weg durch die nächtlichen Gassen um die Porta Salaria kannte Prospero Lambertini im Schlaf. Stumm wies er seinem Kutscher die Richtung, die Räder der Karosse polterten hohl über das Kopfsteinpflaster. Bald schon erreichten sie das Forum Romanum.

Die Ruinen ragten Furcht einflößend aus dem Dunkel, überwuchert von Disteln und Dornen. Schmerzhafte Erinnerungen stiegen in ihm auf. Das Forum gehörte je nach Tageszeit erst den Hirten, dann den Mondänen und schließlich den Meuchelmördern. Am Tage hütete das Volk auf dem einst so stolzen Mittelpunkt des römischen Weltreiches seine Kühe. Deshalb nannten die Einheimischen den Ort nur Campo Vaccino, Kuhwiese. In den Abendstunden hingegen feierte die gehobene Gesellschaft hier schaurig-skurrile Feste. Später, in der Nacht, zur Zeit seiner Ankunft, trieb sich allerhand Gesindel auf dem Ruinenfeld herum.

Bald schon hatten sie die Straße erreicht, die von den Römern Cerchi genannt wurde, an der hinter einer hohen Mauer gegenüber des Circus Maximus der jüdische Friedhof lag. Die Gräber der toten Juden erhoben sich über die zerfallenen Prunkbauten ihrer früheren Unterdrücker. Aber Prospero war nicht nach philosophischen Überlegungen zumute.

»Warte hier.« Als er in die ängstlichen Augen des Kutschers sah, fügte er noch scherzhaft hinzu: »Wenn sich ein Gespenst zeigt, hilft das Kruzifix, bei allen anderen Erscheinungen die Peitsche.«

Dann kletterte er vom Kutschbock und hüllte sich in seinen Mantel. Als er eine schäbige Lattentür öffnete und die letzte Ruhestätte der vielen Generationen römischer Juden betrat, verschwand der Mond hinter dichten Wolken, und man konnte meinen, die Dunkelheit wolle den Kardinal verschlingen.

Er ahnte mehr den Weg zwischen den Gräbern, als dass er ihn sah. Einzig in einem kleinen, eingefriedeten Teil standen Grabsteine. Die Päpste gestatteten nur, an den Gräbern der Rabbiner Gedenksteine zu errichten. Den gewöhnlichen Juden, die ihr Leben unter den Augen der Nachfolger Jesu und Petri zubrachten, blieb es verboten, mit einer Stele an ihre geliebten Verstorbenen zu erinnern.

Wieder quälten ihn die toten Augen des Jungen, die ihn aus der Ewigkeit anstarrten. Plötzlich riss ihn ein Geräusch, das vom Tor her kommen musste, aus seinen Gedanken. War er etwa nicht allein? Er hielt kurz den Atem an und lauschte angestrengt. Tatsächlich vernahm er jetzt eilige Schritte. Wer trieb sich um diese Zeit außer ihm auf dem Friedhof herum? Wurde er etwa verfolgt? Seltsamerweise empfand er keine Angst. Im Gegenteil, die Ahnung von Gefahr schien seine seit seiner Abreise von Bologna angespannten Nerven sogar zu beruhigen. Wenn Gott ihm diese Nachtgestalt schicken sollte, um den letzten Dienst zu verhindern, dann war es zu bedauern, aber nicht zu ändern. Auf jeden Fall würde er in *ihrer* Nähe sterben. Fast ein wenig belustigt stellte sich der Kardinal den Skandal vor, falls ihn ausgerechnet mitten in der Nacht auf dem jüdischen Friedhof das Zeitliche segnen sollte. Es würde alle Lambertini-Legenden krönen. Wenn Gott ihm dieses Schicksal vorbestimmt hatte, wohnte dem zumindest eine zarte Ironie inne.

Die Gestalt näherte sich ihm rasch. Prospero versuchte zu erkennen, um wen es sich handelte. Vor ihm stand ein in Lumpen gehüllter Mann, ein Fürst des Elends und der Finsternis.

»Was willst du?«, fragte ihn Prospero streng, jedoch nicht unfreundlich. Anstatt eine Antwort zu geben, zog der Fremde einen Dolch aus seinen Lumpen. »Was gibst du mir für dein Leben?« Prospero öffnete den Mantel, so dass die Soutane des Priesters und vor allem das Zingulum des Kardinals sichtbar wurden. Der Mann hatte Prospero misstrauisch beobachtet, bereit jederzeit zuzustoßen. Dann stieß er ein höhnisches Lachen aus, das sich bald in ein Knurren, dann in ein Bellen verwandelte, das von heftigen Zuckungen begleitet wurde. Die elendige Kreatur spuckte Blut, wischte sich mit dem Ärmel den Mund ab und trat näher.

Prospero empfand keinen Hass, nur Mitleid mit dem offensichtlich Schwindsüchtigen. »Willst du kurz vor deinem Ende noch eine Sünde auf dich laden?« Der Kardinal spürte, dass seine Worte den Mann, der offensichtlich mit allem abgeschlossen hatte, nicht mehr erreichten. Ihm kam der Psalm 90 in den Sinn: *Lehre uns bedenken, dass wir sterben müssen, auf dass wir klug werden.* Der Schwindsüchtige holte aus, um den Dolch ins Herz des Kirchenmannes zu stoßen. Im selben Moment gaben die Wolken den vollen Mond wieder frei und sein helles Strahlen beleuchtete den Friedhof. Zu seinem Erstaunen hielt der Angreifer jäh in seiner Attacke inne und starrte ihn nur ungläubig an: »Lambertini?« In seinen erloschenen Augen blitzte plötzlich jungenhafter Übermut auf.

»Benjamin?« Jetzt erkannte auch Prospero sein Gegenüber wie einen Schatten aus längst vergangener Zeit. Die beiden Männer bestaunten einander überrascht und fassungslos. Benjamin ließ den Dolch sinken. Was war nur aus dem begnadeten Arzt geworden, fragte sich der Kardinal erschüttert. Prospero verspürte den Wunsch, Benjamin tröstend zu umarmen, doch dieser wich schnell einen Schritt zurück. Sein Blick wurde wieder leer und gleichgültig. »Ich weiß, wo du hinwillst. Vergiss die Toten, Prospero, vergiss uns alle! Wer an unserer Ruhe rührt, weckt nur Geister!«

Erneut schoben sich Wolken vor den Mond, und Dunkelheit fiel auf den Friedhof wie schwerer Samt. Benjamin steckte das Messer zurück in seine spärliche Kleidung. »Du hast sie getötet, Prospero!«, stellte er ohne jede Erregung fest. Dann bedachte er den Kardinal mit einem langen Blick, wie man es macht, wenn es endgültig heißt, Abschied zu nehmen, und verschwand in die Finsternis, aus der er gekommen war. Seine Worte brannten indes in Prospero Lambertinis Seele wie Feuer, als hätte ein Windhauch den alten Schwelbrand seines Gewissens zu lodernden Flammen entfacht. Hilflos blickte er sich um. Da lagen sie, die Gebeine der Menschen, die einmal geliebt und gehofft, gehasst und gelitten hatten. Die Steinchen auf den Gräbern erinnerten noch immer an den Auszug aus Ägypten, als die Juden unter Moses' Führung durch die Wüste ins gelobte Land gezogen waren. Die Bemitleidenswerten unter ihnen, die unterwegs starben, bettete man zur letzten Ruhe im Wüstensand unter großen Steinen, damit die Schakale sie nicht ausgraben und ihre Körper fressen konnten. So ein Stein bedeutete seit dieser Zeit: Ich denke an dich.

In die Stille des Friedhofes hinein rief ein Käuzchen seinen einsamen, kläglichen Laut. Während Prospero sinnierte, wie ungerecht das Leben war, stand er unvermittelt vor dem Grab, das er gesucht hatte. Es war die einzige Ruhestätte einer Frau, die sich im eingezäumten Bereich der Rabbiner befand und einen Gedenkstein besaß.

Das Bild traf ihn wie ein Axthieb. Tränen verschleierten seinen Blick. Unter einem siebenarmigen Leuchter stand die Formel UJ – gedacht wird – und darunter der Name »Deborah«.

Der Übermacht der Gefühle folgte eine große Ruhe, die ihn mit einem Mal erfüllte. Aus seiner Soutane zog er ein schwarzes Samtbeutelchen. Behutsam öffnete er es und ein großer Rubin kam zum Vorschein. Liebevoll legte er die Kostbarkeit auf den Grabstein. Es schien dem Kardinal, als könne der Edelstein erst hier aus seinem Inneren heraus zu leuchten beginnen, tiefrot, satt und doch sehnsüchtig zugleich. Er gab Deborah den ungewöhnlichen Talisman zurück, nach fast einem Menschenleben. Vor vierzig Jahren hatte sie ihm das Juwel in die Hand gedrückt. »Tief in ihm brennt das Feuer der Wahrheit, und ohne Wahrheit muss diese Welt erfrieren. Sie braucht das Feuer!« Dann hatte sie gelacht, ihre eigenartiges, befreiendes Lachen, das stets in wilder Freude begann, um dann in das ruhige Lächeln einer wissenden Skeptikerin überzugehen. Er zweifelte nicht daran, dass morgen irgendein armer Schlucker die Sünde begehen und den Stein vom Grab rauben würde. Doch das ganze Leben war schließlich eine Sünde. Viele würden an ihm verdienen, einer dabei den anderen betrügen, bis er wieder in die Hände eines Kardinals finden und als Morgengabe für dessen Mätresse enden würde.

Doch was machte das schon? Heute lag der Rubin auf ihrem Grab und bekannte: Ich, der Kardinal der Alleinseligmachenden Katholischen Kirche, Prospero, denke an dich, Deborah, Tochter des Rabbiners Tranquillo Vita Corcos, der auf hebräisch Manoach Chiskijah Chajim Corcos hieß und ein großer Arzt, Gelehrte, Rabbiner und Wundermann war.

Doch nicht an den Rabbiner, der ihn tief beeindruckt hatte, dachte Prospero in diesen Minuten, sondern an sie, an die Frau, die er immer noch liebte und nach der er sich bis zu seinem letzten Seufzer auf Erden verzehren würde.

3.

Wider Erwarten befand sich Prospero Lambertini ein halbes Jahr später noch immer im Konklave. Der römische Sommer verwandelte den Vatikanischen Palast in einen Backofen. Längst hatte Prospero in Bologna zurück sein wollen, doch zwei gleich große Parteien unter den Wahlmännern verhinderten die Einigung auf einen Kandidaten als neuen Pontifex. Und nur Gott allein wusste, wie lange die gegenseitige Blockade noch andauern würde.

Der große Saal neben der Sixtinischen Kapelle diente den Kirchenfürsten als Unterkunft. Man hatte kleine Zellen aus Holz errichtet, die ein Bett, zwei Stühle und einen Tisch enthielten. Zudem waren die Zellen mit grünem oder violettem Stoff ausgeschlagen, je nachdem, welcher Partei der Bewohner angehörte. Prospero ging gegen zwei Uhr morgens, wie es ihm inzwischen zur Gewohnheit geworden war, mit einer flackernden Kerze in der Hand und nur mit einer leichten Hose und seinem Nachtmantel bekleidet durch die dunklen Gänge zwischen den Holzverschläge hindurch.

Vor der Zelle Gonzagas blieb er stehen und klopfte an. Doch statt des fröhlichen »Herein«, wie es jeden Abend in Vorfreude auf das nächtliche Schachspiel aus der Kammer klang, trat der alte Freund ihm an der Tür ein wenig förmlich entgegen. Prospero wunderte sich. Ihm fiel sofort eine merkwürdige Veränderung im Verhalten des Kardinals auf. Gonzaga begrüßte ihn zum ersten Mal in den vier Jahrzehnten, in denen sie nun schon einander herzlich verbunden waren, mit einer fremden Demut in der Stimme.

Kaum hatte Prospero Lambertini die Partie eröffnet, betrat Annibale Albani, den er nicht sonderlich schätzte, die Zelle. Albani war ein Protegé des verstorbenen Papstes Klemens XII. und der Neffe Klemens XI. So intrigant wie politisch begabt, vertrat er die Günstlinge des verblichenen Pontifex. Wortlos ging er vor Prospero in die Knie und huldigte ihm mit einem Handkuss. Als kurz darauf Albanis Widersacher, Corsini, erschien, um Prospero ebenfalls zu ehren und ihm die anderen Papstwähler folgten, ganz gleich, ob sie der französischen oder der österreichischen Partei angehörten, begriff er, dass die Kardinäle sich auf ihn als neuen Pontifex geeinigt hatten. Alles in ihm sträubte sich gegen diesen Gedanken. Ein Traum, ein Irrtum, ein mitternächtlicher Scherz, all dies war er bereit anzunehmen, nur nicht diese Zumutung für die Wirklichkeit zu halten. Einer jähen Eingebung folgend, wäre er am liebsten fortgerannt und hätte sich weit weg von Rom versteckt, wie seinerzeit der bedeutende Papst Gregor der Große. Nie hatte er daran gezweifelt, dass der Heilige Geist mittels der Kardinäle die Wahl des Stellvertreters Christi selbst vornahm. Doch diesmal dünkte ihm, dass nicht der Heilige Geist die Kür bestritten hatte, sondern der Teufel, der ihn verführen wollte. Wie von selbst fiel ihm die Versuchung Christi ein, die Matthäus beschrieb: *Darauf führte ihn der Teufel mit sich auf einen sehr hohen Berg und zeigte ihm alle Reiche der Welt und ihre Herrlichkeit und sprach zu ihm: Das alles will ich dir geben, wenn du niederfällst und mich anbetest.* Denn nichts Geringeres widerfuhr nun Prospero Lambertini. Die Reiche dieser Welt wurden ihm zu Füßen gelegt, denn als Papst würde er das Oberhaupt aller wahren Christen sein, nicht so sehr wie Gott selbst, aber weit mehr als der Mensch, Stellvertreter Gottes, Stellvertreter

Christi auf Erden. Weder Freude noch Triumph empfand Prospero angesichts der unerwarteten und unverhofften und dennoch einzigartigen Erhöhung.

Er musste jetzt allein sein. Deshalb verabschiedete er sich schnell und zog sich in seine Zelle zurück. Die Zeit bis zum Wahlgang wollte er nutzen, um Gott auf den Knien anzuflehen, den Kelch an ihm vorübergehen zu lassen. Doch im tiefsten Innern seiner Seele wusste er, dass Gott seine Entscheidung unwiderruflich getroffen hatte.

Als er wenige Stunden später, am Vormittag des 17. August 1740 die Sixtinische Kapelle betrat, und alle Anwesenden ihm ehrerbietig zulächelten, hegte er keinen Zweifel mehr über den Ausgang des nun anstehenden offiziellen Wahlganges. Der Herr hatte ihn nicht erhört!

Ein Kardinal nach dem anderen legte seinen Stimmzettel in die Urne. Während die Wahl fortschritt, vertiefte sich Prospero Lambertini schicksalsergeben in Michelangelos Fresko vom »Jüngsten Gericht«, das der Künstler an die Stirnseite der Sixtinischen Kapelle gemalt hatte.

Kein anderes Bild hätte ihm eindringlicher als Warnung vor Augen geführt werden können. Von dem Bild aus schaute ihn sein künftiger Richter an. Neben dem großen Weltenrichter, an ihn geschmiegt und doch den Kopf abgewandt, als lebe sie bei aller Verbundenheit mit ihm in einer eigenen Welt: Maria. Zu seiner Verwunderung erinnerte ihn die Gottesmutter des Michelangelo plötzlich an Deborah. In diesem verwirrenden Moment, in dem er der Nachfolger Christi auf Erden werden sollte, mit der Gewalt, zu binden und zu lösen, spürte er die ganze Tragweite des Gerichts, der Verantwortung, der er sich um alles in der Welt entziehen wollte. Doch schon griff der Kardinaldiakon Morini in die Wahlurne und fischte Zettel für

Zettel heraus. Seine Stimme klang wie der Schuldspruch der Geschworenen: »Lambertini ... Lambertini ... Lambertini ...«

Als Morini die Auszählung beendet hatte, wandten sich die Kardinäle zufrieden dem gewählten Pontifex zu. So war die unwillkürliche Prophezeiung des Schlüsselsoldaten am Stadttor in der nächtlichen Stunde der Ankunft in Rom schließlich doch noch in Erfüllung gegangen. Damals hatte er nur darüber gelächelt, eher nachsichtig als wirklich erheitert.

»Nimmst du die Wahl an?«

»Ja.«

»Wie willst du von nun an heißen?«

Prospero überlegte kurz, dann entschied er sich, aus Dankbarkeit dem Manne im Namen zu folgen, der ihn vor vielen Jahren zum Kardinal erhoben hatte: »Benedikt.«

Auch wenn er sich für unwürdig hielt, wollte er sich als Papst stets bemühen, diesem Namen zu entsprechen: Benedikt, der Gesegnete. Ja, ein Segen wollte er sein. Das war er nicht nur den Christen schuldig, sondern allen Menschen, vor allem aber Deborah.

Wie in Trance folgte Prospero dem Kardinaldiakon und hatte keinen Blick mehr für die Gemälde, die von Aposteln, Heiligen und den Heldentaten der Päpste im Kampf gegen den Antichrist erzählten. Für ihn hieß es Abschiednehmen von seinem beschaulichen Bologna, von dem Leben, das er als Prospero Lambertini geführt hatte. Nun war er Benedikt XIV. Zu Prospero Lambertini würde er erst wieder nach seinem Tod werden. Er spürte, wie seine Beine ihn kaum noch trugen.

In dem kleinen, nüchternen Raum nahe der Sixtinischen Kapelle erwartete ihn bereits der Ornat des Papstes. Prospero empfand die Bezeichnung Tränenzimmer für den schmucklosen Umkleideraum immer als etwas sehr pathetisch. Nun aber begriff er, dass die gestandenen Kirchenfürsten unmittelbar nach ihrer Wahl, während sie Kleidung und Leben wechselten, im Angesicht der enormen Verantwortung in Tränen ausbrachen. Niemand verließ das Ankleidezimmer als derselbe Mann, als der er hineingegangen war. Kurz vor dem Tränenzimmer blieb Prospero jedoch plötzlich vor einer kleinen Kapelle stehen.

»Diakon«, rief er. »Morini, warte!« Der Diakon wandte sich um.

»Einen Augenblick bitte.« Er musste beichten. Mit aller Gewalt drängte es in seinem Inneren, sich von der Last zu befreien, von seinem bisherigen Leben, von der Sünde des Daseins als einfacher Mensch. Morini nickte zaghaft, und so betrat er die kleine Kapelle, die sich vor dem Tränenzimmer befand. Vor dem einfach gehaltenen Altar kniete er nieder und hob die Hände ineinander verschlungen zum Himmel.

Unterdessen hatte sich die Kunde in Rom wie ein Lauffeuer verbreitet, dass weißer Rauch über dem Petersdom gesichtet worden war. Wenig später hoben sämtliche Glocken Roms zu prächtigem Geläut an, das die ganze Stadt erfüllte und verkündete, dass Gott der Christenheit einen neuen Papst geschenkt hatte. Voller Neugier eilten die Römer zum Petersplatz. Die Juden des Ghettos, die sich dort nicht blicken lassen durften, hofften, dass die Wahl nicht auf einen hartherzigen Eiferer gefallen war, sondern auf einen toleranten Mann, der ihnen die Freiheiten eines menschenwürdigen Lebens gewährte.

Was sie, wie übrigens auch die Christen, niemals erfahren würden, war, dass der neue Papst ein halbes Jahr zuvor um Mitternacht auf ihrem Friedhof einen wertvollen Rubin zum Gedenken auf das Grab einer jüdischen Frau gelegt hatte. Benjamin würde es ihnen nicht mehr verraten können, denn er lag zu dieser Stunde entkräftet am Ufer der Tiberinsel, auf der sich in uralter Zeit ein Heiligtum des Äskulaps befunden hatte. Seine Seele begab sich zum Herren Adonai und ließ nur den geschundenen Körper einer armen Kreatur zurück.

Indessen ließ Benedikt XIV. die Neugierigen warten, denn er hatte eine Verabredung mit Gott, den er von seinen Verfehlungen berichten, den er um Verzeihung bitten musste. So betete der frisch gewählte Papst am Vormittag des 17. August im Jahre des Herren 1740 zu dem Einen Gott das Confiteor:

Ich bekenne Gott dem Allmächtigen,
der seligen, allzeit reinen Jungfrau Maria,
dem hl. Erzengel Michael,
dem hl. Johannes dem Täufer,
den hll. Aposteln Petrus und Paulus,
allen Heiligen,
und Euch, Brüdern:
Ich habe gesündigt in Gedanken, Worten und Werken,
durch meine Schuld, durch meine Schuld,
durch meine große Schuld …

4.

Laut und ohrenbetäubend drang der Schrei aus der großen Synagoge. Es war kein menschlicher Schrei, weder hoch noch tief, nicht schrill, und auch nicht hohl. Unmöglich zu entscheiden, ob eine Frau oder ein Mann ihn ausgestoßen hatte. Doch seine Botschaft war einfach: Das Böse hatte seine Ketten gesprengt und würde nun Seele um Seele in Besitz nehmen. Selbst Prospero, der sich zu dieser Stunde am 7. Juni des Jubeljahres 1700 weit entfernt vom jüdischen Viertel befunden hatte, meinte später, sich an ihn zu erinnern. Dieser Schrei sollte auch sein Leben verändern.

Benjamin wurde durch den Schreckenslaut aus dem Tiefschlaf gerissen. Bis weit nach Mitternacht hatte der Arzt medizinische und naturphilosophische Schriften studiert. Wie immer. Deshalb schlief er für gewöhnlich bis in den Vormittag hinein. Doch nun war er hellwach, und sein Herz raste. Kaum hatte er die Augen aufgeschlagen, sprang er nur mit seinem langen Hemd bekleidet aus dem Bett. Hastig zog er seine schwarze Hose an und knöpfte eilig die bunte Weste über dem Hemd zu. Zum Schluss schlüpfte er in die baumwollenen Kniestrümpfe, quälte sich im Stehen in die Schnallenschuhe, nahm den Rock vom Stuhl und trat endlich in den Korridor hinaus. Im gleichen Augenblick stürmte seine Schwester in den Flur und stieß an der Tür mit ihrem hageren Ehemann Jehuda zusammen. Sie schubste ihn einfach zur Seite, so dass er ins Straucheln geriet, sich mitten auf dem Flur auf den Hintern setzte und nur noch die hinter seiner Frau ins Schloss fallende Tür sah.

Jehudas und Benjamins Blicke kreuzten sich. Der Arzt

wusste, dass sein Schwager ihn für einen Schmarotzer hielt, weil er sich standhaft weigerte, viel Geld damit zu verdienen, Menschen zu behandeln, sondern stattdessen nur in Schriften las und Leichen aufschnitt. Doch gegen Benjamins Schwester, die ihren kleinen Bruder abgöttisch liebte, vermochte der Geldverleiher sich nicht durchzusetzen. Also stellte er dem ungeliebten Bücherwurm, der mit den Rabbinern stundenlang Gespräche führte, ein Zimmer zur Verfügung und fütterte ihn durch.

Vielleicht wäre Benjamin selbst Rabbiner geworden, aber die Panik schnürte ihm den Hals zu, wenn er vor vielen Menschen reden sollte. Für ein öffentliches Amt fehlte ihm jede Eignung. Als Gesprächspartner in kleinem Kreis schätzte man ihn hingegen sehr. Und nicht nur in der jüdischen Gemeinde Roms. Manchmal diskutierte er sogar in der Sapienza, der Universität, an der er auch praktischen Unterricht in Anatomie und Pathologie erteilte.

Benjamin half seinem Schwager wieder auf die Beine. Der zischelte nur mürrisch anstelle eines Dankes. Benjamin kannte Jehudas Übellaunigkeit zur Genüge und hielt sich nicht damit auf, denn er musste den Ursprung des Schreis ausfindig machen.

Auf der Straße wimmelte es bereits von Menschen. Die Großfamilie aus der unteren Etage drängelte sich direkt vor ihm in Richtung Synagoge, während hinter Benjamin die Mieter aus den oberen Stockwerken nachstürmten. Ein langer, wieselflinker Mann namens Ahab, der unter dem Dach wohnte, entbot Benjamin einen kurzen Gruß. Der Arzt stellte überrascht fest, dass der sich nicht auf den Weg zur Synagoge befand wie alle anderen, sondern schon von dort zurückkehrte. »Ersparen Sie sich den Anblick, mein Freund.«

Ahab tauchte häufig an Orten auf, an denen man ihn nicht vermutete, auch wusste niemand, wie alt er war und womit er seinen Lebensunterhalt verdiente. Nur eins stand fest: dass er seltsam allgegenwärtig war.

Benjamin wurde vom Strudel der Menschen in die große Synagoge mitgerissen. Über deren säulenbewährtem Eingang prangten Bilder des siebenarmigen Leuchters, der Harfe Davids und der Zither Miriams. Die Sonne über der Stadt kämpfte sich langsam unter ihrem morgendlichen Schleier hervor. Es würde ein heißer Tag werden. Aus der Synagoge waren Klagegesänge zu vernehmen, langsam anhebende Laute des großen Jammers.

Mit mulmigem Gefühl betrat Benjamin den Scuola del Tempio, den Gebetsraum der Tempelgemeinde, der auch er angehörte. Er hielt kurz inne. Es dauerte ein paar Minuten, ehe sich seine Augen an das Halbdunkel gewöhnt hatten. Feine Staubkörnchen spielten im Licht und stoben wie farbiges Mehl um die Fenster der Synagoge. Vor Benjamin teilte sich die Menschenmenge und gab einen schmalen Gang frei. So stand er unvermittelt dem greisen Synagogendiener Schlomo gegenüber. Ihm stockte das Herz, denn zu Füßen Schlomos lag die Leiche eines Knaben, der wie auf ein unsichtbares Kreuz geschlagen vor dem bestickten Thoravorhang ruhte. Das Kind erinnerte ihn an einen Engel, den der Tod zwar überrascht, dem er aber nicht die Unschuld zu rauben vermocht hatte. Der Arzt schätzte das Alter des brünetten Jungen auf vierzehn Jahre.

Der kleine Körper wirkte so leicht, als fehle ihm die Seele. Das leblose Grau der Haut und das bleiche Fleisch des Jungen deuteten darauf hin, dass sich kein Tropfen Blut mehr in seinen Adern befand. Wer immer es aufgefangen hatte, war sorgfältig vorgegangen. Nicht einen roten Fleck entdeckte Benjamin am Handgelenk. Das kann nur das Werk eines Teufels sein, dachte er mit Schaudern. Benjamins Blick fiel nun auf die neben dem Kopf des toten Jungen drapierte silberne Hand. Es war der Jad, die Hand mit dem ausgestreckten Zeigefinger, die zum Vorlesen aus der Thora diente, um die Zeile nicht zu verlieren. Die mahnende Hand neben der Leiche schien eine Botschaft zu beinhalten, die Benjamin aber nicht verstand. Die grausame Entweihung des sakralen Objektes bestürzte ihn. Die Inszenierung wirkte ungeheuer bedrohlich. Der Zeigefinger, der auf den Kopf des Knaben wies, leuchtete blutrot und bildete einen bizarren Kontrast zur silbernen Farbe der übrigen Hand. Das einzige Blut, das an diesem Ort des Grauens zu sehen war, fand sich an der silberne Kuppe des Zeigefingers. Welcher grausame Gott, durchfuhr es Benjamin, trieb hier seinen Schabernack?

Obwohl ihn diese Fragen zutiefst quälten, hinderten sie ihn nicht daran, die Leiche weiter mit wissenschaftlicher Genauigkeit zu untersuchen. Nun fiel ihm die geöffnete Halsschlagader auf. Die starren Augen erinnerten ihn an braune Glasmurmeln, so hart, kalt und unbelebt. Benjamins Gehirn arbeitete fieberhaft. Was aber, wenn ein Wahnsinniger dieses teuflische Ritual vollzogen hätte? Wenn ein Jude die christliche Legende vom Ritualmord für bare Münze genommen hätte? Er wagte nicht, den Gedanken zu Ende zu denken. Kalter Schweiß trat ihm auf die Stirn. Nein, kein Wahnsinniger, entschied der Arzt, dafür war zu viel kalte Präzision am Werk. Der Teufel selbst hatte diesen Engel getötet, denn seit Erschaffung der Welt führen die Engel und die Teufel einen erbitterten Krieg. Und es kommt in diesen grausam geführten Kämpfen vor, dass ein Engel oder ein Teufel ermordet wird wie ein sterblicher Mensch.

Die Tatumstände verrieten Benjamin, dass der Mörder fast pedantisch genau alles dafür getan hatte, um Unheil über die leidgeprüfte jüdische Gemeinde zu bringen. Warum sollte das ein Jude tun? Die intakte Vorhaut des Jungen bestätigte die Vermutung des Arztes, dass es sich um ein christliches Kind handelte. Er zweifelte nicht daran, dass man einen Juden für den Mörder halten würde. Die geöffneten Adern legten den Schluss nahe, dass es der Täter auf das Blut des Jungen abgesehen hatte, Blut, das er für ein satanisches Ritual benötigte. Das Wort Ritualmord brannte in seinem Inneren auf. Christen würden die Juden verdächtigen, aus dem Blut des unschuldigen Knaben ihre Mazze für den Sabbat herzustellen.

Erst jetzt sah er zu Schlomo, der immer noch erstarrt dastand und die Fäuste ballte. Mein Gott, wie Hiob, dachte Benjamin plötzlich, wie Hiob. Wollte der Herr die Juden des römischen Ghettos prüfen? Ihnen alles nehmen, um zu testen, ob sie in ihrer Gottesliebe zweifelnd oder wankend würden?

Er musste den Rabbi holen. Nur der besaß die Autorität zu entscheiden, was nun zu unternehmen sei. Der Rabbi Tranquillo Corcos galt zwar zu Recht als der größte Kenner der Engel, doch der tote Junge bewies Benjamins Theorie von der Sterblichkeit der Boten Gottes. Ein weiteres Mal sah er in das schöne Gesicht des Knaben.

Plötzlich brach das beunruhigte Gemurmel und verzweifelte Klagen der Juden ab, und es trat Stille ein. Sie hatten ihn nicht zufällig nach vorn geschoben, denn sie kannten den Ruf seiner Gelehrsamkeit. Scheu wie er war, überwand er sich schließlich: »Lasst alles, wie es ist. Ich hole den Rabbiner.«

5.

Die päpstlichen Polizisten, die Sbirren, hatten die Juden der Synagoge verwiesen und das Gebäude anschließend abgeriegelt, um den Ort des Verbrechens untersuchen zu können. Der Untersuchungsrichter Monsignore Spigola war ein im Dienste der Rota, des obersten römischen Gerichtes, ergrauter Prälat. Der Polizeipräsident des Distrikts von San Angelo, dem die Polizeiaufsicht über das Ghetto unterstand, zog den Auditor zu dem Fall zu, weil die Untersuchung des Verbrechens seine Kompetenzen bei Weitem überschritt. Spigola wies die Sbirren an, den Rabbiner zu verhaften. Man ließ ihn weder in die Synagoge, noch nahm man Notiz von seinem Protest. Nur der Monsignore sagte kopfschüttelnd zu Tranquillo Corcos, als die Sbirren ihn mit gefesselten Händen an ihm vorbeiführten: »Dass ihr es nicht lassen könnt!«

An diesem Morgen empfand der Untersuchungsrichter bleiernes Mitleid mit sich selbst. Warum musste er sich kurz vor dem Ruhestand noch mit dieser unappetitlichen Sache beschäftigen, einer Sache, die nur Verdruss erzeugen würde? Einem jungen, karrierewilligen *Auditor,* wie man die Richter im Dienst der Kirche nannte, konnte sie Ruhm einbringen, einem alten nur die Gesundheit nehmen. So verfügte er, dass der Rabbiner in einer geschlossenen Kutsche, sofort und ohne Aufsehen zu erregen, in die Engelsburg zu bringen sei, denn er wollte nicht riskieren, dass er dem Volk von Rom, dem *Popolo,* in die Hände fiel. Sobald die Nachricht von dem Ritualmord die Runde durch die Quartiere der Stadt gemacht hatte, würde ein unvorstellbarer Aufruhr durch die Straßen gehen. Das war so sicher wie das Amen in der Kirche. Und solche Nachrichten, das wusste Spigola, besaßen kräftige Flügel. Er erwartete ein regelrechtes Beben in Rom.

Dem Hauptmann der Sbirren befahl der Auditor knapp, den Leichnam in das Hospiz San Michele a Ripa zu bringen. Außerdem schickte er einen Boten zur Rota und forderte Verstärkung an, um die Haupt- und Nebeneingänge zum Ghetto zu besetzen. Er selbst nahm sich vor, den Ort des grausigen Geschehens später in Ruhe anzusehen. Das hatte keine Eile, denn es gab Wichtigeres. Zunächst würde er nämlich in der nur wenige Schritte entfernten Kirche Santa Maria in Campitelli die Terz beten, die der Aussendung des Heiligen Geistes gewidmet ist. Bei dieser Gelegenheit würde er die »Madonna del Portico« bitten, dabei zu helfen, dass der Heilige Geist besonders in die Herzen der Gewalttätigen unter den Römern fahren würde und sie mit Weisheit, vor allem aber mit Mäßigung erfüllte.

Eine kurz abgefasste Depesche über den Vorfall schickte er durch einen weiteren Boten an den Kardinal Carasoli, der innerhalb der Kurie als Kardinalvikar von Rom für die städtischen Angelegenheiten zuständig und Spigolas höchster Vorgesetzter war – sah man vom Papst ab. Spigola achtete Carasoli, aber er fürchtete ihn auch. Wie würde er auf eine solche unerquickliche Ritualmordgeschichte reagieren?

6.

Während sich das Unheil über das Ghetto zusammenbraute, schritt Prospero Lambertini aufgeregt zum Palazzo della Cancellaria, der eine halbe Stunde von der Synagoge entfernt lag. Obwohl er sich gründlich auf das wichtigste Gespräch seines noch jungen Lebens vorbereitet hatte, klopfte ihm das Herz bis zum Hals. Vom Ausgang der Unterredung hing es ab, ob es ihm gelang, in der römischen Kurie Fuß zu fassen oder ob er als Landpfarrer in der Provinz Dienst tun müsste. Fernab der Literatur. Fernab der Wissenschaft. Fernab der Politik. Ein Leben gänzlich bestimmt vom unerbittlichen Rosenkranz der Taufen, Einsegnungen, Ohrenbeichten und Sterbesakramenten.

Nach dem morgendlichen Gebet hatte er sich sorgfältig umgekleidet. Seine Auswahl an Kleidungsstücken war allerdings sehr überschaubar, da er vom schmalen Stipendium des Papstes lebte. Er trug in der schlichten Eleganz eines französischen Abbés ein schwarzes Gewand mit kleinem weißen Kragen, eine ebenfalls schwarze Hose, ein weißes Hemd, dunkle Weste und baumwollene Kniestrümpfe. Es musste genügen, dass Hemd, Rock, Hose und Strümpfe sauber und ohne Löcher oder fadenscheinig glänzende Stellen waren.

Die Glocken der Stadt schlugen neun Uhr, und einige Römer vermochten sogar, die einzelnen Glocken am Klang zu unterscheiden. Prospero aber schien es, als läuteten sie nur für ihn, gleichzeitig mahnend und Glück verheißend. Aber Glück war nur das eine, Begabung das andere. Er hatte erfolgreich an der Gregoriana studiert und im Kirchenrecht promoviert. Und wie zum Lohn für seinen Fleiß hatte ihn der ebenfalls aus Bologna stammende Alessandro Caprara in den Palazzo eingeladen. Das Arbeitszimmer des Auditors befand sich im zweiten Stock des Gebäudes.

Als Prospero den imposanten Bau betrat, spürte er die eigenartige Atmosphäre, die hastige Geschäftigkeit, das Kommen und Gehen. Ihm fielen die Grüppchen von zwei bis drei Männern auf, die in eine Unterhaltung vertieft eine besondere Wichtigkeit ausstrahlten, als läge auf ihren Schultern das gesamte Wohl der Welt. Mühsam nur zwang er sich, gemessenen Schrittes die große Freitreppe hinaufzugehen. Am liebsten wäre er wie ein Knabe gerannt, immer zwei Stufen auf einmal nehmend. Doch wurde dieser Gedanke bereits im Ansatz vereitelt, denn eine antike Justitia blickte streng und prüfend auf ihn herab. »Entschuldigung«, sagte er leise zur Statue der Göttin der Gerechtigkeit und schlug kurz, aber nicht ohne ein jungenhaftes Lächeln die Augen nieder.

Im ersten Stock öffneten sich links und rechts der Treppe lange und breite Korridore. Vor der Büste eines Jupiters sprachen zwei Monsignori mit einem Jesuitenpater. Prospero trat unbefangen zu ihnen: »Entschuldigen Sie, wie komme ich zu Monsignore Caprara?« Die drei Würdenträger sahen den jungen Mann, der es gewagt hatte, ihre Unterhaltung zu stören, strafend an. Sein bologneser Dialekt machte ihn in ihren Augen ohnehin zu einem Hinterwäldler. Kaum erwartete Prospero noch eine Antwort auf seine Frage, da ließ sich einer der beiden Monsignori herab: »Dort entlang. Die fünfte Tür.« Prospero bedankte sich und ahmte in Gedanken die näselnde Sprechweise des Prälaten spöttisch nach, verbat sich aber sogleich seine Respektlosigkeit. Schließlich stand er vor der Tür des Auditors, klopfte und trat ein.

Caprara saß in dem großen Raum in einer Ecke an einem kleinen Sekretär mit dem Rücken zur Tür. Der Raum wurde beherrscht von einem etwas zu geschwungenen Tisch aus schwarzem Mahagoni, zwei Sofas und zwei Stühlen.

Bedächtig setzte der Auditor noch einen Punkt unter ein Dokument, das er gerade verfasst hatte, und wandte sich dann mit einem herzlichen Lächeln Prospero zu. Er trug die Soutane wegen der Hitze halb geöffnet. Diese freundliche Art der Leute aus Bologna vermisste er in Rom, weshalb er sich immer wieder freute, einen Landsmann zu treffen.

Alessandro Caprara war ein kleiner, rundlicher Mann um die fünfzig mit außerordentlich klug in die Welt blickenden Augen. Er diente wie Spigola der Rota als Auditor, als Richter, nur, dass Caprara in der Sektion des Gerichtshofes arbeitete, die sich ausschließlich mit den Selig- und Heiligsprechungen beschäftigte. Erst wenn die Rota bestätigte, dass ein Christ die Wunder, die ihm zugeschrieben worden waren, auch tatsächlich bewirkt hatte, kam das Verfahren vor das Kardinalskollegium und von dort vor den Papst, um eine Heiligsprechung zu erwirken. Kein künftiger Heiliger kam also an Caprara vorbei. Mit großzügiger Geste forderte dieser nun seinen Gast auf, Platz zu nehmen. Prospero wählte das bequemere der beiden Sofas und musste feststellen, dass es dann doch ein wenig zu bequem war, denn er sank tief in die Polster ein.

Der Gastgeber ließ sich hingegen auf den Stuhl an der Stirnseite nieder. Der Auditor hatte sehr viel Gutes über seinen jungen Landsmann gehört. Er wollte ihm ein wenig auf den Zahn fühlen.

»Erste Lektion, wenn man die Möglichkeit hat: immer die Möbel wählen, in denen man nicht versinkt. Es ist besser, ein wenig unbequem, aber dafür höher zu sitzen. Die Römer lieben es, auf andere herabzublicken. Wir wollen ihnen doch diese Chance nicht geben, lieber Landsmann.« Caprara fiel, wie es Prospero schien, bewusst aus seiner makellosen Aussprache in den Dialekt der Leute aus Bologna zurück. »Wann wirst du eigentlich zum Priester geweiht? Du wirst es doch bald? Oder?«

»Am kommenden Sonntag in der Kirche Santa Maria in Trastevere«, antwortete Prospero stolz. Er freute sich auf den bedeutendsten Tag in seinem Leben, an dem er endlich aufgenommen werden würde in die Dienerschaft des Herrn, in die Gemeinschaft der Nachfolger der Jünger, als treuer Soldat Christi. Mochten die Tage und Stunden bis zum Sonntag nur wie im Schlaf verfliegen.

»Ausgezeichnet!«, rief der Auditor gut gelaunt aus. »Dann wird dich der beste Kardinal unserer Mutter Kirche, seine Eminenz Francesco Carasoli persönlich zum Priester weihen, weil ihm als Titularbischof der Basilika dort das Weihesakrament obliegt.« Caprara rieb sich vergnügt die Hände. Man konnte ihm ansehen, dass er diesen Zufall für eine glückliche Fügung hielt. Dann schlug er einen geschäftsmäßigen Ton an. »Deine Zeugnisse sind blendend, alles, was man über dich hört, ist Lob. Ich muss dir nicht sagen, dass die Kommission für Selig- und Heiligsprechung die wichtigste und vornehmste Sektion der Rota ist. Sie ist aber auch die gefährlichste.«

Prospero hatte während des Studiums die Kurie so gründlich kennengelernt, dass er um den Ruf jeder Sektion der Verwaltung wusste. »Ein sicherer Glaube schützt uns«, antwortete er deshalb beherzt.

Caprara musste lächeln. »Das meine ich nicht. Es geht nicht darum, dass du Schwierigkeiten mit der Inquisition bekommen könntest. Die Gefahren sind weitaus größer als in anderen Sektionen, weil die Anfechtungen auch größer sind. Es gibt mächtige Familien, die alles unternehmen würden, damit ein verstorbenes Mitglied der Familie selig- oder gar heiliggesprochen wird. Und, lieber Landsmann, wenn ich *alles* sage, dann meine ich wirklich *alles.* In diesem Amt kann man reich werden. Wenn man in dem Amt reich wird, taugt man nicht dafür.«

»Bei aller Bescheidenheit, das meinte ich damit, dass ein sicherer Glaube uns schützt.«

Sein Lächeln verriet, dass der Gastgeber offensichtlich Gefallen an der Prüfung fand. »Welches ist die gefährlichste Art der Bestechung?«

»Nicht durch Drohung und nicht durch Erpressung, auch nicht durch Geld, sondern …«

Der Auditor schaute ihn gespannt an. »Sondern?«

»Durch Gunst! Gunst ist das gefährlichste Mittel der Korruption.«

»Und warum?«

»Weil wir alle geliebt werden wollen.«

»Sehr gut. Vergiss das niemals«, schloss Caprara mit sichtlichem Vergnügen das kleine Examen. Dann erhob er sich, ging zum Sekretär und nahm das Schreiben, rollte es ein und versiegelte es anschließend. Danach drückte er es Prospero in die Hand. »Du wirst ab heute als Hilfsauditor bei mir anfangen. Dir wird bereits am ersten Tag eine hohe Ehre zuteil. Lass sie dir nicht zu Kopf steigen, lieber Landsmann, und sei auf der Hut. Seine Eminenz Francesco Kardinal Carasoli möchte dich kennenlernen. Er erwartet dich in einer Viertelstunde im Palazzo Carasoli.«

Prospero war überrascht und erschrocken zugleich. Der zweitmächtigste Mann der Kirche wünschte ihn zu sehen, der Mann, der ihn in einer knappen Woche zum Priester weihen würde. Nun verstand er Capraras Freude. »Was möchte er von mir?«

»Erzähl es mir anschließend. Und vergiss bitte nicht, ihm dieses Schreiben von mir zu übergeben. Nun beeil dich und lass den Kardinal nicht warten. Wir sehen uns um zwölf zum Mittagessen im Gasthof ›La Grassa‹, dort wo die Via Papale auf die Via Paradiso stößt. Der Wirt Gioacchino ist ein Landsmann von uns. Oder hast du keine Lust auf echte Bologneser Tortellini?«

Man sah Caprara an, dass er gutes Essen sehr schätzte und auch Prospero konnte der Nationalspeise seiner Heimat, den echten Tortellini aus Bologna, nie widerstehen.

Als der frischgebackene Hilfsauditor der römischen Rota auf die Via Monserrato, die zum Palazzo Carasoli und dann weiter zum jüdischen Viertel führte, einbog, stieß er plötzlich auf eine aufgebrachte Menschenmenge, die ebenfalls in Richtung des Palazzos zog. Arme Leute, zwielichtige Gestalten mit Messern und Knüppeln bewaffnet, einige von ihnen rochen bereits in dieser frühen Morgenstunde nach billigem Fusel. Wie ein fetter Wurm bewegten sie sich durch die breite Straße, fluchend und schreiend. Lauthals forderten sie die Menschen, die aus den Fenstern schauten, um die Ursache des Lärms zu erspähen, auf, sich ihnen anzuschließen. Nur allmählich gelang es Prospero, den Grund der Erregung aus ihren wilden Rufen herauszuhören: »Die Juden haben ein Christenkind umgebracht.«

»Die Juden backen aus dem Blut unserer Kinder ihre Mazze.«

»Kommt mit, dafür sollen sie zahlen!«

Beim Anblick der wutverzerrten Gesichter, der brutalen Entschlossenheit stockte ihm der Atem. Eine dunkle Ahnung verriet ihm, dass Blut fließen würde, sehr viel Blut.

7.

Selbst aus der kleinsten Gasse strömten die Menschen, wie von unsichtbaren Herolden gerufen, zahlreich herbei. Sie rissen Prospero einfach mit sich fort. Er versuchte gar nicht erst, sich dagegen zu wehren. Noch nie hatte er einen so gewaltigen Aufruhr erlebt. Obwohl ihn der Volkszorn abstieß, faszinierte ihn zugleich dessen Urgewalt. Augenblicklich begriff er, dass die Menschen dem Eingang des Ghettos an der Via Cenci zustrebten, wo sich die Synagoge befand, in der man den toten Knaben entdeckt hatte. Der Palazzo Carasoli lag auf halbem Wege zwischen der Cancellaria und der Synagoge, so dass Prospero keinen Versuch unternahm, dem Menschenstrom zu entkommen.

Einmal jedoch in die Menge geraten, nahm sie ihn nicht nur auf, sondern versuchte auch, ihn zu einem der ihren zu machen. Er fand sich zwischen zwei römischen Matronen wieder, der Kleidung nach zu urteilen Fischersfrauen, und entschloss sich, die zu seiner Linken anzusprechen: »Signora, was ist geschehen?«

»Das weißt du nicht, mein Sohn? Die Juden haben einen Knaben ermordet, weil sie aus seinem Blut Brot backen wollen. Schande über sie!«

»Schande?«, fiel die andere Matrone geifernd ein. »Das

ist noch viel zu wenig, Tod über sie, Renata, Tod über sie!«

Prospero konnte die wachsende Spannung mit den Händen greifen. Durch die Menge ging ein Raunen, sprang ein Satz gefährlich von Mund zu Mund.

Plötzlich überfiel sie auch ihn, diese kleine hässliche Nachricht, die dem Toten einen Namen und dem Aufruhr einen Märtyrer gab und wie so ganz nebenbei ein Leben zerstörte. »Es ist Angelo, der Sohn des Fischers Giovanni und seiner Frau Renata.«

Prospero meinte, neben sich einen Aufschrei zu hören, der aber wie vor Entsetzen sogleich wieder verstummte. Dann spürte er einen weichen Druck an seiner linken Seite. Die eine Matrone sackte langsam in sich zusammen. Er versuchte, sie noch festzuhalten, bevor sie zu Boden fallen und die Nachdrängenden über sie hinweg schreiten und, ohne es zu wollen, sie zu Tode trampeln würden. Aber die Fischersfrau wog zu schwer für seine schmale Statur. »So helfen Sie doch!«, schrie er in einer Mischung aus Verzweiflung und Zorn die zweite Matrone an, die nur untätig das Geschehen beobachtete. Doch in diesem Moment kamen die Nachdrängenden wie durch ein Wunder zum Stehen. Ein Mönch hatte eine Kutsche erklommen und sich mit donnernder Stimme Gehör verschafft. »Brüder und Schwestern, hört, was Fra Bernardino euch zu sagen hat.«

Vereinzelt vernahm man noch ein Zischen: »Pst! Bernardino spricht.«

Prospero Lambertini hatte schon manches über diesen Volksprediger gehört, ihn aber noch nie persönlich erlebt. Der Dominikaner galt als charismatischer Prediger, der es verstand, virtuos mit der Seele des gemeinen Mannes zu spielen. Nur eines vermochte er nicht: die Juden zu überzeugen, zum Christentum überzutreten. So beobachtete der frischgebackene Hilfsauditor, den Kopf der ohnmächtigen Fischersfrau nun in seinem Schoße gebettet, den Mann mit Neugier. Der begann seine Predigt mit einer tiefen Enttäuschung in der Stimme. »Gott ist mein Zeuge, wie viel Mühe ich mir mit den Söhnen und Töchtern Israels gegeben habe. Wie viele Sonnabende habe ich zu ihnen in der Kirche San Angelo in Pescheria gesprochen, ihnen die Milde unseres Herrn Jesu gezeigt, ihnen den Weg des Kreuzes eröffnet, doch sie blieben nur verstockt in ihrem abscheulichen Aberglauben. Wohin, meine Brüder und Schwestern, hat dieser Aberglaube diese Verruchten geführt? Was hat er aus ihnen gemacht?«

Mit angehaltenem Atem schwieg Bernardino, ließ der Frage Zeit, sich in den Herzen seiner Zuhörer auszubreiten und von ihren Gemütern Besitz zu ergreifen. Dann erst trieb er die Antwort wie ein Todesurteil in die Köpfe der vielen, die vor ihm standen: »Mörder! Aus Aberglauben sind sie zu Mördern geworden! Der Teufel hat reiche Beute gemacht! Ich hatte sie gewarnt, immer und immer wieder, dass ihre Verstocktheit sie in ein Werkzeug des Leibhaftigen verwandeln wird. Schlimmer noch, sie sind nun selbst zu leibhaftigen Teufeln geworden!«

Die Menge stöhnte und ächzte.

»Die Gottesmörder haben einen unschuldigen Knaben getötet, sein Blut gesoffen wie wilde Tiere, wie Egel, wie Blutsauger, wie Nattern und Vipern …« Ihm stockte der Atem vor dem, was er gleich sagen musste. » … diejenigen, die Christus in Golgatha massakriert hatten, fielen nun über diesen unschuldigen Engel her. Über Angelo, den Sohn des Giovanni, den Sohn der Renata.«

Jetzt legte er erneut eine kunstvolle Pause ein. Und Prospero schien es, als erblickte der Mönch in dieser Minute tatsächlich den gemeuchelten Leib des Knaben vor seinem inneren Auge, und sein Bild trieb ihm Tränen des unermesslichen Leids in die Augen. Langsam hob Fra Bernardino die Hände zum Gebet. Als müsste er den gesamten Schmerz der Welt tragen, legte er den Kopf schräg und schloss die Augen. Eine Bewegung ging durch die Menge, von vorn beginnend, knieten die Menschen einer nach dem anderen nieder, als böge sich ein Weizenfeld im Wind. Prospero erschauderte. In diese gespannte Stille polterte plötzlich die derbe Stimme eines Fischweibes: »Sie ist hier! Renata ist hier!«

Die Frau, die ihm nicht geholfen hatte, die Mutter des Ermordeten aufzufangen, machte nun den Popolo auf Renata aufmerksam. Zorn überkam Prospero Lambertini. Wem nutzte die Zurschaustellung des Leides schon?

Die Menge, die sich neugierig wieder erhoben hatte, teilte sich sogleich und schuf dem Dominikaner ehrfurchtsvoll eine Gasse. Fra Bernardino kletterte mit einer Schnelligkeit, die man dem kleinen dicken Mönch nicht zugetraut hätte, von seiner Kutsche herab. Danach schwebte er geradezu der armen Frau entgegen. Immer noch Tränen in den Augen beugte sich der Prediger zu Renata, die allmählich wieder zu sich kam.

»Frau, Frau«, rief er mit anklagender Stimme. »Die Juden haben dir dein Kind genommen, doch ich sage dir, dein Engel ist bei Gott. Der Herr, der gute Herr hat ihn zu sich genommen! Ich schwöre es, er ist bei unser aller Vater. Ich will der Frieden sein und …« Bernardino richtete die Frau auf, hielt ihren Arm eisern mit der linken Hand im Zangengriff, während er die rechte Hand mit dem drohenden Zeigefinger gen Himmel reckte: » ... die Rache! Auge um Auge, sagt der Herr, und Zahn um Zahn. Und wer das Schwert zieht, der wird durch das Schwert fallen. Dran, dran, ihr guten Römer, zeigt, dass ihr noch Mark in den Knochen habt, dass ihr nicht zu Memmen geworden seid! Kommt mit mir! Die Gottesmörder sollen uns erklären, was sie mit unserem Sohn gemacht haben! Denn Angelo, gute Frau, höre und vernimm es: Angelo ist nun unser aller Sohn!«

Damit riss er die von Trauer überwältigte Renata, die nicht wusste, wie ihr geschah, mit sich fort und setzte sich mit ihr an die Spitze des Zuges. Prospero spürte, wie sich sein Magen zusammenkrampfte. Was für ein verruchtes Arsenal billiger Effekte! Alles in ihm schrie: »Christus ist Liebe, nicht Rache!« Doch er war klug genug, zu schweigen. Sie würden ihn einfach totschlagen, wenn er sich ihnen in den Weg zu stellen wagte. Weder liebte Prospero die Juden, noch hasste er sie, in seinem Denken und seiner Welt spielten sie keine Rolle, allenfalls in der theologischen Spekulation als Volk des Alten Bundes.

Die wütende Prozession zog am Palazzo Carasoli vorbei. Mit jeder Meile, die sie sich dem Ghetto näherten, erhitzten sich die Gemüter der Menschen immer mehr. Der Wunsch, der sie alle vereinte, war der, die Juden zu bestrafen, Rache zu nehmen, nicht nur für den Knaben. Nein, auch für das armselige Leben, das sie führten, die Fischer, die Maurer, die Schiffer, die Schneider, die Metzger, die Holzfäller und Kesselflicker, die Köhler und Bettler, die Hehler und Falschspieler. Jemand musste dafür bluten, für ihre elende Existenz. Der Hilfsauditor blickte sich um und studierte ihre finsteren Gesichter. Nicht nur die unteren Schichten hatten sich in den Zug eingereiht; auch ein paar vornehme Jüngelchen, den Kavaliersdegen keck mit sich führend. Diebe und Bravi, wie man die unausrottbare Gilde der gedungenen Mörder nannte, hatten sich dem Zug angeschlossen. Wenn sich die gute Tat der Rache mit einer kleinen zum Vorteil gereichenden Plünderung verbinden ließ, die straffrei blieb, so sollte es nicht wenigen im Zug recht sein. Kein noch so gutes Wort würde sie von ihrem Weg abhalten können. Sie verlangten nur zu hören, was sie hören wollten.

Auf der rechten Seite erhob sich sein Ziel, der Palazzo Carasoli. Prospero kämpfte sich mühselig dorthin durch, erntete dabei nicht wenige böse Blicke, schaffte es dann aber doch, zum rettenden Eingang zu gelangen. Doch der war fest verschlossen.

8.

Zum ersten Mal erlebte Prospero die massiven Tore geschlossen. Jetzt wurde ihm klar, dass man sich in Zeiten der Not in dem imposanten Bauwerk trefflich verschanzen konnte. Vor den Fenstern der unteren Etagen hingen schwere Eisengitter. Mächtige Riegel erzeugten den Eindruck einer Festung. Doch die oberen Stockwerke mit ihrer verspielten Fassadengestaltung milderten das Bild ab und verliehen dem Palast eine klassische Eleganz. In den Nischen über dem Eingangstor wachten der Krieger Romulus, der sagenhafte Gründer der Stadt, und der weise Numa, der dritte König Roms, als wollten sie garantieren, dass jeder Angreifer beides antreffen würde: Kampfkraft und Weisheit.

Prospero schlug gegen die Tür. Ein kleines Fenster öffnete sich. »Der Auditor Monsignore Caprara schickt mich.«

»Wie ist Ihr Name?«

»Ich bin Hilfsauditor der Sancta Rota Romana, Prospero Lambertini.« Er genoss diesen neuen Titel, weil er sich auf die Arbeit freute, die vor ihm lag. Der Wächter rief seinen Namen in den Gang hinein. Jemand, den er nicht sehen konnte, brummte sogleich aus den Tiefen des Palastes zurück: »Darf reinkommen. Seine Eminenz erwartet ihn.« Mehrere Riegel wurden zurückgeschoben, und das Tor öffnete sich einen Spalt, gerade so weit, dass Prospero sich hindurchschlängeln konnte. Kaum hatte der Hilfsauditor den Gang betreten, schlossen die bewaffneten Diener das Tor wieder.

Carasolis Privatsekretär kam den rechten Aufgang herunter. Der Mann trug das weiße Habit der Dominikaner und lächelte freundlich. Der rosige Teint, der vom silberfarbenen Haar noch unterstrichen wurde, verriet zudem, dass der Sekretär den Freuden des Weins nicht abgeneigt war. Prospero gefiel die angenehme Kultiviertheit des Dominikaners und ließ ihn die erschreckende Derbheit des Volkspredigers beinahe vergessen. Der Mönch gab dem Hilfsauditor so verbindlich die Hand, als würden sie sich schon eine Weile kennen: »Ah, Doktor Lambertini, Gott zum Gruß. Wir müssen uns beeilen, der Kardinal erwartet Sie bereits.«

»Entschuldigung, ich bin so schnell wie …«

»Ja, ja, es ist ein Wunder, dass Sie dem Hexenkessel da draußen mit heiler Haut entronnen sind.« Er schüttelte missbilligend den Kopf, wie man die Streiche kleiner Kinder verurteilt – mit Strenge, Nachsicht und einem kleinen Rest Ratlosigkeit.

Sie eilten durch unzählige lange Flure. So viel Reichtum

hatte Prospero noch nicht gesehen: verzierte und bemalte Decken, deren Bilder sich zu den Wänden hin öffneten, Skulpturen, die in Halbnischen in den Wänden standen, schließlich Gemälde von unschätzbarem Wert. Prospero Lambertini war kein Fachmann, aber Werke von Guido Reni und Caravaggio und Skulpturen von Bernini erkannte auch er. Schließlich öffnete der Sekretär eine der hohen Türen. Sie traten in einen Raum, dessen Decke ein überreiches Fresko zierte. An den Wänden befanden sich zahllose rot lackierte Regale, die mit Büchern gefüllt waren. Ein mittelgroßer, sehr schlanker Mann, bekleidet mit dem roten Birett und der Soutane des Kardinals, schaute aus dem Fenster und beobachtete den Aufruhr. »Eure Eminenz, Doktor Lambertini.«

»Danke, Antonio. Lassen Sie uns allein.« Antonio deutete eine Verbeugung an und verließ die Bibliothek.

Der Kardinal wandte sich um. Er wirkte mit seinem zarten Gesicht, den sanften Falten auf der Stirn, den melancholischen dunklen Augen, dem Oberlippenbart über dem ein wenig frivolen Kavaliersbärtchen durchgeistigt, doch nicht ohne Kraft. »Wir mussten die Tore schließen. Man weiß ja nie. Da lassen wir das Volk schon zum Karneval und noch zu einem Dutzend anderer Feste von der Kette, damit es nicht irrsinnig wird an seinen wilden Trieben, und dann dies!«

»Aber es sind Christen, Eure Eminenz.«

»Ja, Lambertini, das hoffe ich auch, doch glauben kann ich es nicht. Leg die Papiere dort auf dem Tisch ab. Dann komm mit. Ich will dir etwas zeigen.«

Der Kardinal führte ihn in einen Winkel der Bibliothek, in dem das Porträt einer Frau hing, die in gewisser Weise dem Kardinal ähnelte.

»Das war meine Tante, die selige Maria Carasoli«, erklärte der Kirchenfürst sachlich.

»Wer hat das Bild gemalt?«

»Wir wissen es nicht, und es tut auch nichts zur Sache. Ein großer Künstler war es jedenfalls nicht«, schätzte der Kardinalvikar den Wert des Gemäldes ein. Von den überall im Palast ausgestellten Bildern der großen Meister fiel dieses etwas naive Werk eines nicht allzu begabten Provinzmalers deutlich ab. Das Antlitz der Maria Carasoli, einer Frau um die vierzig, beeindruckte eher durch seine Klugheit als seine Schönheit. Ihre Augen blickten von einem Buch auf, das in ihrem Schoß lag.

»Ich habe einen äußerst delikaten Sonderauftrag für dich. Der gute Caprara hat mir versichert, dass du der Richtige dafür seiest. Klug, ehrlich und diskret«, begann der Kirchenfürst ohne Umschweife. Es ging um das Porträt der Tante, das wusste Prospero schon. Er hatte bereits davon gehört, dass ihre Heiligsprechung mit viel Eifer vorangetrieben wurde. In der Rota rechneten alle damit, dass die selige Maria Carasoli noch in diesem Jahr von Papst Innozenz XII. zur Ehre der Altäre erhoben würde, wie der Akt der Heiligsprechung blumig umschrieben wurde. Die römischen Spatzen pfiffen es schon vom Dach des Quirinalpalastes, dass die Rechtmäßigkeit der Wunder, die Carasolis selige Tante bewirkt haben soll, nicht angezweifelt wurde. Prospero konnte sich nicht vorstellen, was er in diesem Prozess noch hätte tun können. »Ich will nicht, dass die Heiligsprechung mir zum Gefallen stattfindet«, klärte Carasoli seinen jungen Freund sogleich auf.

»Keiner zweifelt an den Wundern.«

»Junger Freund, an allem ist zu zweifeln – außer an Gott natürlich.«

»Wenn ich Eurer Eminenz helfen ...«

»Wenn du mir nicht helfen könntest, hätte ich dich nicht gerufen.« Viele in der Kurie fürchteten Carasoli für seine Intelligenz und seine Ungeduld. Er hasste leeres Gerede, fiel den Leuten ins Wort, wenn sie ins Schwafeln kamen, und hatte schon manchen Kurialen ins Schwitzen gebracht. Ungeduld, hieß es, sei die größte Sünde des eifrigen Kardinals. Prospero aber beeindruckte diese zielstrebige Art.

»Ich möchte, dass du die Wunder, die sie vollbracht haben soll, sehr streng prüfst. Nur wenn meine selige Tante im Sinne der Definition wirklich eine Heilige war, soll sie zur Ehre der Altäre erhoben werden. Verstehst du, nur dann!«

Carasolis Auftrag verblüffte den Hilfsauditor. Er sollte die Wunder auf ihre Wahrhaftigkeit prüfen! Als Wunderdetektiv tätig werden! Damit hatte er nicht gerechnet. Bei aller Freude spürte er doch im tiefsten Innern, dass der Auftrag auch Risiken barg. Eine Heiligsprechung war für die Heimat und vor allem für die Nachkommen der Seligen eine so unvergleichlich hohe Ehre, dass sie dafür wohl eher Wege jenseits der Gesetze einschlagen würden, als die kritische Überprüfung zu fordern. Carasolis Anliegen war also höchst ungewöhnlich.

»Ganz gleich, zu welchem Urteil du kommst, positiv oder negativ, es bringt dir keinerlei Nachteile. Ich bin nur an der Wahrheit interessiert!«

Der Kirchenfürst schaute den jungen Mann prüfend an. Was immer Prospero in seinem Leben noch sehen würde, in dieser Minute blickte er ins Auge der Macht. Sie war nicht wild oder Funken sprühend, sie schüchterte nicht ein, noch loderte sie, sie wirkte verbindlich, fast freundlich, doch bei aller Freundlichkeit war sie nur eins: hart.

Vom Gang her drang Lärm in die Bibliothek. Die Tür sprang auf, und ein Mönch stürmte in den Saal. Eilig schlug der Mönch die Kapuze zurück. Dichtes, rotblondes Haar fiel ihm auf die Schultern, und der Ordensmann entpuppte sich als eine verkleidete Frau. Prosperos Neugier war geweckt. Hinter ihr erschien der Sekretär, der um Verzeihung bat.

»Schon gut, Antonio. Es gibt niemanden, der Signorina Deborah aufzuhalten vermag.«

Der Hilfsauditor musterte die Frau, die, dem Namen nach zu urteilen, offensichtlich Jüdin war. Der Zorn, der in ihren mandelförmigen Augen loderte, die sinnlichen, vollen Lippen, die schön geformte Stirn, die sie wohl jedem bieten würde, der es wagte, sich ihr in den Weg zu stellen, schließlich die fein gebogene und schmale Nase, die dem Gesicht Anmut verlieh, selbst wenn sie das fast zu kräftige Kinn empört erhob. Herausfordernd schaute sie zu Prospero. Der musste unwillkürlich die Augen senken und fühlte in seinem Innern die aufsteigende Wärme der Scham.

»Du kannst reden. Wir können Doktor Lambertini vertrauen.«

»Mediziner?«, fragte Deborah.

»Nein, Theologe und Jurist.« Deborah wandte sich wieder dem Kardinal zu, so als existiere Prospero Lambertini für sie nicht mehr.

»Wie können Sie es zulassen, dass mein Vater verhaftet und wie ein Schwerverbrecher in den Kerker der Engelsburg gebracht wird? Wie oft haben Sie seine Heilkünste in Anspruch genommen, wie oft haben Sie mit ihm Schach gespielt und diskutiert? Sie wissen, dass mein Vater kein Mörder ist. Sie kennen ihn doch!«

Prospero wunderte sich über den respektlosen Ton der

jungen Frau. Doch Carasoli ließ sich nicht aus der Ruhe bringen und fragte bestimmt, aber freundlich: »Hast du die Menge gesehen, die zum Ghetto unterwegs ist?«

»Ja.«

»Ich habe Soldaten zum Ghetto geschickt, aber ob sie dem Druck des Popolo standhalten werden, weiß ich nicht. Deborah, dein Vater ist am sichersten in der Engelsburg.«

Die schöne Jüdin schwieg und blickte den Kardinal jetzt unschlüssig an. Sie suchte offensichtlich nach Gegenargumenten, fand aber keine, die ihr stichhaltig genug erschienen. »Und jetzt?« Ihre Stimme klang mit einem Mal sehr viel weicher. Carasoli nahm tröstend ihre Hände und schaute ihr tief in die Augen. »Warten wir ab, bis die Wut sich gelegt hat. Wir führen in Ruhe eine Untersuchung durch. Ich passe auf, dass deinem Vater in der Engelsburg kein Haar gekrümmt wird. Du aber kehrst ins Ghetto zurück und verlässt es die nächsten Tage nicht! Nicht auszudenken, wenn dich jemand außerhalb des Ghettos erkennt. Und dann steckst du in einer Verkleidung, die der Popolo geradezu als Hohn verstehen muss.« Er schüttelte missbilligend den Kopf. »Für die da draußen entweihst du auch noch das Ordenshabit des Heiligen Dominikus! Welch Sakrileg! Du bist in weit größerer Gefahr als dein Vater!«

Sie nickte und kämmte entschlossen die widerspenstigen Haare nach hinten, setzte die Kapuze auf und verwandelte sich wieder in den zierlichen Mönch. Sehr zu Prosperos Verdruss.

Er konnte nicht genau sagen, ob sie ihm wirklich gefiel. Und dennoch beeindruckte sie ihn zutiefst. Es war nicht ihre körperliche Erscheinung, die ihn faszinierte, obwohl ihre Schönheit einen Bernini inspiriert hätte. Etwas anderes fesselte ihn, etwas, das er nicht zu deuten vermochte, etwas ganz und gar Beunruhigendes.

Sie nickte dem Kardinal noch einmal leicht zu, dann ging sie zur Tür.

»Sei vorsichtig!« Ohne eine Antwort zu geben, verließ sie die Bibliothek.

Für einen Moment wirkte der Kardinal nachdenklich, vielleicht sogar bedrückt. Dann erklärte er Prospero nüchtern und klar, dass Deborah die Tochter des Rabbiners Tranquillo Vita Corcos sei, des klügsten Mannes, den das römische Ghetto je gesehen hatte. Ehrliche Achtung sprach aus den Worten des Kardinals.

»Glauben Sie an diese Ritualmordgeschichte?«, fragte Prospero.

Der Kardinal lachte auf. »Ritualmord? Großer Gott! Wir sind im Jahrhundert des Lichts, siècle des lumière, wie die Franzosen sagen.«

Er glaubte seinen Ohren nicht zu trauen, Worte, für die man von der Inquisition verhaftet und womöglich verbrannt worden wäre, aus dem Munde eines Kardinals. Doch der verzog keine Miene.

»Erzähl es aber nicht gleich dem Heiligen Offizium oder dem Großinquisitor, seiner Eminenz Sperello Sperelli.« Dann wurde er wieder ernst: »Wenn die Kirche überleben soll, dann müssen wir uns endlich von dem Aberglauben befreien, mit dem wir uns in der Welt nur lächerlich machen. Und jetzt geh, und beginne mit der Untersuchung des Verfahrens zur Heiligsprechung meiner Tante.«

Der Kardinal schlug ein Kreuz, um Prosperos Tätigkeit den Segen zu erteilen, und zum Zeichen, dass ihr Gespräch beendet war. Aber er besann sich noch einmal und rief ihn zurück. »Bist du eigentlich Priester?«

»Nein, noch nicht. Aber ich erhalte am Sonntag in Santa Maria in Trastevere das Weihesakrament.«

»Also von mir«, freute sich der Kardinal. »Mach deine Sache ordentlich, du gehörst ab jetzt zu meiner *Famiglia!*«

Diese letzten Worte überwältigten Prospero, und frohen Herzens verließ er die Bibliothek durch die Tür an der Stirnseite des rechteckigen Saales. Wer zur Famiglia, zum Hof eines Kardinals gehörte, dem war der Anfang in Rom gelungen. Er besaß nun einen Beschützer und Förderer. Er beschloss, diesen Tag für immer im Gedächtnis zu behalten, denn es schien sein Glückstag zu sein. Erst stellte ihn sein Landsmann als Hilfsrichter an, und dann wurde er noch in die Famiglia des Kardinalvikars von Rom aufgenommen, des Mannes, der Rom im Auftrag des Papstes regierte.

Antonio kam ihm auf dem Gang entgegen, um Prospero Lambertini nach draußen zu begleiten. Der Mönch strahlte Prospero freundschaftlich an. »Gratuliere. Du gehörst nun zur Famiglia des mächtigsten Kardinals der Kirche.«

Ja, dachte Prospero, und schwelgte in seinem Glück. Der einzelne Mensch war zu schwach, um sich in der widrigen und gewalttätigen Welt durchzusetzen. Er brauchte den Schutz eines großen Herren, dessen Macht ihn vor der Unbill bewahrte. Die Kardinäle betrachteten es als Angriff auf ihre Person, wenn sich jemand an einem Mitglied ihres Hofstaates vergriff. Der Aufstieg konnte nur unter dem Schutz eines mächtigen Gönners gelingen. Der Fall eines Großen riss eine ganze Welt mit sich in den Abgrund, während sein Aufstieg die ganze Famiglia in den Himmel hob. Einen besseren Patron als Carasoli, glaubte Prospero in diesem Moment zu Recht, hätte er sich nicht erhoffen können.

Auf dem Weg zum Tor bot ihm der Dominikaner an, sich mit Fragen jederzeit an ihn zu wenden. In seinen Ohren klang das Angebot eher nach einer Forderung. Antonio schärfte ihm ein, einzig und allein nach der Wahrheit zu suchen. Nach nichts anderem. Er kenne doch das Motto des Kardinals. Prospero schüttelte den Kopf. Der Sekretär nahm ihn vertraulich beim Arm. »Die Wahrheit wird uns finden – seien wir bereit!« Dann wies er auf eine Inschrift an der Wand, die Prospero schon an anderen Stellen des Palazzos aufgefallen war: *VTRO(QUE) TEMPORA* – Zu jeder Zeit!

9.

Der wütende Mob hatte inzwischen das Haupttor des Ghettos erreicht und sah sich unerwartet einer Abteilung der Schlüsselsoldaten gegenüber. Mit dem Rücken zur Ghettomauer richteten die Soldaten die Lanzen gegen die Ankommenden. Fra Bernardino, der die arme Renata immer noch wie ein Maskottchen neben sich her führte, hob die Hand. »Halt … Halt … Halt … Halt … Halt!« Die aufgebrachte Menge kam zum Stehen. Gespannte Stille lag in der Luft. Die Wut des Volkes konnte sich jederzeit in einen schrecklichen Aufruhr entladen. Der Mönch trat mit Angelos Mutter, die er fest am Handgelenk gepackt hatte, zum Hauptmann. »Die arme Frau will sehen, wo man ihren Sohn massakriert hat. Willst du ihr das verweigern?«, herrschte er den Bewacher an.

»Ich habe klare Befehle. Niemand kommt hier durch!

Geht nach Hause.« Der Hauptmann blieb ungerührt. Der Popolo protestierte. Niemand vermochte vorauszusagen, was im nächsten Moment geschehen würde. Zerstreute sich die Menge oder rannte sie todesmutig gegen die Lanzen der Soldaten an? Einige würden zwar dabei sterben, aber die Schlüsselsoldaten könnten die vielen Menschen nicht daran hindern, das Ghetto zu stürmen. Alles kam nun auf ihn an. Obwohl Fra Bernardino seinen Vorteil sah, begriff er trotzdem, in welche Lage er sich damit bringen würde. Er hatte nicht damit gerechnet, dass der Kardinalvikar das Ghetto durch Soldaten schützen lassen würde. Die Menschen zu einem kleinen Pogrom an den Juden aufzuhetzen, war das eine, aber den Aufruhr gegen päpstliche Soldaten anzuführen, etwas ganz anderes. Bernardino wurde es abwechselnd heiß und kalt unter seiner Kutte. Einerseits galt es, das Gesicht zu wahren, andererseits verbot es sich für ihn, eine Revolte gegen den Papst anzuzetteln. Doch ihm kam der rettende Einfall. »Hole den Untersuchungsrichter her! Wir wollen wissen, was der Stand der Dinge ist. Vorher gehen wir nicht nach Hause.« Der Hauptmann zögerte einen Moment, schickte dann aber doch einen Boten los. Bald darauf traf Monsignore Spigola ein, der dem Mönch freundlich entgegentrat. »Lieber Bruder, schick die guten Leute nach Hause!«

»Nicht, solange wir nicht wissen, was Ihr gegen diese Bestien zu unternehmen gedenkt.«

»Mach dir keine Sorgen, die Sancta Rota Romana ermittelt.«

»Diese guten Christenmenschen vertrauen der ehrwürdigen Rota, doch sie wollen wissen, was mit den Teufeln geschieht.«

Bernardino starrte den Auditor unnachgiebig an. Auf

dem Platz herrschte Stille. Er genoss es, Seelenführer des Popolo zu sein.

»Wir haben bereits einen Verdächtigen festgenommen und ermitteln gegen die jüdische Gemeinde«, erklärte Spigola.

»Macht das Feuer zum Untersuchungsführer«, rief jemand aus der Menge.

»Nicht fragen, sondern brennen!«, forderte ein anderer.

»Worauf warten wir noch!«, schrie jetzt ein Dritter. Kurz darauf flogen Äpfel und Tomaten durch die Luft und trafen den Hauptmann und Spigola an Kopf und Brust. Bernardino fühlte, wie ihm die Situation entglitt.

»Ruhig, ruhig, ihr guten Leute. Die Mörder entkommen nicht! Lasst die Sancta Rota Romana ermitteln. Vertraut ihr!«

Der Mönch war sich nicht sicher, ob er den Ausbruch der Revolte noch verhindern konnte. »Das Volk von Rom vertraut der Rota. Aber die Rota muss auch dem Volk vertrauen!«

»Sie tut es, lieber Bruder, sie tut es«, murmelte Spigola, der sich die Reste der Tomate aus dem Gesicht wischte.

»Wir wollen täglich informiert werden über den Fortgang der Untersuchung«, forderte der Mönch.

»Wie soll das geschehen?«

»Veröffentlicht die Ergebnisse täglich im Avviso. Außerdem verlange ich, dass Ihr mich auf dem Laufenden haltet. Ich werde es dem Volk mitteilen. Und ihr«, jetzt drehte sich der Mönch der Menschenmenge in seinem Rücken zu, »geht jetzt nach Hause, betet für den armen Angelo und findet euch morgen Mittag vor meiner Kirche San Angelo in Pescheria wieder ein.«

Unschlüssig stand das Volk da. Kein Laut, keine Proteste, doch auch kein Anzeichen dafür, dass die Menschen nach Hause zurückkehren würden.

»Das große Volk von Rom wird wachsam sein. Es wird dafür sorgen, dass die Mörder und Frevler bestraft werden! Wir vertrauen dir, Untersuchungsrichter, aber wage es nicht, uns zu hintergehen, denn die Rache des Popolo wird grausam sein! Amen!«

»Amen!«, antworteten tausend Kehlen. Nun endlich begann sich die Menge aufzulösen. Fra Bernardino fiel ein Stein vom Herzen. »Zieht die Wachen ab!«, verlangte er von Spigola.

»Das liegt nicht in meiner Macht!«

»Und in wessen Macht liegt es dann?«

»In der des Kardinalvikars von Rom.«

»Nicht mehr lange!«, drohte Bernardino. Und entschloss sich, den Großinquisitor aufzusuchen.

10.

Der Gasthof La Grassa lag an der Ecke, an der Via del Paradiso und Via Papale zusammenstießen. Die blaue Farbe verblasste und gab dem Haus aus dem 14. Jahrhundert ein unauffälliges, jedoch ehrwürdiges Aussehen. Während der guten Viertelstunde, die er unterwegs war, badete er im wohligen Gefühl des Glücks. Er fühlte sich angekommen in Rom. Nun gehörte er zum Hof des Kardinals Carasoli, eines Mannes, der schon bald Papst sein könnte. Wie gut hatte es doch die Vorsehung mit ihm gemeint. Prospero beschloss, am Abend ein langes Dankgebet zu halten und dem Heiligen Geist eine dicke weiße Kerze zu opfern. Es war wie ein Wunder. Und genau darin, frohlockte er innerlich, würde seine neue Aufgabe bestehen – die Natur der Wunder zu erforschen. In dieser ausgelassenen Stimmung stieg er die vier Stufen in die im Souterrain liegende Osteria hinab. Zwölf Jahre lebte er nun schon in Rom, aber hier hatte er noch nie gegessen. Das hatte allerdings nicht viel zu bedeuten, denn zumeist verköstigte er sich in der Mensa des Collegio Clementina, in dem er während seiner Ausbildung auch gewohnt hatte. Wenn am Monatsende so viel Geld übrig blieb, dass es für ein Wirtshaus reichte, dann kamen nur die billigen, aber guten Tavernen in Trastevere infrage.

Er blickte sich suchend um, ob Alessandro Caprara schon an einem der Tische zu finden war.

Das Innere der Osteria wirkte zu Prosperos Erstaunen sehr edel. Um geschwungene und verzierte Tische standen die dazugehörigen Stühle, die man mit dickem, grünem Damast bezogen hatte, mit demselben grünen Damast, der die Wände verkleidete. Das Lokal war gut besucht. Vor allem höhere Geistliche aus Bologna waren hier zu Gast.

Aber Prospero blieb nicht lange mit seinen Gedanken allein. Ein kleiner rundlicher Mann, dessen großes weißes Hemd aus der ebenfalls weißen Hose plusterte und dessen rundlich-fröhliches Gesicht an das eines Bauern aus der Emilia Romagna erinnerte, begrüßte ihn mit dem breitesten Bologneser Dialekt, der ihm jemals zu Ohren gekommen war. Das konnte nur der Wirt persönlich sein. Mitten im abweisenden Rom, wo jeder nur auf seinen Vorteil achtete, fühlte er sich mit einem Mal wieder zu Hause. Ihm wurde sofort warm ums Herz. Er begann zu verstehen, warum der Auditor hier sein Mittagsmahl einzunehmen pflegte. »Ich bin mit Monsignore Caprara verabredet«, sagte Prospero, ebenfalls in der heimatlichen Mundart. Auf dem Gesicht des Wirtes breitete sich ein Lächeln aus. »Freund«, erwiderte er vertraulich. »Nimm hier Platz. Das ist der Stammtisch von unserem verehrten Alessandro. Aber nenne mir doch deinen Namen. Vielleicht kenne ich deine Familie.«

»Lambertini, Signore.«

»Signore? Bist du noch bei Verstand? Lass bloß das Signore weg!«

Der Wirt war außer sich vor Freude und presste Prospero wie einen alten Bekannten an seine breite Brust. »Bei der heiligen Madonna, der Sohn von Lucrezia Lambertini, die nach dem allzu frühen Tode des guten Marcello den Grafen Bentivoglio geheiratet hat.« An Prosperos Gesichtsausdruck schien der Wirt zu merken, dass er mit seiner Vermutung richtig lag, und war nun kaum zu bremsen:

»Der arme Marcello, er war doch gerade Anfang vierzig, als er uns verlassen musste. Aber warte ...«

Der Wirt hielt abrupt inne, ließ ihn los und trat einen Schritt zurück. Er musterte ihn, als stünde ein leibhaftiges Wunder vor ihm. »Du bist doch nicht ... doch, doch du bist es, du bist Prospero«, rief er erfreut aus. Er klatschte voller Freude in die Hände. »Kein Zweifel, du bist Prospero!« Fieberhaft überlegte der so heftig Bestaunte, ob er den Wirt kennen müsste. Doch der winkte nur mit einer Geste unerreichbarer Nonchalance ab. »Zerbrich dir nicht unnötig deinen Kopf! Du kannst dich nicht an mich erinnern, mein Sohn. Du warst damals noch viel zu klein. Ich diente deinem Vater als Koch. Als er starb und meine Dienste bei dem neuen Mann deiner Mutter nicht erwünscht waren, ging ich nach Rom, schlug mich durch und machte eines Tages mit der Hilfe unseres hochverehrten Monsignore Caprara diesen Gasthof auf.«

Prospero Lambertini freute sich sehr, einen Landsmann zu treffen. Gleichzeitig versetzte ihm diese Begegnung einen Stich ins Herz, erinnerte sie ihn doch an die glücklichste Zeit seines Lebens, die so unwiederbringlich dahin war. Den frühen Verlust seines Vaters hatte er niemals verwunden. Mit dem Vater aber hatte er auch seine Familie verloren. Zu seiner Mutter, zu seinen Brüdern und Halbbrüdern zog es ihn nicht. Sie waren dem zu früh aus dem Nest Gefallenen fremd geworden. Nachdem seine Mutter den Grafen Luigi Bentivoglio geheiratet hatte, wurde der kleine Prospero von zwei Lehrern erzogen. Auch sie blieben für ihn Fremde. Bald gab die Mutter den Knaben ins adlige Konvikt der Somasker. Der Orden kümmerte sich vor allem um die Bildung junger Menschen und um die Waisen. Kurz nach seinem dreizehnten Geburtstag schickte Lucrezia Bentivoglio, wie sie inzwischen hieß, ihren Sohn schließlich nach Rom, wo er im Collegio Clementino unterkam, das ebenfalls die Somasker leiteten.

Die Ferienaufenthalte bei seiner Mutter verliefen freundlich, doch distanziert. Prospero hatte seine neue Familie in den Wissenschaften, in der Literatur, in der Kirche gefunden. Vor allem aber genoss er die Freundschaften mit Gleichgesinnten, die auch die Liebe zur Wissenschaft, zur Theologie und zur Literatur erfüllte. Die Kirche war seine neue Familie geworden. Sie bot ihm Trost im Verlust und hatte ihn adoptiert.

In seinem Zimmer in Trastevere, wo er billig zur Untermiete bei einer Seilerswitwe logierte, versammelten sich oft Studenten und frisch Promovierte, die für irgendeinen Monsignore Hilfsarbeiten erledigten, um auf diesem mühsamen Weg zu einer Anstellung in der Kurie zu kommen. Sie strebten alle nicht danach, Landpfarrer zu werden, sondern hofften auf einen Aufstieg in den Verwaltungen des Kirchenstaates oder der Kirche. Kam man nicht aus hochadeligem Haus, aus einer der großen Familien oder besaß aus anderen Gründen Protektion, blieb nur die Ochsentour über Hilfsdienste, um auf diesem Weg die Aufmerksamkeit eines Gönners auf sich zu ziehen.

Der Wirt schüttelte immer noch den Kopf aus Verwunderung darüber, wen ihm das Schicksal ins Lokal geführt hatte. »Prosperino. Lass dich anschauen, groß bist du geworden, groß. Kannst dem alten Gioacchino ja bereits auf den Kopf spucken.«

Dann rief Gioacchino seine Söhne und seine Töchter herbei, ihnen allen musste er den unerwarteten Gast vorstellen. Prospero fühlte sich ausgesprochen wohl, als ihn diese wundervoll laute Bologneser Familie umringte. Plötzlich drang Capraras voller Bass durch das Stimmgewirr in dem Lokal. »Ich sehe, ihr habt euch schon bekannt gemacht.«

»Was ist denn da schon groß sich bekannt zu machen? Ich kenn den Jungen noch aus der Zeit, als er Windeln trug.« Prospero vernahm ein Kichern hinter sich. Er wandte sich um und blickte sogleich einem jungen Mädchen von etwa sechzehn Jahren in die Augen, die sich über die Vorstellung des gewindelten Prosperos amüsierte. Leichte Röte stieg ihm ins Gesicht. Gioacchino zog seine Tochter zu sich. »Das ist Caterina. Ich habe sie nach der seligen Caterina von Vigri genannt, weil sie am gleichen Tag geboren wurde. So, jetzt aber an die Arbeit.« Wortlos folgte sie der Anordnung ihres Vaters und begab sich an die Theke. Der Wirt strahlte seinen Gönner an. »Was sollte ich nur ohne Sie anfangen, Verehrtester. Erst halfen Sie mir, den

Gasthof zu eröffnen, und dann schicken Sie mir diesen jungen Mann her.«

Caprara drohte dem Wirt scherzhaft mit dem Finger: »Der Dottore wird die Kirche zur Braut bekommen, nicht eine deiner Töchter, Landsmann. Er wird Priester. Und das schon bald!«

»Ah, Doktor ist er sogar geworden. Ich sehe ihn noch, wie er auf allen vieren zu mir in die Küche gekrabbelt kam.« Der Wirt dirigierte die beiden Kirchenmänner zu ihrem Tisch und drückte sie sanft auf ihre Plätze. »Ah, meine Freunde, heute übernehme ich das Menü – Ihr seid meine Gäste.«

»Freund, das sind wir sowieso: deine Gäste. Die Frage ist doch nur, ob wir dafür am Ende bezahlen müssen oder nicht.«

»Natürlich nicht.«

Wie immer es Gioacchino angestellt hatte, seinen Kindern zwischendurch Anweisungen zu erteilen, blieb ein Rätsel, aber während Caprara seine Einladung dankend annahm, kam Caterina bereits mit einer Karaffe Wasser, und gleich darauf mit einem leichten, aber würzigen Trebbiano.

»Heute gibt es keine Tortellini, die könnt ihr beim nächsten Mal essen«, entschied er.

Als Antipasti servierte Caterina goldgelbe Mangoldkuchen, Scarpazzon genannt, die herrlich nach Parmesan und frischer Petersilie dufteten.

»Nehmt so viel Ihr wollt.«

»Und so viel wir können«, ergänzte der Auditor scherzend. Dann riet er seinem Schützling zur Vorsicht, denn er besaß reichlich Erfahrung mit dem Verlauf eines so eingeleiteten Menüs. Gioacchino würde alles auf den Tisch bringen, was die Küche heute zu bieten hatte. Der Auditor nahm einen kleinen Schluck Wein. Anschließend wollte er von Prospero wissen, wie es bei Carasoli war. Dieser erzählte bereitwillig alle Einzelheiten. Caprara unterbrach die Schilderungen immer wieder mit Fragen.

Als Prospero gerade Carasolis Auftrag beschrieben hatte, kam Caterina und deckte den berühmten Bollito Misto auf. Das gemischte Schmorfleisch ließ der Wirt mit Kartoffelmus und Linsen servieren. Der strahlende Blick in den Augen des Auditors verriet, dass es sich hierbei um sein Leibgericht handelte. Auch Prospero war angetan; so köstlich hatte er den Bollito wohl noch nie gegessen. Weder das Rindfleisch noch das Kalbsfleisch, weder den Kalbskopf noch die Zunge hatte der Koch zu weich oder zu hart geschmort. Auch war der Eintopf Gott sei Dank nicht zu fett, weil der Koch Fleisch und Würste gesondert zubereitet hatte. Während er voller Genuss den Bollito aß, kommentierte der Auditor Carasolis Wünsche. »Der Kardinal meint es ernst damit, dass er eine unabhängige Untersuchung der Heiligsprechung will, die nicht gefällig, sondern allein der Wahrheit verpflichtet ist. Oft genug schritt er gegen dreiste Versuche mächtiger Leute ein, leidlich tugendhafte Familienmitglieder zur Ehre der Altäre zu erheben. Wenn man so streng bei anderen war, empfiehlt sich dieses Vorgehen in eigener Sache erst recht.«

Caprara, der seinen Teller bereits geleert hatte, füllte sich ein zweites Mal auf. »Der Bollito ist einfach zu gut. Alle Höllenstrafen würde ich für diese Köstlichkeit auf mich nehmen. Iss, junger Freund, iss.«

Nachdem sich Prospero reichlich aufgefüllt hatte, sprach der Auditor weiter. »Eine Kanonisation in Carasolis Familie muss über jeden Zweifel erhaben sein. Dennoch rate ich dir, mich zu konsultieren, bevor du dich an den Kardinal wendest. Wenn du aber die Hilfe des Kardinals benötigst, dann wende dich an ihn und nicht an Antonio.«

»Treibt der ein doppeltes Spiel?«, entfuhr es Prospero.

»Die Frage ist falsch gestellt. In der Politik ist sich jeder selbst der Nächste. Das ist keine Frage der Sympathie oder des Anstands. Das ist der Habitus des Zoon politicon, des politischen Tieres. Sie sind Raubtiere, ständig auf der Jagd nach Einfluss und Macht. Es geht nicht um Antonio, es geht ums Prinzip; wenn du nicht selbst mit dem Kardinal sprichst, hast du auch keine Kontrolle darüber, was er wirklich und wie er es erfährt.«

Als Caterina den Bollito abräumte, fragte sie mit einem koketten Augenaufschlag, ob es dem Dottore geschmeckt habe. »Ja, natürlich, bestens«, antwortete dieser verunsichert. Seit seinem zehnten Lebensjahr hatte Prospero in Internaten gelebt. Seine Abendgesellschaften bestanden aus jungen Männern, wo sollte er da Erfahrungen im Umgang mit dem weiblichen Geschlecht sammeln?

»Außerdem«, fügte der Auditor hinzu, »wirst du für Antonio zum Konkurrenten um die Gunst des Kardinals, wenn du deinen Auftrag gut erledigst. Sein Interesse an deinem großen Erfolg kann naturgemäß nur sehr eingeschränkt sein.« Caprara ließ sich den Trebbiano munden, hielt aber plötzlich inne und sah jetzt sehr nachdenklich aus. Prospero schaute ihn erwartungsvoll an. »Du musst vorsichtig sein, lieber Landsmann, sehr vorsichtig.«

»Warum?«, fragte der junge Mann zweifelnd.

»Carasoli nimmt dich in seine Famiglia auf, womit er dich bindet. Gleichzeitig erteilt er dir einen Auftrag, für dessen Erledigung er Unabhängigkeit von dir verlangt. Aber du kannst nur eines von beidem sein: gebunden oder ungebunden, abhängig oder unabhängig!« Dann prostete er ihm nochmals zu. »Ach, was soll's. Die Suppe ist gut, und das Haar darin werden wir schon beizeiten finden.«

Beim Riosotto all'anguilla, einem Reis mit Aalstückchen, erzählte Prospero mit halblauter Stimme von der Jüdin Deborah, die als Mönch verkleidet beim Kardinal erschienen war. Nun vergaß Caprara, der gebannt lauschte, das Essen. Sogleich wollte er wissen, ob der Kardinal der Jüdin versprochen hätte, ihren Vater zu beschützen.

»Ja, das hat er in der Tat. Aber warum?«

Caprara ließ langsam die Gabel sinken und trank noch etwas von dem Trebbiano. Missmutig blickte er Prospero an. »Bei Ritualmordverdacht ist der Kardinalvikar von Rom eigentlich nicht mehr zuständig. Dann übernimmt das Heilige Offizium die Untersuchung.«

»Aber wenn der Rabbiner unschuldig ist, wird ihm nichts geschehen.«

Caprara warf Prospero einen belustigten Blick zu. »Das Volk ist aufgebracht. Es will jemanden für den Mord brennen sehen. Sie suchen in Wahrheit nicht den Täter, sondern einen Sündenbock. Die Volksseele ist beleidigt! Was zählt da schon die Unschuld? Sie werden den armen Juden so lange foltern, bis er zugibt, den Jungen geschächtet zu haben.«

Der junge Hilfsauditor mochte das nicht glauben, das hatte er anders gelernt und anders im Kirchenrecht gelesen: »Aber die Inquisition ist eine Untersuchungsbehörde und als solche nur der Wahrheit verpflichtet.«

Caprara stutzte. »Sei nicht weltfremd, Prospero. So ist es doch nur in der Theorie. Was Wahrheit genannt wird, ist oftmals nur das Flitterkleid der eigenen Interessen.«

Der Hilfsauditor empfand zwar kein naives Vertrauen

zur Inquisition, wusste aber auch keinen Grund, weshalb er ihr misstrauen sollte. Gelehrte Männer wie der große Roberto Bellarmino dienten ihr. Er beschloss, die unfruchtbare Grundsatzdiskussion ruhen zu lassen und beim konkreten Fall zu bleiben. »Und wenn der Rabbiner nicht gesteht?«

»Dann werden sie ihn als Mörder hinrichten. Im Grunde ist mit seiner Verhaftung schon das Todesurteil gesprochen.«

»Sie meinen, für das Heilige Offizium steht seine Schuld bereits fest? Wieso?«

»Selbst wenn sie nicht an seine Schuld glauben und ihn freilassen, für den Popolo bleibt er schuldig. Er würde von der Engelsburg nicht einmal bis zu Piazza Navona kommen, da hätten sie ihn schon erkannt und bei lebendigem Leib in Stücke gerissen.«

»Dann muss man dem Volk eben den wahren Schuldigen präsentieren.«

»Wer sagt dir, dass der Rabbiner die Tat nicht begangen hat?«

»Warum ermordet er den Jungen in der Synagoge und lässt die Leiche dort liegen, wo sie gefunden werden muss?«

»Du bist so voreingenommen wie die Inquisition. Wie sie an die Schuld des Rabbiners glauben, bist du von dessen Unschuld überzeugt. Hast du ermittelt? Den Tatort besichtigt? Zeugen befragt? Der Glaube ist nur in Bezug auf Gott eine gute Sache, in allen anderen Fällen muss uns die Vernunft weiterhelfen.« Prospero wich dem Blick des Auditors aus. Er wusste, dass der erfahrene Richter im Recht war und ärgerte sich über seinen Mangel an Professionalität. Er hatte sich von Gefühlen leiten lassen.

»Es ist auch nicht unsere Aufgabe. Wir sind nicht für die

Teufel, sondern für die Heiligen zuständig, obwohl sie sich zuweilen zum Verwechseln ähneln. Konzentrieren wir uns also auf Maria Carasoli …« Weiter kam der Auditor nicht, denn von der Straße drang Lärm herein; aufgeregte, hasserfüllte Stimmen gemischt mit herzzerreißenden Schmerzenslauten.

11.

Drei Spitzbuben, mit geflickten Sackhosen und groben Leinenhemden bekleidet, schlugen auf einen Mann ein. Der lag gekrümmt auf dem Boden und versuchte, mit den Händen seinen Kopf vor den schweren Fußtritten der grölenden Männer zu schützen. Prospero schaute zunächst fassungslos auf die drei Schurken, dann auf die sie anfeuernden Menschen, die sich um das Grüppchen versammelt hatten.

»Da hast du's, du elender Jude!«

»Nimm das für den armen Angelo!«

»Und das noch dazu!«

Unbarmherzig traten die Burschen auf ihr wehrloses Opfer ein. Jeder Fußtritt schien sie nur zu neuen, noch brutaleren Hieben anzuspornen. Prospero beschlich die dunkle Ahnung, dass die drei nicht eher Ruhe geben würden, bis die arme Kreatur am Boden das letzte bisschen Leben ausgehaucht haben würde. Immer mehr Schaulustige versammelten sich und einige rissen sogar Witze. Kalter Zorn stieg in Lambertini hoch, denn er konnte nicht tatenlos zuschauen, wenn ein schwacher Mensch drangsaliert wurde.

In seinen Ohren hallten Jesu Worte wider: *Was ihr dem geringsten meiner Brüder angetan habt, das habt ihr mir angetan.*

Und der, der da am Boden lag, war er nicht auch ein Menschenbruder? Wenn er gefehlt hatte, dann sollten ordentliche Richter über ihn entscheiden, nicht aber der Mob. Nichts hielt Prospero mehr zurück. Er rannte zu den Schlägern, stieß sie von dem auf dem Boden liegenden Mann weg. »Lasst ihn zufrieden. Weg von ihm. Feiges Pack!«

Aus der Menge schrillte eine gemeine, dreckige Stimme: »Einen feinen Beschützer haben die Juden da.«

Einer der Schläger, auf dessen Stirn sich eine lange Narbe abzeichnete, musterte ihn kurz aus seinen verschlagenen Augen, dann versetzte er Prospero einen Fausthieb, der ihn ins Taumeln brachte. Da wurde es Gioacchino zu bunt. Mit seinen kräftigen Armen schnappte er zwei der drei Burschen im Nacken und schlug sie derb mit den Köpfen gegeneinander. Als der Dritte das sah, schickte er sich an, zu fliehen. Doch der Wirt stellte ihm flink ein Bein, so dass der die Länge lang hinfiel und mit dem Kopf hart auf dem Pflaster aufschlug. Gioacchino packte ihn nun am Kragen und schleifte ihn zu der unbarmherzigen Menge und warf ihn den Schaulustigen vor die Füße. »Feine Helden habt ihr da! Drei gegen einen!«

Die Menge johlte. Einer hetzte, dass man den fetten Wirt gleich mit aufhängen sollte und ein anderer empfahl, ihm den roten Hahn aufs Dach zu setzen. Aber Gioacchino blickte den Hetzer nur kalt an und entgegnete ihm mit gefährlichem Grinsen: »Den roten Hahn also? Pass auf, dass ich dich nicht zum Hahnrei mache! Deine Frau sehnt sich nach einem Mann, du Wallach!«

Der Hetzer lief rot an und zog ein Messer, doch der Wirt

grinste nur in grimmiger Erwartung »Komm, Bürschchen, bringen wir es zu Ende!« Kochend vor Wut steckte der das Messer wieder ein.

Inzwischen war Caprara zu den beiden anderen Schlägern getreten und befahl ihnen, sich zu erheben. »Was fällt euch eigentlich ein?«

Einer der beiden griff nach der Ledertasche, die neben dem Juden lag, und reichte sie dem Auditor. Der öffnete das Etui und entdeckte die blanken Silberskalpelle eines Sezierbesteckes. »Wozu wird der Jude das wohl brauchen? Heh? Wenn nicht dazu, unsere Söhne zu schächten!«, schrie einer der drei triumphierend.

Caprara erkannte, dass nicht mehr viel fehlte, bis die wütende Menge sich über den armen Mann hermachen würde. Mancher unter ihnen war unbefriedigt vom Ghetto zurückgekehrt und fühlte noch einen ungebrochenen, unheilvollen Tatendrang in sich. Der Auditor beschloss, auf die Worte des Schlägers nicht einzugehen. Mit fester Stimme verkündete er: »Ich bin Alessandro Caprara, Auditor der Sancta Rota Romana, und nehme den Juden mit! Schließlich hat er gegen die Bestimmung verstoßen, dass die Juden zur Erkennung gelbe Hüte tragen müssen. Wir werden den Fall untersuchen. Auch was es mit diesen Messern auf sich hat. Ihr geht jetzt besser eurer Wege, sonst gebe ich euch Gelegenheit, Logis beim Kerkermeister zu nehmen.«

Es stand auf Messers Schneide, ob sie seinen Anweisungen Folge leisten würden. Die Feindseligkeit in ihren Blicken war deutlich zu spüren. Wenn Caprara jetzt weichen würde, wäre alles verloren. Entschlossen machte der Auditor einen Schritt auf die Menschen zu, maß sie mit strengem Blick und sagte ruhig und sicher wie ein strenger Vater: »Na, wer von euch will Bekanntschaft mit der Engelsburg machen? Der braucht mir nur einen Schritt entgegenzukommen, und ich schwöre bei Gott, dass ich höchstpersönlich das unterste Verlies für ihn herrichten lasse! Den Kerker namens Marocco!«

Der Menge schauderte es bei diesen Worten. Der Bluff funktionierte. Das Wort Marocco flößte jedem Menschen in Rom große Angst ein, denn es bezeichnete den Ort in der Ewigen Stadt, an dem man am wenigsten zu sein wünschte. Es gab Delinquenten, die sich lieber selbst als Ketzer bezichtigten und eine saftige Gotteslästerung brüllten, nur um ins Gefängnis der Inquisition überstellt zu werden, anstatt im Marocco bei lebendigem Leib zu verfaulen und von den fetten Ratten der Engelsburg gefressen zu werden. Caprara hatte darauf gesetzt, dass die Feigheit der Menge größer sein würde als ihr Übermut, und er hatte Recht behalten. Der Mob zerstreute sich und wagte nicht einmal zu murren. Als die Spießgesellen sahen, wie schnell ihr Publikum sie im Stich gelassen hatte, gaben auch sie Fersengeld.

Prospero half mit der linken Hand dem Juden auf. Er musste ihn stützen. Vermutlich hatte er ein oder zwei gebrochene Rippen davongetragen. Gesicht und Hände bluteten. Der Mann sah aus wie der heilige Stephanus, der vor mehr als anderthalbtausend Jahren als erster Märtyrer in Jerusalem gesteinigt worden war.

»Wie heißt du?«, fragte Prospero.

»Benjamin.«

Der Auditor wies beide an, mitzukommen. Es war deutlich, dass er so schnell wie möglich den Ort hinter sich lassen wollte. Prospero bewunderte seinen neuen Vorgesetzten für dessen Durchsetzungsvermögen. Wozu der Jude aber das Sezierbesteck benötigte, das interessierte ihn ebenfalls brennend.

Während die drei die Straße entlang in Richtung Cancellaria gingen, lief Gioacchino aufgeregt zu seinem Gasthof zurück. Unterwegs rief er bereits laut und eindringlich nach Pepe. Pepe, ein hagerer Spanier aus Neapel mit einem langen Pferdegesicht, tiefschwarzen Augen unter ebenso schwarzem und struppigem Haar, diente dem Koch ergeben und treu. Niemand, der beide kannte, verstand, wie es der stets gesprächige Gioacchino mit diesem Schweiger aushielt. In all den Jahren mochte Gioacchino kaum mehr als zehn Sätze von Pepe gehört haben. Der Wirt riss ungeduldig an dessen Ärmel und deutete auf Prospero Lambertini. »Siehst du den Dottore dort?«

»Caprara.«

»Den Jungen meine ich, nicht den Alten, du verdammter Katalane.«

Pepes Vorfahren stammten aus La Mancha, aber er hatte in Neapel das Licht der Welt erblickt. Doch spielte weder das eine noch das andere eine Rolle, weil die Römer seit dem Borgia-Papst Alexander VI. alle Spanier Katalanen nannten.

»Folge ihm unauffällig, wohin er auch geht, bei Tag und bei Nacht. Greife nur ein, wenn der Junge in Gefahr gerät. Aber dann hilf auch und zögere nicht.«

Gioacchino fühlte sich für den Sohn seines verstorbenen Arbeitgebers verantwortlich. »Mach schon, du Pferdekopf, dass du ihn nicht aus den Augen verlierst.«

Fast lautlos bewegte sich Pepe fort. Er war der Mann, den niemand beachtet, und dem nichts entging.

12.

Den vor Schmerz laut stöhnenden Benjamin stützend, drängelte sich Prospero zusammen mit dem Auditor durch die enge Gasse, die zum Campo de' Fiori führte.

Kinder tollten in der engen Schlucht der Straße zwischen den Beinen der Wäschefrauen und Passantinnen herum. Zwei Kleriker unterhielten sich angeregt. Kesselflicker boten lautstark ihre Dienste an. Botenjungen suchten eilig ihre Wege durch die Menge. Zu allem Überfluss bildeten sich alle paar Meter Grüppchen von zwei bis drei Frauen, die gestikulierend im typischen Staccato der Römerinnen die Ungerechtigkeit der Welt oder die neueste Mode, die das Dekolleté der Frauen immer unverhüllter ließ, diskutierten.

Kurz vor dem Campo hatten zwei Barrozzi, jene gewaltigen Holzkarren, auf die Bauern ihr Heu in schwindelerregender Höhe zu stapeln verstanden und die von zwei riesigen Ochsen gleichmütig gezogen wurden, sich gegenseitig den Weg versperrt. Die Männer auf den Wagen stießen die wildesten Flüche aus.

Caprara nahm die Lebhaftigkeit der Gasse mit jenem Gleichmut des lange in Rom lebenden Zugereisten, der sich in das Unabänderliche schickte. Prospero hatte plötzlich das Gefühl, beobachtet zu werden. Er blickte sich um, doch in seinem Rücken befand sich nur das übliche Gewimmel.

»Wie konntest du nur auf die Idee kommen, heute das Ghetto zu verlassen? Wir bewachen es, damit euch nichts widerfährt, und du spazierst seelenruhig durch Rom?«, warf Caprara dem Juden vor.

»Ich musste in die Sapienza.«

Caprara brummte nur kopfschüttelnd.

»Und was ist mit dem Sezierbesteck?«, fragte Prospero nun.

Der Auditor blickte seinen jungen Gehilfen an. Nach so einem opulenten Mittagsmahl sehnte er sich eigentlich nach einem Schläfchen. »Benjamin ist Arzt und unterrichtet in der Universität die Studenten im Leichen-Aufschneiden.«

»Im Sezieren«, protestierte der Arzt leise, aber unmissverständlich.

Die Wahrheit, dachte Prospero, ist oft viel einfacher, als wir denken.

Vor ihnen löste sich das Menschenknäuel langsam auf, weil nach langem Streit schließlich der Bauer, der vom Campo kam, mit seinem Barrozzo zurücksetzte. Caprara erkundigte sich bei Benjamin, ob er es auch allein ins Ghetto schaffen würde. Der machte zur Probe ein paar Schritte ohne Prosperos Hilfe. Mit schmerzverzerrtem Gesicht versicherte er dem Auditor, dass es schon gehen werde. Nun, da das Blut in seinem Gesicht und an seinen Händen trocknete, sah er wie ein Aussätziger aus, dachte Prospero mitleidig.

Am Anfang des Campos entließ der Auditor den Juden mit der Warnung, sich vorsichtig ins Ghetto zu begeben und es die nächsten Tage nicht zu verlassen, bis sich die Lage beruhigt haben würde. Benjamin verschwand in der Menschenmenge.

»Und du, lieber Landsmann, widmest dich jetzt Maria Carasoli. Die Akten des Verfahrens liegen im Quirinalpalast«, wies Caprara seinen Schützling an, als sie wieder allein waren.

Prospero spürte, dass ihm der Auditor die Einmischung verübelte. Eines gewaltsamen Todes zu sterben war in Rom nichts Besonderes. Möglich, dass man in den Mauern der Stadt viel näher am Himmel lebte, aber eben auch an der Hölle. Täglich fischte man Mordopfer aus dem Tiber. Die wenigsten Morde konnten untersucht werden, immer nur dann nämlich, wenn ein besonderes Interesse an der Aufklärung des Verbrechens bestand, weil es sich bei dem Opfer um eine hochgestellte Persönlichkeit handelte. Er gestand sich die traurige Wahrheit ein, dass kein Hahn nach dem toten Sohn eines Fischers gekräht hätte, wenn seine Leiche nicht ausgerechnet geschächtet in der Synagoge aufgefunden worden wäre.

Aber der Auditor hatte Recht, der allmächtige Kardinalvikar hatte ihm einen wichtigen Auftrag übertragen. Darauf, und nur darauf sollte er sich konzentrieren.

Und die schöne Jüdin, die um das Leben ihres Vaters kämpfte? Carasoli hatte sein Wort gegeben, ihren Vater zu beschützen, beruhigte Prospero sein Gewissen. Dennoch hätte er zu gern gewusst, ob sie wieder wohlbehalten ins Ghetto zurückgekehrt war.

13.

Kardinal Carasoli stieg in Begleitung des Festungskommandanten in den Marocco herab, in die Welt des vergessenen Todes, zur Zelle des Rabbiners Tranquillo Vita Corcos. Wie dicht lagen Herrlichkeit und Elend beieinander. In den oberen Stockwerken der Engelsburg befand sich die Notunterkunft des Papstes als letzte Zufluchtsstätte, wenn die Verteidiger des Vatikans einem Feind zu erliegen drohten. Die hohen und dicken Trutzmauern der Engelsburg boten einen größeren Schutz als die weitläufigen Befestigungsmauern um die Papstresidenz. Sogar einen Geheimgang, den sogenannten Passetto, gab es zwischen Vatikan und Engelsburg. In den unteren Etagen der Burg lagen Arrestzellen für vornehme Gefangene. Doch die Hölle begann gleich unter der Erde, in den Kerkerlöchern, in die kein Sonnenlicht fiel. Zuweilen kam es sogar vor, dass man den einen oder anderen Gefangenen vergaß und der Bemitleidenswerte verdurstete und schließlich den Ratten der Engelsburg als willkommenes Mahl diente.

Nachdem der Kerkermeister auf einen Wink des Kommandanten die Tür der Zelle geöffnet hatte, bat der Kardinal, ihn mit dem Rabbiner allein zu lassen. Der Kommandant reichte ihm die Fackel und zog sich nach einer angedeuteten Verbeugung, wie es schien, etwas widerwillig zurück.

Carasoli hatte kaum einen Atemzug genommen, da legte sich schon der Moder wie ein nasses Wolltuch auf seine Bronchien. Nun erst erkannte er den Rabbiner, der sich, durch die Fackel geblendet, die Hand vor die Augen hielt.

Der Kardinal war kein zart besaitetes Gemüt, hatte bei manchem Aufruhr für Todesurteile gesorgt und der Folter beigewohnt, doch diesen gelehrten Juden, der an Weisheit und Wissen alle Kardinäle der Kurie und die meisten gelehrten Geister Europas übertraf, in diesem Unrat verrotten zu sehen, empörte ihn zutiefst. »Ich werde veranlassen, dass Sie in eine andere Zelle gebracht werden.«

»Und dann?«, fragte der Rabbiner mit seiner wohlklingenden, weichen Stimme. »Lassen Sie meinen Scheiterhaufen am Campo de'Fiori errichten?«

»Zuallererst müssen Sie mal aus dieser Gruft heraus! Dann sehen wir weiter.«

Er nahm den Rabbiner behutsam beim Arm und führte ihn aus der Zelle. Der Kommandant beobachtete jeden Schritt des Kardinals. Seine Mundwinkel zuckten leicht verächtlich, doch der Kardinalvikar befahl ihm, sofort für den Rabbiner eine helle, saubere Unterkunft in der zweiten Etage der Festung bereitzustellen. Außerdem sollte der Gefangene die Gelegenheit zu einem Bad bekommen, saubere Kleidung und ein kräftiges Mahl erhalten. Dem Kerkermeister wies er an, eine Bank herbeizuschaffen. Es dauerte nicht lange, da war der auch schon mit einem groben Holzgestell zurück. Nachdem sie sich hingesetzt hatten, erklärte Carasoli dem Rabbiner, dass er sich nur zu seinem Schutz und zur Sicherheit der Juden in der Engelsburg befände. Ihm blieb die Skepsis in Corcos' Augen nicht verborgen. »Sie werden dem Popolo einen Schuldigen präsentieren müssen.«

»Nicht einen, sondern *den* Schuldigen.«

Corcos sah ihn aus seinen unbestechlichen, braunen Augen nachdenklich an und strich über den langen weißen Bart. »War nicht der Erste, der das Kreuz auf sich nahm, ein Jude?«

Auf dem Weg zum Konsistorium, das der Papst in den Quirinalpalast einberufen hatte, gingen Francesco Carasoli die Worte des Rabbis nicht aus dem Sinn. Er hatte recht: Einer würde das Kreuz auf sich nehmen müssen! Nur wer?

14.

Auf dem Weg in den Quirinalpalast begeisterte sich Prospero Lambertini immer stärker für seine neue Aufgabe. Völlig in Gedanken versunken, rempelte er an der Ecke der Jesuitenkirche San Ignazio einen Mann an. »Wenn Sie ein Mittel zur Stärkung des Gemüts benötigen, kommen Sie zu Paolo, meine Apotheke ist gleich um die Ecke«, rief der Mann ihm zu.

Prospero war kurz stehen geblieben und starrte ihn nur an, als habe er einen Geist vor sich. Der Apotheker nutzte die Chance für eine kleine Werbung in eigener Sache. *»Zu den hilfreichen Pülverchen,* heißt meine Apotheke, Dottore.«

»Ah ja, danke. *Zu den hilfreichen Pülverchen«,* wiederholte Prospero ein wenig abwesend. Dann schüttelte er nur den Kopf und setzte seinen Weg fort.

In seinem Kopf ging es zu wie in einem Bienenschwarm. Wenn ein Toter plötzlich wieder zum Leben erweckt aufsteht, dann ist es ein Wunder, wenn jemand einen tödlichen Sturz unverletzt übersteht oder ein Gift, das verabreicht wurde, nicht wirkt, wenn Feuer nicht Brandwunden erzeugt und Eis keine Frostbeulen, dann sind das alles Mirakel. Bis zu diesem Tag verfügte er noch über ausgesprochen mäßige Kenntnisse auf diesem rätselhaften Gebiet. Er würde sich einarbeiten müssen. Das Wirken Gottes unterschied sich von den Missetaten der Betrüger wie der Glaube vom Aberglauben, wie das Wunder von der Scharlatanerie. Wie aber überprüft man Wunder, wie scheidet man das eine vom anderen, fragte er sich, als er den Quirinalpalast betrat und sich in Richtung Ritenkongregation bewegte. Eine Welt ohne Wunder wäre trostlos. Sicher, doch stellte das eine philosophische Betrachtung, aber keinen juristischen Beweis dar. Vor der Rota aber galt kein Gefasel. Der Promotor fidei, den man auch scherzhaft Advocatus diaboli – Anwalt des Teufels – nannte, würde alles, was nicht hieb- und stichfest war, gnadenlos vernichten. In einem Heiligsprechungsprozess spielte der Promotor fidei die Rolle des Staatsanwaltes. Prosperos Aufgabe bestand aber darin, mit den Mitteln des Rechts die Existenz eines Wunders nachzuweisen, wie man die Unschuld eines Angeklagten in einem Mordprozess belegt, mit Argumenten und nachprüfbaren Fakten und nicht mit Gedanken oder Visionen.

Zwar hatte Prospero bereits viel über solche übernatürlichen Ereignisse gelesen, doch mit eigenen Augen gesehen hatte er noch keines. Dennoch glaubte er an ihre Existenz mit derselben Unerschütterlichkeit, mit der er den Aberglauben ablehnte. Nicht einmal der gefürchtete Philosoph René Descartes und der große Malebranche zweifelten daran, dass Mirakel tatsächlich geschähen, niemand, der von Gottes Allmacht überzeugt war. Ein von Naturgesetzen eingeschränkter Gott wäre nicht mehr Herr der Natur, sondern nur noch ihr Sklave, ein Geschöpf der Natur, nicht ihr Schöpfer.

Dennoch fürchtete Prospero, dass sein oberflächliches Wissen über die Beschaffenheit von Wundern nicht ausreichen würde, um den Aberglauben und die geheimnisvollen und skurrilen Begebenheiten von den wirklichen Mirakeln zu scheiden, wie es seine neue Tätigkeit verlangte.

Lassen sie sich beweisen? Wenn er mit den Methoden der Wissenschaft jede natürliche Ursache ausgeschlossen hatte und nur noch das Wirken Gottes auf Bitten der Heiligen als Erklärung übrig blieb, durfte er mit Fug und Recht davon sprechen. So viel hatte er im Studium gelernt. Seine Aufgabe bestand also nicht darin, sie nachzuweisen, sondern alle natürlichen Erklärungen dafür auszuschließen. Es war so, als würde man das Licht am Schatten erkennen, den es warf.

Der Archivar, ein Männchen von ungewissem Alter und ganz fleischgewordenes Misstrauen, führte ihn zu seinem Arbeitsplatz, an dem sich bereits die Akten zum Heiligsprechungsverfahren der seligen Maria Carasoli stapelten. »Sie dürfen nichts mitnehmen, nichts abschreiben, sich keine Notizen machen. Wenn Sie fertig sind oder eine Pause einlegen wollen, sagen Sie mir Bescheid«, ermahnte er ihn. Dann entfernte er sich leise. Bevor Prospero begann, die Akten systematisch durchzugehen, hatte ihn bereits die Neugier verführt, nach den bestätigten Wundern, die Gott durch die selige Maria Carasoli gewirkt hatte, zu schauen. Diese Welt des reinen Glaubens zeigte sich ihm als ein verzaubertes Reich, weil er im Wunder Gott selbst zu begegnen meinte. Wollte er wirklich Gott begegnen?

Er zog das Aktenblatt X.1104 des Seligsprechungsprozesses hervor und las die Zeugenaussage des Marchese Giovanni di Sardagna mit Spannung:

Ich besitze Mühlen bei der Gebirgsbrücke, die zwischen Trient und Sopramonte liegt. Um zu meinen Mühlen zu gelangen, muss man die Brücke überkreuzen. Es war am 6. September des Jahres 1679. Die Brücke befand sich in einem äußerst baufälligen Zustand, und es musste etwas an ihr repariert werden …

Beim Lesen konnte Prospero die ganze Geschichte vor seinem inneren Auge sehen. Die schroffen Felsen, die senkrecht nach unten fielen, die baufällige Holzbrücke, die über einen wilden Bach im Tal, der sich zwischen spitzen Klippen wand, führte. Das Getöse des Bachs wurde durch die harten Felsen der Schlucht erheblich verstärkt. Michele, der Müller des Marcheses, wollte sich unter den Augen seines Patrons bei der Instandsetzung der Brücke durch Fleiß hervortun. Deshalb wartete er nicht erst auf die Zimmerleute, sondern hob den schweren Querbalken, der ausgewechselt werden musste, allein hoch, verlor aber durch die starke Belastung das Gleichgewicht und wurde vom Holzbalken in die Tiefe der Schlucht gerissen. Über fünfzig Meter stürzte der Müller, bis er kopfüber zwischen zwei Felsen eingeklemmt mit dem Oberkörper im Bach und den Füßen in der Luft stecken blieb. Die Zimmerleute Giuseppe Arcoli und Gaetano Grosso sahen mit Schaudern in den Schlund und riefen dem Marchese zu, dass der Müller zwischen zwei Felsen stecken würde, mit dem Oberkörper aber im Wasser hing. Es war zwar unwahrscheinlich, dass der übereifrige Müller den Sturz überlebt hatte, trotzdem trieb der Marchese die beiden Zimmerleute zur Eile an, den Müller zu bergen. Doch die senkrecht abfallenden Wände verhinderten den direkten Abstieg zu dem Verunglückten und zwangen sie zu einem großen zeitraubenden Umweg.

Prospero suchte und fand die Zeugenaussage des Zimmermanns Gaetano Grosso: *Im selben Augenblick, wie der Marchese di Sardagna Michele Bocca fallen sah, hörte ich, wie der genannte Herr die Dienerin Gottes Maria Carasoli anrief:*

»Ehrwürdige Maria Carasoli, Heilige, erbarme dich dieses armen Burschen. Rette ihn vor dem sicheren Tod.«

Und dann schwor er, er werde, wenn Bocca durch die Verdienste der Dienerin Gottes gerettet würde, eine Mes-

se zur Danksagung in der Kapelle lesen lassen, in der sich ihr Grab befindet. Giuseppe Arcoli und mich hieß er gehen und den Körper herausziehen. Die Felsen sind derart zerklüftet, dass es unmöglich war, in den Abgrund herunterzuklettern. Als wir zu der Stelle kamen, auf die wir Bocca fallen sahen, fanden wir ihn an derselben Stelle. Er hatte den Körper vom Kopf bis zum Gürtel feststeckend zwischen Felsenspitzen im Wasser und die Füße in der Luft gegen die Felsen gelegt. Wir glaubten ihn ertrunken zu finden, da sein Kopf zwei gute Stunden im Wasser gehangen war, und dachten auch, dass sein ganzer Körper zerschmettert sei. Und wir waren beide starr, wie wir, als wir ihn dort herausgezogen hatten, von wo er selbst nicht hätte herauskommen können, weil seine Arme und sein halber Körper zwischen den Felsen eingeklemmt waren, fanden, dass ihm nichts passiert war, und er uns sagte, dass er nicht die geringste Prellung fühle, nur dass er noch von dem Falle etwas betäubt sei …

Was Prospero hier protokolliert vorfand, stellte das Musterbeispiel eines *Wunders zur Vermeidung des sicheren Todes durch Anrufung eines Heiligen* dar. Der Hilfsauditor schaute schnell auf das Protokoll der Aussage von Giuseppe Arcoli, aber auch Arcoli erzählte mit seinen Worten dasselbe: *Wir glaubten ihn tot zu finden und alle seine Knochen gebrochen, und wir waren nicht wenig erstaunt, als wir ihn dort herausgezogen hatten, dass ihm nichts fehlte, dass er nicht einmal eine kleine Schramme hatte, und dass er unbehindert zu uns sprach.*

Und etwas später stellte der Zimmermann fest:

Nicht nur ich, sondern alle, welche die Stelle gesehen haben, von welcher er abstürzte, haben geglaubt, dass man niemals eine wunderbarere Bewahrung vor dem Tode gesehen hat, wegen der Tiefe des Abgrundes, wegen seines Aufschlagens auf die Felsvorsprünge, und weil er ertrunken sein musste, da er zwei Stunden lang vom Kopf bis zum Gürtel zwischen Felszacken im Wasser steckte.

Wie hatte doch der engelsgleiche Doktor, der Kirchenlehrer Thomas von Aquino geschrieben: *Jäh ragend heißt das Wunder nicht, wegen der Würdestellung der Sache, in der es geschieht, sondern, weil es das Naturvermögen überschreitet … Je nachdem also, worin es das Vermögen der Natur mehr überschreitet, danach heißt es ein großes Wunder.* Aber Thomas warnte auch: *Also ist nicht alles, was neben der Naturordnung geschieht, Wunder.*

Prospero prüfte die vielen Zeugenaussagen, die Eide, die man geleistet, die Untersuchungen, die in aller Strenge durchgeführt worden waren, die medizinischen Gutachten, die Leumundszeugnisse der beteiligten Personen. Wollte man nicht die ganze Welt der Lüge bezichtigen und an ein gigantisches Komplott glauben, dann hatte in der Tat die Anrufung der Maria Carasoli den Müller vor dem sicheren Tod bewahrt.

Auf den ersten Blick erkannte der Hilfsauditor, dass die Einwände des Promotors fidei entkräftet werden konnten und die Kommentare und Bewertungen der Rota und anschließend der Ritenkongregation eindeutig für Maria Carasoli sprachen. Dennoch wollte er sich zu einem späteren Zeitpunkt alle Einwände des Glaubensanwaltes noch einmal gesondert ansehen.

Zunächst musste er sich auf die Person Maria Carasolis, auf ihren Tugendgrad und ihre Werke konzentrieren, bevor er die Wunder einer eingehenden Überprüfung unterzog. Weil er es für sinnvoll hielt, erstellte er eine kleine Chronologie, um sich zu orientieren. Das hatte er beim Studium der Geschichte gelernt. In der so nüchternen und unscheinbaren Aufeinanderfolge der Ereignisse liegen Geheimnisse unschätzbaren Werts verborgen.

Maria Carasoli, die Schwester des einflussreichen Trienter Bankiers und Kaufmanns Marcantonio Carasoli, so erfuhr er, trat im Alter von vierundzwanzig Jahren 1646 dem Orden der Karmeliterinnen bei. Sie starb im Jahr 1675, aber bereits 1680, und hier stutzte der Hilfsauditor das erste Mal, wurde die Seligsprechung eingeleitet, die 1688 abgeschlossen werden konnte. Doch als er sah, dass man 1692 bereits das Kanonisationsverfahren eröffnet hatte, verschlug es ihm vollends den Atem. Nach seiner Kenntnis der Verfahren, die Jahrzehnte in Anspruch nahmen, ging das alles verdächtig schnell. Es gab nur eine Erklärung dafür, dass nämlich ein mächtiger Mann ausgesprochen geschickt im Hintergrund die Fäden gezogen hatte. Aber wer?

Derjenige, der ein Motiv besaß, kam nicht infrage: Kardinal Francesco Carasoli. Vor zwanzig Jahren hatte der Mann weder über die Macht noch den Einfluss verfügt, um allzu rasch nach dem Tod der Tante das Seligsprechungsverfahren in bemerkenswert kurzer Zeit zum Erfolg zu bringen. Im Gegenteil, Hohn, Misstrauen und Neid der damals Mächtigen hätten den voreiligen Bemühungen des subalternen Klerikers schnell ein Ende gesetzt.

Alle Selig- und Heiligsprechungen zogen sich über Jahrzehnte, nicht wenige sogar über Jahrhunderte hin. Das Verfahren selbst war ausgesprochen kompliziert wie auch riskant. Ein einmal gescheitertes Verfahren wurde in der Regel nicht erneut aufgegriffen.

Schließlich ging es ja auch nicht um eine Kleinigkeit. Seliggesprochen wurde nur jemand, der die christlichen Tugenden weit über das allgemeine Maß hinaus lebte und mindestens zwei Wunder vollbracht hatte. Die Tugenden sollten aber erst fünfzig Jahr nach dem Tod des Kandidaten diskutiert werden. Bei Maria Carasoli, stellte Prospero fest, vergingen nicht einmal fünf Jahre. Zwei weitere Wunder, wie die *Auferweckung von den Toten* oder *die unvermutete und medizinisch nicht erklärbare Heilung nach Anrufung des Seligen,* mussten sich nach der Seligsprechung ereignet haben, damit man bei der Ritenkongregation um die Eröffnung des Heiligsprechungsverfahren ersuchen durfte.

Kurz und gut, die anhand der Chronologie deutlich werdende kurze Abfolge der Vorgänge verriet eine mysteriöse Einflussnahme von einem anderen hohen Kirchenfürsten als dem Neffen der seligen Maria Carasoli.

Aber wer war dieser Mann und warum hatte er sich so bemüht? Hatte er vielleicht auch das Porträt in Auftrag gegeben oder gar selbst gemalt, das Prospero in der Bibliothek des Kardinalvikars gesehen hatte? Dieses Bild ging ihm nicht aus dem Sinn. Mochte der Maler auch unbeholfen gewesen sein, ein Amateur, so kannte er sein Modell doch so gut, dass es ihm glückte, das Rätsel der Person in die Sprache der Malerei zu übersetzen. Um die Seligsprechung wie auch in dem Gemälde existierte ein Geheimnis, möglicherweise das Gleiche. Es lag provozierend vor ihm, doch noch konnte er es nicht ergreifen.

Was war so wichtig, was so besonders an dieser beeindruckend tugendhaften Ordensfrau aus Trient?

15.

Auf dem Weg von der Engelsburg zum Quirinalpalast dachte Kardinal Carasoli gerade darüber nach, wie man dem Mord an dem Jungen schnellstens die Brisanz nehmen konnte, als seine Kutsche an der Ecke Via Coronari zum Vicolo della Volpe, dem Wolfsgässchen, in einem Menschenauflauf stecken blieb und ihn aus seinen Überlegungen riss. Er stieg aus der Kutsche und kämpfte sich mühevoll durch die Menschenmenge. Erstaunt machten sie ihm Platz. Manche dankten ihm sogar, dass er endlich gegen die Juden vorging. Der Kardinal setzte eine unbeteiligte Miene auf und nickte nur stumm, denn er hatte nicht die leiseste Ahnung, wovon diese Menschen sprachen.

Gerade als er sich in die vorderste Reihe vorgekämpft hatte, führten die Sbirren aus dem angesehenen Modesalon Romano den Sohn des Synagogendieners Schlomo, Giuseppe Romano, an Händen und Füßen gefesselt wie einen Schwerverbrecher ab. Romano war ein schöner Mann um die vierzig, mit wildlockigem schwarzen Haar, lustigen, stets lachenden Augen, einem unübersehbaren Bauchansatz, der aber von heiterer Lebensfreude zeugte. Zwei Polizisten führten den nur in Culotte und weißem Hemd gekleideten Modehändler ab. Giuseppe schaute ungläubig und ein wenig verängstigt in die Menge. Die Leute waren ihm nicht gewogen. Nicht wenige hätten ihn am liebsten sofort gehenkt. Dass es dem konvertierten Juden geglückt war, ein florierendes Geschäft aufzubauen, in dem die ersten Damen Roms einkauften, erregte ihren Neid und ihre Missgunst. Im Grunde hassten sie die Konvertiten, weil die Religion ihnen als eine Form von Geburtsadel galt.

Carasoli fühlte die tödliche Bedrohung, die Feindseligkeit der Menschen, die stündlich zu wachsen schien. Was sich ihm hier zeigte, bestätigte seine Befürchtungen. Schnell musste der Fall des ermordeten Jungen abgeschlossen werden, wenn der Aufruhr nicht ganz Rom wie ein Flächenbrand erfassen sollte. Unverantwortlich dachte der Kardinal beim Anblick des unglückseligen Händlers, dass einige noch vergnügt Öl ins Feuer gossen. »Was geht hier vor? Ich habe keine Verhaftung angeordnet!«, fragte er den Polizeihauptmann.

»'schuldigung, Euer Eminenz, aber ich habe den Befehl von seiner Exzellenz, dem Kardinalgroßinquisitor Sperelli persönlich bekommen«, antwortete der Hauptmann. Ganz offensichtlich war ihm nicht wohl bei seinen Worten. Zwischen die kurialen Instanzen zu geraten, war für einen Hauptmann der Sbirren gefährlich.

»Konnten Sie die Verhaftung nicht etwas diskreter vornehmen, wenn sie denn unbedingt erforderlich war?«

»Bedaure, aber meine Weisungen lauteten strikt, dass ich den da und diesen Schlomo zu dieser Stunde und gefesselt verhaften sollte.«

»Schlomo auch? Warum ihn?« Auf diese Frage konnte der Hauptmann nur ratlos mit den Achseln zucken. Carasoli kannte die Antwort. Sperelli hatte Blut gerochen. Dieser dreiste Übergriff in seine Kompetenzen verhieß nichts Gutes, denn der feige Sperelli hätte es ohne mächtige Unterstützung niemals gewagt, ihm vor aller Augen den Fehdehandschuh hinzuwerfen.

Als die Sbirren Giuseppe zum Raben schafften, wie man die Holzkutsche zum Gefangenentransport nannte, schüttelte der Kardinalvikar nur angewidert den Kopf.

Vor Jahren hatte sich Schlomos Sohn Josua vom Judentum losgesagt und sich christlich taufen lassen, weil er sich in eine katholische Römerin verliebt hatte. Von nun an nannte er sich Giuseppe Romano. Nach der pompös gefeierten Konversion gingen die Liebenden den Bund der Ehe ein, zogen ins Wolfsgässchen und eröffneten ein Modegeschäft. Schlomo aber brach an diesem Tag das Herz, denn für einen gläubigen Juden starb der Sohn den ewigen Tod, wenn er sich von Jahwe lossagte. Niemals, auch nicht im Paradies, würde es ein Wiedersehen geben. Schlomos Frau hatte der Schmerz über den Verlust des einzigen Sohnes die Luft abgeschnürt. Sie starb ein Jahr später an Atemnot. So hatte er binnen eines Jahres seine Frau und seinen Sohn verloren, die Stütze seines Alters, und nun lebte er von dem, was der Rabbiner ihm gab. Jetzt saß er im Raben ausgerechnet neben dem verlorenen Sohn. Die Inquisition, dachte Carasoli bitter, vereint die beiden wieder, die der Glaube und die Liebe getrennt hatte.

Als er wieder in seiner Kutsche saß, fragte sich der Kardinal, warum der Großinquisitor Jagd auf Schlomo und dessen konvertierten Sohn machte. Niemand würde glauben, dass der alte Schlomo den Ritualmord an dem Jungen begangen hatte. Und der nun mehr christliche Sohn, dessen Modesalon zu den ersten Adressen für Roms galante Damen zählte, konnte erst recht kein Interesse an einem Ritualmord haben. Zielte Sperelli in Wahrheit auf den Rabbiner und damit letztlich auf ihn, den Kardinalvikar von Rom? Er spürte, dass er diese ernste Angelegenheit nicht ignorieren durfte, sondern ihr auf den Grund gehen musste, um zu verhindern, dass sie wucherte und sich zu einer wirklichen Gefahr auswuchs. Aber zuallererst galt es, herauszufinden, wer hinter Sperelli stand.

Wenig später betrat Carasoli als letzter Purpurträger den

Konsistoriensaal. Der elegante Albani gesellte sich sogleich zu ihm, lächelnd wie immer. »Man hört, dass Ihre selige Tante so gut wie heiliggesprochen ist.«

»Es ist fast ein Unglück, dass diese heilige Frau meine Tante ist.«

»Wie meinen Sie das?«

»So muss sie doppelt heilig sein, um zur Ehre der Altäre erhoben zu werden, ohne dass Missgunst die Objektivität des Verfahrens in Zweifel zieht.«

»Ja, es gibt viel Neid. Aber mit einer Heiligen als Tante wäre Ihnen die Tiara sicher, die Ihnen im Übrigen keiner mehr gönnt als ich. Sie sind der Würdigste.«

»Oh, wir alle sind würdig, sonst wären wir keine Kardinäle. Im Übrigen trifft die Wahl weder meine Tante noch ich, sondern einzig und allein der Heilige Geist.«

»Wahr gesprochen.«

»Ich lasse das Verfahren von einem unabhängigen Auditor sehr streng überprüfen. Sollte es nur den geringsten Zweifel geben, bin ich der Erste, der …« In diesem Moment betrat Papst Innozenz XII. auf einen Stock gestützt den Saal. Krank und fahl im Gesicht wirkte er, als sei er dem Tod näher als dem Leben.

»An Ihrer Integrität zweifele ich nicht, mein lieber Bruder. Kennt man den Auditor?«

»Lambertini«, antwortete der Kardinalvikar kurz.

»Sollten Sie mit Monsignore Lambertini unzufrieden sein, kann ich Ihnen ausgezeichnete Ermittler empfehlen.«

»Sollte der traurige Fall eintreten, sind Sie der Erste, den ich fragen werde, lieber Bruder«, schloss Carasoli das kurze Gespräch und begab sich wie Albani zu seinem Platz. Er hatte die Warnung verstanden und freute sich, dass er mit der Beauftragung Prospero Lambertinis wirksamen Schutz gegen üble Nachrede getroffen hatte. Außerdem kam er damit einem Vorschlag zuvor, den Albani mit Sicherheit in letzter Minute noch aus dem Ärmel gezogen und ihm einen Auditor seines Vertrauens an die Hand gegeben hätte. Und wenn es nur darum gegangen wäre, das Verfahren über Jahrzehnte zu verzögern, bis es längst nicht mehr um die Nachfolge des Greises auf der Cathedra Petri gegangen wäre, der einfach nicht sterben wollte. Carasoli wusste wie alle anderen Papstwähler, dass es nur noch darum ging, wer der nächste Papst wurde, und sich die Purpurträger bereits für das nächste Konklave in Stellung brachten. Ein Blick auf den Pontifex genügte, um zu wissen, dass man sich bereits im Machtkampf befand, denn jeder Wechsel auf der Cathedra Petri führte unweigerlich dazu, dass Macht, Einfluss und Einnahmen neu verteilt würden. Und eine gerade erste kanonisierte Tante konnte im Spiel um die Herrschaft den entscheidenden Trumpf darstellen.

Die Kardinäle setzten sich auf die elegant geschwungenen Armlehnenstühle, die in drei Reihen einem kleinen Thron gegenüberstanden, auf dem Innozenz XII. langsam Platz nahm. Den Elfenbeinstock, den er zur Stütze beim Gehen benötigte, legte der Papst zu seiner Rechten auf den Boden. Neben ihm blieb der Meister des heiligen Palastes, der Hoftheologe und Beichtvater des Papstes stehen. Nur in ganz besonders wichtigen Fällen, die Glaubenslehre betreffend, nahm er an den Konsistorien teil.

Innozenz XII. sprach mit dünner Greisenstimme tatsächlich über den Ritualmord. »Deshalb«, beendete er seine Ansprache, »wird die Untersuchung des Ritualmordes der Heiligen Inquisition übergeben, dass sie der schlimmen Verirrung auf den Grund geht, die der Teufel angerichtet hat, und die Schuldigen hart, aber gerecht bestraft.«

Die Anwesenden schwiegen andächtig.

»Man kann in einer so wichtigen Angelegenheit, die unmittelbare Auswirkung auf den inneren Frieden der Stadt hat, den Kardinalvikar von Rom nicht einfach übergehen!«, protestierte Carasoli schließlich. Er wollte seine Gegner zwingen, sich zu zeigen, deshalb widersprach er dem Papst ungewöhnlich heftig.

»Misstrauen Sie etwa der Heiligen Inquisition?«, rief der Beichtvater des Papstes verwundert aus.

»Wie käme ich dazu?« Er war innerlich völlig kalt, jetzt, da er nicht mehr daran zweifelte, dass sich eine Verschwörung gegen ihn zusammenbraute. »Ganz und gar nicht. Aber wir wollen doch die Kompetenzen nicht verwirren. Die hochverehrte Heilige Inquisition ist zuständig, wenn es um einen Ritualmord geht. Ob die schlimme Tat tatsächlich ein Ritualmord war, müssen erst die Untersuchungen erweisen.«

»Der Verdacht genügt«, fiel der Großinquisitor ihm aufgeregt ins Wort. »Überstellen Sie den Rabbiner Corcos ins Inquisitionsgefängnis und lassen Sie uns unsere Arbeit zum Wohle der Mutter Kirche machen.«

Eine leise, aber vernehmliche Unruhe brach unter den Kirchenfürsten aus. Zwar war es längst nicht so, dass alle den Kardinalvikar über die Maßen schätzten, aber wenn der Inquisitor es wagte, in diesem Ton mit einem so mächtigen Mann zu reden, so würde er keine Scheu mehr besitzen, den rüden Ton bald gegen jeden Purpurträger anzuschlagen. Carasoli wappnete sich innerlich. Der einfältige Sperelli käme allein niemals auf den Gedanken, so herausfordernd zu handeln. Wer stand also hinter ihm? Einerseits durfte er sich nicht offen gegen das Heilige Offizium stellen, anderseits konnte er den Inquisitoren auch nicht freie Hand lassen. Sie würden Corcos so lange foltern, bis er aussagte, was sie ihm in den Mund legten. Der Kardinalvikar hatte nie ein Geheimnis daraus gemacht, dass er den Juden schätzte. Narren, dumme und eitle Narren, fluchte er in Gedanken. Er fasste den Großinquisitor scharf ins Auge. »Zum Wohle der Kirche arbeiten wir alle! Oder wollen Sie das dem Kardinalvikar von Rom absprechen?«

Der angesehene Enrico Noris, ein Wissenschaftler, kein Politiker, stand auf und dozierte mit feiner Stimme: »Protestor! Ich spreche, glaube ich, für viele Brüder, wenn ich sage, niemand kann dem Kardinalvikar von Rom das Bemühen um das Wohlergehen der Braut Christi, unserer Mutter Kirche absprechen. Niemand!« Mit einem sanften Lächeln setzte sich der Gelehrte wieder auf seinen Platz. Stille kehrte ins Konsistorium ein. Doch in Carasoli kochte es. Sein politischer Instinkt verriet ihm, dass derjenige, der jetzt Sperelli beispringen würde, der Hintermann, der Strippenzieher der Intrige gegen ihn war. Wer von ihnen würde es sein? Wer ergriff als Nächster das Wort: Spinola? Fabroni? Ricci? Casaroli wartete gespannt, konzentriert und ruhig wie eine Raubkatze.

16.

Prospero mochte Trastevere, diesen volkstümlichen Stadtteil auf der anderen Seite des Tibers, mit seinen vielen mittelalterlichen Häusern. Geschmückte und mit Kerzen versehene Heiligenbilder, Efeu und Sträucher, die aus den Ruinen der Stadtfestungen einst einflussreicher Geschlechter sprossen, wechselten sich ab. Dieses Rom war so ganz anders als das über dem Strom gelegene. Es war ärmer, es war frecher, es war vitaler und streitsüchtiger.

In diesen Stunden aber, in denen sich verspielt der Abend ankündigte, liebte Prospero Lambertini den Stadtteil besonders innig, denn erst jetzt blühte seine ganze unbeherrschbare Vielfalt auf. Die Erwartung eines schönen Abends erfreute und entspannte die Menschen, weil sie ihnen die besten Vorahnungen eingab. Er begab sich zur unmittelbar am Tiber gelegenen Weinstube »Cucciarello alla Scentarella di Piscivola«. Der frischgebackene Hilfsauditor schritt unter einem Rundbogen durch den torartigen Eingang der Taverne, deren Torflügel weit zur Straße hin geöffnet waren, als wollten sie die ganze Stadt einfangen.

Im großen Gastraum unter dem alten, verrußten Tonnengewölbe tummelte sich das Leben selbst. Männer und Frauen saßen um die Tische, tranken Wein, scherzten oder stritten sich. Andere sangen und tanzten mitten im Schankraum. In der dem Eingang gegenüberliegenden Ecke hatten sich um einen runden Tisch seine Freunde versammelt. Als er sich ihnen näherte, brachen sie in Gelächter aus. Prospero blickte verunsichert an sich herab. Doch er entdeckte nichts, was ihre Heiterkeit rechtfertigte. Endlich erreichte er ihren Tisch. »Kann mir einer sagen, was so lächerlich an mir ist?« Kaum hatte er geendet, da stellte die kräftige Schankmagd eine riesige Schüssel voller dampfender Spaghettis mit wenig Speck, dafür aber viel Knoblauch und Tomaten auf den Tisch, ein Essen, das sie mehr als sättigte und wenig kostete.

»Wenn das Essen endlich kommt, ist auch Lambertini nicht weit!«, erklärte Prosperos Freund Gonzaga feixend.

»Wir warten auf die Pasta schon so lange, wie ein Mann von hier zum Petersdom und zurück benötigt«, ergänzte Aquaviva.

Prospero hatte nicht gewusst, dass die Schankmagd hinter ihm gegangen war, malte sich jetzt aber lebhaft aus, wie zahlreiche spöttische Bemerkungen über ihn am Tisch daraufhin die Runde machten. Er setzte sich auf die Bank an der Wand zwischen Aquaviva und Velloni, einem Philologen, der gerade versuchte, von den Jesuiten chinesisch zu lernen. Lateinisch, Griechisch, Hebräisch und Koptisch sprach und las er perfekt, Französisch und Englisch auch. Prospero füllte sich eine ordentliche Portion auf. Valenti Gonzaga grinste über beide Ohren.

»Prosperino, willst du dir nicht lieber ein Vorbild an deinen Heiligen nehmen?«

»Wieso?«

»Das waren alle große Faster!«

»Ich will die Heiligkeit untersuchen, nicht ein Heiliger werden«, wehrte der Hilfsauditor vergnügt ab.

»Davor sei ein Teller voll dampfender Spaghetti«, spottete Aquaviva.

»Ach, ihr! Von euch lass ich mir nicht den Appetit verderben. Ihr habt doch nur Angst, dass ihr zu wenig kriegt.«

»Wenn du mit am Tisch sitzt, bekommen wir immer zu wenig ab«, erwiderte Aquaviva.

Laute, gefährlich klingende Frauenstimmen, die aufeinander einzuhacken schienen, zogen die Aufmerksamkeit der jungen Männer auf sich. Der Streit kam aus der unmittelbaren Nähe der großen aus Bohlen errichteten Theke. Und tatsächlich, zwei schwarzhaarige Frauen standen sich feindselig gegenüber. »Ah, die Signorinas aus Trastevere und Monti, wie üblich bereit zum Kampfe«, freute sich Gonzaga und fügte genießerisch das Wort »Hennenkampf« hinzu.

Aus einem Grund, den keiner kannte, waren die Frauen von Trastevere und Monti miteinander abgrundtief verfeindet. Der Sohn des Wirtes spielte auf seiner Mandoline einen Saltarello, den typischen Springtanz, unterstützt von einem anderen, der eine Geige strich und einem Dritten, der auf der Flöte blies. Die Trasteverin legte mit großer Geste ihren eigenwillig gebundenen Schal, den sie in der Art um die Schulter trug, wie es nur die Frauen dieses Stadtteils zu tun pflegten, ab und gab dadurch ein beeindruckendes Dekolleté den allseits dankbaren Blicken preis. Dann maß sie ihre Gegnerin vom Kopf bis zu den Füßen mit einem feurig-stolzen und zugleich vernichtenden Blick. Die Dame aus Monti hielt jedoch dem Blick stand und blieb der Trasteverin nichts schuldig.

Die Gäste jubelten und klatschten über den gelungenen Auftakt des Kampfes der beiden Frauen, dem jeder mit Vergnügen entgegensah. Es war eine Frage der Ehre, dass die jungen Leute aus Trastevere in den einschlägigen Lokalen in Monti und die jungen Leute von Monti nach Trastevere kamen, um ihren Mut zu zeigen und den Gegner zu demütigen.

Der erste Takt war kaum verklungen, da sprangen beide hoch und leicht gegeneinander, ohne sich jedoch zu berühren. Dieses Spielchen setzte sich eine ganze Weile fort, wobei der Abstand zwischen den beiden Frauen mitten im Sprung in der Luft riskant abnahm. Auch Prospero genoss den Wettstreit der Gegnerinnen, das Essen und den Wein. Umso stärker der Abstand zwischen den beiden schwand, umso begeisterter reagierte das Publikum. Dazwischen drehten sich die Rivalinnen im Kreis und schlugen mit den

Handrücken vom Körper weg, als versuchten sie, die Feindin zu vertreiben. Dann sprangen sie wieder aufeinander zu, in der Hoffnung, der anderen einen so großen Schreck einzujagen, dass sie zurückweichen würde. In diesem leidenschaftlichen Kampf entwickelten die beiden großen Frauen eine hinreißende Würde, und jeder Mann in der Taverne lag ihnen zu Füßen.

Inzwischen hatte sich auch jemand gefunden, der eine große Trommel schlug, und die ganze Taverne sang den Saltarello mit. Die jungen Männer aus beiden Stadtteilen feuerten ihre Schönheiten mit derben Rufen an. Nur der Wirt blickte etwas besorgt, denn was heiter als Saltarello begann, konnte unvermittelt in eine handfeste Prügelei zwischen den hiesigen jungen Männern und denen aus Monti umschlagen.

Die Stimmung erreichte ihren Höhepunkt, als Michele Santini die Taverne betrat. Prospero, den wieder das Gefühl beschlich, beobachtet zu werden, blickte kurz vom Kampf auf zur Tür herüber und entdeckte dabei Michele. Er stieß Gonzaga leicht an die Schulter und rief ihm zu, denn bei der Lautstärke im Saal verstand man kaum sein eigenes Wort: »Schau mal! Der arme Michele musste bei seinem Kardinal wieder bis tief in die Nacht schuften.«

Zum einen beneideten ihn die Freunde, weil der kleine und bienenfleißige Neapolitaner es am weitesten von allen gebracht hatte und zu einem der Sekretäre des Kardinals Albani berufen worden war, zum anderen bedauerten sie ihn, weil er von allen anderen am längsten arbeiten musste und ihn der Kardinal nach Kräften ausnutzte.

Als Michele auf der Höhe der tanzenden Frauen ankam, vollführte die Trasteverin einen mächtigen Sprung und versetzte der Signorina aus Monti mit ihrer Schulter einen unerwarteten Stoß, so dass diese das Gleichgewicht verlor und nach hinten kippte. Die Zuschauer sprangen von ihren Stühlen, die Musik setzte aus. Plötzlich war es unheimlich still in der Taverne. Die dralle Signorina aus Monti fiel rücklings in die Arme des kleinen Neapolitaners und riss ihn mit ihrem Schwung zu Boden. Alle hielten den Atem an und sahen auf den am Boden liegenden Priester und das sinnliche Mädchen, das sich vom Sturz noch ganz benommen vom Rücken auf den Bauch drehte und dabei ihre Brüste sanft über Micheles Oberkörper streifte. Sein Blick fiel unmittelbar und aus nächster Nähe in ihr Dekolleté. Wenn Michele nicht sofort die Augen geschlossen und still ein Vaterunser gebetet hätte, so würde sein Blick noch ihren Bauchnabel erreichen. Sämtliche Männer und Jünglinge in der Taverne beneideten den Priester heftig, und diejenigen, die beobachteten, dass Michele die Augen schloss, fluchten über die Vergeudung des himmlischen Augenblicks an einen tumben Priester.

»Da hat er vor uns allen die Priesterweihe erhalten, und nun dies!«, spottete selbst Gonzaga ein wenig melancholisch.

»Ist es wirklich Gottes Wille, dass wir auf all das verzichten?«, fragte Aquaviva etwas ratlos.

»Ach, was ist das schon. Es macht die Menschen nicht klüger, nicht besser, und raubt dem Mann ohnehin nur die besten Kräfte«, meinte Velloni, der niemals in die Verlegenheit geraten würde, sexuelle Enthaltsamkeit zu schwören, weil er nicht Priester, sondern Philologieprofessor zu werden gedachte.

»Du bist ein alter Geizkragen, der alles nur für sich behalten will«, machte sich Prospero über ihn lustig.

»Mir scheint, Prosperino, dass da so manches Gelöbnis

noch auf der Kippe steht. Bis Sonntag solltest du dich aber entschieden haben«, entgegnete Velloni spitz.

Die Schönheit aus Monti stützte sich mit den Händen von Micheles Brust ab, stellte ihre Knie links und rechts neben seinen Oberkörper und stand prustend auf. Ein Bursche aus Trastevere mit einem lustigen Gesicht und wirren Haaren rief dem Mädchen quietschvergnügt zu: »Habt ihr in Monti keine richtigen Kerle, dass ihr euch schon den Priestern an den Hals werfen müsst?«

Der erfahrene Wirt schloss unnachahmlich leidend die Augen, denn er wusste nur zu gut, dass dies der berüchtigte Tropfen war, der das Fass unweigerlich zum Überlaufen bringen würde. Er hatte die Lider noch nicht wieder geöffnet, da landete schon die Faust eines sehnigen Kerls aus Monti im Gesicht des Spötters.

»Dir zeige ich, was für Kerle wir aus Monti sind!«, dröhnte der Schläger.

Die Antwort ließ nicht lange auf sich warten, und im selben Moment verwandelte sich der Schankraum in den Schauplatz einer üblen Prügelei. Fäuste, Füße und komplette Körper flogen durch die Luft und verkeilten sich zu einem absurden Knäuel. Und auch die Frauen übten nicht die Zurückhaltung, die man von ihrem Geschlecht eigentlich erwarten durfte. Sie langten tüchtig zu und schreckten nicht davor zurück, selbst kräftige Männer anzugreifen.

Es war für Prospero und dessen Freunde nicht leicht, von dem Tisch in der Ecke ungeschoren ins Freie zu gelangen. Sie mussten durch die ganze Taverne, die unversehens einem Hexenkessel glich. Auf ihrem gefahrvollen Weg glückte es ihnen sogar, Michele einzusammeln. Draußen warfen sie noch einmal einen Blick zurück in die Taverne und beglückwünschten sich dazu, dem lebensgefährlichen

Ort entronnen zu sein. Um die unfreiwillig zurückgelassene Pasta war es allerdings schade. Sie flanierten zum Tiberufer, setzten sich unter eine Kastanie und atmeten erst einmal durch.

Ein leichter, erfrischender Wind strich über den Fluss und berührte das Ufer. Seltsam, dachte Prospero, wie friedlich auf einmal die Stadt wirkte.

»Hat es geklappt bei Caprara?«, erkundigte sich Michele.

»Ja, ab heute bin ich Hilfsauditor der Rota.«

»Hast du schon einen Fall?«, hakte Gonzaga nach.

»Carasoli bat mich, die Kanonisation seiner Tante unparteiisch zu überprüfen.«

Gonzaga pfiff durch seine Zähne: »Sofort ein Auftrag des mächtigsten Mannes der Kurie. Nicht schlecht.«

»Hat dich der Kardinal in seine Famiglia aufgenommen?«, bestürmte ihn Aquaviva.

»Ja«, antwortete Prospero stolz.

Sie freuten sich aufrichtig für ihn. Und Gonzaga meinte, das müsse gefeiert werden. Nur Michele reagierte verhalten. »Sei vorsichtig, Prosperino. Carasolis Macht steht auf der Kippe.«

»Was meinst du?«, riefen Gonzaga und Aquaviva fast gleichzeitig aus.

»Behaltet es für euch. Im Konsistorium kam es heute zum Eklat. Sperelli hat sich die Ermittlung im Fall des Ritualmordes unter den Nagel gerissen.«

»Wie das?«, wollte Prospero wissen.

Dünkte ihm nicht noch eben, dass alles so friedlich sei? Michele berichtete von Schlomos Verhaftung und von Sperellis Forderung, dass der Rabbi in das Gefängnis der Inquisition überführt werden müsste. Carasoli habe sich geweigert. Schließlich entschied der Papst, dass beide Instanzen den Fall bearbeiten sollten, bis neue Beweise vorlägen, die eindeutig klären würden, ob man es mit einem Ritualmord zu tun habe oder nicht. Solange sollten die Gefangenen jeweils dort verbleiben, wo sie sich zur Stunde aufhielten, Corcos in der Engelsburg, Schlomo im Keller des Inquisitionspalastes.

»Sie werden den stärksten Beweis, den es gibt, nämlich ein Geständnis aus Schlomo herausprügeln. Der Kardinalvikar hat sich nur eine Atempause verschafft«, kommentierte Valenti Gonzaga. Velloni schüttelte nur darüber den Kopf, dass man in der Kurie noch an jüdische Ritualmorde glaubte.

»Glaubt wahrscheinlich keiner dran«, vermutete Gonzaga, der aus einem alten Adelsgeschlecht stammte und die feine Witterung für Intrigen und Politik bereits mit der Muttermilch aufgesogen hatte. »Sie benutzen den Ritualmord nur als Waffe gegen Carasoli.«

Die Freunde schauten ihn verdutzt an. Sie spürten zwar, dass er vermutlich Recht hatte, doch sie verstanden nicht, warum das ganze Drama aufgeführt wurde. »Der gute Papst ist alt und krank, und noch vor Kurzem sah es so aus, als würde er im nächsten Augenblick das Zeitliche segnen. Wer ist der aussichtsreichste Bewerber für die Cathedra Petri?«

»Carasoli«, antwortete Aquaviva und erntete die Zustimmung der anderen. »Wir sind also schon im Konklave?« Gonzaga nickte. Velloni schlug sich mit der Hand an den Kopf, dass er da nicht selbst darauf gekommen war. »Es geht um eine Richtungsentscheidung! Wenn sich der Reformer Carasoli durchsetzt, dann …«

» …haben einige Leute eine Menge Probleme«, vollendete Aquaviva den Satz. Die Freunde verstummten plötzlich. Michele schaute sich ängstlich um, ob sie vielleicht jemand belauscht haben könnte. Sie waren einer ungeheuerlichen Verschwörung auf die Spur gekommen.

»Wer führt eigentlich die Untersuchung für die Inquisition?«, fragte Prospero, der sich die ganze Zeit über seine eigenen Gedanken gemacht hatte. Michele verdrehte vor Ekel die Augen. »Der eifrigste Konsultor des Heiligen Offiziums, Fra Bernardino.«

In Prospero Lambertini arbeitete es. Er erinnerte sich an die Worte Capraras, der ihm vorwarf, seine Meinung auf ein Gefühl, nicht auf eine Untersuchung zu gründen. Plötzlich stand sein Entschluss fest. Zum Erstaunen aller erhob er sich. »Ich will mir den Ort, an dem der Junge gefunden wurde, selbst anschauen!« Die Reaktion seiner Freunde gar nicht erst abwartend, marschierte er los. Die anderen sahen nicht, dass sich in derselben Minute eine dunkle Gestalt von einem Baum löste und ihm folgte.

Gonzaga sprang auf. »Einer muss auf den Dummkopf aufpassen!« Er rannte Prospero hinterher und holte ihn in der Lungarreta ein. »Was willst du denn in der Synagoge?«

»Sie mir ansehen.«

»Ich denke, du bist für die Heiligen und nicht für die Teufel zuständig?«

»Das habe ich heute so ähnlich schon mal gehört, und auch, dass zwischen beiden nicht immer ein großer Unterschied bestehen muss.«

»Ein gefährlicher Gedanke!«, sagte Valenti. »Aber du weichst mir aus!«

Der Hilfsauditor blieb stehen, maß den Grafen Silvio Valenti Gonzaga mit einem langen Blick. »Ich weiß es selbst nicht. Ich spüre nur, dass irgendetwas im Gange ist und ich mich mitten darin befinde. Ohne Absicht bin ich Teil eines bösen Spiels geworden. Und ich empfinde nicht die geringste Lust, im Nebel zu stochern.«

Mochte er auch die kleinste Figur in dieser großen, undurchsichtigen Intrige sein, er steckte bereits zu tief darin, als dass er sich gefahrlos daraus zurückziehen konnte. Sie schritten nun beide schweigend nebeneinander her. Prospero Lambertini gehörte nun zur Famiglia von Carasoli, was offenbar ausgesprochen gefährlich war, wie das eben geführte Gespräch bewiesen hatte, doch dem Kardinalvikar den Dienst aufzukündigen, oder sich nur zurückzuziehen, sich einzuigeln, passiv zu verhalten, abzuwarten, was alles auf das Gleiche herauskam, barg ein genauso großes Risiko. Im kommenden Machtkampf gehörte er nun einer Partei an, ob er wollte oder nicht.

»Was willst du tun?«, fragte der Graf besorgt.

»Ermitteln!«

Gonzaga schaute ihn verdutzt an. Der lächelte, für einen kurzen Moment stolz darauf, seinen politisch geschickten Freund überrascht zu haben. »Wenn das Mittel in diesem Kampf der Mord an dem Jungen ist, dann will ich wissen, was es damit auf sich hat.«

»Das ist verrückt«, schüttelte Valenti den Kopf.

»In einem Machtkampf suchen alle nur nach schlagkräftigen Mitteln und keiner nach der Wahrheit!«

Prospero feixte und erhob die Hände, als wolle er beten oder segnen. »Wie heißt es doch bei Johannes: *Die Wahrheit wird euch frei machen.* Gehen wir ihr einfach ein Stück entgegen.« Dann schritt er energisch in Richtung der beiden Brücken, die über die Tiberinsel ins Ghetto führten, aus. Der Graf legte seinen Arm um ihn und meinte im leichten Ton, als würde er scherzen: »Ach, Freund, du siehst den Himmel, aber nicht die Erde. Die Soldaten haben das Ghetto abgeriegelt.«

17.

Schnell schritten die Freunde in der Dämmerung über den Ponte Cestio. Wieder spürte Prospero den Schatten in seinem Nacken. »Ich glaube, ich werde verfolgt«, raunte er Gonzaga zu. Der sah sich blitzschnell um. Die Brücke lag menschenleer. Der Wind auf dem Fluss kam allmählich völlig zum Erliegen. Er grinste den Freund spöttisch an. »Kaum willst du ermitteln, da packt dich auch schon der Verfolgungswahn.«

Die Kleidung des Grafen Gonzaga, die reich verzierte Culotte, die prächtige Weste und der bestickte Rock, dazu das umgeschnallte Rapier und der mit Spitzen versehene Dreispitz, verriet den Edelmann. Den Stehkragen seines weißen Hemdes umschloss keck ein weißes Spitzenhalsband, die sogenannte *cravate*. Dass er trotz des Wunsches, Priester zu werden, keinem Abenteuer widerstehen konnte, lag dem Grafen aus dem alten Adel Mantuas im Blut. »Verrat mir doch mal, wie du an den Sbirren vorbei ins Ghetto zu kommen gedenkst?«

»Kommt Zeit, kommt Rat.«

»Oder auch nicht. Hör mal, wir nehmen ein Boot unterhalb von San Bartolomeo und betreten das Ghetto flusswärts. Dort stehen keine Wachen«, entschied Valenti.

Die Kirche San Bartolomeo hatte Kaiser Otto III. an der

Stelle eines alten Heiligtums auf der Tiberinsel errichtet, das dem römischen Gott der Heilkunst, Äskulap, gewidmet war.

»Vorausgesetzt, dass unten am Ufer ein Boot liegt«, wandte Prospero ein.

»Keine Sorge«, lächelte Valenti geheimnisvoll. Der Hilfsauditor staunte. Unternahm der Freund etwa nächtliche Fahrten ins Ghetto, von denen sie alle nichts wussten? Verbarg er ein dunkles oder pikantes Geheimnis? Valenti wich seinem fragenden Blick aus. Schweigend liefen sie an der alten Kirche vorbei, zum Fluss hinunter.

Die ersten Sterne in Begleitung des Mondes begannen vorerst noch schwach im hohen römischen Himmel zu leuchten. Bald schon würde der Himmel nur aus schwarzer Seide mit Silberstickereien bestehen. Das nächtliche Firmament Roms konnte erbarmungslos sein, hatte es doch schon zu viele Meuchelmorde gesehen.

Als sie das Ufer erreichten, entdeckte Prospero nirgendwo ein Boot. Er war uneins mit sich, ob er sich darüber nun freuen oder ärgern sollte. Besser, Valentis Vorschlag stellte sich als Prahlerei heraus, als dass er auf eine schillernde Seite seines Freundes verweisen würde, die ihm bisher verborgen geblieben war. Valenti Gonzaga jedoch focht das fehlende Boot mitnichten an. Er trat zu einer kleinen Holztür in einer halbhohen Mauer und klopfte an, fester und fester. Schließlich öffnete eine alte Frau die knarrende Tür.

»Ah, der Marchese.« Sie ließ Valenti ein.

»Warte hier«, rief er noch Prospero zu, bevor er in der Tür verschwand. Kurz darauf kehrte Valenti zurück, ein kleines Boot hinter sich herziehend, in dem ein Paddel lag. Langsam wurde ihm der Freund unheimlich. Er beschloss,

Valenti bei ihrer Rückkehr über sein rätselhaftes Verhalten zu befragen.

Unterdessen ließ der junge Graf den Kahn ins dunkle Wasser gleiten. »Bootsfahrt gefällig?« Prospero stieg ein, und Valenti paddelte leise flussaufwärts unter dem unheimlich wirkenden Bogen des Ponte Quattro Capi hindurch. Der Hilfsauditor fürchtete, dass sein laut schlagendes Herz ihn verraten würde. Der Ruderer hielt auf das gegenüberliegende Ufer zu. Sie landeten an, sprangen auf den sandigen Boden, zogen gemeinsam das Boot aus dem Wasser und betraten die Via Fiumara, die Straße des Ghettos, in der die ärmsten Juden wohnten.

Jede Flut des unberechenbaren Flusses setzte den Bewohnern nicht selten arg zu, weil das Ufer nicht gesichert war. Aber auch Sturm, Blitz und die Abnutzung von Holz, Stein und Mörtel gefährdete sie, denn sie hatten aus Platzmangel immer kühnere Wohnungen auf die dreistöckigen Häuser gesetzt, bis zu sieben oder acht Etagen.

Die Straße lag menschenleer vor den beiden Freunden. Hinter sich hörte Prospero Sand knirschen. Er drehte sich blitzschnell um, entdeckte aber niemanden und schaute schließlich in das Gesicht des Freundes.

»Der unheimliche Verfolger?«, feixte Valenti.

Prospero spürte nun fast körperlich, wie die vielen Menschen in ihren Wohnungen dafür beteten, dass sie das drohende Unheil verschonen würde. Vielleicht hatten sie sogar die Türen von innen verbarrikadiert. Die Nacht kam und mit ihr möglicherweise das Grauen. Hielten die Schlüsselsoldaten an den Eingängen nicht Wache, läge das Ghetto völlig schutzlos dem Volkszorne ausgeliefert da. Doch Carasoli hatte die Bewacher mit weiteren Einheiten verstärkt.

»Sonst ist es um diese Zeit hier noch nicht so ruhig. Sie haben Angst. Sie verstecken sich«, erklärte Valenti, als errate er die Gedanken des Freundes. Prospero ließ seinen Blick über die Häuser wandern.

Kurz darauf standen sie vor der Synagoge, deren Türen sie fest verschlossen vorfanden. Doch er war nicht bereit aufzugeben.

18.

Prospero rüttelte mehrmals an der verschlossenen Tür der Synagoge. Er ärgerte sich darüber, dass er nicht wusste, wo der Rabbiner Tranquillo Vita Corcos wohnte. Hätte er nur heute Vormittag schon geahnt, dass er des Nachts ins Ghetto schleichen würde. Obwohl er freilich Deborah in der Bibliothek des Kardinalvikars auch nicht einfach nach ihrer Adresse hätte fragen können. Wie sagte doch der Kirchenvater Tertullian: *credo quia absurdum* – ich glaube, weil es absurd ist. Prospero entschied, dass Tertullian Recht hatte und die Absurdität des Lebens tatsächlich ein starker Grund für den Glauben war.

Er wollte schon um die Synagoge herumlaufen, um nach einer zweiten Tür oder einem Fenster zu suchen, da hielt ihn der Freund auf. »Komm mit, ich weiß, wo der Rabbiner wohnt«

»Woher?«

»Willst du in die Synagoge oder lieber mit mir ein Schwätzchen halten?« Langsam wurde ihm Valenti, den er gut zu kennen glaubte, unheimlich. Gonzaga eilte so schnell durch die engen und winzigen Gassen des Ghettos zur Via Rua, die hinauf zum Portico der Octavia führte, dass Prospero Schwierigkeiten hatte, mitzuhalten. So menschenleer wie der Platz vor der Synagoge zeigten sich auch die Gassen und Straßen, die sie passierten. Ihre Schritte hallten nur laut und verräterisch vom Pflaster wider. Hin und wieder stieß Valentis Degenspitze auch noch klirrend gegen die Straßensteine. Hinter einer Tür kläffte wütend ein Hund.

»Pass auf!«, schrie ihn Valenti plötzlich an und riss ihn mit großer Kraft am Arm zurück. Auch Prospero entdeckte nun das tiefe Loch, das jemand mitten in die Straße gegraben hatte und in das er aus Unachtsamkeit beinah hineingestürzt wäre. Aufatmend bedankte er sich bei dem Freund, doch der war bereits weitergelaufen. Prospero bemühte sich, ihn einzuholen. »Wer macht denn so was?«

»Einer, der Steine benötigt.«

Wenig später standen sie vor einem zweistöckigen Haus mit einem Balkon in der ersten Etage. Am Ende der Via Rua, keine hundert Meter entfernt erhob sich finster der Portico, der das Ghetto begrenzte. Dahinter drohte düster die Kirche San Angelo in Pescheria, in der ein kleines Licht brannte. Prospero ertappte sich bei dem Gedanken: »Der Teufel schläft nie.« Er erschrak heftig, dass er einen guten Christen als Teufel bezeichnet hatte. War es nur Abscheu oder Intuition?

Der Graf klopfte, ohne auf die späte Stunde Rücksicht zu nehmen, heftig an die Tür des Hauses.

»Wer ist da?«, fragte kurz darauf eine junge Männerstimme.

»Valenti Gonzaga.«

Die Tür wurde geöffnet. Prospero erblickte einen

schwarzhaarigen Mann mit funkelnden dunklen Augen, der etwa in seinem Alter war, und spürte Enttäuschung in sich aufsteigen, weil nicht Deborah die Tür geöffnet hatte. Das Erstaunen des jungen Mannes hielt sich in Grenzen. Er kannte den späten Besucher offensichtlich. »Was willst du?«

»Wir müssen in die Synagoge!«

Der junge Mann im Türrahmen machte große Augen. »Geht woandershin!«

»Wir müssen in die Synagoge, es ist sehr wichtig.«

»Warum sollte ich Christen nachts in die Synagoge lassen? Habt ihr vielleicht einen toten Knaben dabei«, höhnte der Sohn des Rabbiners.

»Chiskijah, wir sind eure Freunde!«

»Glaubst du das wirklich? Dann lasst meinen Vater frei.«

»Das steht nicht in unserer Macht.«

»Sagtest du nicht, ihr seid unsere Freunde? Ich sag dir was, mein Freund, wir Juden haben keine Freunde.«

Plötzlich hörte Prospero eine vertraute Stimme und bemerkte, wie sich freudige Erregung in ihm breitmachte. »Was wollt ihr denn in der Synagoge?« Deborah erschien hinter Chiskijah in der Tür. Ihre Schönheit traf Prospero wie ein Beil, wie sie plötzlich aus dem Inneren des Hauses auftauchte. Das rötliche Haar, der schlanke, aber sehr weibliche Körper im weißen Kleid wurde vom Licht, das aus dem Innern des Hauses strahlte, sanft umfangen. Der Engel des Herrn, dachte der Hilfsauditor. Die wohlgeformten Brüste zeichneten sich unter ihrem engen Kleid verlockend ab.

»Den Fundort der Leiche des Knaben untersuchen«, gab Prospero knapp zur Antwort.

Er wusste, wie seltsam sein Vorhaben erscheinen musste, deshalb gab er sich möglichst sicher, schließlich war er Hilfsauditor der Rota.

»Warum kommen Sie nicht am Tage in Begleitung der Sbirren wieder, Dottore?«

Die Frage brachte ihn in Verlegenheit. Er kannte diese Leute doch gar nicht. Sie waren nicht einmal Christen. Sollte er ihnen gestehen, wie sehr er den Ermittlungen Fra Bernardinos misstraute? Gestehen, in welcher Gefahr sich die Juden Roms, der Kardinalvikar und schließlich auch er selbst, der heute Morgen frisch ernannte Hilfsauditor der Rota, Prospero Lambertini sich befanden? Es gab nur einen Weg, der sie retten würde, mochte er auch durch die Hölle führen. Sie mussten die Wahrheit über das Verbrechen herausfinden. Gonzaga half ihm aus der verzwickten Situation. »Mein Freund glaubt, dass nur die Wahrheit die Katastrophe verhindern kann. Deshalb muss er die Synagoge in Augenschein nehmen. Gebt uns den Schlüssel. Er ist ein guter Ermittler.«

Chiskijah warf Prospero einen skeptischen Blick zu.

»Lass es uns versuchen«, lenkte Deborah nachdenklich ein. »Ich habe den Dottore beim Kardinal Carasoli gesehen.« Bruder und Schwester schauten sich eine Weile an, in stummem Streitgespräch vertieft. »Ich werde mit euch gehen«, entschied sie schließlich. Ärgerlich reichte Chiskijah seiner Schwester die Schlüssel. »Ich hoffe, du weißt, was du tust.«

19.

Deborah hatte sich ein leichtes Tuch aus Seide um die wohlgeformten Schultern gelegt. Es steht ihr gut, dachte Prospero.

Sie wusste bereits, dass man Schlomo verhaftet hatte. »Der arme alte Mann.«

»… und der arme Giuseppe«, fügte Valenti nachdenklich zu.

In diesem Augenblick spürte Prospero die große Vertrautheit zwischen den beiden und empfand sie bar jedes vernünftigen Grundes als Verrat. Ein unbekanntes Gefühl zog seine Magenwände zusammen, bevor es nach oben stieg und ihm die Kehle abschnürte, ein Gefühl, das er bis zu diesem Moment nicht kannte und das seinem großzügigen Wesen fremd war: Eifersucht, quälende, niederträchtige Eifersucht.

Die Verhaftung von Schlomos Sohn quittierte Deborah mit einem bitteren Lächeln. »Ach, Valenti, für die Inquisition bleibt er ein Jude. Es nutzt ihm nichts, dass er Christ geworden ist.«

»In der Ewigkeit schon«, warf Prospero provokant ein. Deborah maß ihn mit einem langen, vernichtenden Blick. »Wir sprechen uns in der Ewigkeit wieder, Signor Dottore.«

»Jetzt ist wirklich nicht die Zeit für theologische Disputationen!«, unterbrach Gonzaga den schwelenden Streit. Er pflichtete ihm zähneknirschend bei.

Schließlich standen sie vor der großen Synagoge. Deborah schaute sich vorsichtig um. Die Straße war immer noch menschenleer. Dann schloss sie die Tür auf. Die beiden jungen Männer huschten hinein. Sie folgte ihnen, kontrollierte noch einmal, ob niemand sie beobachtet hatte und verriegelte die Tür von innen.

Die drei erschraken heftig. Aus dem Inneren der Synagoge drangen seltsame Töne, denen etwas seltsam Verführerisches anhaftete. Wie ein Sog. Sie sahen sich besorgt an. »Kommt«, entschied die Jüdin und flüsterte dem Hilfsauditor spöttisch ins Ohr: »Vermissen Sie jetzt die Sbirren, Dottore?«

»Was können Sbirren schon gegen Nachtgestalten ausrichten?« Ihm gefiel die Spottlust der schönen Frau.

Umso näher sie dem Gebetsraum der Tempelgemeinde kamen, umso deutlicher vernahmen sie die Laute, die sich nun als menschlicher Gesang entpuppten.

Der Klang verzückte die Tochter des Rabbiners. Er machte sie plötzlich sanfter. »Ich kenne den Gesang. Ich habe ihn zwar noch nie gehört, aber ich kenne ihn.« Sie war jetzt ganz aufgeregt, so, als würde sie sich einem Wunder nähern. »Das ist das Lied der sterbenden und lebenden Engel.«

Gonzaga pfiff fast tonlos durch die Zähne. »Der Gesang der sterbenden und lebenden Engel«, wiederholte er andächtig. Prospero verstand kein Wort. Weit mehr überraschte ihn, dass es ausgerechnet Valenti war, der ihm leise erklärte: »Die Lieder stammen aus der jüdischen Mystik und sind nur den Magiern vertraut.«

»Magier?«, fragte Prospero ungläubig zurück.

»Den Adepten, den Eingeweihten der letzten Stufen.«

Welches Geheimnis trägst du tief in dir verborgen, mein Freund, dachte Prospero besorgt und sah dann unwillkürlich zu der schönen Jüdin hinüber. Diese blickte den Hilfsauditor aus ihren großen Augen an, die auf einmal tief wie das Meer geworden waren. »Vielleicht sind die Mirakel der Christen die geringsten unter allen Wundertaten. Wissen Sie überhaupt, was ein Wunder ist, Christ?«

Im wissenschaftlichen Sinne würde er ihr nicht antworten können. Auch vermochte er nicht, ihr zu widersprechen, denn ihre Augen hatten ihn eingefangen. Sie stiegen in seine Seele hinab, und er versuchte, ihren Blick zu erwidern, erschrak aber zutiefst, als er erkannte, dass sie ihn hereinließ. Tief, tief hinab in verstörende Welten. Prospero schwindelte, und er stieß gegen einen Tisch, auf dem eine Menhora stand, die scheppernd zu Boden fiel. Gonzaga zischte ihm böse zu: »Pass doch auf!« Der Gesang brach ab. Stille.

Hatte sein Ungeschick den geheimnisvollen Sänger aus seiner Trance gerissen und zurück auf die Erde geholt? »Vielleicht werden wir diesen Gesang in unserem Leben nie wieder hören«, sagte sie traurig. Dann erzählte sie von ihrem Vater, der ein großer Gelehrter und ein Kenner der jüdischen Mystik war. Aber auch er hatte den Gesang in seinem ganzen Leben nicht gehört, obwohl er sich seit dreißig Jahren in diese Geheimwissenschaft vertiefte. »Verstehst du, was es für ein Glück ist, den Gesang zu hören?«

»Es ist eine Gnade«, schwärmte Valenti. Er schüttelte den Kopf über die Gedankenlosigkeit seines Freundes.

»Mit jeder Strophe, die der Adept in der Tiefe seiner Seele entstehen lässt, kommt er Gott näher.« Sie flüsterte diese Worte, voll von Ehrfurcht, als bedeutete jedes laute Geräusch ein Sakrileg.

»Er überwindet die Welten, die zwischen Gott und den Menschen liegen, weil er immer mehr Körper und damit Erdenschwere verliert und den Geist stärkt. Diese Welten, die weit über unserem Leben existieren, bestehen nach der

Lehre der Mystiker aus reinem Lebenshauch. Niemand kann das Lied einfach erlernen. Es gibt keine Noten. Keine Worte. Man kann es nur im Leben finden und in der Seele entstehen lassen.« Die junge Frau zog ihn immer stärker in ihren Bann. Sicher war sie schön, sehr schön sogar, aber ihre Intelligenz machte sie erst unwiderstehlich, dieses erstaunliche Zusammenspiel von Körper und Geist.

»Der Weg«, warnte sie ihn, »ist allerdings gefährlich, weil er durch die Sphären der Dämonen führt.«

»Der Teufel«, schlussfolgerte Prospero.

Deborah sah ihn mitleidig an. »Zwischen Gott und dem Satan leben so viele Geister, die sich nicht zu erkennen geben. Sie sind nicht eindeutig gut oder böse. Verstehen Sie, darum ist der Aufstieg so riskant. Man weiß auf dem Weg nicht, wem man begegnet.«

»Pssst!«, mahnte Valenti erneut, dessen Gesicht eine angestrengte Konzentration angenommen hatte. Leise, aber deutlich hörbar hob der Gesang erneut an. Der Sänger schwebte so weit entfernt von den Menschen in der Sphäre der Engel, dass jenes scheppernde Geräusch nicht zu ihm in seine unfassliche Abgeschiedenheit gedrungen war. Er hatte nur ein wenig in der Spannung des Gesanges pausiert.

Angestrengt lauschend, schlichen die drei Eindringlinge durch den dunkeln Korridor zum Gebetsraum. Deborah machte den beiden anderen ein Zeichen, ihr zu folgen. Sie wollte zur Frauenempore, weil sie von dort unbemerkt den Adepten beobachten konnten. Sie krochen nun auf allen vieren auf dem Balkon nach vorn. Und schauten geduckt über die Balustrade. Was sich ihren Augen aber darbot, hätte keiner von ihnen erwartet.

20.

Vor dem Thoraschrein war ein halb nackter Mann zu erkennen, von dem ein helles, warmes Licht ausging. Er schwebte tatsächlich einen guten Meter über dem Boden und lag unbewegt in der Luft, als werde er vom Ton, den er sang, getragen. »Adonai. Adonai«, klang es in langen, gedehnten Lauten.

Doch plötzlich fiel er, als sei die übermenschliche Spannung in ihm zerbrochen, zu Boden. Er stöhnte leise auf, presste die Unterarme gegen Bauch und Brustkorb und atmete mehrmals tief ein. Jetzt erkannte Prospero den Sänger. Es war Benjamin, der sich die gebrochenen Rippen hielt. Doch der Arzt schien entschlossen, es erneut zu versuchen. Er begann zu tanzen, sich immer schneller um seine eigene Achse zu drehen, dabei die Arme weit seitlich ausgestreckt, und sang in einer fremden, alten Sprache, die Prospero für hebräisch hielt:

Gottes großes Feuer,
das ich nicht mehr schauen will,
damit ich nicht sterbe.
Gott zur linken
die heiligen chajjot
und die heiligen seraphim,
die zur rechten stehen …

Deborah und Gonzaga wirkten tief ergriffen. Benjamin goss aus einer Karaffe eine Flüssigkeit so klar wie Quellwasser über sich, über seinen Kopf, die in leuchtenden Kaskaden von Tropfen über seine Schulter und seinen

Oberkörper perlte wie unzählige kleine Diamanten. Sie sahen ihm fasziniert zu, während Prospero mit Erschrecken das Wasser beobachtete, das sich zu Füßen des Mystikers sammelte. »Der Narr ruiniert mir noch mit seinem ganzen heidnischen Treiben den Fundort!«

Bevor die beiden anderen Prospero aufhalten konnten, stürmte der aus dem Frauenraum hinaus und in den Gebetssaal. Der Tanzende hielt erschrocken inne. Deborah und Valenti folgten nach einer Schrecksekunde dem aufgebrachten Hilfsauditor. Als sie kurz nach ihm den Saal betraten, hatte sich der begnadete Mystiker wieder in denjenigen zurückverwandelt, den sie kannten. Aus dem sich über die Welten erhebenden Magier war wieder der eigenbrötlerische Arzt geworden. Eingefallener Oberkörper, Rundrücken. Neu war nur die verzerrte Miene wegen der Schmerzen, die ihm die gebrochenen Rippen unaufhörlich bereiteten. Auf der vorderen Bankreihe lag seine Bandage, die er für die Zeremonie abgebunden hatte. Wortlos nahm er die Bandage und wollte sie sich wieder mühsam umbinden, aber Deborah war schneller und half ihm. Sie hatte den Arzt bisher zwar geachtet, doch nun bewunderte sie ihn. »Ich habe immer geglaubt, dass deine Theorien …«

»… nur Theorien sind«, beendete er den Satz. »Es wäre mir lieber, wenn du das immer noch glauben würdest.«

»Keiner von uns wird ein Wort darüber verlieren«, versprach Valenti.

Benjamin reagierte nicht darauf, so, als ob ihm das Ehrenwort des Grafen Silvio Valenti Gonzaga gleichgültig wäre. Prospero verstand ihn instinktiv: Weiß es ein Mensch, wissen es alle Menschen. Ein Geheimnis lässt sich nicht hüten. Es besitzt Flügel, kleine verborgene zwar, die aber voller Kraft und Ausdauer sind. Mühelos überwinden sie Jahrhunderte.

Der Hilfsauditor entschuldigte sich für die Störung, aber er müsse nun den Gebetsraum untersuchen. Er suchte nach Anhaltspunkten, die ihm verrieten, ob der Knabe hier ermordet oder seine Leiche erst nach der Tötung in die Synagoge gebracht worden war. Das hatten ihm die Juristen im Studium eingeprägt, dass jede Untersuchung eines Verbrechens mit dem Ort zu beginnen hatte, an der es verübt worden war. Nach den vielen Menschen, die nach der Entdeckung der Leiche hier herumgelaufen waren, nach den Juden, den Sbirren, den Inquisitoren und zum Schluss nach Benjamins Ekstase bestand nur eine geringe Aussicht, noch etwas Brauchbares zu finden, doch wollte er sie nutzen, allzu viele Möglichkeiten besaß er ja ohnehin nicht. Er konnte weder mit dem Hauptverdächtigen noch mit dem Finder der Leiche, dem alten Schlomo, reden.

Prospero sah sich zum ersten Mal in aller Ruhe im Gebetsraum um und ließ ihn auf sich wirken. Die Wände waren mit roten und goldbestickten Tapeten behängt und die Pfeiler mit Damast überzogen. Die Decke bestand aus Kassetten, die allerdings nur gemalt waren. Um den Fries liefen Reliefs, die kultische Gegenstände wie den Tempel in Jeruschalaijm, die Bundeslade und die Menora darstellten. An einer Wand symbolisierte ein Fenster, das in zwölf Farbfelder unterteilt war, die zwölf Stämme Israels.

Nachdem er ein Gefühl für den Ort gewonnen hatte, fragte er in die Runde, ob jemand gesehen habe, wie und wo der Knabe lag. Der Arzt räusperte sich und berichtete ihm exakt, an welchem Ort er den Jungen vorgefunden hatte. Genau beschrieb er die gekreuzigte Stellung der Leiche, und dass außer an dem Jad nirgendwo ein Flecken Blut zu entdecken war. Das machte den Hilfsauditor hellhörig. Blut hinterließ fast immer Spuren. Er benötigte dringend mehr Licht. Benjamin, Deborah und Valenti trugen so viele Kerzen und Leuchter zusammen, wie sie nur finden konnten.

Der Gebetsraum wirkte nun wie zu Chanukka oder wie die Kirchen zu Weihnachten, überall standen Leuchter mit Kerzen, die den Raum in ein mildes, warmes Licht tauchten. Über den Boden kriechend, einen Leuchter mit brennenden Kerzen in der Hand und nach Verfärbungen suchend, die auf Blut als Ursache hinwiesen, fragte Prospero Deborah, ob der Saal heute gewischt worden war. Sie verneinte. Er untersuchte nun auch die Wände, das Gestühl, die Vorhänge. »Wenigstens ein kleiner Hinweis muss doch zu finden sein«, sagte Prosperos nun zu Valenti. Dieser überlegte kurz und antwortete dann bedächtig: »Wenn sie geübt und erfahren im Schächten sind, haben sie wenig vergossen und alle Spuren hinterher beseitigt.« Für diesen Einwurf fing sich Valenti von der Tochter des Rabbiners einen bösen Blick ein.

Dem Freund die Rolle des Bösewichts zuzuschieben, war so ganz uneigennützig nicht gedacht gewesen. Doch er durfte die kostbare Zeit nicht mit nebensächlichem Geplänkel vergeuden, also fragte er weiter. »Dennoch, es wird immer etwas übersehen. Aber selbst wenn sie alle Spuren beseitigt haben, warum ließen sie die wichtigste Spur, den Leichnam liegen?«

So angestrengt Valenti auch nachdachte, er kam zu keiner Antwort. Er konnte nur mutmaßen, dass die Täter vielleicht überrascht worden waren und keine Zeit mehr hatten, die Leiche verschwinden zu lassen. Doch daran glaubte er selbst nicht und fing sich obendrein noch einen abschätzigen Blick von Prospero ein. Benjamins Worte gingen dem Hilfsauditor nicht aus dem Kopf, etwas beschäftigte ihn immer stärker, ein kleines, aber wirkungsvolles Detail. »Warum drapiert jemand so auffällig, ja geradezu frivol den Jad neben den Kopf des Jungen? Das ganze wirkt wie eine makabere Inszenierung. Ohne Zweifel wollte man, dass der Junge hier gefunden wird.«

Er erhob sich und fühlte die gespannten Blicke der drei auf sich. »Die einzige Blutspur klebte an dem Zeigefinger des Jad wie ein überdeutlicher Hinweis.«

»Ein Hinweis worauf?«, fragte Deborah.

»Ich weiß es nicht«, gestand er. »Ich komme einfach nicht dahinter. Jemand spielt mit uns, jemand, der seiner Sache sehr sicher ist, der voller Eitelkeit steckt und voller Boshaftigkeit. Es ist, als ob er mit dem Finger auf uns zeigt und uns auslacht. Als ob er uns zuruft, da kommt ihr nie drauf.« Er spürte, wie er sich im Kreis drehte. Der Jad verunsicherte ihn, drängte sein Denken in eine Sackgasse. Es entstand eine quälend lange Pause, der Deborah schließlich ein Ende setzte. »Wir verlieren hier nur Zeit.«

»Im Gegenteil, wir gewinnen sie gerade«, gab Prospero nicht sehr überzeugend zurück.

»Es hilft uns auch nicht weiter, wenn Sie meinen Satz nur herumdrehen, anstatt uns mit einer Idee oder einer Spur überraschen, Signor Dottore.« Ihm schien, als habe ihn etwas geweckt und aus dem Bann des Jads gerissen. »Was haben Sie gerade gesagt?«

»Dass es nicht hilfreich ist, wenn Sie in der Diskussion nur den Spieß umdrehen.«

»Doch, doch, genau das ist es!«, jubelte Prospero plötzlich. »Wir haben nur nach dem gesucht, was da sein müsste, aber nicht da war. Das Blut. Vielleicht sollten wir besser danach suchen, was nicht da sein dürfte, was nicht hierher gehört.« Und schon befand er sich wieder auf den Knien und suchte Millimeter um Millimeter den Boden der Synagoge mit der Menora in der Hand ab. Deborah begann enttäuscht, die Kerzen zu löschen. »Sie haben den Ort des Verbrechens gesehen, jetzt lassen Sie uns gehen.«

»Den Fundort der Leiche!«, widersprach er fest.

Deborah und Valenti sahen ihn mitleidig an. Als ob das einen Unterschied machte! Prospero jedoch kniete unter dem Pult des Vorlesers und starrte gebannt zum linken Fuß. Und sein Staunen wuchs, je länger er dorthin schaute. Seine Augen leuchteten, und sein Gehirn arbeitete fieberhaft. So klein, so leicht zu übersehen und doch so groß. Da lag sie. Tiefblau mit weißen Adern, unscheinbar, und barg doch die Welt und das Leben in ihrer undurchdringlichen Dunkelheit. Sollte es ihr zukommen, das Geheimnis zu lüften? Behutsam wie etwas unendlich Kostbares nahm er sie an sich, stand auf und hob sie in die Höhe.

21.

Eine Perle. Von einem Rosenkranz«, entfuhr es Valenti enttäuscht. »Davon gibt es Millionen.«

»Wie viele von ihnen«, fragte Prospero unbeirrt, »gibt es aber in Synagogen? Ist dem Auditor Spigola oder einem der Sbirren, die den Leichnam heraustrugen, ein Rosenkreuz gerissen?«

»Nein, das wäre mir aufgefallen«, gab Benjamin energisch zurück.

»Dann waren andere Christen hier.«

Der Hilfsauditor fühlte den neugierigen Blick der schönen Jüdin auf sich ruhen und bemerkte, dass ihm diese Aufmerksamkeit nicht unwillkommen war. Er musste jetzt unbedingt weiterfragen. »Hätten Juden ein Interesse, dass man einen toten Jungen in der Synagoge findet?«

»Nein«, antworteten alle drei zeitgleich.

»Würden Juden den Jad in dieser Art verunglimpfen?«

»Nein. Niemals. Das wäre eine Gotteslästerung«, entgegnete Deborah.

»Könnten Christen ein Interesse daran haben, dass der Junge in der Synagoge gefunden wird?«

»Wenn sie einen Ritualmord vortäuschen wollen, ja«, stellte Valenti fest.

»Nun zur schwierigsten Frage: Wann würden sie einen Ritualmord vortäuschen?«

»Wenn sie den Juden Böses wollten!«

»Und aus welchem Grund noch?«

Jetzt verstand Valenti, worauf der Freund hinauswollte. »Wenn sie einen Mord, den sie begangen haben, einem anderen in die Schuhe schieben wollen.«

»Was uns sagt, dass der Mord nicht hier begangen worden ist. Signorina, Signori«, schloss Prospero triumphierend den Gedankengang. »Wir befinden uns hier nicht am Ort der Untat, sondern nur am Fundort der Leiche. Und der Mörder hat dies unbeabsichtigt hinterlassen.«

Triumphierend hielt Prospero abermals die kleine Perle des Rosenkranzes hoch, die sie so sträflich unterschätzt hatten. Benjamin schaute sich die Perle näher an. »Erstaunlich«, sagte er. »Sie ist aus einem Stein namens Sodalith, einem seltenen Stein, der meines Wissens nur in Südamerika vorkommt.« Prospero schaute den Arzt dankbar an. »Die

Perle hat ein Christ verloren. Und mit etwas Glück führt sie uns zum Täter, ist sie doch ein Symbol für Gottes Gerechtigkeit. Dazu noch ein seltenes Symbol.«

»Und nun?«, entfuhr es der Tochter des Rabbiners.

»Müssen wir den wirklichen Ort des Verbrechens finden!«

Seine Antwort enttäuschte sie sichtlich. Sie besaßen keinen Anhaltspunkt, wo sie zu suchen beginnen sollten, nichts außer der Leiche und der Perle. Deborah und Valenti sackten resigniert zusammen. Für Prospero hingegen hatte der Fundort mehr erzählt, als er zu hoffen gewagt hätte. Deshalb schloss er das kleine Konsilium höchst zufrieden mit der Feststellung, dass sie nun die Todesursache in Erfahrung zu bringen hatten. Wenn auch der Körper des Knaben ausgeblutet war, besagte das noch lange nicht, dass die Todesursache im Verbluten bestand. Vielleicht würde es die Leiche des Jungen sein, die sie zum Tatort oder zu den Tätern führte. Nichts, so wurde es Prospero immer deutlicher, war in diesem Fall, wie es schien. Alles musste in Zweifel gezogen werden. Aber er hatte endlich festen Grund unter den Füßen gewonnen, Fakten verdrängten erstmals Vermutungen. Nun würde eine Tatsache sich an die andere reihen und ihn zur Wahrheit führen.

Zum einen schauderte ihm vor dem Geheimnis, das hinter dem Mord an dem Fischersohn stecken musste, zum anderen spornte es seine Neugier an. Noch einmal schaute er auf die kleine Perle, die aus einem Stein gefertigt war, den er bis dahin nicht gekannt hatte.

22.

Der Morgen dämmerte bereits, als Prospero Lambertini und Valenti Gonzaga den Rückweg antraten. Sie fanden das Boot dort, wo sie es versteckt hatten. Nun paddelten sie zurück zur Insel. Schweigsam waren sie nebeneinanderher gegangen, still saßen sie im Boot nebeneinander, jeder in seinen Gedanken versunken. Prospero, der über den Fall nachdenken wollte, wurde zunehmend von den verstörenden Neuigkeiten abgelenkt, die er über seinen Freund Valenti Gonzaga in den letzten Stunden erfahren hatte. Bisher kannte er ihn nur als Verehrer der Wissenschaften und der Künste, der Kirchenväter und antike Philosophie gleichermaßen liebte. Doch scheinbar führte der Freund ein Doppelleben.

Nachdem Valenti das Boot der alten Frau auf der Tiberinsel zurückgegeben hatte und die Freunde wieder auf dem Ponte Cestio nach Trastevere hinübergingen, vermochte Prospero nicht mehr seine Neugier zu beherrschen. »Meinst du nicht, dass du mir eine Erklärung schuldest?«

Der Graf stöhnte leise auf. »Ja, das tue ich vermutlich, aber ich habe geschworen, darüber zu schweigen. So wie ich dich nicht verrate, rede ich auch über die anderen nicht. Es geht nicht nur um mich. Vertrau mir bitte und respektiere mein Schweigen.«

Missmutig willigte Prospero ein. Schweigend erreichten sie schließlich das Ufer von Trastevere und trennten sich mit einem angedeuteten Kopfnicken. Jeder ging in seine Richtung.

Sie hatten sich im Kirchenväterseminar beim Jesuiten Calvani vor Jahren kennengelernt und sich rasch angefreundet. Doch nun argwöhnte Prospero, dass ihrer Freundschaft das Fundament fehlte. Schenkte ihm Valenti denn so wenig Vertrauen, dass er selbst ihm gegenüber daraus ein Geheimnis machte?

Als Prospero Lambertini endlich sein Zimmer erreichte, fiel bereits das Morgenlicht durch das kleine Fenster seiner Stube. Was würde dieser Tag ihm bringen? Nur eines wusste er mit Bestimmtheit, dass er in Ereignisse gerissen worden war, die größer als er waren und der Beschaulichkeit seines Lebens ein Ende setzten. Durfte er jetzt zurückscheuen? Gab es denn überhaupt ein Zurück?

Dieses neue Leben, das nicht fragte, ob er es haben wollte, sondern sich einfach seiner bemächtigt hatte, erschreckte ihn zutiefst.

23.

Zur selben Stunde, in der Valenti und Prospero den Ponte Cestio querten, schlenderten zwei andere Männer über den benachbarten Ponte Sisto, die Brücke, die den Gianicolo mit dem Stadtteil Regola verband, ein flinker Mann, der in schwarzem abgetragenen Stoff gehüllt war, und ein Dominikaner mit kräftigen silberfarbenen Haaren. »Hast du etwas über den Synagogendiener und seinen Sohn herausfinden können? Hat die Inquisition sie schon der Befragung unterzogen? Haben sie Aussagen gemacht, Geständnisse abgelegt?«, fragte der Dominikaner. Doch der andere hielt nur die geöffnete rechte Hand hin. Der

Mönch kannte das Spiel schon und ließ ein paar Münzen hineinfallen. Er vermied dabei ängstlich die aufgehaltene Hand zu berühren, als seien Spitzelei und Denunziation ansteckend.

Der Schmächtige berichtete, dass Schlomo gestehen sollte, der Rabbi Tranquillo Vita Corcos habe mit seiner Hilfe den scheußlichen Ritualmord begangen. Nur eine Frage blieb für den Untersuchungsführer Fra Bernardino noch offen, ob Schlomo oder dessen Sohn den Jungen von der Straße aufgelesen und ins Ghetto verschleppt hatte.

Fra Bernardino erpresste den alten harmlosen Mann damit, dass er bei lebendigem Leib nach seinem Sohn verbrannt werden würde, wenn er Bernardinos Version leugnete. Sollte er aber gestehen, nur der Diener des teuflischen Rabbiners gewesen zu sein, dann blieb ihm und seinem Sohn nicht nur die Folter erspart, sondern man würde ihn am Pfahl erwürgen, bevor man den Scheiterhaufen entzündete, wie man es aus Milde zumeist tat. Der Sohn jedoch käme dann als unbescholtener Bürger frei. Bis zum Abend räumte man dem alten Mann Bedenkzeit ein. Er solle sich gut überlegen, ob er Qualen erleiden und sein eigen Fleisch und Blut mit in den Abgrund ziehen wollte oder durch ein beherztes Geständnis einen Schlussstrich zu ziehen gedachte.

Als der Schmächtige die Nachdenklichkeit des Dominikaners sah, konnte er die hämische Bemerkung nicht unterdrücken: »Einen schönen Glauben habt ihr!«

»Das hat mit dem Glauben nichts zu tun. Das ist nur Politik«, wehrte dieser müde ab.

Der Schmächtige sah nun in das rosige Gesicht des Mönchs, das eine Spur blasser geworden zu sein schien, und schob ihm erneut die geöffnete Hand hin. »Ich habe noch etwas, das Sie sehr interessieren dürfte.«

»Lass hören.«

»Heute Nacht war der neue Hilfsauditor der Rota in der Synagoge.«

Das überraschte ihn tatsächlich. »Prospero Lambertini?«

»Ja.«

»Allein?«

Der Schmächtige schwieg. Der Mönch warf erneut ein paar Münzen in die Hand, die nur zum Geldauffangen gemacht schien. Zufrieden steckte der die Münzen ein und griente schmierig. »Nein, mit einem anderen jungen Mann, den ich nicht kenne. Und mit Corcos Tochter, Deborah.«

Der Predigerbruder murmelte in Gedanken: »Interessant.« Dann blickte er den Schmächtigen an. »Halt deine Augen und Ohren gut offen, Ahab. Ich will alles wissen.«

Der Dominikaner Fra Antonio ging auf direktem Wege zum Palazzo Carasoli.

24.

Als der Kardinalvikar von Rom wie jeden Morgen die ersten Sonnenstrahlen des Tages mit der Laudes zu begrüßen ansetzte, wurde er plötzlich gewahr, dass seine Feinde es sehr eilig hatten, seinen Niedergang voranzutreiben. Er machte sich keine Illusionen darüber, dass man mit der Aussage Schlomos die Auslieferung des Rabbiners erzwingen würde, um Corcos zu kompromittierenden Aussagen gegen ihn zu bringen. Bevor das nächste Konklave begänne, würde man ihn aus der Liste der Papabili, der

Papstwürdigen, entfernt haben. Ihm musste etwas einfallen, schnell, sehr schnell. Es galt, endlich aus der Defensive zu kommen! Lag das alles wie ein aufgeklapptes Buch vor ihm, konnte er sich beim besten Willen keinen Reim darauf machen, welche Rolle der junge Hilfsauditor in dem Ganzen spielte.

25.

Der junge Hilfsauditor aber fuhr sich im Halbschlaf mit der Hand über sein Gesicht, als könne er damit die neckenden Strahlen der Sonne wegwischen. Langsam wurde er immer wacher, als er plötzlich erschrak und die Müdigkeit vollends von ihm abfiel. Es war schon Mittag. Er hatte den gesamten Vormittag verschlafen.

Allmählich erinnerte er sich an die Ereignisse des gestrigen Tages und der Nacht. Vor allem aber ging ihm das Bild der schönen Jüdin nicht aus dem Sinn. Ihre tiefen Augen, der sinnliche Mund … diese Vorstellung erweckte ein körperliches Wohlgefühl, das ihn zutiefst verunsicherte. Prospero sprang schnell aus dem Bett und zwang sich zur Konzentration auf seine nächsten Aufgaben. Eilig wusch er sich und kleidete sich an. Er ahnte mit Schrecken, welcher Dämon da in seinen Adern hauste.

Eine halbe Stunde später befand er sich bereits in der Via del Paradiso im Wirtshaus »La Grassa«. Gioacchino freute sich sehr, ihn zu sehen. Prospero lehnte freundlich, aber bestimmt das Angebot Gioacchinos ab, zu Mittag zu essen, er wollte sich nur kurz mit Alessandro Caprara beraten. Der Auditor saß wie immer zu dieser Stunde auf seinem Stammplatz. Prospero ließ sich ihm gegenüber nieder. »Was macht die selige Maria Carasoli?«, erkundigte sich der Auditor.

»Ich arbeite mich durch die Akten«, log Prospero. Caterina, deren gute Laune alle Sorgen hinwegzuwischen vermochte, brachte ihm einen Teller köstlich duftender Tortellini. »Vater sagt, er wäre beleidigt, wenn Sie den Gasthof verlassen, ohne gegessen zu haben.«

»Gioacchino kommt dir sogar noch entgegen, er hat dir nur eine Kinderportion aufgefüllt«, unterstützte Caprara das Mädchen. Der Hilfsauditor sah zunächst ungläubig auf den vollen Teller, dann auf Caprara, schließlich auf das Mädchen.

»Stimmt! Lassen Sie es sich schmecken. Ich habe die ausgesucht, die mit Venusmuscheln gefüllt sind.« Dabei blinzelte sie ihn kokett und dennoch unschuldig an, bevor sie sich wieder den anderen Gästen widmete. Ihr natürlicher Charme überwand jeden Widerstand. Er fühlte eine leichte Röte aufsteigen. Caprara schmunzelte. »Ach, Caterina. Möge sie einen guten Mann bekommen!«

Prospero entschied, dass es das Beste war, offensiv sein Ziel zu verfolgen, auch wenn sein Chef unangenehme Fragen stellen sollte. »Ich würde gern den Totenschein des Jungen aus der Synagoge sehen.« Caprara verschluckte sich an seiner Ministrone, dann fasste er seinen Schützling streng ins Auge: »Lässt dir der Tote keine Ruhe?«

»Nicht der Tote, sondern was der Mord auslöst.«

»Was meinst du, was er auslöst?«

»Man benutzt den Mord, um dem Kardinalvikar zu schaden. Er soll die Ermittlungen an seine Eminenz Sperello

Sperelli übergeben. Der Synagogendiener wurde schon von der Inquisition verhaftet.«

Der Auditor atmete hörbar aus und sagte dann aber leise, dass er es schon erfahren habe. »Dunkle Wolken ziehen auf.«

Pepe betrat die Osteria und schlich sich in die Küche, während Prospero sich zu Caprara hinüberneigte und ihm ins Ohr flüsterte, dass er um Mitternacht die Synagoge besichtigt habe. Der Auditor blickte seinen Schützling entsetzt an. Inzwischen hatte auch Pepe seinem Chef vom nächtlichen Abenteuer Prosperos berichtet. Den gleichen Schrecken, der den Auditor erfasst hatte, warf Pepes Erzählung auf Gioacchinos Gesicht. »Teufel auch!«, entfuhr es dem Wirt, der sich gleich darauf wegen des Fluches bekreuzigte.

Und auch Alessandro Caprara reagierte heftig: »Bist du noch ganz bei Sinnen?« Er schüttelte den Kopf über so viel Torheit.

Gioacchino, der sich nun große Sorgen um Prospero machte, betete. »Die Gottesmutter möge ihm beistehen. Hör zu, Katalane! Der Auftrag, den ich dir gegeben habe, ist so gefährlich geworden, dass ich dich nicht mehr darum bitten kann. Er kann dein Leben kosten. Aber ich weiß keinen anderen, der den Jungen beschützt. Ach, ach, ein Dickschädel wie sein Vater!«

Pepe meinte, im Augenwinkel seines Patrons etwas Glitzerndes, das einer Träne ähnelte, auszumachen. Dann holte der Spanier zur längsten Rede aus, die er jemals im Leben gehalten hatte. »Dem Jungen wird nichts passieren!«

Nun fehlten dem redegewandten Gioacchino die Worte. Zum Dank drückte er Pepe mit beiden Händen die Handgelenke. Dann stand er sichtlich bewegt auf, schaute kurz in den Spiegel und erblickte dort das sorgenvolle Gesicht eines lebenserfahrenen Mannes um die fünfzig, dem verräterisch die Augen glitzerten. Wie zufällig fuhr er im Gehen mit dem rechten Zeigefinger in seinen rechten Augenwinkel und wischte verschämt ein paar Tränen weg.

Prospero hatte dem Auditor inzwischen einen kurzen Bericht der nächtlichen Ereignisse gegeben.

»Eine untergeschobene Leiche also! Vielleicht hast du Recht, mein Junge. Vielleicht sollten wir doch ein wenig mehr wissen von dem, was tatsächlich geschah. Ermittle nur, aber bedenke, du hast keinen offiziellen Auftrag.«

Er hatte sich keine Sekunde in seinem Chef getäuscht, Caprara war ein alter Fuchs, aber trotz der vielen Jahre in der Schlangengrube der Kurie Mensch geblieben. »Was ist mit dem Totenschein?«

Der Auditor machte eine wegwerfende Handbewegung. »Besser, man fragt nicht danach. Wenn es einen geben sollte, würde nur *Völliger Blutverlust infolge Ritualmord* darauf stehen, aber man wäre aus der Deckung gekommen, hätte Interesse gezeigt und schlafende Hunde geweckt.« Prospero nickte. Er schlang die wohlschmeckenden Tortellini hastig herunter, was einem Sakrileg gleichkam, dann erhob er sich.

»Vergiss den Auftrag des Kardinals nicht über deinen Ermittlungen! Gott schütze dich!«, mahnte Caprara. Der Hilfsauditor verabschiedete sich schnell und trat auf die Straße. So sehr er es auch liebte, ein Mahl zu genießen, konnte er darauf auch verzichten, wenn ihn Wichtigeres trieb.

Plötzlich hörte er Caterinas Stimme: »Dottore!« Prospero wandte sich um und schaute das junge Mädchen fragend an. Mit zwei großen Schritten holte sie ihn ein und stellte sich ihm gegenüber auf die Zehenspitzen, denn sie war einen halben Kopf kleiner als er. Dann legte sie ihm die Arme um den Hals. Prospero war so verblüfft, dass er nicht wusste, wie er reagieren sollte. Aber nein, sie umarmte ihn gar nicht, dachte er ein bisschen enttäuscht und dennoch sehr erleichtert. Sie hatte nur etwas in seinem Nacken verschlossen. Er sah an sich herab und entdeckte neben dem silbernen Kreuz seiner Großmutter eine Kette mit einem goldenen Medaillon. Prospero öffnete vorsichtig das Medaillon und entdeckte darin eine Locke braunen Haars.

»Sie stammt von der seligen Caterina Vigri aus Bologna.«

Prospero nahm einen angenehmen Duft wahr, der von der Haarsträhne ausging. »Es duftet.«

»Ja. Mein Vater schickt es Ihnen. Es soll Sie beschützen«, antwortete das Mädchen. Er wollte etwas einwenden, doch Caterina erklärte ihm, dass ihr Vater das Medaillon von Marcello Lambertini zum Abschied erhalten hätte. Nun verstand er gar nichts mehr. »Aber warum schenkt er es dann mir?«

»Zum Schutz!«

Dann zuckte sie mit den Schultern. »Mein Vater kann manchmal auch ein richtiger König Weichherz sein.« Sie ließ ihn verdattert stehen und rannte schnell zurück in die Gaststube.

Er roch noch einmal an der Haarlocke, die nach Rosenwasser duftete. Wie Caterina, durchschoss es ihn. Und er sah dem Mädchen mit einem Anflug von Sehnsucht hinterher. Doch er verbot sich, darüber nachzudenken. Er musste sich auf den Fall konzentrieren. Deshalb beschloss er, zum Hospital San Michele a Ripa zu gehen, wohin man den Leichnam des Jungen transportiert hatte, um Gewissheit über die Todesursache zu erlangen. Und wieder beschlich ihn das unangenehme Gefühl, verfolgt zu werden. Einerlei, er musste den toten Jungen sehen.

26.

Fra Bernardino war schlecht gelaunt und ungehalten darüber, dass sich zur Mittagszeit bei seiner Kirche San Angelo in Pescheria gegenüber vom Portico de Octavia, dem zweiten Eingang zum Ghetto, weniger Menschen eingefunden hatten als am Vortag. Inzwischen wurde auch dieser Eingang von einer Abordnung Soldaten bewacht. Wollte der Dominikaner das Interesse aufrechterhalten, musste er Öl ins Feuer gießen, damit es nicht langsam verlosch. Oh, die Römer waren zwar leicht zu entflammen, doch genauso schnell kühlte ihr Interesse auch wieder ab.

Als er das kleine Podest prustend und mit hochrotem Kopf bestieg, das man für ihn errichtet hatte, wusste er noch nicht, wie er die Leute anfeuern sollte, damit sie morgen auch ihre Nachbarn mitbringen würden. Als er jedoch in das Gesicht eines armen und sicher rechtschaffenen Mannes sah, den ehrliche Empörung hierhergetrieben hatte, kam ihm eine teuflische Eingebung zu Hilfe. Leise und bedächtig begann er: »Brüder, Schwestern, Mütter, Väter, Großeltern des kleinen Angelo … ich habe gestern den geschundenen Leichnam unseres kleinen Engels gesehen.«

Ein Raunen ging durch die Menge. Nach einer kurzen Pause setzte er plötzlich laut und zornig fort: »... und ich sah Tränen in seinen Augen ... wahrhaftig Tränen, klare Tränen, reine Tränen, die seitdem auf meiner Seele brennen wie Feuer. Christi Tränen! Die Tränen des unschuldigen Knaben, die er just in dem Augenblick vergoss, als ich an seinen Sarg trat. Er weinte, als wollte er mir sagen, Bernardino, finde meine Mörder, nicht aber, weil sie mich getötet haben, sondern weil sie mit meinem Tod Christus verhöhnen wollten. Mein Blut soll über sie kommen!«

Die Vorstellung, dass der gemeuchelte Junge noch nach seinem Tod über die Untat weinte, die man an ihm begangen hatte, traf die Menschen mitten ins Herz, weil sie so ganz nach ihrem Geschmack war. So musste es sein. Eine ungesühnte Untat rief übersinnliche Erscheinungen hervor, das wusste jeder.

Aus dem Augenwinkel registrierte der Prediger, wie der rechtschaffene Mann einen harten Zug um den Mund bekam und wütend den Kopf darüber schüttelte, wie achtlos man mit armen Leuten verfuhr, als seien sie keine Menschen. Der Mönch sog förmlich den blanken Zorn des schlichten Mannes in sich ein, um ihn den Menschen, vergrößert freilich, zurückzugeben:

»Und ich sah auch die, die es getan hatten. Vor allem aber, vor allem mussten meine Blut weinenden Augen sehen, dass große Herren, mächtige Herren die Mordtat vertuschen wollen ...«

Der Popolo tobte, der Popolo kochte. Ja, so waren sie, die hohen Herren, die glaubten, sich über alles hinwegsetzen zu können, über den Glauben, das Gesetz, den Anstand und die Sitte, sie, die durch ihre Unverschämtheit den gemeinen Mann tagtäglich verhöhnten und auf dessen Kosten sie doch lebten. Bernardino ließ die Empörung noch eine Weile wachsen, dann gab er den Menschen etwas höchst Zweifelhaftes, das sie für Hoffnung hielten. »Aber das wird der Herr, der gute Herr nicht zulassen. Er will es nicht dulden! Er hat seinen Knecht Fra Bernardino beauftragt, die Untersuchungen für das Heilige Offizium zu führen ... und ich schwöre bei den Stigmata unseres Herrn, der ist Jesus Christus, dass ich nicht ruhen noch rasten will, und dass mich die Teufel dieser Welt nicht davon abhalten werden, das Werkzeug des Herrn für seine Rache zu sein. Denn so spricht der Herr: Die Rache ist mein! Das Blut des kleinen Angelo soll über die Juden Roms kommen! Über die, die ihn bis aufs Blut gepeinigt und schließlich geschlachtet haben wie ein Rind!«

Fra Bernardino hob jetzt mit der rechten Hand ein schwarzes Holzkreuz hoch. Entschlossen blickte er in die Menge. Keiner sollte es wagen, an seinem Willen zu zweifeln, keiner! Aus den vielen Kehlen erscholl als Antwort ein vielstimmiges: »Amen!«

Fra Bernardino, in Schweiß gebadet, kniete nun nieder, schloss beide Hände wie zum Gebet um das Kreuz und erhob es über seinen Kopf in den Himmel. Dann sang er laut: *Kyrie eleison – Herr erbarme dich* und dankte Gott im Stillen dafür, dass er ihm eine mächtige Stimme geschenkt hatte.

Und während er sang, wusste er, dass sie alle, die hier waren, die Kunde seiner Predigt durch Rom tragen würden, und morgen doppelt so viele hierherkommen würden. Denn nichts liebte der Popolo mehr als eine gute Vorstellung.

Und die Menschen auf dem Platz vor dem Eingang zum Ghetto antworteten dem Dominikaner aus Hunderten von

Kehlen, mit hoher und mit tiefer, mit zorniger und mit entschlossener Stimme:

Kyrie eleison

27.

Vor Prospero streckte sich das mächtige Gebäude des Hospiz San Michele a Ripa empor, das gegenüber dem großen Stadthafen Ripa Grande in Trastevere lag. Hier legten die flachen und breiten Schiffe aus Fiumicino und Ostia an, die das Frachtgut aus Übersee von den Hochseeschiffen übernommen hatten und den Fluss aufwärts nach Rom schipperten. Die Schiffer hatten ihre Kähne so gebaut, dass sie bei geringem Tiefgang möglichst viel laden konnten.

Das hohe Gebäude beeindruckte Prospero zutiefst. Es war Waisenhaus, Lazarett, Asyl und Besserungsanstalt in einem. Über eintausendfünfhundert Waisen lebten in diesem Haus. Papst Innozenz XII. förderte die Anstalt mit allen verfügbaren Geldern. Er hatte sogar einen Kardinal als Armenanwalt eingesetzt, der bei allen Konsistorien und Besprechungen mit Rat und Tat zugegen war. So viel wie unter Innozenz XII. war in Rom noch nie für die Armen getan worden.

Der Hilfsauditor betrat das Gebäude und fragte sich zum Lazarett durch. Dort stattete er dem leitenden Arzt Dr. Arnaldi einen Besuch ab. Arnaldi zeigte sich vom Eintreffen des Hilfsauditors nicht erbaut und versuchte, den jungen Mann möglichst schnell abzuweisen, indem er auf die Fülle seiner Pflichten hinwies. »Ich weiß nicht, was Sie wollen. Wäre die Todesursache nur immer so eindeutig wie in diesem Fall. Der Tod trat infolge Blutmangels ein.«

»Haben Sie sich den Jungen gründlich angeschaut?«

»Da gab es nichts gründlich anzuschauen, junger Mann. Ritualmord.«

Zwei Klarissen huschten über den Gang, die Arnaldi fast ehrfürchtig grüßten. Der erwiderte den Gruß der beiden Nonnen und ließ dann den Hilfsauditor einfach stehen. Prospero fühlte Zorn in sich aufsteigen, dem er rasch zuvorkommen musste, bevor dieses heftige Gefühl ihn zu etwas hinriss, was ihm anschließend leidtun konnte.

»Gut!«, rief er dem Arzt hinterher. »Sie wollen nicht mit mir reden? Dann werden Sie sicher mit Vergnügen der Einladung folgen, die Ihnen die Sbirren überbringen!« Das war eine eindeutige Drohung. Prospero überschritt seine Kompetenzen bei Weitem. Er fragte sich nur, ob das auch der Arzt wusste. Zufrieden stellte er fest, dass der Bluff funktionierte. Arnaldi kam widerwillig zurück. »Was wollen Sie?«

»Den Leichnam des Jungen sehen!«

»Das geht nicht. Wir haben ihn heute Morgen beigesetzt.«

»Was? Normalerweise lassen Sie mindestens drei Tage verstreichen. Und die Trauerfeier?«

»Fand ebenfalls heute Morgen im kleinen Kreis mit den Eltern statt.«

Prospero lief rot an. Er hatte das Gefühl, als wäre er gerade schallend geohrfeigt worden. Eigentlich brauchte der Hilfsauditor die Frage nicht mehr zu stellen, dennoch wollte er letzte Sicherheit erlangen. »Wer hat das angeordnet?«

»Das Heilige Offizium. War es das jetzt?«

»Nur eine Frage noch.«

Geradezu schicksalsergeben starrte ihn Arnaldi an.

»Wo wurde der Junge beigesetzt?«

»Auf unserem Friedhof. Er hat einen schönen Platz unter einer kleinen Pinie an der hinteren Mauer bekommen. Um den Platz würden ihn viele Römer beneiden.«

Der Arzt zuckte ein letztes Mal mit den Schultern, ehe er sich abwendete. Prospero schaute ihm empört hinterher. Die Eile, mit der man den Jungen beigesetzt hatte, entfachte geradezu seinen Zweifel an der amtlich verkündeten Todesursache. Warum musste man den Leichnam so überstürzt verscharren, wenn man nichts zu verbergen hatte? Prospero Lambertini fühlte sich durch die Arroganz der Macht geradezu persönlich beleidigt und herausgefordert. Jenseits eines ordentlichen Verfahrens und einer rechtlich einwandfreien Untersuchung hatte irgendjemand bestimmt, dass der kleine Angelo das Opfer eines Ritualmordes geworden war, ganz gleich, ob das der Wahrheit entsprach oder nicht. Wer aber die Wahrheit beugt, der versündigt sich an Gott. Plötzlich kam ihn der Jad in den Sinn. Wieder hatte er den Einruck, dass jemand ein boshaftes Spiel mit ihm trieb. Dass er genarrt wurde! Er fühlte sich als Christ und als Jurist bis aufs Blut gereizt. Und wenn er den Knaben mit seinen eigenen Händen ausgraben müsste, er würde den wahren Grund des Todes feststellen! Niemand sollte es wagen, ihn zu täuschen. Erschrocken hielt er im Denken inne. Entsetzen über die ungeheuerliche Absicht der heimlichen Ausgrabung des Leichnams und die Entschlossenheit, die Ermittlung voranzutreiben, standen sich auf einmal unversöhnlich gegenüber. Aber die Entschlossenheit siegte. Der einzige Weg zur Wahrheit führte über die Exhumierung. Zwar besaß er noch keine Vorstellung darüber, wie sich diese gefährliche Leichenschau verwirklichen ließe, aber sie war für ihn unverzichtbar. Denn nichts geschieht ohne Motiv und schon gar nicht das überstürzte Beisetzen des Opfers eines grausigen Verbrechens keine vierundzwanzig Stunden nach seiner Entdeckung. Gern hätte er sich mit Valenti darüber beraten, vermochte aber beim besten Willen das Misstrauen, das in ihm wucherte, nicht zu überwinden.

Sein Entschluss stand fest, er würde nicht warten, bis die Wahrheit zu ihm käme, sondern er würde gehen, um sie selbst aufzusuchen. Schließlich hatte sie einen so hohen Rang, dass man sie nicht im Vorzimmer warten lassen durfte.

28.

Er schritt durch den langen Gang zur Mittelhalle, vorbei an vielen Menschen, Obdachlose, die sich in ein Gespräch vertieften, Kinder, die durch die Gänge rasten, einige Mönche, die vergeblich versuchten, Ordnung in das Chaos auf den Gängen zu bringen. Eine Hure bot ihm an, ihn in die Kunst der Liebe einzuführen. Ihr Anblick mit der gelblich-lappigen Haut und den schwarzen Zahnstümpfen, die zum Vorschein kamen, wenn sie grinste, war ein reiner Graus. Als er seinen Schritt beschleunigte, um die aufdringliche Frau möglichst schnell hinter sich zu lassen, höhnte sie ihm nach. »Ich besorge dir auch einen strammen Knaben, wenn du kräftige Arschbacken vorziehst.« Unwillkürlich schüttelte Prospero sich.

Er bewunderte die Priester und Mönche, die täglich in

dieser Hölle des Elends Dienst taten und dachte nun auch etwas freundlicher über Arnaldi. Der Mann hatte wahrlich andere Probleme, als sich auf das Intrigenspiel um einen ermordeten Knaben einzulassen.

In der großen Mittelhalle angekommen, wandte er sich jedoch nicht zum Ausgang, sondern schlug kurz entschlossen die entgegengesetzte Richtung ein, die zum Friedhof führte, der hinter dem Gebäude lag. Rechts von ihm gähnte inmitten der Wiese ein großes, fast viereckiges Loch. Auf dieser Seite des Friedhofs befanden sich die Massengräber für die armen Seelen, die kein Geld oder keinen Namen besaßen. Man legte sie in die Grube, warf Kalk über sie und anschließend etwas Erde. Dann folgten schon die nächsten Leichen. Wenn die Grube mit Leichen, Kalk und Erde bis zu einem halben Meter unter der Grassode aufgefüllt war, schloss man das Massengrab und hob ein neues großes Loch auf der Wiese aus.

Auf der linken Seite aber befanden sich unter Pinien die Einzel-, Doppel- oder Familiengräber. Prospero schritt über einen weißen Kieselweg. Die Steinchen knirschten unter seinen Füßen und glänzten in der Sonne. Neben einer kleinen Pinie mit lindgrünen Nadeln in der Nähe der Außenmauer entdeckte er eine Frau mit zwei Kindern. Obwohl er sie nur von hinten sah, erkannte er sie sofort wieder. Die Frau des Fischers Giovanni, Renata. Sie bückte sich über das Grab und ordnete unablässig etwas, das Prospero aus der Entfernung nicht zu erkennen vermochte, während ein etwa dreijähriges Mädchen und ein circa sechsjähriger Junge neben ihrer Mutter standen. Ihm tat die Frau leid. Mit einem etwas mulmigen Gefühl näherte er sich ihr.

»Gott zum Gruß«, sagte Prospero halblaut.

Die Kinder schauten ihn an, ohne dass ihre Gesichter

eine Regung verrieten. Renata aber ließ sich nicht von ihrer Tätigkeit abbringen. Zu seinem Erstaunen entdeckte er jetzt, dass sie die kleinen weißen Steinchen, die das Grab ihres Sohnes bedeckten, wie alle anderen Gräber auch, herunterwarf. Ihm versetzte die sinnlose Tätigkeit der Frau einen Stich ins Herz. »Oh, diese schweren Steine, sie sollen nicht auf sein kleines Herz drücken. Mein kleiner Engel.«

»Es tut mir leid, gute Frau.«

»Wenn Dich Fra Bernardino schickt, um mich zu seiner Kirche zu holen, dann richte dem fetten Kuttenträger aus, dass er uns in Ruhe lassen soll, mich und meinen Sohn! Er soll uns einfach nur in Ruhe lassen, dieser Teufel!«

Prospero Lambertini begriff, dass die leidgeplagte Frau dem dreisten Mönch niemals verzeihen würde, dass er ihren Kummer zur Schau gestellt und benutzt hatte. Sie fühlte sich von ihm auf schamlose Art öffentlich bloßgestellt. Hatte der sich etwa um ihren Sohn gekümmert, als er noch lebte? War er in der Stunde der Gefahr bei ihm gewesen? Was ging denn den Mönch ihr Kummer an? Mochte sie auch eine einfache und ungebildete Frau sein, dachte der Hilfsauditor, aber der Instinkt der Mutter verriet ihr, dass der Tod ihres Sohnes schändlich benutzt werden sollte von Leuten, die daraus blutigen Gewinn zu ziehen beabsichtigten. Wenn er mit ihr ins Gespräch kommen wollte, musste er sich von diesen Leuten distanzieren, was ihm wahrlich nicht schwerfiel.

»Ich komme nicht von Bernardino.«

»Wer bist Du dann?«

Es war nur zu natürlich, dass die Frau ihn nicht wiedererkannte, denn kaum hatte sie ihn das erste Mal gesehen, da schlug sie die furchtbare Nachricht nieder.

»Ich arbeite an der Rota.«

Sie wurde nachdenklich und schaute den Hilfsauditor zum ersten Mal an. »So, so, an der Rota. Und was wollen Sie?«

»Ich will den Mörder Ihres Sohnes finden.«

Jetzt erhob sie sich. »Haben die Juden denn meinen Sohn nicht ermordet?«

»Glauben Sie, dass es die Juden waren?«

»Ich weiß es nicht«

»Ich weiß es auch nicht. Aber ich möchte, dass der Richtige dafür büßt, derjenige, der es auch getan hat.«

»Ihr wollt doch alle nur von meinem toten Sohn profitieren! Warum soll ich Ihnen das glauben?«

»Weil mich nur die Wahrheit interessiert.«

Die Frau lachte kurz auf. »Angelo ist mein Sohn. Verstehen Sie, mein Sohn. Nicht der Sohn dieses fetten Mönches! Nicht der Sohn aller Römer, nur mein Sohn, nur meiner. Das ist die ganze Wahrheit.«

Prospero sah in die Augen der Frau und fühlte ihren Schmerz, der so groß war, dass er selbst die Tränen ausgetrocknet hatte. Wenn sie doch wenigstens weinen könnte. Er würde sie in den Arm nehmen und trösten. Aber sie ist noch längst nicht bereit dafür. Er kannte dieses Gefühl nur zu gut. Es war der gleiche Schmerz, den der frühe Tod seines Vaters damals in dem Knaben hinterlassen hatte. Erst viel später setzte die Trauer ein, erst nachdem der Schock des Verlustes abgeklungen war und man immer wieder und immer von Neuem mit der Endgültigkeit haderte, in die man sich fügen musste, ohne sie aber wirklich akzeptieren zu können.

Renata bückte sich jetzt und nahm ihre Tochter auf den Arm. »Angelo war anders als diese beiden, etwas ganz Besonderes. Er war zu gut für mich. Darum hat man ihn mir weggenommen.«

Prospero wurde hellhörig, denn nun würde er vielleicht zum ersten Mal dem kleinen Angelo begegnen, dank der Erinnerungen seiner Mutter. Er hatte weder die Leiche gesehen noch den Jungen gekannt. Er war für ihn nur das Opfer, ein technischer Ausdruck in einer Ermittlung. Wollte er das Verbrechen verstehen, kam er nicht umhin, den Menschen kennenzulernen, dem diese Gewalt angetan worden war. Der das Opfer eines billigen Spiels um Macht geworden war. Dieses himmelschreiende Unrecht empörte den Hilfsauditor. Zum ersten Mal in seinem Leben verstand er, dass seine Art, Gott zu dienen, darin bestand, die Ungerechtigkeit zu bekämpfen. Und dieser Kampf begann damit, den toten Jungen aus dem schaurigen Symbol, in das man ihn verwandelte, zu befreien. Ein Knabe wurde auf grausame Art getötet, kein Märtyrer, kein Heiliger, sondern nur ein Junge, in dem Gott anwesend war, wie in allen Kindern. »Erzählen Sie mir von ihm.«

»Interessiert Sie das wirklich?«

Er musste nicht darauf antworten.

»Gott weiß, dass ich alle meine Kinder liebe, aber Angelo war klüger und geschickter als sie. Er hatte einen schnellen Verstand, schneller als der meines Mannes. Ich hätte ihn so gern zur Schule geschickt. Aber er hat auch so Schreiben, Lesen und Rechnen gelernt. Weiß der Himmel, wo er es herhatte, plötzlich konnte er es.«

Sie lächelte leicht, bevor sie sagte: »Oh, er wäre sicher eines Tages Papst geworden.«

Beim Anblick der vormals leeren Augen der Frau, in denen plötzlich wieder Leben aufflackerte, vermutete Prospero, dass sie nun ganz weit weg war, dort, wo sie ihren

Sohn ein letztes Mal treffen würde. Auf halbem Weg zwischen Endlichkeit und Ewigkeit, in dem Zwischenreich, in das sie vorzudringen und in das er noch zurückzukehren vermochte, verabschiedete sich Angelo von seiner Mutter für immer.

»Warum konnte Gott nicht warten?«, kehrte sie bitter in die Wirklichkeit zurück.

»Wann haben Sie ihn zuletzt gesehen?«

»Vorgestern. In der Frühe, dann war er weg. Sein Vater war zornig auf ihn, weil er eigentlich zum Fischen mitfahren sollte. Aber er war schon seit vierzehn Tagen so merkwürdig.«

»Sie meinen, er verhielt sich anders als gewöhnlich?«

»Ja. Seitdem er mit meinem Bruder unterwegs war, war er trotzig, geradezu bockig. Sprach nicht mehr mit mir. Als hätte ich ihm was angetan. Er trieb sich rum. War so oft er konnte weg. Ich weiß nicht, wo er herumlungerte. Mein Mann wollte ihm eine Tracht Prügel verabreichen, weil er meinte, Angelo kommt in das Alter, wo ihn der Hafer sticht.«

»Aber Sie haben das nicht geglaubt.«

»Was?«

»Dass es eine Altersfrage ist.«

»Ich weiß nicht. Ich frage mich die ganze Zeit, ob die Tracht Prügel ihn nicht zur Vernunft gebracht hätte. Mein Mann meinte, Jungs in dem Alter muss man hart anfassen. Die brauchen eine starke Hand, wie junge Hunde.«

Sie schaute ihn groß und verwundert an. »Aber Angelo war doch kein junger Hund. Er war ein Mensch.«

»Und jetzt fragen Sie sich, ob er noch leben würde, wenn Sie Ihren Mann nicht zurückgehalten hätten?«

Die Frau nickte.

»Was ist denn bei dem Ausflug mit Ihrem Bruder passiert?«

»Ich weiß es nicht. Angelo sprach nicht darüber.«

»Haben Sie Ihren Bruder gefragt?«

»Ach der, der war doch mal wieder völlig blau! Der wusste nur noch, dass er zum Schluss mit Kumpanen am Fluss gesessen hatte.«

»Seit dem Tag war Angelo verändert?«

»Ja.«

Prospero blickte auf das Grab, und die Worte der Fischersfrau, dass ihr Sohn hätte Papst werden können, gingen ihm durch den Kopf. War nicht Jesus der Sohn eines Zimmermanns gewesen und Petrus Sohn eines Fischers und selbst Fischer, bevor er sich dem Herrn anschloss? Ja, vielleicht hatte sie recht und Angelo wäre wirklich Papst geworden, ein Papst, den die Welt bitter brauchte, dem Alten verpflichtet, dem Neuen zugewandt, fromm, ohne Falschheit, ein Engelspapst. Er nahm sich vor, den Bruder zu befragen.

»Wie heißt Ihr Bruder?«

»Ettore Scala. Sie werden mit ihm nur Ihre Zeit verschwenden.«

Sie stellte ihre Tochter wieder auf die Erde und wollte sich erneut dem Grab zuwenden, doch Prospero machte einen Schritt auf Renata zu. »Ich kann Ihnen Ihren Sohn nicht zurückbringen, Renata. Aber ich werde Ihnen die Wahrheit bringen. Ich verspreche es Ihnen!«

Nie würde er dieses kurze Glimmern der Hoffnung in den Augen der Frau vergessen, eine Hoffnung, die er nicht enttäuschen durfte. Was auch immer geschehen würde, er hatte der Frau sein Wort gegeben.

29.

Schwarze Unwetterwolken zogen über Rom und verdunkelten die Via Rua, auf der sich viele Menschen tummelten. Unzählige Kinder spielten auf der Straße, Tuchhändler boten ihre Waren an. Die Geschäfte aber liefen schlecht, weil die päpstlichen Wachen, die das Ghetto abriegelten, die Kundschaft verscheuchten. Ahab postierte sich an der Ecke zur Rua Azzimele und beobachtete das Domizil des Rabbiners. Vom Portico kommend, trugen vier Träger im Laufschritt eine Sänfte und blieben vor dem Haus des Rabbiners stehen.

Zornig stürmte Deborah aus der Tür, nachdem sie sich heftig mit ihrem Bruder gestritten hatte. Ihn vom Weg der Gewalt abzubringen, war schlichtweg unmöglich, und die schöne Tochter des Rabbiners verzweifelte daran geradezu. Sie fühlte sich verwundbar, weil sie ratlos war. Ratlosigkeit ertrug sie, die an die Allmacht der Vernunft glaubte, nicht. Ratlosigkeit verunsicherte sie. Die Unsicherheit schlug in Jähzorn um. Blind vor Wut achtete sie deshalb nicht auf die Sänfte vor ihrem Haus. Einer der Träger trat ihr in den Weg. »Mein Herr lädt dich zu einer kleinen Spazierfahrt ein.«

»Wer ist dein Herr?«

»Steig ein!«

Deborah dachte nicht einmal im Traum daran. Sie wollte den Träger einfach stehen lassen und weitergehen. Da spürte sie einen schmerzhaften Griff um ihren Oberarm. Aus den Augenwinkeln registrierte sie noch, wie sich die Straße rasch leerte. Der Muskelprotz schleifte sie zur Sänfte und warf sie grob in das Innere. Sie wollte sich auf der anderen Seite wieder herausschlängeln, aber der Holzkasten besaß nur eine Tür. Deborah schrie aus Leibeskräften um Hilfe. Der Muskelprotz drängte sich nun zu ihr in den Kasten, und das Mädchen versetzte ihm einen kräftigen Tritt mitten ins Gesicht. Der Mann schrie vor Schmerz auf. Dann sah Deborah nur noch sein wutverzerrtes Gesicht und spürte auf ihrer rechten Wange das Brennen einer kräftigen Ohrfeige, die der grobe Geselle ihr mit dem Handrücken verpasst hatte. Er hielt ihren Kopf fest und riss ihren Mund auf, während ein zweiter, der nun in die Sänfte kletterte, ihr ein Tuch in den Mund presste. Der Knebel hinderte sie am Schreien. Sie trampelte mit den Füßen und versuchte, um sich zu schlagen, aber vergeblich. Es wurde ihr bewusst, dass sie nichts gegen ihre Entführer auszurichten vermochte. Geschwind band man ihr ein Tuch über die Augen, und ihr Blick wurde plötzlich dunkel. An dem Schmerz an ihren Handgelenken erkannte sie, dass man ihr die Hände derb auf den Rücken fesselte. Nun, da sie nichts mehr sehen konnte, fühlte sie sich ganz diesen fremden Männern und ihrer plumpen, aber wirkungsvollen Gewalt ausgeliefert. Rasende Angst schüttelte ihren Körper. Sie musste sich aus den Fängen der Panik befreien, wenn sie das Einzige einsetzen wollte, was ihr geblieben war: das Denken. Aber das war leichter gedacht als getan. Denn das Gefühl der Hilflosigkeit schickte immer neue Wellen der Verzweiflung. Deborah hörte noch das Klappen der Tür, dann merkte sie, dass man sie forttrug. Und plötzlich empfand sie das erste Mal in ihrem Leben Todesfurcht. Wo brachte man sie hin? Was wollte man von ihr? Wer steckte bloß dahinter? Wie gern würde Deborah schreien, doch der Knebel in ihrem Mund hinderte sie daran.

Nur Chiskijah hatte der Hilferuf seiner Schwester auf die Straße getrieben. Er hatte noch gesehen, wie man die Tür der Sänfte hinter ihr schloss. Als er sie befreien wollte, wurde er von einem mächtigen Fausthieb eines Trägers niedergestreckt. Zwei andere packten die Trageholme und liefen mit der Sänfte los, gefolgt von einem weiteren Knecht, der plötzlich ein Rapier in der Hand hielt, bereit, jeden zu töten, der versuchen würde, die Sänfte aufzuhalten.

Nachdem Ahab sichergestellt hatte, dass niemand der Sänfte gefolgt war, gab er seinen Beobachtungsplatz auf und verschwand wieder in den engen Gassen des Ghettos.

Chiskijah erhob sich noch taumelnd vor Zorn und wischte sich das Blut aus dem Gesicht, dessen Rot von seinem blassen Teint besonders kontrastreich abstach. In seinem Schädel dröhnte es, als spielten tausend Orgeln in ihm um die Wette, nur jede eine andere Melodie. Er schaute sich um und bemerkte, dass die stets bevölkerte Straße menschenleer dalag. Niemand hatte seiner Schwester geholfen, aber alle hatten sich geschwind in ihre Häuser zurückgezogen, weil jeder fürchtete, Zeuge der Entführung zu werden und damit unüberschaubare Gefahren auf sich und seine Familie zu ziehen. Wütend schaute er sich um. Allmählich wurden die Türen und Fenster wieder geöffnet, und die Menschen kehrten auf die Straße zurück, als wäre nichts geschehen. Sie ekelten ihn an. Der Geruch ihrer Angst versetzte ihn in Harnisch. »Feiglinge, elende Feiglinge!«, brüllte er in die Runde. Jetzt hasste er diese Menschen und liebte sie doch gleichzeitig auch, denn in ihrer Feigheit verachtete er sich selbst, weil sie doch sein Volk waren. In der Stunde der Gefahr waren sie ihr nicht beigesprungen, sondern hatten sich abgewandt. Chiskijah verging fast vor Sorgen, aber so sehr er auch sein Gehirn anstrengte, kam ihm keine

Idee, wo er nach ihr suchen sollte. Natürlich konnte er dem Präfekten die Entführung melden, aber der würde nicht das Geringste für die Tochter des »Ritualmörders« unternehmen, vermutete Chiskijah. Und letztlich zeigte dieses Verbrechen wieder einmal nur allzu deutlich die Rechtlosigkeit der Juden im Ghetto, die den Launen ihrer christlichen Herren ausgeliefert waren. Doppelte Schutzherrschaft nannten das die Päpste und meinten damit nur, dass sie die Christen vor den Juden und die Juden vor den Christen schützen wollten. Als ob den Christen das geringste Ungemach von den Menschen im Ghetto drohte! Die Schmach seiner Ohnmacht und die Angst um seine Schwester schlugen auf einmal in Zorn um, in Hass und schließlich in Rebellion. Wie ein Wahnsinniger rannte er durch das Ghetto. Nichts hielt ihn nun mehr, und so brüllte er, so laut er konnte, dass ihm davon die Lungen schmerzten:

Ich stürze die Throne der Könige
und zerschlage die Macht
der Königreiche der Völker.
Ich stoße die Kriegswagen
samt ihren Fahrern um,
die Pferde sinken
samt ihren Reitern zu Boden,
einer vom Schwert des anderen getroffen
… denn ich habe dich erwählt!

Und als er die Worte des Propheten Haggai als Kampfansage hinaus in diese ungerechte Welt gebrüllt hatte, wusste Chiskijah plötzlich, was zu tun war. Die Christen sollten für die Unterdrückung und Verhöhnung von Gottes Volk bezahlen!

30.

Immer und immer wieder hämmerte Prospero gegen die Tür des Rabbiners, doch niemand öffnete, nichts regte sich. Ausgerechnet jetzt, wo er so dringend ihre Hilfe benötigte, war Deborah nicht zu Hause. Unschlüssig darüber, ob er etwas warten oder doch mit Valenti sprechen sollte, drehte er sich um und stand plötzlich vor Chiskijah.

»Ich muß mit Deborah sprechen.«

Chiskijah blickte nur finster drein. »Oh, sie ist gerade außer Haus. Sie wurde von einer Sänfte abgeholt und zum Einsteigen gezwungen.«

»Verhaftet?«

»Zumindest nicht von den Sbirren.«

»Also entführt?«

»Nenn es, wie du willst! Und jetzt verschwinde! Du bist hier nicht gern gesehen.« Unwillkürlich ballte der junge Mann die Fäuste.

»Chiskijah, ich bin nicht dein Feind. Ich muss mehr wissen, vielleicht kann ich dir helfen.«

Prospero schaute Chiskijah in die Augen und fand dort nur kalten Hohn. »Wozu noch reden? Ich bin es leid! Ich will nur noch Taten sehen! Wenn du Taten hast, komm wieder, aber verschon mich mit deinen Worten!« Er ließ Prospero stehen und ging ins Haus, die Tür hinter sich zuschlagend.

Verdammter Narr, dachte der Hilfsauditor und trat unschlüssig auf die Straße. Er befragte die Menschen auf der Via Rua, ob sie etwas beobachtet hätten, klopfte an Haustüren, doch wenn ihm überhaupt geöffnet wurde, erhielt er keine Antwort. Niemand wollte etwas gesehen haben.

Keiner vertraute ihm. Die Juden wiesen ihn ab, und es war sicher nur eine Frage der Zeit, bis er ins Visier der Inquisition geraten würde. Diejenigen, die ihm bei seiner Suche nach dem wahren Mörder des kleinen Angelo helfen sollten, sahen in ihm den Feind. Es zeichnete sich für ihn ab, dass er mit seinen Ermittlungen zwischen alle Stühle geriet. Aber war das nicht der Ort der Wahrheit, nämlich zwischen allen Interessen und Parteiungen sich zu befinden? Ein höchst unbequemer und gefährlicher Ort.

Mit einem Mal fühlte sich Prospero nur kraftlos und überflüssig. Deborah war entführt worden. Ob sie noch lebte? Wer waren ihre Entführer? Im Grunde kam nur die Inquisition infrage, denn wer sollte an den Sbirren vorbei das Ghetto betreten und verlassen können? In seiner Sorge um Deborah rang er sich dazu durch, mit Carasoli zu reden, der als Einziger zu helfen in der Lage war. Natürlich rechnete er damit, dass der Kardinalvikar ihm viele Fragen stellen würde, Fragen, deren Beantwortung Prospero sich lieber entzöge, denn er kannte den mächtigen Mann zu wenig, um einzuschätzen, wie der auf die Eigenmächtigkeiten des kleinen Hilfsauditors reagieren würde. Aber hatte er denn eine Wahl?

So eilte er durch den Portico aus dem Ghetto hinaus, vorbei an den Sbirren und Schlüsselsoldaten.

Und plötzlich fiel sein Blick auf die Kirche San Angelo in Pescheria, deren Vorbau der antike Portico de Octavia bildete. Dort hatte Fra Bernardino sein Hauptquartier aufgeschlagen, der Mann, den er als Prediger erlebt hatte und der die Untersuchungen des Heiligen Offiziums leitete.

Die schwüle Luft staute sich unter den immer dicker werden Gewitterwolken und drückte auf die Stadt wie feuchte Wolle. Prospero spürte eine starke Anziehungskraft, die von der alten Kirche ausging. Wie von einem Sog ergriffen, näherte er sich dem Gotteshaus und betrat es schließlich. Er wollte mehr über diesen Mann erfahren, der sich selbst in dem ganzen Theater um Macht und Tod eine so wichtige Rolle gab.

Im Innern der Kirche umfing Prospero sofort eine angenehme Kühle. Auf den leeren Bänken vor ihm saßen samstags immer die Juden, die sich die dominikanische Strafpredigt anzuhören hatten. Um sie herum patrouillierten dann die Mönche, die jene derb schlugen, die es wagten, zu schlafen oder sich zu unterhalten, anstatt dem Prediger zu lauschen, der sich mühte, die Juden auf den Pfad des Übertritts zum Katholizismus zu locken. Angesichts der Predigt, die von einer profunden Kenntnis des Judentums ausging, und der erheblichen Vorteile, die eine Konversion mit sich brachte, blieben die christlichen Missionsbemühungen unter den Augen des Papstes peinlich erfolglos. Für Fra Bernardino verwandelte sich die Kirche an jedem Samstag in den Ort seiner Niederlage, denn seine inbrünstige Predigt drang nicht in die verstockten Ohren der Juden, so, als ob er gegen eine Wand sprach. Eine einzige Konversion in fünfzehn Jahren!

San Angelo in Pescheria schien vollkommen menschenleer zu sein, aber Prospero spürte die Anwesenheit des selbst ernannten Hausherren.

Fra Bernadino lag vor dem Altar auf dem Bauch, die Hände zur Seite ausgestreckt wie ein Kreuz. Seine ganze Gestalt drückte die tiefste Andacht aus. Genauso, nur auf dem Rücken statt auf dem Bauch wie der Mönch jetzt, hatte noch gestern Vormittag Angelo in der Synagoge gelegen. Prospero betrachtete den Dominikaner, der demutsvoll zu

Gott betete. Die Frömmigkeit des Mönches berührte ihn. Beurteilte er ihn vielleicht zu hart? Plötzlich fühlte er das Verlangen, mit ihm zu reden, den Prediger und Inquisitor kennenzulernen, seine Beweggründe zu erfahren, als ob er auch nur hoffen durfte, dass Fra Bernardino ihm Rechenschaft leisten und ihn Einblicke in sein Herz gewähren würde.

Nach einiger Zeit erhob sich der Mönch, wobei er stöhnte und ächzte unter seiner Leibesfülle. Er bekreuzigte sich und wandte sich um. Dabei entdeckte er den Hilfsauditor, und sein verdutzter Blick verriet, dass er sich fragte, wie lange der junge Mann schon hier in seiner Kirche gestanden haben mochte. Der Mönch kniff die schmalen, von schweren Lidern gedrückten Augen zusammen und fragte: »Kommst du zur Beichte?«

»Ja«, hörte sich Prospero antworten.

Ein Lächeln huschte über das Gesicht des Dominikaners. Wie konnte er sich nur auf eine Beichte einlassen? Dem Feinde Rede und Antwort stehen? Hatte er den Verstand verloren? Denn als Beichtender musste er sich dem Beichtvater rückhaltlos anvertrauen und vollkommen unterordnen. Schließlich sprach nach gängiger Lehre Christus in der Person des Beichtvaters mit ihm.

Der Mönch dirigierte den Hilfsauditor routiniert zu einem der Beichtstühle an der rechten Wand der Kirche. Nun gab es für ihn keinen Ausweg mehr. Der Dominikaner wartete, wie jemand, der sich seiner Beute nicht ganz sicher war, darauf, dass Prospero sich endlich in den Beichtstuhl setzte, danach begab er sich erst in sein Abteil.

Bernardino betete ein Vaterunser. Prospero hielt ihm zugute, dass er das Gebet weder herunterleierte noch in der nachlässigen Eleganz derjenigen sprach, für die das Vaterunser durch den täglichen Gebrauch sich in eine leblose Formel verwandelt hatte. »Beichte deine Sünden dem Herrn, dass er dir vergeben kann, mein Sohn.«

Im Beichtstuhl durfte er nicht lügen, er würde Gott betrügen. Mit einem Mal spürte Prospero eine starke Entschlossenheit, er wollte die Wahrheit, und er wollte sie jetzt! So begann er klar und sachlich, ohne die übliche Zerknirschung in der Stimme zu haben, die Reue signalisieren sollte. »Ich habe heute gesündigt.«

»Nur zu, mein Sohn. Erleichtere dein Gewissen.«

»Ich habe Zorn empfunden, Zorn auf Menschen.«

»Großen Zorn?«, fragte Bernardino besorgt.

»Sehr großen Zorn, mein Vater!«

»Das ist nicht gut, denn der Herr sagt, liebe deinen Nächsten wie dich selbst. Wie kannst du da zürnen? Aber wer, wer war es, der dieses unchristliche Gefühl in dir hervorgerufen hat, mein Sohn?«

Er musste bei der Wahrheit bleiben, also dachte er an Chiskijah. »Ein Jude war es, der Hass in mir erzeugte, und ich habe ihn verwünscht! Wie konnte ich mich nur so weit hinreißen lassen und mein Seelenheil gefährden?«

»Nun ja, ein Jude.«

»Ja, ein Jude.«

»Es ist ihre Schuld, dass wir bei ihrem Anblick oder bei dem Gedanken an sie Abscheu empfinden müssen.«

»Das mag sein«, wandte Prospero ein. »Aber es heißt nicht: Liebe deinen nächsten Christen wie dich selbst, sondern deinen Nächsten, also jeden Menschen. Befiehlt der Herr in der Bergpredigt nicht auch, dass man die andere Wange hinhalten soll, wenn man geschlagen wird?«

»Es heißt aber auch: *Wer zum Schwert greift, wird durch das Schwert umkommen.*«

Prospero verstand nur zu gut, dass dieses Wort sowohl auf die Juden als auch auf ihn gemünzt war. Nachdem der Dominikaner versucht hatte, ihn einzuschüchtern, nahm er die Drohung scheinbar zurück, indem er so tat, als würde er nur über die Juden reden. »Und überhaupt haben die Juden schon wieder zum Schwert gegriffen, als sie den kleinen Angelo ermordeten!«

»Welche Beweise hast du dafür?«, fragte der Hilfsauditor unbeeindruckt.

»Ich brauche keine Beweise! Ich habe den armen Jungen mit eigenen Augen gesehen.«

»Jesus kam aber nicht zur Rache, sondern zur Versöhnung. Hüte dich, dass du nicht wie die Frevler daherkommst, die unklare Worte in den klaren Wein der Wahrheit mischen, um ihn zu trüben! Hüte dich, denn du bist in Gefahr!«

Er konnte fast hören, wie es in Bernardinos Kopf arbeitete, wie der Dominikaner sich fragte, wer dieser seltsame Beichtende war und was er von ihm wollte. Das Ganze ähnelte eher einem Verhör, ein Verhör allerdings, das mit dem Beichtvater angestellt wurde und noch dazu in seiner eigenen Kirche, in seinem Beichtstuhl. Wütend brüllte er los, als stünde er auf dem Platz und spräche zu Hunderten von Menschen: »Aber als Jesus am Kreuz starb, von den Juden verraten und auf ihr Geheiß hin ermordet, erkannten die Juden, dass sein Blut über sie kommen werde. Wie das Blut des armen Angelo jetzt über die Juden Roms kommen wird! Und jeder in Rom wird sich entscheiden müssen, ob er auf Seiten Gottes oder des Satans streiten will! Er wird nicht zweimal gefragt werden!«

Prospero erschrak über die Heftigkeit dieser Worte. Die Kälte des Mönches griff nach seinem Herzen, die Kälte des

Hasses, der von dem Dominikaner ausging. Er erkannte nur zu deutlich, dass es dem Mann nicht um die Wahrheit, sondern allein um eine Verurteilung der Juden ging. Auch wenn es unklug war, sie zu stellen, aber er konnte die Frage nicht unterdrücken. »Warum hasst du die Juden so?«

Doch Bernardino dachte nicht daran, zu antworten. Er hatte sich wieder gefangen und wollte nun seinerseits in die Rolle des Fragenstellers schlüpfen. »Haben dich die Juden dafür bezahlt, den kleinen Angelo und unsere Mutter Kirche zu verraten? Verkaufst du den Heiland für dreißig Silberlinge?!«

Nicht eine Sekunde zweifelte er daran, dass es tollkühn war, den durchtriebenen Mönch und mächtigen Inquisitor zu reizen, aber sein zuweilen feuriges Bologneser Temperament ging mit ihm durch, als er ihn mit fester Stimme ermahnte. »Hüte dich, Bernardino, hüte dich davor, Hass zu säen, denn der Hass ist ein Werk des Teufels! Wer Wind sät, Bernardino, wird Sturm ernten. Du hast gesagt, man wird nicht zweimal fragen, ich aber sage dir, man wird aber auch dich nicht zweimal warnen! Also hör auf mich! Und noch eins sage ich dir: Lass Renata aus deinem schmutzigen Spiel. Sie hat genug gelitten.« Prospero stand auf und verließ blass und fast taumelnd den Beichtstuhl. Er hatte sich für die Wahrheit entschieden. Als er sich vor dem Altar bekreuzigte, spürte er Bernardinos glühenden Blick und zweifelte nicht daran, dass er sich einen mächtigen Feind geschaffen hatte. Aber er bereute es nicht, er fühlte sich jetzt sogar auf eine seltsame Art erleichtert und gereinigt und dachte bei sich: *Deus caritas est:* Gott ist Liebe, nicht Hass. Doch würde es ihm gelingen, Fra Bernardino nicht zu hassen?

31.

Wenig später stand Prospero im Palazzo Carasoli einem vom Wesen her ganz anderen Dominikaner als Bernardino gegenüber, nämlich dem feinen Intellektuellen Antonio. Dessen Arbeitszimmer lag in der unmittelbaren Nähe der Bibliothek und war durch eine kleine Tür mit ihr verbunden. Das kleine weißgetünchte Kabinett bestach durch seine Unpersönlichkeit. Auf dem Schreibtisch stapelten sich pedantisch geordnet eine Unmengen von Akten. Der Mann, der in diesem Zimmer arbeitete, liebte die Akkuratesse.

Der Sekretär wirkte wie immer sehr freundlich und zuvorkommend, bedauerte ihm nicht helfen zu können, weil der Kardinal unterwegs war. Das Angebot des Dominikaners, dem Kardinal bei seiner Rückkehr Prosperos Anliegen getreu auszurichten, ließ den jungen Hilfsauditor zaudern. Er erinnerte sich an Capraras Warnung. Andererseits drängte die Zeit. Der Hilfsauditor schaute in das offene und freundliche Gesicht Antonios. Sollte er es wagen?

»Deborah wurde entführt«, sagte er schließlich und zwang sich dabei zur Ruhe.

»Woher weißt du das?«, fragte Antonio scharf nach.

»Das spielt doch jetzt keine Rolle!«, brauste Prospero auf.

Antonio schaute den jungen Hilfsauditor nachdenklich an. »Ich werde es Seiner Eminenz gleich nach seiner Rückkehr mitteilen. Einstweilen danke ich dir für die Information. Sei unbesorgt, wir werden sehen, was wir tun können, damit der temperamentvollen jungen Dame kein Haar gekrümmt wird.« Antonio lächelte wohlwollend. »Ich wusste gar nicht, dass du die Tochter des Rabbiners kennst? Also, wenn du meinen Rat oder meine Hilfe brauchst, kannst du dich jederzeit an mich wenden.« In seinen Worten lag eine unausgesprochene Aufforderung. Und Neugier. Prospero dachte einen Moment darüber nach, entschied dann aber, dass er unmöglich dem Sekretär vor dem Kardinal von seinen Ermittlungen berichten konnte. Außerdem widerstrebte es ihm seit je, vage Vermutungen und hilflose Hypothesen zum Besten zu geben. Um darüber reden zu können, bedurfte es handfester Fakten. Dann fragte er Antonio schließlich doch: »Wer könnte Deborah entführt haben?«

»Ich habe nicht die leiseste Ahnung.«

»Vielleicht das Heilige Offizium? Sie haben ungehinderten Zugang zum Ghetto.« Carasolis Sekretär lachte höhnisch. »Die müssen sie nicht entführen, die können die Tochter des inhaftierten Rabbiners auch offiziell durch die Sbirren festnehmen lassen.« Dann legte er seinen Arm um Prosperos Schulter. »Ich gebe dir einen Rat, mein Freund, vergiss die Jüdin. Sie bedeutet eine dreifache Gefahr für dich. Erstens, weil sie eine gut aussehende Frau ist, zweitens, weil sie Jüdin ist, und drittens, weil sie die kluge Tochter des Rabbiners ist. Eines davon genügt bereits, wenn nicht das Seelenheil, so doch die Karriere zu gefährden.«

Prospero bedankte sich bei Antonio und begab sich in den Quirinalpalast. Nur im Gespräch mit Carasoli käme er weiter. Er beschloss, in den Akten der Maria Carasoli etwas zu finden, wonach er den Kardinal persönlich fragen musste, um an seinem Cerberus, dem unvermeidlichen Antonio, vorbeizukommen. Dann konnte er den Kardinal auch nach Deborah fragen. Er musste widerstrebend einsehen, dass er im Moment nicht mehr für Deborah tun konnte. Und wunderte sich darüber, wie heftig ihm diese Erkenntnis zusetzte.

32.

Anfangs zwang sich Prospero dazu, die Akten der seligen Maria Carasoli zur Hand zu nehmen, denn die Sorge um die schöne Jüdin wühlte sein Innerstes auf. Am liebsten wäre er wieder ins Ghetto gegangen, aber was sollte er dort? Vor Deborahs Tür stehen und warten? Er würde nur seine Zeit vergeuden, denn keiner wollte etwas gesehen haben. Er besaß nicht einen Anhaltspunkt, geschweige denn eine Spur. Andererseits durfte er den Auftrag des Kardinals nicht vernachlässigen, wenn er nicht die Unbill des mächtigen Vikars von Rom und seines Patrons Alessandro Caprara auf sich ziehen wollte. Es grenzte ohnehin schon an ein Wunder, dass der Auditor ihm zumindest inoffiziell erlaubt hatte, zu ermitteln.

Wieder half Prospero der ihm in die Wiege gelegte unermüdliche Fleiß, die Akten durchzuarbeiten. Bald schon vergaß er alles um sich herum und vertiefte sich in das Leben der seligen Maria Carasoli.

Als junge Frau muss sie ausgesprochen schön und kokett gewesen sein. Die Männer Trients lagen der bezaubernden Tochter des vermögenden Kaufmanns Marcantonio Carasoli mit Sicherheit zu Füßen. Verse wurden für sie geschmiedet und Lieder ersonnen, Jünglinge schmachteten und Herzen brachen vor ihrem Stolz entzwei. Wer sich nicht bereitfand, sich für sie zu duellieren, der musste sich gar nicht erst die Mühe machen, sie zu umwerben. So war es, dachte Prospero. Und plötzlich kam der Umschwung.

Von heute auf morgen entdeckte sie ihre verzehrende Leidenschaft, ihre Liebe zu Gott, und schrieb einen feurigen Brief an den Kardinallegaten von Ferarra, wie dankbar sie sei für seine guten Worte, die ihr das Herz, die Seele und die Sinne für den Allerhöchsten geöffnet hätten. Sie wollte sich von der Sünde befreien, der Eitelkeit der Welt entsagen und sei fest entschlossen, ins Kloster der Karmeliterinnen zu gehen, um ein gottgeweihtes Leben zu führen. Nur Christus wollte sie sich anvermählen, nur ihm. In aller Demut bitte sie den Kardinallegaten, dass er ihr den Wunsch nicht versagen wollte, fortan ihr Seelenführer zu sein.

So stand es in dem einzigen von ihr verfassten Brief, der den Akten beilag. Die schöne und ebenmäßige Handschrift der Maria Carasoli verriet als Empfänger des leidenschaftlichen Bekenntnisses seine Eminenz Kardinal Benedetto Odescalchi. »Potztausend! Papst Innozenz XI.«, entfuhr es Prospero. Nur gut, dass er allein war und es deshalb keine Zeugen seiner lautstarken Verblüffung gab.

Er wusste über den vor elf Jahren verstorbenen Papst, dass er aus einer angesehenen Kaufmannsfamilie vom Comer See stammte, der von Rom aus betrachtet nicht allzu weit entfernt von Trient lag. Die Handelshäuser Odescalchi und Carasoli konnten durchaus Beziehungen unterhalten haben, mutmaßte er. Dennoch entstand die Frage, warum Maria sich an den päpstlichen Legaten des erheblich entfernt liegenden Ferrara mit ihrer Bitte um Seelenführerschaft gewandt hatte. War zwischen Ferrara und Trient kein geeigneter Geistlicher zu finden gewesen? Der Ton des Briefes verriet, dass die beiden sich kannten und die Epistel wahrscheinlich nicht ihr erstes Schreiben an den Priester darstellte. Der Hilfsauditor durchsuchte noch einmal gründlich die Akten, aber es ließ sich wirklich wider ein weiterer Brief von Maria an Odescalchi noch die Antwort oder andere Briefe von Odescalchi im Konvolut finden. Das erregte Prosperos Interesse. Etwas sehr Wichtiges fehlte in der Akte.

Sicherlich legten diejenigen, die an der Heiligsprechung interessiert waren, den Brief nur deshalb bei, weil Maria in dem Schreiben in leidenschaftlich frommen Sätzen die Beweggründe anführte, weshalb es sie drängte, den Schleier zu nehmen. Stil und Inhalt dokumentierten die Frömmigkeit der Maria Carasoli beeindruckend. Allerdings deutete der Brief noch eine zweite, eine verborgene Geschichte an. Prospero beschloss, den Kardinalvikar nach den Beziehungen zwischen den Odescalchis und den Carasolis zu befragen.

Papst Innozenz XI., der im Jahr 1676 das Pontifikat begann, konnte 1680 den Seligsprechungsprozess für die 1675 verstorbene Ordensfrau hinter den Kulissen durchaus wirkungsvoll vorangetrieben haben. War er der mächtige Mann im Hintergrund? Hatte Innozenz XI. nicht auch ihren Neffen, Francesco Carasoli, zum Kardinal ernannt?

Der Brief gab ihm einen Hinweis, sollte sich der bestätigen, stellte sich als Nächstes die Frage nach dem Motiv. Was verband Maria Carasoli mit Benedetto Odescalchi, dass er sie zur Seligen und den Neffen zum Purpurträger machte?

Prospero wollte den Brief zurück in die Akten legen, konnte ihn aber nicht so recht aus der Hand lassen. Er fasste sich eigenartig an, schwerer, rauer als die anderen Papiere, und wenn er ihn gegen das Licht hielt, schien es ihm, als habe das Papier eine ungewöhnliche Struktur. Zudem befand sich auf den vier Seiten seltsam wenig Text. Die großen Schriftzüge muteten ihn rätselhaft an, denn bei normaler Schriftgröße hätte die Verfasserin nur zwei statt vier der teuren Bögen benötigt. Alles an diesem Brief erregte Prosperos Aufmerksamkeit, und je mehr er darüber nachdachte, je merkwürdiger kam ihm das Schriftstück vor.

Vorsichtig blickte er sich um, dann ließ er ihn mit zitternden Händen in seine Tasche gleiten und schloss die Akten. Schweiß trat auf seine Stirn. Er fühlte sich wie ein Schwerverbrecher und bat mit einem Vaterunser Gott um Verzeihung. Das nahende Gewitter kündigte sich mit einschüchterndem Donnergrollen an. Dunkelheit kroch langsam, aber stetig in das Arbeitszimmer. Er griff zum Konvolut, legte es rasch unter die anderen und nahm sich wahllos einen neuen Aktenstapel vor, den er schnell aufknotete und einen Packen Blätter auf die linke Seite legte.

Im dämmrigen Licht las er mehr schlecht als recht noch eine Weile in den Zetteln, bis der Archivar zu ihm geschlurft kam und ihn daran erinnerte, dass er gleich schließen würde.

»Entschuldigen Sie. Ich habe gar nicht gemerkt, wie die Zeit verflogen ist«, log Prospero. Das erste Mal beobachtete er, wie der Missmut des alten Mannes verflog und fast so etwas wie ein Lächeln über seine steinerne Miene huschte. Der Fleiß des Hilfsauditors milderte scheinbar dessen Abneigung. Prospero schmunzelte in sich hinein. Ironie des Schicksals, im Augenblick der größten Sünde, die er in den Augen des Hüters der Akten begehen konnte, nämlich ein Blatt aus dem Archiv zu entwenden, in diesem Augenblick begann ihn der Archivar freundlich zu behandeln. Als Prospero die Frage, ob er morgen weiterzuarbeiten gedächte, bejahte, gewährte der Archivar ihm die ungeheure Gunst, dass er die Akten an seinem Arbeitsplatz liegen lassen durfte. »Schließen Sie nur die Konvoluta. Wir wollen ja nicht, dass ein Blatt verloren geht.«

»Selbstverständlich«, antwortete er beflissen.

Als Prospero Lambertini mit dem Brief in der Tasche den Quirinalpalast verließ, schämte er sich wegen seines Diebstahls. Aber die Verbindung zwischen Maria Carasoli und Benedetto Odescalchi warf völlig neue Fragen auf. Eigentlich trieb es ihn mit seiner Beute zu seinem Freund Velloni, da dieser den Brief als kenntnisreicher Philologe wissenschaftlich untersuchen und dem Geheimnis der Epistel auf die Spur kommen konnte. Doch er schlug zu seiner eigenen Überraschung den Weg zu Valenti Gonzaga ein. Nur zu genau wusste er, dass er nichts für Deborah tun konnte, aber genauso wenig vermochte er, länger untätig zu bleiben. Er musste etwas unternehmen. Und der einzige Mensch, der ihm helfen konnte, war Graf Valenti Silvio Gonzaga, der Mann, dem er bis gestern noch bedingungslos vertraut hatte. Doch der nächtliche Besuch im Ghetto hatte Misstrauen gesät und ließ Prospero auf Distanz gehen. Aber die Angst um Deborah war stärker als alles Misstrauen, als alle Kränkung. Wo mochte sie sein? Er hoffte sehr und betete still, dass sie noch am Leben war.

33.

Als der Himmel seine Schleusen öffnete und aus den grauschwarzen Wolken wahre Sturzbäche über Rom niedergingen, befand sich Prospero mitten auf der Sixtus-Brücke, um vom Stadtteil Regola auf die andere Seite des Flusses nach Trastevere zu gelangen. Eilig fischte er den Brief aus seiner Jackentasche, steckte ihn tief in die Innenseite seiner Hose und rannte gegen den flutenden Regen über die Brücke, um sich im erstbesten Hausflur auf der anderen Seite des Tibers unterzustellen. Diesen Vorsatz hatten auch andere Passanten gefasst, so dass er dort nicht allein stand. Um ihn herum roch es nach feuchter Kleidung und menschlichen Ausdünstungen. Angesichts des heftigen Wolkenbruchs nahm er den Gestank allerdings als kleineres Übel in Kauf. Seine Haare, Rock, Schuhe und Hose trieften vor Nässe, als sei er in den Tiber gestürzt.

Als der Regen nach einer guten halben Stunde etwas nachließ, setzte er seinen Weg ungeduldig fort.

Vollkommen durchnässt und fast panisch in Sorge um Deborah traf er bei Valenti ein. Als er jedoch das Zimmer betrat, erstarrte er wie vom Blitz getroffen. Nun verstand er überhaupt nichts mehr! Das Herz in seiner Brust fühlte sich plötzlich taub an. Am Tisch saßen Valenti und Deborah in ein offensichtlich intimes Gespräch vertieft, so, als sei nichts geschehen. Prospero wollte auf der Stelle kehrtmachen. Nur das sichere Gefühl, obendrein zum Gespött zu werden, hielt ihn noch zurück. In seinem Bauch aber brannten die Eifersucht und die Scham wie tausend Feuer. Valenti wurde ihm immer unheimlicher. Seine quälenden

Sorgen wechselten angesichts der Vertrautheit der beiden ins grelle Licht der Lächerlichkeit. So macht man sich zum Narren, dachte er bitter. »Verzeihung. Ich störe. Ich komm ein andermal wieder.«

»Sie stören überhaupt nicht«, gab Deborah ernst zurück. »Im Gegenteil, wir benötigen Ihren Rat, Dottore.«

Die Chuzpe überraschte Prospero. »Wurden Sie nicht entführt?«

»Ach, das wissen Sie?«

»Ja. Ich wollte mit Ihnen reden, traf aber nur Ihren Bruder an, der mich am liebsten in der Luft zerrissen hätte.«

»Glauben Sie mir, es war anfangs auch eine regelrechte Entführung. Ich wehrte mich nach Kräften.«

Und dann berichtete sie dem staunenden Prospero die ganze abenteuerliche Geschichte.

34.

Als man sie aus der Sänfte stieß, Augenbinde, Knebel und Fesseln entfernt hatte, fand sie sich zu ihrem Erstaunen im Südbogen des Kolosseums wieder. Das nahende Gewitter beunruhigte die Vögel, die aufgeregt über der antiken Ruine hin und her jagten. Kopflos, wie wir Menschen in der Stunde der Gefahr, dachte Deborah. Was sie erwartete, vermochte sie nicht einmal zu ahnen. Alles war möglich, auch das Schlimmste. Wenn so ihr Ende aussah, dann wollte sie nicht flehen und nicht bitten, nicht winseln und nicht schreien, sondern es kühl zur Kenntnis nehmen. Und sie bat Gott um die Kraft dafür. Sie hatte unterwegs beschlossen, dem dreisten Entführer gegenüber keine Schwäche zu zeigen.

Aus dem unterirdischen Gang, der zur Hälfte aufgedeckt war, winkte sie ein Mann in einer schwarzen Mönchskutte zu sich. Die Kapuze hatte er über den Kopf gestülpt, um sein Gesicht zu verbergen. Keinesfalls handelte es sich um Fra Bernardino, denn er war von seiner Statur her größer und vor allem schlanker als der Dominikaner. Sie blieb wie angewurzelt stehen, denn sie glaubte, ihr Ende sei gekommen. Einer der Träger stieß sie derb in den Gang. Sie taumelte, sie strauchelte, sie fiel schließlich dem Mönch zu Füßen, der sie jedoch freundlich aufhob.

Zu ihrer Überraschung stand Francesco Kardinal Carasoli vor ihr. Er legte ihr seinen Arm um die Schulter und führte sie in den Keller des Kolosseums, dort, wo vor anderthalbtausend Jahren die Gladiatoren auf ihren Kampf warteten, das Leben zu erringen oder den Tod zu finden.

Der Kardinal entschuldigte sich höflich für die etwas rabiaten Umstände ihres Rendezvous, aber in den letzten Stunden hatte sich die Lage so gefährlich zugespitzt, dass es seinen Kopf kosten würde, wenn jemand etwas von ihrer Begegnung erführe. »Außergewöhnliche Umstände fordern außergewöhnliche Maßnahmen.«

Sie standen nun in einer Zelle, in die durch ein Loch in der Decke hin und wieder ein Sonnenstrahl fiel, wenn die Sonne durch die Gewitterwolken drang. »Du musst jetzt sehr stark sein«, begann er mit der geübten Stimme des Seelsorgers. »Ich werde von dir mehr verlangen, als ein normaler Mensch zu leisten vermag.«

Carasoli streifte die Kapuze ab. Für einen kurzen Moment amüsierte sich Deborah über die Eitelkeit des Kardinals. Trotz seiner Verkleidung als einfacher Mönch hatte er es nicht übers Herz gebracht, die purpurne Kappe des Kardinals abzulegen.

»Ich kann die Juden Roms nur vor einem Pogrom schützen, wenn ich deinen Vater des Ritualmordes anklage.«

»Nein!«, schrie Deborah. »Du hast versprochen, ihn zu schützen.«

Mit Engelszungen sprach er auf sie ein, dass die Stimmung in der Stadt jederzeit von Zorn und Wut zu Rache und Blutdurst umzuschlagen drohte. Er selbst sei in das Visier der Inquisition geraten. Er rechne stündlich damit, dass der Großinquisitor das erfolterte Geständnis von Schlomo in die Hand bekäme, wonach der Rabbiner den Knaben ermordet haben soll. Ihr Vater wäre so oder so verloren, es ginge nur noch darum, ob er die Menschen im Ghetto mit sich in den Tod reißen würde oder nicht. Der Kardinal sprach von der großen Verantwortung für das Leben der Menschen im Judenviertel, die nun auf ihren Schultern läge.

Deborah hielt sich die Ohren zu. Er sollte aufhören, sie mit der einzigen Waffe zu bedrängen, gegen die sie schutzlos war, mit der Vernunft. Sie kannte die Überlegungen, wonach einem Menschen Unrecht zugefügt werden durfte, wenn dadurch Hunderte gerettet würden. Jesuiten-Logik! Die kluge Tochter des Rabbiners spürte, dass die Theorie hinkte, nur fand sie nicht das schwache Glied, an dem es ihr gelingen würde, die eiserne Kette der Schlussfolgerungen zu sprengen. Aber Carasoli ließ sie nicht zur Ruhe kommen, sondern sprach unbarmherzig weiter. »Tranquillo muss als Rabbiner für die Juden des Ghettos das Kreuz auf sich nehmen. Ich sehe keinen anderen Ausweg. Es gibt Zeiten, in denen der Seelenführer seiner Gemeinde diesen großen Dienst erweisen muss.«

»Nein«, sagte Deborah abermals. Aber es klang nicht mehr ganz so entschieden wie beim ersten Mal.

»Wenige Meilen von dem Ort entfernt, an dem wir hier stehen, hat es sich vor anderthalbtausend Jahren zugetragen. Der Apostel Petrus, ein Jude, wie du weißt, und Christ, befand sich auf der Flucht vor dem Martyrium, das ihm bestimmt war. Kaiser Nero verfolgte die Christen grausam, weil er sie beschuldigte, Rom angezündet zu haben. Der Vorwurf, liebe Deborah, war genauso absurd wie der des Ritualmordes. Man suchte für den Popolo nach einem Sündenbock. Auf der Straße nach Ostia traf Petrus plötzlich Jesus, unseren Herrn. Und Petrus fragte ihn: *Domine, quo vadis?* – Herr, wohin gehst du? – Und der Herr antwortete: *Ich gehe, mich kreuzigen zu lassen.* Und Petrus, von dieser Antwort beschämt, kehrte um, um das Martyrium freiwillig auf sich zu nehmen. Hier nun, im Kolosseum, warf man die Christen, Kinder, Frauen, Männer und Greise den Löwen zum Fraß vor. Ein neunjähriges Mädchen wurde kurzerhand von den Henkersknechten vergewaltigt, weil ein Gesetz in Rom verbot, Jungfrauen hinzurichten. Auf diese primitive und schreckliche Art tat man dem Gesetz Genüge.«

Ihr wurde schlecht. Sie verstand, was der Kardinal ihr sagen wollte, welche Gefahren er voraussah, die er außerstande sein würde, zu bannen. Leise fragte sie ihn, was er von ihr erwartete.

»Das Schwerste. Schwerer, als selbst zu sterben. Überrede morgen früh deinen Vater, dass er ein Geständnis ablegt. Ich kann nur noch Herr des Verfahrens bleiben, wenn ich es selbst vorantreibe.«

»Ich soll meinen Vater überreden, auf dem Scheiterhaufen zu sterben?«

»Vielleicht kommt es ja nicht so weit. Wenn er nicht gesteht, muss ich ihn dem Heiligen Offizium übergeben. Dann landet er nach Folter und Qual auf jeden Fall auf dem Scheiterhaufen. Entscheide dich, morgen früh um sieben wartet vor dem Tor der Engelsburg Antonio auf dich, um dich zu deinem Vater zu bringen. Ach, Deborah, eine große Verantwortung lastet nun auf dir. Triff die richtige Wahl! Niemand kann dir dabei helfen. Denn wie immer du auch entscheiden wirst, du wirst die Folgen deines Entschlusses so oder so bis zu deinem letzten Tag auf Erden mit dir herumtragen müssen. Es tut mir leid.« Er küsste sie auf die Stirn, setzte seine Kapuze wieder auf und verschwand aus dem Kolosseum. Wie benommen blickte sie ihm hinterher. Ihre Welt war soeben in tausend Stücke zerbrochen.

35.

Was soll ich bloß tun, Prospero?«, fragte sie ihn verzweifelt. Doch der war angesichts des Gehörten viel zu überrascht, als dass er hätte antworten können, und sah nur sehr nachdenklich aus, bemüht, die Neuigkeiten richtig einzuordnen. Valentis Gesicht leuchtete zornesrot, wie immer in den seltenen Situationen, in denen er die Beherrschung verlor. Prospero hatte das in den vielen Jahren, in denen sie sich kannten, zweimal miterlebt und wünschte, es möge kein drittes Mal geben. Der Graf höhnte sich bereits warm. »Eminenz machen es sich einfach! Um den Kopf aus der Schlinge zu ziehen, opfert er den Rabbiner.«

Prospero indessen folgte nur konsequent seinen Überlegungen und fragte Deborah, warum Carasoli nicht den wirklichen Mörder suche. »Das würde zu viel Zeit in Anspruch nehmen, meinte er. Zeit, die er nicht mehr hat.«

»Aber du kannst doch deinen Vater nicht überreden, den Scheiterhaufen zu wählen«, hielt der Hilfsauditor ihr entgegen.

»Ich kann genauso wenig die Schuld auf mich laden, dass die dreitausend Juden im Ghetto, Kinder, Frauen, Männer, Greise von einer zügellosen Gewalt überfallen und viele von ihnen grausam misshandelt und massakriert werden.«

»Was sagt dein Bruder dazu?«

Resigniert erzählte sie ihm, dass Chiskijah von einem Aufstand der Juden träumte und er deshalb junge Männer, die so zornig waren wie er, um sich versammelte. Junge Männer, die sich nicht länger verhöhnen und misshandeln lassen wollten. Sie nannten sich Zeloten. Und schworen, sich zu wehren wie die jüdischen Helden der alten Zeit, wie Judas Makkabäus, wie Barrabas, wie Bar Kochba, den Titus in den Zeiten des Römischen Reiches vom Aventin zu Tode stürzte.

Prospero schüttelte entnervt den Kopf, und Valenti fuhr sich aufgeregt durchs Haar. Als ob es nicht reichte, dass Fra Bernardino die Straße mobilisierte und Sperelli Jagd auf Carasoli machte. Nun mussten auch noch einige jüdische Hitzköpfe die brandgefährliche Situation ihrerseits anheizen. Die drei jungen Menschen schauten sich ratlos an. »Wir geraten hoffnungslos zwischen die Fronten«, stellte Valenti schließlich fest und fügte dann nachdenklich hinzu: »Viel Feind, viel Ehr, heißt es bekanntlich, aber es ist doch ein wenig viel Feind. Meint ihr nicht?«

»Willst du aufgeben?«, fragte Prospero kühl.

»Ein Gonzaga gibt nicht auf!«

»Nur wegen deiner Familienehre willst du weitermachen? Ist das deine einzige Sorge?« In Prospero regten sich erneut Zweifel an Valentis Zuverlässigkeit.

»Natürlich lasse ich Deborah nicht im Stich. Aber auch wir müssen uns fragen, was das Beste für alle ist. Carasolis Argumente sind leider nicht so einfach vom Tisch zu wischen.«

»Er ist viel zu klug dafür, schwache Argumente zu benutzen. Wenn sie auch überzeugend sind, müssen sie dennoch nicht richtig sein.«

»Prospero, wir sind auf dem besten Weg, uns in Rom mächtige Feinde zu schaffen. Wollen wir es uns mit allen verderben? Mit Sperelli einerseits und mit Carasoli andererseits und obendrein noch die Juden Roms gefährden?«, warnte der Graf.

Prospero fragte sich, ob sein politisch geschickter Freund den Rückzug vorbereitete. »Niemand zwingt dich, mitzumachen.«

Valenti lief rot an. »Was immer du vorhast, ich bin dabei.«

Prospero ging auf den Freund zu und legte ihm die rechte Hand auf die Schulter. »Glaub mir, es ist besser, wenn du nicht beteiligt bist.« Valenti wischte Prosperos Hand von seiner Schulter und entgegnete finster: »Und wenn es zu des Teufels Großmutter ginge, mich hältst du nicht davon ab, euch zu begleiten.« Valenti sah jetzt sehr entschlossen, geradezu tollkühn aus. Prospero seufzte. »Schlimmer noch. Wir werden den kleinen Angelo exhumieren müssen«, sagte er leise. Sein tollkühner Plan verschlug den anderen beiden die Sprache. Der Graf fand als Erster die Worte wieder. »Du willst den toten Knaben ausbuddeln?« Er starrte seinen Freund an, als hätte der den Verstand verloren. Dann stapfte er aufgeregt im Zimmer auf und ab, hielt sich die Ohren zu, weil er nichts mehr über den Irrsinn zu hören wünschte, schüttelte den Kopf und murmelte dabei einen genuesischen Fluch nach dem anderen. Prospero meinte, an ihm Anzeichen von Angst zu entdecken. Als könne Valenti die Worte des Freundes dadurch ungesagt machen, herrschte er ihn an: »An diese Exhumierung darf man nicht einmal im Traume denken! Du hast nichts gesagt, und wir haben nichts gehört! Wenn das jemand mitkriegt, gibt es keinen Ort mehr auf der Welt, wo wir uns verstecken können. Die ziehen uns bei lebendigem Leibe die Haut ab, wenn sie nur von der Idee erfahren.«

Unbeeindruckt von der heftigen Reaktion seines Freundes beharrte Prospero ruhig und sachlich wie ein Wissenschaftler auf seinem Plan. »Mir sind die Risiken bewusst. Ich habe es mir reiflich überlegt. Anders geht es nicht. Sie haben heute früh den Leichnam in aller Eile verscharrt. Das hat einen Grund. Wir müssen herausfinden, was man verbergen will.«

Deborah, die erstaunt dem Disput gefolgt war, schüttelte nur resigniert den Kopf. »Kühn gedacht, aber es hilft mir nicht.«

»Doch, Deborah, doch! Wer immer das Kind ermordet hat, wir helfen deinem Vater nur dadurch, dass wir den wahren Täter finden. Es gibt keinen anderen Weg. Das Verbrechen muss gesühnt werden!«

»Und wenn uns nicht mehr genügend Zeit dafür zur Verfügung steht?«

»Letztlich liegt alles in Gottes Hand. Aber das Unsrige wollen wir dazu beitragen.«

»Wofür machen wir das hier eigentlich?«, fragte Valenti plötzlich, der sich immer noch nicht beruhigt hatte.

»Für die Gerechtigkeit«, antwortete Prospero kurz und nieste herzhaft. Erst jetzt fiel es Deborah und Valenti auf, dass Prosperos Kleidung vor Nässe triefte. Und auch Prospero hatte in der hitzigen Diskussion die durchweichte Kleidung völlig vergessen. Um seine Füße hatte sich bereits eine Pfütze besten römischen Regenwassers gebildet. Valenti musste beim Anblick des begossenen Freundes etwas schmunzeln. »Wahrscheinlich wirst du dem Henker in letzter Sekunde entgehen, weil du statt auf das Rad geflochten an einem veritablen Schnupfen sterben wirst und wir, die wir gevierteilt werden, werden dich um deinen leichten Tod beneiden.« Deborah bestürmte Prospero, sich seiner Kleidung zu entledigen, damit sie trocknen konnte. Erst als sie versprach, sich abzuwenden und Valenti ihm eine Culotte und ein Hemd von sich borgte, zeigte sich Prospero nach abermaligem Niesen einverstanden.

Beim Ausziehen fiel ihm der Brief der Maria Carasoli wieder in die Hände. Erschrocken registrierte er die Wasserflecken auf dem kostbaren Brief, beruhigte sich aber dann, weil er feststellte, dass die Schrift vom Wasser nicht beschädigt worden war. Deborah, die mit dem Rücken zu ihm stand, schlug Benjamin für die Untersuchung des Leichnams vor. Valenti verdrehte die Augen, als wolle er fragen, ob Prosperos Wahn ansteckend sei. »Teufel auch! Wollt ihr erst erhängt oder erst gesteinigt werden? Der Mob möchte lieber früher als später das Ghetto stürmen, weil er glaubt, dass die Juden den kleinen Angelo umgebracht haben und euch fällt nichts Dümmeres ein, als die Leiche des Knaben von einem Juden aufschneiden zu lassen.«

Der Graf stürmte empört aus dem Zimmer. Prospero

und Deborah schauten ihm erst verwundert und dann belustigt hinterher, denn in seiner Aufregung hatte Valenti ganz vergessen, dass er in seiner eigenen Wohnung war und die beiden lediglich an die Luft zu setzen brauchte. Auf der Straße musste es ihm wieder eingefallen sein, denn er kehrte missmutig zurück. Er maß die beiden mit einem vernichtenden Blick. »Wenn das bekannt würde, könnte auch die ganze Armee des Papstes das Ghetto nicht mehr schützen!«

»Hast du einen Gegenvorschlag?«, fragte Prospero ruhig zurück. Valenti kannte keinen Mediziner, nicht mal einen Studenten der Heilkunst, der sich auf dieses Abenteuer einlassen würde, auch nicht für viel Geld. Prospero gab zu bedenken, dass er Benjamin gestern das Leben gerettet hatte. Der Arzt sei ihm also etwas schuldig, und nicht nur ihm, sondern auch den Juden und den Römern. Valenti gab knurrend nach, denn ihm fiel in der Tat keine Alternative ein. »Mag es auch Wahnsinn sein, so soll es hinterher nicht heißen, ein Gonzaga hätte sich gedrückt! Ich stehe zu deinem verrückten Plan, Prospero.« Die Spannung zwischen den Freunden knisterte. Mit ihrer feinen Intuition spürte Deborah die Fremdheit, die sich zwischen die beiden Männer geschlichen hatte. »Was ist eigentlich los mit euch?«

»Prospero möchte wissen, woher wir uns kennen?«

»Hast du es ihm verraten?«

»Nein.«

»Oh, ich muss es auch nicht wissen!«, hob der Hilfsauditor abwehrend die Hände. Doch so viel stand für ihn fest, dass man ihn ins Vertrauen ziehen musste, wenn man weiterhin sein Vertrauen zu genießen wünschte.

»Also gut«, begann sie. »Sprich aber mit niemandem darüber! Ein paar jüdische und christliche Wissenschaftler treffen sich einmal in der Woche bei uns, um bei meinem Vater Unterricht in jüdischer Mystik zu erhalten.«

Der Hilfsauditor staunte über seinen Freund aus altem katholischen Hochadel. »Du nimmst Unterricht in jüdischer Mystik?«

»Ja.«

»Und darüber konntest du mit mir nicht reden?«

»Wir haben geschworen, es niemandem zu sagen.«

Wenn das verbotene Studium der Häresien herauskäme, fanden sich zumindest die Christen vor dem Heiligen Offizium wieder. Prospero schwor seinem Freund, dessen Geheimnis für sich zu behalten.

Um Zeit zu gewinnen, bat Prospero den Grafen, zu ihrem gemeinsamen Freund Velloni zu gehen, um den Brief der Maria Carasoli untersuchen zu lassen. Handschriften und Geheimsprachen waren Vellonis Spezialität. Währenddessen wollten Deborah und Prospero Benjamin aufsuchen, um ihn für die riskante Aktion zu gewinnen.

Sie verabredeten sich für kurz nach Mitternacht vor dem Ospizio San Michele am Ripa-Hafen, um auf den Friedhof zu gelangen.

Valenti versprach, eine Laterne mitzubringen. Dann gab er dem Freund noch einen Rock und Schuhe, denn dessen Sachen trieften natürlich immer noch vor Nässe.

Sie brachen auf. Es war kurz nach 21 Uhr, und das Leben begann gerade wieder in Trastevere. Prospero und Deborah beschlossen, Valentis Boot zu benutzen.

Das Wetter war trügerisch schön, die Luft durch den Regenguss wie gereinigt und in den Straßen standen Pfützen, um die die Passanten herumtänzelten. Doch sie fragten sich besorgt, ob der Arzt sich darauf einlassen würde, den toten Knaben zu sezieren. Er war ihre einzige Chance, eine andere besaßen sie nicht. Und die Zeit drängte!

36.

Während der Geldverleiher Jehuda in seinem großen Zimmer bei geschlossenem Fenster Münzen zählte und Schuldscheine addierte, las Benjamin beim flackernden Kerzenschein das »Opus paramirum oder das sehr wunderbare Werk« des deutschen Magiers Paracelsus über den Einfluss der Gestirne und der Umwelt auf die Krankheiten. Dieses Buch stellte einen unbezahlbaren Schatz dar. Auf geheimen und verschlungenen Pfaden war das ketzerische Werk aus dem Besitz Giordano Brunos, den die Inquisition fast auf den Tag genau einhundert Jahre zuvor auf dem Campo de Fiori verbrannt hatte, in Benjamins Besitz gelangt. Als habe das Buch ihn gesucht und schließlich gefunden. Schon bei der ersten Berührung, als seine Finger sanft über den Deckel des Buches fuhren, durchzuckte ihn die Erwartung der geistigen Vereinigung mit den wahren Denkern. Er stieg in den lebendigen Strom des Wissens ein. Paracelsus, der von Ramon Lull und Moses Maimonides gelernt hatte, gab sein Wissen an Giordano Bruno weiter und dieser nun an ihn, an Benjamin. So kostbar wie das Buch selbst waren Brunos an den Seitenrändern verfasste Anmerkungen.

Schmerzhaft hatte er selbst bereits erfahren müssen, dass die Menschen Macht mit Wissenschaft, Mittelmäßige mit Genies und schließlich Geschicklichkeit mit Denken verwechselten. Wenn sie nicht aus dem Irrsinn des gesunden Menschenverstandes aufwachten, dann würde aus dem tauben Herzen ihrer Mittelmäßigkeit die Apokalypse steigen.

Manchmal schüttelte er über Paracelsus den Kopf, zuweilen aber wiegte er auch nachdenklich das Kinn, wenn er las: *Wer weiß es nicht, dass die meisten Ärzte heutiger Zeit zum größten Schaden der Kranken danebengegriffen haben, da sie allzu sklavisch am Wort des Hippokrates, Galenos und Avicenna und anderen geklebt haben. Wenn's Gott gefällt, kann man auf diesem Weg wohl zu blendenden Doktortiteln gelangen, wird aber niemals ein wahrer Arzt. Nicht Titel und Beredsamkeit, nicht das Lesen zahlreicher Bücher sind Erfordernisse eines Arztes, sondern die tiefste Kenntnis der Naturdinge und Naturgeheimnisse. Das ist sapientia: dass einer wisse und nicht wähne.*

Er war so versunken in die Vorstellungen des Paracelsus über die Stoffe, die den Menschen krank machen, dass er das Klopfen an der Tür überhörte. Erst als Jehuda die Zimmertür von außen öffnete, schreckte er auf und nahm Deborah und den Hilfsauditor wahr, die das Zimmer betraten.

Prospero fühlte sich in eine Wunderwelt versetzt. Bücher, Folianten, Inkunabeln türmten sich zu seiner Rechten in abenteuerlichen Stapeln. Auf der linken Seite stand Benjamins durchwühltes Bett. Ihm gegenüber befand sich das geöffnete Fenster, unter dem vier Glaskolben Platz fanden, die merkwürdige, in Formalin eingelegte Wesen, Embryonen verschiedenen Alters, Kreuzungen aus Tier und Mensch enthielten. Sein Blick zog ein seltsames Gebilde an, das er erst nach längerem Hinsehen als doppeltes, zusammengewachsenes menschliches Skelett mit zwei Köpfen erkannte. Neben den Zwillingen hockte das Skelett eines Jungen mit sonderbar verwachsenen rotbraunen Knochen, dem es in seinem kurzen Leben verwehrt war, sich aus der hockenden Position zu erheben. Die Verformungen erwiesen sich bei näherem Hinsehen als mumifiziertes Fleisch. Prospero erschauerte.

»Nicht erschrecken«, wiegelte der Arzt ab. »Das ist nur meine kleine Sammlung harmloser Homunculi. Wir werden nicht das Gesunde verstehen, wenn wir das Kranke nicht begriffen haben.«

»Künstliche Menschen?«, entfuhr es Prospero, der nun alles andere als beruhigt war.

»Das ist die Frage, ob sie künstlich sind. Was ist überhaupt künstlich und was natürlich? Wir sollten das vielseitige Buch der Natur zuerst zu lesen verstehen, bevor wir es verteufeln, empfiehlt Paracelsus.«

»Der steht doch auf dem Index!«, empörte sich der Hilfsauditor.

»Das stehen die Werke eines gewissen Enea Silvio Piccolomini auch, den wir alle als Papst Pius II. verehren.«

Im Grunde sagte Benjamin nichts anderes als sein Freund Velloni. Nicht zum ersten Mal wurde ihm demonstriert, wie willkürlich, wie teilweise absurd und schlampig der Index der verbotenen Bücher erstellt worden war. Jede Nachlässigkeit beim Index jedoch fiel umso stärker ins Gewicht, weil es den Katholiken bei Strafe der Exkommunikation verboten war, Werke zu lesen, die sich auf dieser Liste befanden. Der Hilfsauditor wollte mit den Konsultoren der Indexkommission nicht tauschen, denn der Buchdruck brachte jährlich weit mehr Bücher auf den Markt, als die paar Kardinäle und Konsultoren der Behörde selbst bei größtem Fleiß im Jahr zu lesen vermochten. Man war auf die Anzeige besorgter Gläubiger angewiesen, die unter Umständen auch als Denunziation gelten mochte, und besaß doch nicht die nötige Anzahl von Mitarbeitern, um wenigstens diesen Vorwürfen gebührend nachzugehen.

Auf dem schwankenden Boden des Index wollte er ungern diskutieren, deshalb bereute er bereits seine Äußerung und dankte Deborah im Stillen, als sie die Initiative übernahm. Sie setzte sich zu Benjamin an den Tisch. Da der Arzt nur zwei Hocker besaß, weil er keinen Besuch zu empfangen pflegte, schuf er für den Hilfsauditor Platz auf seinem zerwühlten und mit Büchern übersäten Bett.

Deborah schaute Benjamin an, der gern ihrem fordernden Blick ausgewichen wäre. »Worüber wir jetzt reden, darf niemand erfahren!«

»Der größte Teil meines Lebens findet im Verborgenen statt.«

»Ich weiß. Du musst den getöteten Jungen, den du in der Synagoge gesehen hast, untersuchen. Wir müssen dringend erfahren, ob der Blutverlust tatsächlich die Todesursache war.«

»Alles, was du an der Leiche feststellen kannst, hilft uns, den wahren Mörder zu finden«, ergänzte Prospero.

»Und wo befindet sich der Leichnam jetzt?«, erkundigte sich der Arzt, dem bei der Vorstellung, den Knaben zu obduzieren, für dessen Mord die Christen die Juden verdächtigten, mulmig wurde.

»Auf dem Friedhof von San Michele.«

Benjamin begann leicht zu zittern. Er sollte die Ruhe des armen Kindes stören, ihn vielleicht sogar aufschneiden, und das noch heimlich auf einem Friedhof wie ein Leichenfledderer? Das Volk misstraute den Ärzten, die sich mit Pathologie und Anatomie befassten, ohnehin und verdächtigte sie, Zauberer, Gauner, Totenesser oder Vampire zu sein.

Sämtliches Blut war aus seinem Gesicht gewichen, als er ausrief: »Keinesfalls!«

Sie schauten sich eine Weile an. Dann redete sie mit Engelszungen auf ihn ein, dass die Rettung vieler Menschenleben in seiner Hand läge. Doch welches Argument Deborah auch immer anführte, Benjamin fand die Schwachstelle in ihrem Gedankengang. Prospero hörte sich mit schwindender Geduld und händeringend den Disput mit an. Schließlich stand der Arzt auf und sagte abschließend: »Es gibt keinen Grund, weshalb ich das tun sollte.« Deborah sank erschöpft in sich zusammen. Das, wogegen sie sich auflehnten, schien größer als sie zu sein.

»Keinen einzigen!«, unterstrich Benjamin seine Ablehnung.

»Doch! Es gibt sogar einen zwingenden Grund!«, widersprach Prospero. »Du wärest tot, wenn ich gestern nicht eingegriffen hätte!«

Im Raum machte sich eine fast greifbare Spannung breit. Der Arzt wagte nicht, den Hilfsauditor anzuschauen. Schweiß rann ihm von der hohen Stirn.

»Dein Leben gehört mir. Tu es, und wir sind quitt!«, fügte Prospero hart hinzu.

Vor Erregung schossen Benjamin jetzt Tränen in die Augen. Er fuhr mit der Beuge zwischen Daumen und Zeigefinger über seinen Hals, als spüre er dort schon die Schlinge des Scharfrichters. »Hättest du mich doch bloß sterben lassen. Wenn das herauskommt, würde ich mir den vergleichsweise leichten Tod von gestern wünschen.«

»Es muss ja nicht herauskommen«, entgegnete Prospero. Er erschrak innerlich selbst über seinen harten Ton, den er von sich nicht kannte, fühlte aber zugleich Deborahs bewundernden Blick auf sich ruhen. Benjamin ließ nur ein leises »Sei's drum« hören. Er packte sein kleines Köfferchen mit allen Instrumenten, die er benötigen würde. Dann bat er die beiden, auf der Straße zu warten, weil er ein paar Minuten allein zu sein wünschte.

Während Deborah und Prospero auf der Straße auf und ab gingen, hatte Benjamin die Kerze gelöscht, das Fenster geschlossen und sich auf den Boden gehockt. Er versuchte, mit Gott zu reden, mit dem Herrn Adonai, mit Jahweh:

Und es wird sein in späten Tagen
da wird gegründet stehen der Berg mit des Ewigen Haus
obenan vor den Bergen
und ragend über die Höh'n
und strömen zu ihm alle Völker.
Da ziehen viele Stämme hin und sprechen:
Kommt, steigen wir hinan zum Berg des Ewigen
zum Haus von Jaakobs Gott
dass er uns seine Wege weise
und wir in seinen Pfaden wandeln!
Denn von Zijon geht Weisung aus
und von Jeruschalajim Wort des Ewigen.
Und er wird richten zwischen den Nationen,
entscheiden zwischen vielen Völkern.
Sie schmieden ihre Schwerter dann zu Pflügen
und ihre Lanzen um zu Winzermessern;
nicht hebt Volk wider Volk ein Schwert.
Sie lernen nicht mehr Krieg.
Haus Jaakobs kommt
Und lasst uns wandeln in des Ewigen Licht!

Ihm war, als fiele in diesem Moment ein Lichtstrahl eines fernen Sterns auf seine Stirn. Als würde Jahweh ihm antworten. Er hatte keine Hoffnung, aber eine Pflicht.

37.

Als sie weit nach Mitternacht das Hospital San Michele erreichten, wünschte sich Prospero, dass die dicken Wolken des Nachmittags wieder aufzögen, um ihm und seinen Begleitern Schutz vor den Blicken der Mitmenschen zu bieten. Aber stattdessen tauchten Mond und Sterne das Hospital in hellstes Licht. Valenti Gonzaga, der bereits seit geraumer Zeit auf sie wartete, blickte kurz nach oben und meinte dann knurrig: »Dann brauchen wir wenigstens bei der Untersuchung der Leiche keine Laterne.« Dennoch nahm er die Funzel, die er dabeihatte, mit.

Auf dem Weg in die Nebengasse, die vom Hafen wegführte und an die links die hohe Mauer des Hospitals grenzte, erkundigte er sich bei Valenti, ob es ihnen gelungen sei, etwas über den Brief herauszufinden. Valenti nickte kurz. »Für alle Arten von gedrucktem und beschriebenem Papier ist Velloni ein Genie.«

»Spann mich nicht auf die Folter.«

»Der Brief enthält noch einen zweiten, durch eine Geheimtinte verborgenen und mit einem kniffligen Code verschlüsselten Brief.«

Erstaunt blieb der Hilfsauditor stehen. Valenti grinste vergnügt. Prospero bezwang seine Neugier und ließ seinen Blick über die Friedhofsmauer gleiten. »Lasst es uns hier probieren!« Valenti machte eine Räuberleiter und half den anderen auf die zwei Meter hohe Umfriedung hinauf, von der sie auf die andere Seite sprangen. Nur Prospero blieb auf dem Sims sitzen, um Valenti zu helfen.

Vor ihnen lag der Friedhof des Hospitals. Die weißen Steine leuchteten im Mondlicht, als spiegelten sie die Sterne. Prospero strengte sich an, sich an die Grabstätte des Jungen zu erinnern. Er begann beim Gebäude von San Michele und schritt mit den Augen den Weg ab, den er heute Mittag zurückgelegt hatte. Schließlich entdeckte er zuerst die junge Pinie und dann das Grab. »Kommt!«

Wenig später standen sie vor Angelos letzte Ruhestätte. Der Hilfsauditor starrte fasziniert darauf. Renata war es tatsächlich gelungen, alle Steine zu entfernen. Er war erschüttert. Sie hatte ihre Arbeit geleistet. Nun hing alles von ihm ab. »Lasst uns anfangen. Und du, Deborah, stell dich dort hinter die Eibe und beobachte das Haus. Es darf uns niemand überraschen!«

Dann begannen Valenti und Prospero, mit ihren Händen zu graben, denn sie hatten in der ganzen Aufregung vergessen, eine Schaufel mitzunehmen. Nur die Laterne stand nutzlos neben ihnen. Die Erde dampfte noch vor Nässe. Sie gruben angestrengt und bemerkten deshalb nicht, dass sich Benjamin entfernte.

Ein Käuzchen schrie. Kurz darauf schreckte die beiden ein Rascheln auf. Sollte sie jemand entdeckt haben? Zu ihrer großen Erleichterung erkannten sie nun, dass Benjamin das Geräusch verursacht hatte, der gerade mit einer Schaufel zurückkam. »Hab ich dort hinten gefunden.« Valenti nahm die Schippe und stieß sehr bald auf Holz. »Das Heilige Offizium hat Angelo einen Sarg spendiert.« Bevor er weiterreden konnte, machte Deborah ihnen ein Zeichen.

Sie verbargen sich rasch hinter den Bäumen und entdeckten zwei Polizisten, die ihre Routinerunde über den Friedhof drehten. Die Sbirren näherten sich bedrohlich. Gleich würden sie die Schaufel finden und feststellen, dass sie jemanden dabei gestört hatten, das tote Kind auszugraben. Danach würden sie Alarm schlagen und im nächsten Augenblick wimmelte es auf dem Friedhof von Menschen. Prospero schallt sich einen Narren, denn daran, dass der Friedhof bewacht sein könnte, hatte er nicht gedacht. Ratlos sah er zu Valenti hinüber. In den Augen des Freundes las Prospero den Entschluss, die beiden Polizisten niederzuschlagen. Hatten sie denn eine andere Wahl? Zu viel stand schließlich auf dem Spiel. Der Graf umfasste mit der linken Hand entschlossen den Knauf seines Rapiers und deutete mit seinen Augen auf die Schaufel. Prospero erschrak über die Aussicht, Gewalt auszuüben. Er wollte Priester werden. Seine Hände mussten rein bleiben! Er wusste auch, dass, wenn man sie in flagranti erwischte, allen Zielen ein Ende gesetzt wäre. Der Konflikt brannte auf seinem Gewissen. Durfte er Gewalt anwenden, um sich zu retten? Oder bestand seine Pflicht darin, der Vorsehung nicht in den Arm zu fallen? In der nächsten Minute würden die beiden Polizisten sie erreicht haben. Valenti stieß ihn an, dann griff seine rechte Hand den Griff des Degens, um blank zu ziehen. Und Prospero schickte ein Stoßgebet zum Himmel und bat die selige Caterina Vigri um Beistand. Da hallte plötzlich ein schauerliches, lang gedehntes »Uah!« über den Campo Santo.

Die Freunde zuckten zusammen. Was war das? Sie schauten sich fragend an und blickten dann wieder zu den Sbirren, die zögernd in die Richtung des Lautes schritten. Valenti wies ihn auf eine seltsame Gestalt im Mondlicht hin, die wie ein langer Teufel über die Massengräber sprang und dabei den Polizisten drohte. Der Hilfsauditor erschrak. Und auch Valenti erkannte jetzt, was Prospero wahrgenommen hatte: Der Mondbold war völlig nackt. Sein hagerer Körper wirkte wie schmutziges Silber. Auch die Polizisten stutzten. Doch dann zogen sie ihre Waffen und rannten zu dem rätselhaften Wesen. Das verschwand plötzlich in einem der Massengräber. Kaum aber war es in die Grube gesprungen, winkte es schon mit dem Unterarmknochen eines Toten. Die Sbirren sprangen nun dem Wesen hinterher. Dann sah und hörte man nichts mehr von ihnen. Weder von dem Wesen noch von den Polizisten. Sie blieben verschwunden. Als hätte die Hölle sie verschluckt. Stille kehrte auf den Friedhof zurück, diesmal aber als eine gespenstische Ruhe, von Grauen angefüllt. Sie schauten zur Grube, doch nichts regte sich. Den Mut, herauszufinden, was sich dort zugetragen hatte, brachte aber keiner von ihnen auf. »Ein Totendämon«, flüsterte Benjamin bleich. »Fliehen wir, bevor es zu spät ist.«

Aber Valenti ließ das nicht gelten. »Haben wir es angefangen, führen wir es auch zu Ende.«

Prospero beeindruckte Valentis Kühnheit. Er reichte ihm die Hand, die Valenti ergriff. Sie benötigten keine Worte dafür, um sich zu versöhnen, nichts sollte je wieder zwischen sie kommen.

»Ja, bringen wir es zu Ende«, stimmte Prospero zu.

38.

Valenti setzte seine Arbeit fort und legte den kleinen Sarg frei. Benjamin betete, um seine Furcht zu bezwingen. Mit Prosperos Hilfe hob Valenti den Holzkasten jetzt aus dem Erdloch und stellte ihn auf dem Weg ab. Vorsichtig und so leise wie möglich öffneten sie den Deckel, der nur lose aufgesetzt war, und legten ihn auf dem Boden ab. Prospero Lambertini schaute hinein und aus dem Sarg starrten ihn nun die weit geöffneten braunen Augen Angelos hart an. Zum ersten Mal sah er den Jungen, von dem seine Mutter sagte, er sei etwas Besonderes gewesen, und den Bernardino zu einem Märtyrer, zum Opfer eines Ritualmordes verklärte. Diesen Blick des Jungen würde er sein ganzes Leben nicht mehr vergessen können. Immer wieder würde der tote Knabe ihn anschauen, im Träumen wie im Wachen. Er war auf eine merkwürdige Art und Weise verwunschen, umgarnt von einem Geheimnis. Seine Haut war inzwischen so fahl und pergamentenartig, dass Prospero das erste Mal in seinem Leben das Wort unbeseelt in seiner tiefsten Bedeutung verstand. Der Hilfsauditor lief Gefahr, sich in Angelos Augen zu verlieren. Ihm schwindelte, aber auf durchaus angenehme Art. Es war ihm, als stürzte er durch die Pupillen des Knaben in einen tiefen Schacht, der in eine andere Welt führte. Er musste nur aufhören zu atmen, um tiefer hinab zu kommen. Und er wollte plötzlich tiefer hinab, immer tiefer, bis auf den Grund der Existenz. Und während er schon im Begriff stand, alles loszulassen, fühlte er eine eiserne Umklammerung an seinem rechten Oberarm und gleich darauf einen heftigen Ruck. Benjamin hatte ihn zurückgerissen. »So darf man die Toten nicht anschauen. Sie ziehen uns sonst das Leben aus dem Leib.«

»Und wie soll man die Toten dann ansehen?«, fragte der Hilfsauditor verwirrt.

»Mit Distanz. Ihre Seele weilt längst woanders, ihr Körper ist nur noch Materie, die uns einiges über seine Vergangenheit erzählen kann. Alles andere aber, was du zu sehen meinst, wenn du ihm in die Augen schaust, hat mit Angelo nichts mehr zu tun. Es ist nur irgendein Dämon, der sich der toten Augen des Jungen bedient, um dich reinzulegen. Ein Trugbild. Ein Todbild. Was wissen wir schon, wer nach unserem Leben in unserem Körper haust? Würmer, Käfer und Dämonen.«

Wir sind quitt, dachte Prospero dankbar und setzte sich auf den Erdhaufen, den sie aufgeworfen hatten, weil ihn eine Schwäche überfiel, ein Schwindel nach dem Sturz in die Pupillen des Jungen.

Valenti und Benjamin hoben derweil die Kinderleiche auf den Sargdeckel. Nun beleuchteten ihn der Mond und die Sterne. Und ein Schein ging nun auch von Angelo selbst aus. Der Graf entzündete die Laterne und reichte sie dem Arzt. Der betrachtete eingehend den Kopf, dann den Hals des Jungen und tat plötzlich einen kleinen Aufschrei der Verwunderung. Valenti zischte ihn an, leise zu sein. Prospero, der sich wieder erholt hatte, beugte sich zu dem Arzt. Benjamin wies den Hilfsauditor auf eine regelmäßige Violettfärbung um den Hals herum hin und schlussfolgerte daraus, dass der Junge erwürgt worden war. »Du hast doch die Perle des Rosenkranzes gefunden?«

»Ja«, antwortete der Hilfsauditor.

»Dann besitzt du einen Teil der Mordwaffe. Er wurde mit einem Rosenkranz erwürgt.«

»Sicher?«, fragte Prospero über alle Maßen überrascht.

»Sieh dir das Muster an. Ja, ganz sicher.« Prospero nahm die Perle aus seiner Tasche und hielt sie an eine der violett verfärbten Dellen am Hals des Jungen. Sie passte perfekt. Benjamin hatte Recht. Valenti pfiff leise durch die Zähne.

»Wenn jemand auf den Scheiterhaufen gehört, dann der, der das getan hat«, schimpfte Prospero aufgebracht.

Valenti hielt ihm schnell den Mund zu. Prospero entschuldigte sich für seinen Gefühlsausbruch und flüsterte zur Rechtfertigung, dass der Schuft ein Kind ermordet und den Rosenkranz und den Jad geschändet hatte. Der Jude räusperte sich, dann teilte er den beiden Christen mit, dass er sich in einem Punkt geirrt hatte. Die beiden schauten den Arzt gespannt an. Der zeigte auf einige Schnitte, die dicht nebeneinanderlagen. »Schaut hier, und hier, und hier. Derjenige, der die Adern geöffnet hatte, kannte sich zwar gut aus, aber er war kein Fachmann. Er musste zweimal ansetzen, um die Schlagader zu treffen.«

Übelkeit stieg in Prospero hoch. Er konnte sich den Täter einfach nicht vorstellen. »Ist diesem Teufel irgendetwas heilig?«

»Nein!«, antwortete Benjamin trocken, der noch weitere Quetschungen und Prellungen am Leib des Jungen entdeckt hatte und sie den beiden nun zeigte.

Valenti Gonzaga sprach schließlich aus, was alle dachten. »Er wurde gefoltert. Der Mörder wollte nicht das Blut des Jungen, sondern Informationen.«

Dann schrak der Arzt, der schon einiges in seinem Leben gesehen hatte, plötzlich zurück. »Sie haben ihm sogar die Finger gebrochen. Du armer Junge, in die Hände welcher Bestie bist du nur gefallen?«

Nachdenklich ließ Prospero seinen Blick über den Friedhof schweifen, an der Eibe blieb er schließlich hängen. Er brauchte eine Weile, bis er verstand, dass ihn nicht beunruhigte, was er sah, sondern das, was er nicht sah: Deborah war verschwunden.

39.

Während der Arzt noch einige Untersuchungen anstellte, um alle Auffälligkeiten an dem Leichnam festzustellen, begab sich Prospero auf die Suche nach Deborah. Er hörte das Knirschen eines Steines hinter sich, wandte sich blitzschnell um und meinte noch, einen Schatten hinter den Bäumen verschwinden zu sehen. Er lief in diese Richtung, entdeckte aber nichts. An eine Sinnestäuschung glaubte er nicht, denn er spürte, dass noch jemand anwesend war. Beunruhigt kehrte er auf den Weg zurück. Erst verschwanden die Polizisten und dann Deborah. Sollte Benjamin recht behalten und der Totendämon war auf Rache für die gestohlene Ruhe der Verstorbenen aus? Warum aber dann die Sbirren? Hätte er nicht mit ihm und mit Valenti und Benjamin beginnen müssen? Und mit Deborah? Plötzlich kam die Tochter des Rabbiners ihm entgegen. Alle Sorge fiel mit einem Mal von ihm ab und machte alsbald dem Ärger Platz. »Wo warst du?«, herrschte er sie an, als sei er ihr Vater.

Deborah überging seinen gereizten Ton. »Wir haben einen Schutzengel.«

»Was?«

»In dem Massengrab dort liegen die Polizisten gefesselt und mit verbundenen Augen. Ich war unten. Sie wurden nicht getötet, sondern nur ruhig gestellt.«

»Von wem?« Er ließ seinen Blick vergeblich über den Friedhof schweifen, bevor er sie rügte. »Wie konntest du nur deinen Posten verlassen?«

»Hast du dir etwa Sorgen um mich gemacht?«

»Ganz recht. Ich habe mir Sorgen um uns alle gemacht.«

Als Antwort stieß sie ihn nur freundschaftlich an und ging zu den anderen, die Angelo mittlerweile wieder in den Sarg gelegt hatten und dabei waren, das Grab zu verschließen. Benjamin brauchte den Jungen nicht zu sezieren, denn Todesumstände und Todesursache lagen dem erfahrenen Mediziner wie ein geöffnetes Buch vor Augen.

»Was auch immer die Verletzungen des Jungen zeigen – um einen Ritualmord handelt es sich nicht«, zog der Hilfsauditor das Resümee. Der Arzt nickte.

»Gehen wir zu Kardinal Carasoli!«, schlug Deborah vor, die plötzlich befreit wirkte, weil die ganze Anspannung von ihr abfiel. Konnte man überzeugender die Unschuld ihres Vaters beweisen? Zu ihrer Enttäuschung sah sie nur in verschlossene Gesichter.

»Hast du vergessen, dass diese Exhumierung niemals stattgefunden hat, dass wir keinem davon erzählen dürfen?«, entgegnete Prospero.

»Aber dem Kardinal können wir uns doch anvertrauen«, flehte sie.

»Bist du da ganz sicher?«

»Dann war alles umsonst?«

»Ganz und gar nicht, wir können den Ritualmord als Ursache ausschließen, wissen, dass Angelo gefoltert und wie er getötet wurde. Und dass es dem Täter um Informationen ging. Das ist doch schon sehr viel.«

»Aber mir hilft das nicht.«

»Im Moment nicht«, gestand Prospero ein.

Plötzlich stöhnte Valenti in einer jähen Erkenntnis auf. »Dann ist alles verloren.« Alle Blicke richteten sich erstaunt auf den Grafen.

»Wie kommst du darauf?«, fragte Deborah.

Valenti rang um Fassung. »Derjenige, der die schnelle Beisetzung angeordnet hatte, wollte verhindern, dass die wirkliche Todesursache bekannt werden würde. So viel wissen wir. Aber wer das verhindern wollte, der ist auch der Täter.«

»Die Inquisition!«, entfuhr es Benjamin.

40.

Der Himmel brannte feuerrot in der frühen Morgenstunde. Dreimal krähte ein Hahn. Weder Deborah noch Valenti, auch nicht Prospero zog es nach Hause. Sie hatten nicht nur in ein Grab, sie hatten in einen Abgrund geschaut. Sie blieben zusammen und ließen sich am Ufer des Tibers nieder, weil sie sich plötzlich unter dem endlosen Himmel Roms verloren fühlten. Die Nähe der Freunde tröstete sie, vier junge Menschen, die das Ausmaß einer großen Verschwörung ahnten, die unbarmherzig nach ihrem Leben griff. »Vielleicht wäre es besser, als Missionar nach Südamerika zu gehen?«, schlug Valenti halbherzig vor.

»Vorher müsste ich mich allerdings taufen lassen«, wandte Benjamin ein.

»Gebt euch keine Mühe, es gibt keinen Ort, an den der Arm der Heiligen Inquisition nicht heranreicht.«

»Doch, gibt es! Wir könnten ja Protestanten werden!«, warf Deborah sarkastisch ein.

»Ketzer? Lutheraner vielleicht noch? Niemals!« Der Graf sprang empört über diese Zumutung auf. Aber Deborah verzog keine Miene. »Was ist für dich daran schlimmer als für mich? Dann müssten wir eben alle konvertieren und nicht nur die Juden, wie ihr es immer von uns verlangt.« Sie stand bedrückt auf. Obwohl sie festgestellt hatten, dass der Junge keinem Ritualmord zum Opfer gefallen war, nutzte dieses Wissen ihrem Vater nicht. Es war Zeit, aufzubrechen. Sie wurde in der Engelsburg erwartet. Die Stunde der Entscheidung rückte unerbittlich näher. Prospero beschloss, sie zur Festung zu bringen.

»Ich komme auch mit!«, sagte Valenti.

»Trommelt doch gleich eine Eskorte für mich zusammen. Nein, Valenti, es reicht, wenn mich Prospero begleitet«, entschied sie.

»Was willst du deinem Vater raten?«

»Ach, Valenti, ich weiß es noch nicht. Aber ich habe ja noch ein bisschen Zeit, ein Stück Weg, um es mir zu überlegen. Gehen wir.« Sie griff fast wie in Trance Prosperos Hand und zog ihn mit sich. Sie schritten still von dannen, wie zu einer Hinrichtung.

41.

Was sage ich bloß meinem Vater?«, fragte Deborah traurig und hakte sich bei Prospero ein. Er spürte ihre Schwäche und ließ es geschehen. »Wenn die Inquisition hinter dem Mord steckt, dann haben wir keine Chance, den Kampf zu gewinnen«, fuhr sie resigniert fort. »Es ist, als ob sich die ganze Welt gegen uns verschworen hat.«

»Na, die ganze Welt wohl nicht. Aber das Heilige Offizium und der Popolo. Und die stehen selten auf der gleichen Seite!«, brummte Prospero, dann schwieg er, weil er mit seinen Gedanken noch zu keinem Ergebnis gekommen war. Jeder Schritt brachte sie der Engelsburg näher.

»Hörst du den Zeisig zwitschern?«, versuchte er sie auf andere Gedanken zu bringen.

Sie blickte ihn in einer Mischung aus Dankbarkeit und Mitleid an, weil sein liebenswerter Versuch so durchsichtig und dabei so bezaubernd vergeblich war. Doch er ließ sich nicht beirren. »Zu Hause in Bologna haben wir sie als Kinder immer gefangen. Es war ein Wettstreit. Sieger war der, der die meisten Zeisige in seinem kleinen Käfig aus Korb hatte.«

Sie schaute ihn neugierig an. »Was habt ihr dann mit den armen kleinen Kerlen gemacht.«

»Sie wieder freigelassen. Beim nächsten Mal waren sie etwas gewitzter, wir aber auch.«

Deborah brach in ein befreiendes Lachen aus, das schließlich in ein ruhiges Schmunzeln überging. Zum ersten Mal hörte und sah er ihr Lachen. Nie würde er diesen Moment vergessen.

Die ersten Händler, die zu den Märkten strebten, kamen ihnen putzmunter entgegen, die Bauern aus der Umgebung mit ihren Eselskarren mit frischem Gemüse, mit Obst, Wein, Oliven, Fleisch und Schinken. Der frühe Morgen eröffnete ihnen eine vollständig andere Welt, die Prospero nicht kannte, denn sie endete, weit bevor er aufstand. Auch die Luft war eine andere, strenger, klarer, frischer. Der Vormittag machte die Menschen zu Bürgern, aber in den frühen Morgenstunden lebten sie noch ganz als sie selbst, schutzlos und gefährlich zugleich.

Die wenigen Nachtgestalten, die der anbrechende Tag überraschte, hasteten in ihrer Kleidung eingemummt vorbei, als versuchten sie noch, sich in die schwindende Nacht zu retten. Zwei Mönche huschten in grimmigem Schweigen, Hände und Unterarme tief in den weiten Ärmeln der Kutte vergraben, in eine kleine Kirche.

»Sie müssen zur Prim.«

»Musst du auch das Stundengebet halten?«

»Ich sollte. Wäre ich schon zum Priester geweiht, würde ich die Prim feiern müssen. *Laus cantici David venite exultemus Domino iubilemus Deo salutari nostro …*«

»נקדמה פניו בתודה בזמרות נריע לו«, setzte sie auf Hebräisch fort.

»Gesang Davids zum Lobe des Herrn.
Kommt, lasst uns jubeln vor dem Herrn
und zujauchzen dem Fels unsres Heils!«,
übersetzte Prospero ins Italienische, und Deborah führte den Psalm auf Hebräisch weiter.

»Lasst uns mit Lob seinem Angesicht nahen,
vor ihm jauchzen mit Liedern!
Der Psalm 95. Er klingt in allen Sprachen schön. Mein Volk hat diesen Vers gedichtet, und ihr beginnt den Tag mit dem Psalm im ersten Stundengebet, in der Prim.«

»Ich weiß, was du sagen willst. Woher dieser Hass? Wozu diese Gewalt?«

»Beten wir nicht zum gleichen Gott?«

Prospero schwieg. Er wusste es nicht. In der Kirche stritt man zwar darüber, ob die Juden Ketzer seien, denn Häretiker hießen per Gesetz nur die Leute, die den gleichen Glauben irrig und falsch auslegten und praktizierten, aber immerhin Christen waren, doch die Juden hatten Jesus ermordet und Stephanus gesteinigt. Ihre Religion unterschied sich vom Glauben der Christen. Andererseits sagte Paulus, dass das Heil von den Juden käme.

Wieder musste Prospero zähneknirschend dem Sekretär Carasolis Recht geben: Deborah gefährdete in vielfacher Hinsicht sein Seelenheil. Sie war schön und klug, eine Mischung, der er sich immer schwerer zu entziehen vermochte.

»Warum diese Zwietracht und dieser Hader?«, fragte sie und schmiegte sich an Prospero.

In diesem Moment suchte sie keine Antworten, nur Trost. Sie passierten den Palazzo Corsini, in dem einst Schwedens verruchte Exkönigin logiert hatte und in dem die von ihr gegründete literarische Akademie »Arcadia« tagte. »Mein Vater hat mir erzählt, dass im zweiten Stock ein wunderschönes Theater sei.«

Was nützte das, dachte er. »Der Papst hat alle Theatervorstellungen verboten.«

»Und«, feixte sie, »hält sich jemand daran?«

»Auch wenn du es nicht glaubst, ja!«

»Wer?«, wollte sie ehrlich erstaunt wissen.

Und er antwortete mit todernster Miene: »Der Papst.«

»Sprach Rabbi Gamaliel.«

»Gamaliel? Wer war das?«

»Ein Mann, der so weise war, dass er die Leute narrte. Der Lehrer eures Apostel Paulus.«

Nur zu gern hätte er erfahren, ob sie ihm gerade ein Kompliment gemacht oder ihn verspottet hatte. Sie verunsicherte ihn. Die Jüdin war ihm so unglaublich vertraut und dabei gleichzeitig so verwirrend fremd. Sie zeigte auf den Petersdom.

»Euer Tempel. Euer Jeruschalajim«, sagte sie mit betörender Wärme in der Stimme. Unter den Strahlen der Sonne löste sich die letzte morgendliche Kühle auf. Der Tag nahm sie auf.

Sie gingen wie ein Liebespaar. Prospero erschrak über diesen Gedanken und löste sich von Deborah. Sie verstand sofort und zog ihren Arm zurück. Schweigend erreichten sie das Ende der Via de Penitenzieri. Vor ihnen lag die sogenannte *Gräte,* das unübersichtliche Gewirr von Gassen und Häusern, das sich zwischen Tiber und Petersdom quetschte. Gleich dahinter lag drohend am Fluss die Engelsburg. Der Engel des Herrn mit Namen Michael, der seit Papst Gregor dem Großen mit gezücktem Schwert auf der Spitze der Festung allen Feinden Christi und Petri trotzte, zeichnete sich bereits deutlich vom sich kräftig einblauenden Morgenhimmel ab. Nur zu gern hätte er die Engelsburg rechts liegen gelassen und wäre mit ihr weiter zu den Prati gegangen, den Wiesen und Gärten hinter der Festung, auf denen die Römer sich an Sonn- und Feiertagen so gern und ausgelassen die Zeit vertrieben. Doch die siebente Stunde des Tages rückte unaufhaltsam näher und unerbittlich wie der Engel stand die Frage vor ihnen, über die er die ganze Zeit nachgedacht hatte. In seinem Kopf zeichnete sich langsam so etwas wie ein Plan ab. Er räusperte sich, dann fing er etwas umständlich an. »Ich kann dir natürlich nicht vorschreiben, was du deinem Vater sagen sollst, aber ich würde ihm von einem Geständnis abraten.«

»Und dafür das Leben der Menschen im Ghetto gefährden?«

Prospero ging nicht auf sie ein. »Die Lüge ist der schlimmste Feind. Sie verdirbt alles.«

Die Jüdin funkelte ihn aus ihren Augen zornig an. »Dir geht es also nur ums Prinzip!«

»Man hat Prinzipien nicht nur für schöne Tage.«

»Ach, und warum bist du dann nicht mit den beiden Mönchen die Prim beten gegangen?«

Das Letzte, was sie jetzt gebrauchen konnte, waren Belehrungen. Obwohl sich Prospero dabei unwohl fühlte, wusste er sich dennoch im Recht. »Wahre Prinzipien erweisen sich am stärksten in schwierigen Situationen. Wenn dein Vater gesteht, ist der Prozess morgen vorbei, und nächste Woche brennt er auf dem Campo de Fiori. Und ob die vom Feuer aufgeheizten Römer zu guter Letzt nicht doch noch das Ghetto stürmen werden, weiß man nicht. Denn einer will es!« Es war unerwartet aus ihm herausgeplatzt. Prospero erschrak über den Gedanken, den er jetzt das erste Mal in dieser unerbittlichen Klarheit dachte.

Seitdem er die Kirche San Angelo in Pescheria verlassen hatte, arbeitete die Begegnung mit Fra Bernardino in seinem Innersten und beunruhigte ihn immer stärker. Anfangs glaubte er, dass ihn die unverhüllte Drohung eingeschüchtert hatte. Bald schon ahnte er jedoch, dass die Ungeheuerlichkeit weit über Prospero hinausging. Ihn würde Bernardino mitzermalmen, weil er ihm im Wege stand, eher zufällig denn gezielt. Der Mönch setzte seine dämonischen Fähigkeiten ein, um die Juden zu töten. Darin lag die ganze Ungeheuerlichkeit des Geschehens.

»Wer will uns vernichten?«

»Bernardino, und vielleicht auch die, die hinter ihm stehen.«

»Woher weißt du das?«

»Ich hab ihm gestern gebeichtet.« Dann erzählte er ihr von seiner Begegnung mit dem Dominikaner. Sie tadelte ihn für seinen Leichtsinn, für seinen Dickkopf. Doch keine Macht der Welt konnte Prospero jetzt aufhalten, seinen Plan zu entwickeln, er musste reden und die Idee vervollständigen, denn sie war vor seinem geistigen Auge zum Greifen nahe. »Wenn dein Vater nicht gesteht, wird Carasoli ihn auch nicht ausliefern.«

»Wieso nicht?«

»Ganz einfach, dein Vater stellt seine Sicherheit dar. Überstellt er ihn ans Heilige Offizium, gibt er sich selbst Sperelli in die Hand. Zumal Carasoli den Prozess auch ohne das Geständnis deines Vaters führen kann. Aber wir gewinnen Zeit, den wahren Mörder zu finden.«

Und plötzlich passten ein paar Teile des Rätsels zusammen. Prospero jubelte innerlich, denn er liebte den einzigartigen Moment über alles, in dem alles zueinanderkam und eins das andere ergab, völlig natürlich. Ideen, die nicht elegant waren, stimmten auch nicht. Er packte Deborah im Überschwang kräftig bei den Oberarmen und verkündete ihr so eindringlich wie laut: »Nur mit der Wahrheit legen wir Bernardino das Handwerk und schützen die Juden vor einem Pogrom. Gebe Gott, dass uns genügend Zeit bleibt, den Mörder zu finden.«

Dann nahm er sie an der Hand und durchquerte mit ihr fast im Sturmschritt das Gewirr der Gässchen. Dabei sprach er ohne Punkt und Komma auf sie ein. Freilich konnte Prospero nicht wissen, ob der Kardinal den Rabbi foltern lassen würde, doch jeden Tag, den sie gewinnen könnten, brächte sie der Lösung des Falls näher. Sein Plan war riskant, das schon, doch bot er eine hinreichende Aussicht auf Erfolg. Dann erklärte der Hilfsauditor der Tochter des Rabbiners die Verfahrensgrundlage eines Inquisitionsprozesses. »Der Prozess findet zwar ohne Verteidiger statt, dennoch ist es ein juristisch geregeltes Verfahren. Das darf man nicht unterschätzen. Auch wenn die Möglichkeiten der Verteidigung eingeschränkt sind, benötigt die Anklage Beweise. Solange dein Vater nicht gesteht und er ein Alibi vorweisen kann, hat der Ankläger ein Problem.«

»Sie werden ihn mit Schlomos Geständnis belasten«, wandte Deborah ein.

»Wenn Schlomo ein Geständnis ablegt. Nehmen wir einmal an, dass er das macht. Dann steht noch so lange Aussage gegen Aussage, solange das Alibi hält.«

Sie atmete erleichtert auf. Ihr Vater hatte den ganzen Abend bis in die frühen Morgenstunden beim Fest in der »Arcadia« verbracht. In der Akademie trafen sich die klügsten Köpfe und die begabtesten Künstler. Auch Kardinäle gehörten ihr an, wie Carasoli und Albani. Damit besaß der Rabbiner ein felsenfestes Alibi.

»Umso hochrangiger die Zeugen sind, umso besser«, warf Prospero ein. »Es ist nicht ungefährlich, in einem Inquisitionsprozess auszusagen. Mancher, der als Zeuge den Gerichtssaal betrat, hat ihn als Angeklagter wieder verlassen. Wenn es dem Ankläger gelingt, die Aussage des Zeugen in Zweifel zu ziehen und zu erschüttern, dann wird er als Komplize mitangeklagt! Als Häretiker.« Prospero bat Deborah, mit ihrem Vater einen Ablauf der fraglichen Nacht zu erarbeiten. Er musste unbedingt erfahren, wann der Rabbiner wo war, mit wem er gesprochen, wer ihn gesehen hatte. Des Weiteren sollte sie ihm einschärfen, dass er auf seine Unschuld bestünde. Gleichzeitig muss der Rabbiner Corcos der Inquisition ein theologisches Gutachten vorlegen, in dem er darlegt, weshalb ein Ritualmord aus der Theologie und aus der Praxis der Riten der Juden ohne Sinn und Bedeutung war.

»Wieso?«, fragte Deborah.

»Weil wir damit das Motiv erschüttern. Bisher wird das Gerücht, dass Juden aus dem Blut christlicher Kinder ihre Festbrote für ihre Feiern zubereiten, für wahr gehalten. Wenn wir aber nachweisen können, dass es diesen Ritus gar nicht gibt, dass er nur ein Hirngespinst ist, dann wird aus dem Ritualmord mangels Ritual ein simpler Mord!«

»Und weshalb mein Vater einen ihm unbekannten Jungen ausgeblutet haben sollte, müsste uns erst mal jemand erklären.«

»Richtig!«, bekräftigte der Hilfsauditor. »Er soll weitere Gutachten von katholischen und jüdischen Autoritäten ankündigen. Außerdem muss er dir Autoritäten nennen, die wir in seinem Namen ansprechen dürfen. Selbst wenn es misslingen sollte und der Versuch als Finte endet, haben wir Zeit gewonnen.«

Sie merkten gar nicht, wie sehr das Denken ihren Gang angetrieben hatte und schreckten plötzlich zurück, als sie aus der Gräte tretend beinahe in die mächtigen Bollwerke der Festung stießen.

»Warte«, flüsterte Prospero Deborah zu, in der absurden Angst, man könnte sie in der Festung hören. »Antonio darf mich nicht mit dir zusammen sehen.« Und dann gab er ihr einen ungeheuerlichen Rat, mit dem er eigentlich seinen Herren verriet. »Sag dem Kardinal, dass du versuchst, deinen Vater zu einem Geständnis zu überreden, aber er würde ja den Dickschädel deines Vaters kennen. Nur so wirst du weiter zu ihm Zugang haben, und wir können Informationen austauschen und ihn im Prozess beraten.«

42.

Fra Bernardino stand in der Folterkammer des Inquisitionsgebäudes und empfand großes Mitleid mit sich selbst, weil die Drecksarbeit einmal mehr an ihm hängen blieb. Auch wenn er die Juden hasste, empfand er es unter seiner Würde, selbst Hand anzulegen. Er war doch ein bedeutender Prediger und kein dumpfer Folterknecht. Bernardino hüllte sich wegen der morgendlichen Kühle fester in seine Kutte. Vor ihm stand völlig nackt der alte Schlomo.

Er würdigte ihn keines Blickes, denn der alte Mann ekelte ihn maßlos an, wie er dastand, schlotternd vor Angst und Kälte, in seinem welken Fleisch, auf dessen schmächtigem Körper der große Kopf saß, der in besseren Tagen rundlich gewesen sein musste, was man aufgrund der eingefallenen Wangen bestenfalls zu ahnen vermochte. Das Elend hatte Schlomos Antlitz so sehr gewalkt, dass er bei Menschen, die seiner ansichtig wurden, nur zwei Reaktionen hervorrief, entweder Mitleid oder Wut. Allein Bernardino empfand weder das eine noch das andere. Zwar war er ein glühender Fanatiker, aber in ihm ruhte auch die Rationalität und Ökonomie eines kühlen Taktikers. Um seine Ziele zu erreichen, benötigte er unbedingt die Aussage des alten Mannes. Jetzt, da der Kardinalvikar den Prozess an sich gezogen hatte, brachte er Sperelli und ihn unter Zeitdruck.

Der Folterknecht, auch Blutrichter genannt, überprüfte den *strappado*, eine Art Flaschenzug. Zwei Notare traten ein. Bernardino glaubte, leichtes Spiel zu haben, als er widerwillig einen Blick auf den zitternden Greis warf. »Gestehst du den Mord an dem heiligen Angelo?«

Schlomo blickte das erste Mal auf. »Ich habe nichts verbrochen.«

Der Mönch spürte Zorn in sich aufsteigen, weil der alte Trottel sich herausnahm, ihm Zeit zu stehlen. Barsch fuhr er die beiden Notare an. »Geht!« Die schauten ihn verdutzt an. »Es ist Vorschrift, dass wir bei einer hochnotpeinlichen Befragung anwesend sind, um zu garantieren, dass die gesetzlichen Regeln dafür eingehalten werden.«

Doch der Dominikaner verspürte keine Lust auf Diskussionen mit Anwälten und setzte sie ungeachtet ihres heftigen Protestes an die frische Luft. Dann schaute er sich wutschnaubend zu Schlomo um. »Gestehst du, oder müssen wir dich wirklich mit der strappado traktieren?«

Aber statt zu antworten, begann der alte Mann, leise auf Hebräisch zu singen. Bernardino ließ dem Alten die Hände auf den Rücken binden. Der Synagogendiener flüchtete in seinen Gesang. Dann wurde er mittels Flaschenzug an den Armen in die Luft gezogen, wodurch sich seine Schulter verrenkte. Doch Schlomo hörte nicht auf die Drohungen des Dominikaners und sang unbeirrt weiter. Der Mönch befahl dem Henker, Schlomo, der nun gute zwei Meter über dem Kerkerboden hing, fallen zu lassen. Ein trockenes, unangenehmes Knacken verriet, dass der alte Mann sich etliche Knochen beim Aufprall gebrochen hatte. Der irrsinnige Schmerz trieb ihn in den Gesang. Auch wenn der Inquisitor ihn wieder hochziehen ließ, wobei der rechte Arm auskugelte, dann eigenhändig gegen das Seil, danach gegen die Beine schlug und schließlich erneut dem Blutrichter befahl, den Delinquenten auf den Steinen des Kerkerbodens aufschlagen zu lassen. Schlomo sang nur immer weltentrückter.

Er sang den Kaddisch, das jüdische Heiligungsgebet, das auch als Totengebet benutzt wird:

Erhoben und geheiligt werde
sein großer Name auf der Welt,
die nach seinem Willen
von Ihm erschaffen wurde –
sein Reich erstehe in eurem Leben
in euren Tagen und im Leben
des ganzen Hauses Israel,
schnell und in nächster Zeit,
sprecht: Amen! …

Wütend über den Alten, der sich ihm entzog, erzürnt über den hebräischen Gesang, den er nicht verstand, trat Bernardino gegen den nun am Boden Liegenden und drohte: »Dann setze ich eben das Gespräch mit deinem Sohn fort.«

Der Alte hielt im Gesang inne. Und die Schmerzen, die von seinen verrenkten und gebrochenen Gliedern ausgingen, waren nichts im Vergleich zu den Qualen, in denen sich sein altes Herz nun wand. Es brannte wie Feuer, als habe man es, noch schlagend, in gleißenden Schwefel getaucht. Tränen rannen aus seinen Augen. Kleine, brennende Tränen. Der Inquisitor fühlte sich am Ziel.

Aber Schlomo, der alles verloren hatte und der Ärmste und Geschundenste unter den Menschen war, sagte nur auf Hebräisch:

»Ausgelöscht sei der Tag, an dem ich geboren bin, und die Nacht, da man sprach: Ein Knabe kam zur Welt!«

43.

Sie lagen sich in den Armen, Vater und Tochter. Endlich! Wie sehr hatte Deborah den Augenblick herbeigesehnt, endlich wieder mit ihrem Vater reden zu können. Die Zelle des Rabbiners glich eher einem Zimmer, das er freilich nicht verlassen durfte. Francesco Carasoli hatte wirklich für anständige Haftbedingungen gesorgt. Angesichts der Umstände stellte das bereits einen Trost dar. In dem Raum befanden sich ein kleiner Tisch, ein Schemel, ein Tischchen mit einer Wasserschüssel darauf, ein Abort und ein Bett – für ein Gefängnis geradezu luxuriös. Von dem Verlies, in das er nach seiner Verhaftung geworfen worden war, schwieg er gegenüber seiner Tochter, um sie nicht zu beunruhigen.

Corcos machte sich keine Illusionen über seine Situation, die sich stündlich verschlechterte. Nach dem sie sich lange in den Armen gehalten und gedrückt hatten, um sich gegenseitig Kraft und Zuversicht zu geben, setzte sich der Rabbiner auf den Schemel, während sich seine Tochter auf dem Bett niederließ. Durch ein vergittertes Fenster drang das Sonnenlicht des anbrechenden Tages.

Sie berichtete ihrem Vater von den Ereignissen, verschwieg aber die nächtliche Exhumierung der Leiche des

Knaben. Sie durfte die anderen nicht gefährden. Der Rabbiner stand auf, setzte sich zu seiner Tochter auf das Bett, schaute ihr fest in die Augen und zitierte aus dem Vers 90:

»Ja, alle unsre Tage schwinden hin in deinem Grimm.
Wir enden unsre Tage gleich dem Hauch.
Die Tage unseres Lebens
Sind drunter: Siebzig Jahre
Und wenn in Kräften achtzig Jahre
Und ihre Hast ist Mühe und Trug.
Denn schnell enteilt's, und wir verfliegen.
Wer wüsste deines Zornes Wucht
Wie dich zu fürchten, deinen Grimm?
Lehr unsre Tage recht zu zählen
Dass wir ein weises Herz erbringen.«

Die Tochter genoss die warme Stimme ihres Vaters, den Klang des Hebräischen, denn das einfache, aber den Menschen völlig umfangene Gefühl von Heimat, die nicht fragt, wer und was man ist, empfand sie nicht angesichts ihres Hauses oder ihrer Straße, sondern einzig in der Sprache ihres Volkes. Sie war nicht in Rom geboren worden, sondern im Hebräischen, nicht in einer Gasse und in einem Haus, sondern in Vokalen und Konsonanten. Eine Weile genoss sie noch den Aufenthalt in dem Psalm, dann erzählte sie ihm, dass Carasoli sie geschickt hatte, weil er ein Geständnis von ihm wünschte. Kurz und ohne Wertung stellte sie die Argumente des Kardinals dar. Der Rabbiner lächelte wie jemand, der nichts anderes erwartet hatte. »Die Dinge haben ihr eigenes Gewicht und ihren eigenen Weg. Wir sind töricht, wenn wir glauben, sie beeinflussen zu können.«

»Und doch«, nahm sie den Gedanken ihres Vaters auf, um ihn zu wenden, »dürfen wir uns Gott nicht entziehen, denn er zählt auf unsere Hilfe, dass wir tun, was wir tun müssen. Sonst wären wir auch zu nichts nütze. Gott wirkt auch durch uns.«

»Aber auch durch unsere Feinde.«

Zum ersten Mal in ihrem Leben ging sie über den Gedanken ihres Vaters hinweg und legte ihm Prospero Lambertinis Plan dar.

»Dass der junge Hilfsauditor klug ist, sehe ich an euren Ideen. Ist er aber auch zuverlässig und vertrauenswürdig?«

»Ja, er ist unser Freund.«

»Die Juden haben keine Freunde«, widersprach der Rabbiner sanft.

Sie kannte diesen erbarmungslosen Satz von ihrem Bruder. In der Sachlichkeit, in der ihn aber ihr Vater aussprach, frei von Hass und Leidenschaft, traf seine Hoffnungslosigkeit sie mit der ganzen Wucht. Nur zu gut wusste sie, dass er Recht hatte, doch alles in ihr rebellierte dagegen. Prospero und Valenti hatten ihr Leben riskiert, um ihnen zu helfen. »Vertrauen oder Misstrauen sind Gefühle, aber keine Fakten«, hielt sie leidenschaftlich dagegen. Dann rang sie mit ihren Händen und beschwor ihn, kein falsches Geständnis abzulegen. Doch Corcos wirkte entschlossen. »Carasoli hat Recht, der ganze Spuk muss so schnell wie möglich beendet werden. Manchmal verlangt Gott das Opfer von uns, auch wenn wir den Grund dafür nicht begreifen.«

Er stand auf und ging zum Tischchen, fuhr mit seiner rechten Hand über den Talmud, der dort lag, und sagte abschließend: »Sag Carasoli, dass ich bereit bin, das zu gestehen, was er benötigt, um den Frieden wiederherzustellen und das Ghetto zu beschützen. Sag ihm auch, dass ich das Kreuz annehmen werde.«

»Nein!«, schrie Deborah. »Nein! Wenn du gestehst, dann haben sie den Beweis. Sie können immer, wenn sie uns mal wieder einen Ritualmord anhängen wollen, sagen, aber der große Rabbiner Corcos hat doch gestanden, einen Ritualmord begangen zu haben.« Dann erzählte sie ihm von Prosperos Vermutung, dass die Hinrichtung des Rabbiners als Fanal zum Pogrom dienen soll. Sie stand auf und setzte sich auf den Schemel, nahm einen Bogen Papier, tauchte die Feder in die Tinte und rief ihrem Vater zu: »Komm, wir haben zu arbeiten.« Der Rabbi aber zögerte. Zum ersten Mal sah sie ihren Vater ratlos. »Und wenn Carasoli doch Recht hat und mein Opfer die anderen retten kann?« Sie stand auf und umarmte ihren Vater. »Ach, Vater, willst du wirklich der sein, auf den sich bis in alle Ewigkeit christliche Ankläger berufen können?«

»Es ist eine schwere Entscheidung.«

Plötzlich dachte sie an Prospero. »Es ist keine Entscheidung, denn es geht nur um eins – um die Wahrheit.«

»Die Wahrheit?«

»Die Wahrheit, Vater. Alles andere liegt bei Gott. Komm!«

Corcos küsste seine Tochter auf die Stirn. Dann setzten sie sich hin und erstellten gemeinsam den Ablauf des fraglichen Tages. Danach schrieb der Rabbiner drei persönliche Briefe, einen an einen anderen Rabbiner, einen an einen Philosophen und einen an einen Theologen mit der Bitte um ein Gutachten über die Haltlosigkeit des Ritualmordverdachtes, die Deborah anschließend in ihrem Kleid versteckte. Beim Abschied schärfte sie ihrem Vater ein, dass er sich wütend auf sie zeigen sollte, weil seine eigene Tochter ihn verrate und zu einem Geständnis treiben wollte. Zum Abschied umarmte sie ihren Vater und hoffte und betete, dass alles gut ausgehen und sie ihren Vater bald wiederhaben würde. Wen hatte sie denn sonst auf der Welt?

Der Rabbiner löste sich aus ihrer Umarmung, trat zur Tür und hämmerte wild dagegen. Sein Gesicht verfinsterte sich. Während er ihr noch einmal zublinzelte, brüllte er bereits: »Befreit mich vom Anblick dieser verräterischen Tochter! Ich will sie nicht mehr sehen! Den eigenen Vater treibt sie zum Scheiterhaufen! Oh, Gott, was für eine Tochter hast du mir gegeben!«

Der Kerkermeister öffnete die Tür, und Deborah verließ erschüttert die Zelle. Mit Tränen in den Augen flüsterte sie dem auf dem Gang wartenden Antonio zu: »Ich habe alles getan, was ich konnte.«

44.

Er folgte in höchster Aufregung der schwarzen Perle, die ihm den Weg durch die verwinkelten Gassen des Stadtteils Regola wies, aber sie rollte immer schneller, und er hatte Mühe, mit ihrem Tempo Schritt zu halten. Müdigkeit senkte sich schwer wie Blei in seine Knie. Er wollte sich hinsetzen und ausruhen, doch die Perle, die ihn zum Täter zu führen versprach, gönnte ihm keine Ruhe. Er hechelte immer kurzatmiger und vor seine Augen traten schwarze Punkte. Im Rennen stieß er schmerzhaft mit der Schulter gegen einen Passanten, aber der Schmerz blieb unvermindert und erneuerte sich sogar. Langsam wurde ihm bewusst, dass er niemanden angerempelt hatte, sondern er von jemandem heftig geschüttelt wurde.

Widerwillig nur schlug Prospero die Augen auf, rieb langsam den Traum aus den verwunderten Augen und sah Valenti Gonzaga vor sich. Prospero blinzelte noch etwas schlaftrunken, gähnte und reckte und streckte sich, um endlich vollends zu erwachen. Er setzte sich auf und schaute den Freund fragend an. Valenti erinnerte ihn freundlich daran, dass sie verabredet waren.

Allmählich kam ihm wieder der Grund ihres Treffens in den Sinn. Doch bevor Valenti bereit war, den Freund über den Inhalt des Schreibens aufzuklären, drängte es ihn zu erfahren, was Deborah ihrem Vater schließlich geraten hatte. Prospero weihte ihn in den Plan ein.

»Riskant, aber gut«, gab der Graf zu. Nun reichte ihm Valenti die wertvolle Epistel. »Das ist der Brief, wie du ihn kennst.«

Der Hilfsauditor prüfte den Brief, stellte erleichtert fest, dass er unbeschädigt geblieben war, stand auf und legte ihn in eine Ausgabe von Bossuets »Histoire des variations des églises protestantes«. Danach reichte ihm der Graf ein zweites beschriebenes Blatt Papier. »Unser Freund Velloni fand, wie du weißt, heraus, dass die Epistel noch einen versteckten Brief enthält, der mit einer Geheimtinte verfasst wurde.«

Prospero nahm das Blatt Papier, das eng mit der kleinen Handschrift des Freundes gefüllt war und las erwartungsvoll: »Bromn kibran mqbelim booa fenq rita gada bros«, und wurde immer verdrossener. »Was zum Himmel heißt das?«

»Es ist ein Code.«

»Gut, aber habt ihr ihn enträtseln können?«

»Man kann jedem Buchstaben einen Zahlenwert zuordnen. Das hat Velloni getan.« Mit diesen Worten reichte ihm der Graf das dritte Blatt. Ungeduldig schaute Prospero drauf und las wieder laut: »24-5-7-2, 70-2-1-5, 312-20-9-3 … Ja, und was bedeutet das nun?«

Valenti zuckte unschuldig mit den Schultern. »Das, lieber Freund, kann ich dir leider nicht sagen. Die erste Zahl verrät die Seite, die zweite bezeichnet die Spalte von oben oder von unten gezählt, die dritte das Wort und die letzte den Buchstaben. Wir wissen aber nicht, nach welchem Buch und welcher Ausgabe der Brief verschlüsselt wurde. Wenn wir das Buch hätten, wäre es ein Leichtes.«

»Das heißt also: Wir wissen nichts?« Der Hilfsauditor schaute den Freund enttäuscht an. Dann ging er zu seiner Waschschüssel, füllte aus dem weißen Krug etwas Wasser hinein und warf sich das erfrischende Nass ins Gesicht. Beim Abtrocknen grinste er seinen Freund plötzlich an: »Vielleicht habe ich eine Idee, welches Werk es sein könnte.« Er erinnerte sich, dass Maria Carasoli auf dem Porträt ein Buch in der Hand hielt. Die Chance, dass es sich hierbei um genau den Band handelte, nach dem der Brief codiert war, hielt sich zwar in Grenzen, dennoch nahm das Werk eine exponierte Stellung in der Komposition des Gemäldes ein, besaß für das Model also einen besonderen Wert.

Prospero verstand jetzt zumindest die große Handschrift. Die gute Maria Carasoli fand nicht genügend fromme Worte, um ihre scheinbar gar nicht so frommen Geheimnisse zu verbergen. Beim Abtrocknen seines Gesichtes lachte er laut auf. »Eine göttliche Ironie! Der Promotor des Verfahrens legt einen Brief vor, der den Tugendgrad und die Heiligkeit der Kandidatin belegen soll. Und in Wahrheit dienten die frommen Worte nur als Tarnung für einen Brief ...«

» ...frivolen Inhalts«, setzte der Graf fort.

»Halt, halt, halt!«, bremste Prospero den Freund in seinen phantasievollen Vermutungen. »Das habe ich nicht gesagt. Aber es könnte sein. Was sollten ein Mann und eine Frau, die füreinander viel, nur nicht Mann und Frau sein durften, sonst verbergen?«

Die Männer lächelten sich zu, als es energisch an der Tür klopfte. Prospero öffnete, und ein Mann um die fünfzig mit Glatze und bartstoppeligem Kinn betrat überraschend sein Zimmer. Die Stiefel aus grobem Leder, die derbe Hose, der ordinäre Rock und die Peitsche in der Hand verrieten den Kutscher. Er wandte sich an den Grafen Gonzaga, weil der vornehmer gekleidet war. »Euer Gnaden sollen gleich mit mir kommen auf Befehl seiner Eminenz des Herrn Kardinals Carasoli, wenn Euer Gnaden der Herr Doktor Lambertini sind.«

»Ich bin es«, gab sich Prospero zu erkennen und fragte noch: »Gleich?«

»Ja, Herr. Die Kutsche steht vor der Tür. Ich soll keine Zeit verlieren.«

Die Eile beunruhigte ihn. Rasch zog er sich an, verabschiedete sich von Valenti und folgte aufgewühlt dem Kutscher. Was wollte der Kardinal nur so dringend von ihm?

Er hatte kaum in dem Einspänner Platz genommen, da jagte der Kutscher schon los. Eine Viertelstunde später befand sich Prospero bereits vor der Bibliothek im Palazzo Carasoli. Antonio kam mit hochrotem Gesicht aus dem Raum. Mit zitternder Stimme warnte er: »Sei vorsichtig, mein Freund. Ich habe ihn noch nie mit so schlechter Laune gesehen.«

Von drinnen ertönte die kalte Stimme des Kardinals: »Ist unser Doktor endlich eingetroffen?« Er spürte, wie ihm die Knie weich wurden. Genügend Regeln hatte er seit ihrem letzten Treffen gebrochen, er wusste nur nicht, welche Eigenmächtigkeit dem Kardinal zu Ohren gekommen war.

45.

Wenn Prospero erwartete, einem Mann mit wutverzerrtem Gesicht zu begegnen, dann irrte er sich. Nichts in Carasolis Antlitz wies auf irgendein Gefühl, auf Zorn oder Kränkung hin. Der Kardinal blickte ihn nur kühl an und fragte mit gefährlicher Emotionslosigkeit: »Hast du auf dem Friedhof vom Ospizio San Michele a Ripa Neues über meine Tante erfahren, mein Freund?«

Davon also wusste der Kardinalvikar! Wenn Carasoli von der geheimen Exhumierung im Schutze der Nacht erfahren hatte, konnte ihm auch sein Rat für Deborah hinterbracht worden sein. Und diesen Rat, durchfuhr es ihm siedend heiß, musste der Kirchenfürst geradezu als Verrat seines jüngsten Mitarbeiters verstehen. Prosperos Herz weigerte sich zwar, auch nur zu vermuten, dass Deborah den Kardinalvikar informiert hatte, doch sein Verstand mahnte, alle Möglichkeiten in Betracht zu ziehen. Vor drei Tagen wusste er noch nicht einmal, dass sie überhaupt existierte. Und nun?

Jede Antwort bedeutete einen Balanceakt auf dem Drahtseil, das über die tiefsten Verliese der Engelsburg gespannt war.

»Nun?«, fragte sein Gönner fordernd.

Prospero Lambertini beschloss trotzig, den Gegenangriff zu wagen, schließlich hatte er sich nichts vorzuwerfen, sondern diente einzig und allein der Wahrheit. »Nein, das nicht, aber ich fand den Beweis dafür, dass der kleine Angelo zuerst gefoltert und dann erwürgt worden ist, bevor man ihn ausblutete!«

Carasolis Augen, die immer noch auf ihm ruhten, verrieten eine Spur von Interesse. Dann fragte er Prospero scharf: »So, so, gefoltert. Und was nützt uns dieses Wissen, Herr Auditor?«

Er schwieg. Der Kardinal erwartete auch keine Antwort, sondern fuhr ungerührt fort. »Was geht dich der Fall überhaupt an? Hast du nicht eine Aufgabe von mir erhalten, die deine ganze Kraft und deine ganze Zeit erfordert?«

Mit einer Ausflucht würde Prospero nur die Intelligenz des Kirchenfürsten beleidigen. Also antwortete er wahrheitsgemäß: »Ich habe Angelos Mutter versprochen, den wahren Mörder zu finden.«

»Edel, sehr edel.«

Aber der Hilfsauditor spürte eine kleine Chance, seinen hohen Vorgesetzten für seine Sicht der Dinge zu gewinnen. »Außerdem war ich dabei, als Sie Deborah versprachen, ihren Vater zu beschützen.«

»Was soll das werden, Lambertini? Ein Kolleg in Ethik? Es geht hier aber nicht um gebrochene Versprechen, sondern um Politik, nämlich darum, dass das Beste für den Einzelnen nicht auch immer das Beste für die Gemeinschaft bedeutet. Und wir sind der Gemeinschaft verpflichtet.«

»Halten zu Gnaden, was nicht für den Einzelnen taugt, kann auch nicht gut für alle sein. Sagt nicht der Herr: *Was ihr den geringsten meiner Brüder angetan habt, das habt ihr mir angetan?«*

»Was schlägst du also vor?«

»Mir ist klar, dass Sie den Prozess gegen den Rabbiner führen müssen, weil die Inquisition es so verlangt.«

Der Kardinal reagierte verhalten. Er wünschte sich Vorschläge, keine ungeschminkten Beschreibungen seiner unvorteilhaften Situation. An der Miene des Kirchenfürsten erkannte Prospero, dass er den falschen Ton gewählt hatte.

»Der Assessor des Heiligen Offiziums und ich sind Freunde, wie es sich für die Kardinäle der Heiligen Mutter Kirche gehört. Wie der Papst Jesus folgt, folgen wir den Jüngern nach in der Leitung der Kirche. Finde dich damit ab, Lambertini, dass wir am Tag nach Corpus Christi den Prozess gegen Tranquillo Vita Corcos, Schlomo di Verona und wohl auch Giuseppe Romano eröffnen werden!«, entgegnete er dem Untergebenen streng.

»In drei Tagen schon!«, stellte Prospero bestürzt fest. »Ist das nicht zu früh, zu überstürzt?«

»Wenn wir die Kontrolle behalten wollen, müssen wir dem Aufruhr des Pöbels zuvorkommen. Auf Roms Plätzen gärt es!«

Carasoli hatte Recht. Zudem begriff Prospero, welchen Fehler er begangen hatte. Vor ihm stand nicht Alessandro Caprara, sondern der Kardinalvikar von Rom. Deshalb setzte er schnell und mit dem Feuer der inneren Überzeugung fort: »Eminenz! Ich flehe Sie an! Lassen Sie mich den wirklichen Täter ermitteln! Umso schonungsloser Sie den Prozess führen, umso besser für die Glaubwürdigkeit des Gerichts angesichts des Volkszorns. Wir haben die Chance, ein für alle Mal die dumpfen Ritualmordgerüchte ins Reich der Lüge zu verbannen!«

Wie überrascht war er, als Carasoli als Reaktion auf seinen Appell ihm nur eine einzige Frage stellte. »Wie steht es eigentlich mit der Tugend der Demut bei dir?«

Nicht Überheblichkeit, sondern der Drang zur Wahrheit ließ ihn zuweilen anmaßend erscheinen. Aber war nicht genau das der Mangel an Demut, das eigene Denken über das Denken der anderen zu stellen? Wer war er, dass er es wagte, einen Kirchenfürsten zu belehren? Musste er nicht auch Sperello Sperelli als Kardinal der Alleinseligmachenden Mutter Kirche respektieren, wo er sein Amt doch vom Heiligen Geist verliehen bekommen hatte? Prospero errötete leicht und senkte die Augen. »Verzeiht, Eure Eminenz. Ich bin zu weit gegangen.«

Carasoli verzog keine Miene. »Du wirst an deiner Demut arbeiten, und wir werden genau beobachten, ob du beim Erwerb dieser Kardinaltugend Fortschritte machst. Einstweilen meldest du dich beim Auditor Spigola und übernimmst von ihm den Fall des ermordeten Angelo. Spigola wird froh sein, die Ritualmordgeschichte los zu sein. Ich will über jeden deiner Schritte und über alle Erkenntnisse informiert werden. Verstanden!«

»Jawohl«, antwortete Prospero, der ein weiteres Mal von diesem einzigartigen Mann überrascht wurde.

»Ich warne dich aber vor Illusionen! Ich werde ein unparteiischer Richter sein. Wenn Corcos gesteht, werden alle Ermittlungen sofort eingestellt.«

»Werden Sie ihn foltern?«

»Kann ich einen der klügsten Männer unserer Zeit an die strappado hängen?«

46.

Prospero betrat das zweigeschossige Haus im Stadtteil Campitelli, in dem der Auditor wohnte, und klopfte ein wenig zu laut an die Tür. Statt des alten Richters öffnete jedoch eine Frau jenseits der sechzig. Die musterte ihn nur ärgerlich. »Was wollen Sie?«

»Den ehrenwerten Auditor Monsignore Spigola sprechen.«

»Kommen Sie später wieder, der Monsignore hält Andacht.«

Mit anderen Worten, dachte Prospero, er hält Mittagsschlaf. Prospero kannte die Art tridentinischer Frau, die ihren Prälaten wie einen Zerberus zu bewachen verstand, zur Genüge. Das Konzil von Trient hatte verfügt, dass Frauen, die mit einem Geistlichen unter einem Dach leben wollten, über fünfzig Jahre alt sein mussten und ohne Reize, also möglichst hässlich sein sollten. Das Exemplar vor ihm erfüllte die Bedingungen des Konzils mühelos. Unbeeindruckt von dem Zerberus sagte Prospero: »Ich komme von seiner Eminenz, dem Kardinalvikar von Rom.«

Ein unverständliche Missbilligung murmelnd, ging die Frau in die Wohnung, kam nach einer Weile zurück und führte ihn in ein spartanisch eingerichtetes Arbeitszimmer, in dem ein Sekretär, ein Armstuhl und ein blank gesessener Holzschemel standen.

Spigola betrat nach einer kurzen Weile das Zimmer und bot Prospero den Schemel zum Sitzen an, während er es sich in dem Armstuhl bequem machte und sich anhörte, was sein Besucher zu sagen hatte. Nachdem Prospero geendet hatte, zuckte der Auditor nur missmutig die Schultern.

»Ich habe die Untersuchung des Falls an das Heilige Offizium abgetreten und nichts mehr unternommen. Daher kann ich Ihnen leider keine Auskünfte geben.«

Der Hilfsauditor ärgerte sich. Spigola hatte die Mittagsruhe der Gerechtigkeit vorgezogen.

Aber Prospero wollte sich nicht geschlagen geben. Er ließ sich die Fundumstände der Leiche beschreiben. Spigola bestätigte mit seiner Schilderung nur Benjamins Bericht. Kein neuer Aspekt trat zutage. So fragte der Hilfsauditor schließlich nach Ettore Scala.

»Ein Säufer, ein Schläger, ein Tunichtgut. Wenn Sie mit ihm reden wollen, lassen Sie ihn entweder von den Sbirren vorführen oder nehmen Sie einen dicken Knüppel mit.«

»Wo finde ich ihn?«

»Mal hier, mal dort. Ich weiß nicht. Versuchen Sie es mal bei den Fischern von Regola.«

47.

Wieder auf der Straße beschloss Prospero, dass es endlich an der Zeit sei, dem famosen Herrn Scala einen Besuch abzustatten. Der Nachmittag hielt Einzug, und er spürte ein leichtes Ziehen im Magen. Er hatte heute noch nichts gegessen. Also nahm er sich vor, nach dem Gespräch mit Scala Valenti Gonzaga von der Indexkongregation abzuholen, unterwegs mit ihm eine Pasta zu essen und anschließend Deborah zu treffen, die sich nach der Vesper bei Valenti einzufinden versprochen hatte. Ihn trieb die Eile an, denn die Zeit arbeitete unerbittlich gegen ihn, da er nun wusste, dass der Prozess in drei Tagen schon eröffnet werden sollte.

Der Hilfsauditor benötigte eine gute Viertelstunde, um zum Tiber zu gelangen. Er nutzte eine der sogenannten Posterule Tiberine, einer jener Tore, die man in die Mauern gebrochen hatte, um für die Fährleute und Fischer einen Zugang von der Straße aus zum Fluss zu schaffen. Unterwegs ließ er das Gespräch mit Carasoli noch einmal Revue passieren, das eine überraschende Wende gebracht hatte, denn der Kardinalvikar duldete Prosperos Untersuchungen nicht nur, sondern hatte ihn sogar ermächtigt, den Fall von Spigola zu übernehmen. Dass zwischen den Handelshäusern Odescalchi und Carasoli Geschäftsbeziehungen bestanden, bestätigte der Kardinal, aber von einer Beziehung seiner Tante zu Papst Innozenz XI. wusste er nichts, auch nicht über einen Briefwechsel. Leider half die erneute Betrachtung ihres Porträts in der Bibliothek Prospero auch nicht weiter. Auf dem Einband des Buches war kein Titel zu erkennen, nur eine Lilie. Er würde Velloni zwar einen Boten schicken, der ihm dieses deprimierend karge Detail mitteilte, aber seine Hoffnung, dass Velloni damit die Ausgabe, die Maria Carasoli auf dem Bild in ihren Händen hielt, fände, sank.

Die Posterule am Beginn der Via Giulia führte unter einem niedrigen und zerfallen wirkenden mittelalterlichen Haus hindurch. Hier herrschte reger Verkehr. Allerlei Händler, Boten und Transporteure beförderten Waren in Kiepen, auf Esels- oder Ochsenkarren. Reiter auf Pferden ritten bedächtig vorbei, und so manch Handel wurde auf dem platzartigen Areal vor dem Tor abgeschlossen. In der Ecke zu einem hervorspringenden zweigeschossigen Haus hatte eine Gemüsehändlerin einen Stand eröffnet. Geschützt unter einem am Haus und an zwei Stöcken befestigten Sonnensegel lagen ihre verlockenden Waren. Prospero ging mit schnellen Schritten zu der Händlerin. »Gott zum Gruß«, sprach er sie herzlich an.

»Gott zum Gruß, Dottore. Womit kann ich Ihnen dienen.«

»Geben Sie mir den Apfel dort, gute Frau.«

»Gern, gern.« Die Händlerin suchte ein prächtiges Exemplar aus und gab es Prospero, der ihr ein paar Münzen in die Hand drückte. Die Frau schaute auf die Münzen und lächelte hocherfreut. »Aber das ist doch viel zu viel, Dottore. Ich habe den Apfel ja nicht aus dem Paradies geholt.«

Der Hilfsauditor schmunzelte über den Scherz, dann biss er hinein, genoss den frischen süßen Saft, der auf seine Zunge spritzte und fragte die Händlerin wie nebenbei: »Weißt du, wo ich Ettore Scala finde?«

Misstrauen verdunkelte ihre Gesichtszüge. Sie verstand, dass der Fremde ihr nicht ein reichliches Trinkgeld zukommen ließ, sondern eine Antwort dafür von ihr erwartete.

»Er sitzt am Fluss und gafft auf den Ponte Sisto.«

»Danke, gute Frau. Aber wie erkenne ich ihn?«

»Denken Sie an den schlechtesten Menschen, den Sie sich vorstellen können, und Sie werden ihn nicht verfehlen.« Sie bekreuzigte sich. Prospero bedankte sich bei der Händlerin und schritt zum Posterule. Er beeilte sich, den Durchgang zu passieren, denn in ihm roch es beißend nach Urin.

Der Tiber lag träg in der Nachmittagssonne. Den schmalen Uferstreifen bewuchs eine Art Gras, das die Sonne zum Teil gelb gebrannt hatte. Unmittelbar am Fluss spielten zwei Kinder. Ein Mann, hemdsärmelig, trug ein Bündel Reisige, das er am Ufer gesammelt hatte, zur Stadt. Plötzlich blieb sein Blick an einer Gestalt hängen, die am Baum gelehnt, einen Grashalm zwischen den Zähnen, zum Ponte Sisto starrte. So schien es Prospero. Neben dem Mann stand eine Flasche im Bastmantel. Er trug eine Hose unbestimmbarer Farbe unter einem alten Rock, der schon einmal bessere Tage an einem anderen Körper gesehen hatte. Prospero trat auf den Mann zu. »Bist du Ettore Scala?«

Der Angesprochene reagierte zunächst nicht. Prospero erwog, die Frage zu wiederholen, doch der Mann drehte langsam von unten aufblickend den Kopf zu Prospero. Der Blick, der aus blutunterlaufenen Augen kam, die in einem fleischigen, von schwarzen Bartstoppeln übersäten Gesicht staken, wirkte nicht demütig, sondern verriet nur das tierische Lauern dieses Mannes. »Wer will das wissen?«

»Die Rota, Freundchen.«

Statt eine Antwort zu geben, nahm der Mann einen großen Schluck aus seiner Bastflasche, stieß auf und stierte wieder zur Brücke. Wie nebenbei brummte er schließlich: »Die Rota sollte jetzt besser nach Hause gehen!«

Prospero spürte Zorn in sich aufsteigen. Kalt und knapp drohte er Scala, dass er auch die Sbirren schicken könnte und sie in der Engelsburg weiterreden würden. Schneller als er es für möglich gehalten hätte, stand der Mann auf den Füßen.

»Ja, ich bin Ettore. Und was wollen Sie von mir, Monsignore?«

Mit der strengen Stimme des Juristen fragte er den Spitzbuben: »Wann hast du Angelo zuletzt gesehen?«

»Ich erinnere mich nicht.«

»Wir können deiner Erinnerung auf die Sprünge helfen!«

»Nein, könnt Ihr nicht. Das kann nicht einmal der liebe

Gott.« Sprach's, bückte sich, hob die Flasche auf und nahm erneut einen Schluck. Prospero befürchtete, dass der Säufer die Wahrheit sagte. »Vor ein paar Tagen warst du doch mit ihm zusammen. Angelo war danach wie ausgewechselt. Ettore, ich will es wissen!«

»Ja, ja, irgendwas war, ich weiß aber nicht was«, gab Ettore zu.

Dann wurde er wieder wütend. »Was wollen Sie eigentlich von mir? Die Juden haben Angelo massakriert. Armer kleiner Kerl! Was soll's, irgendwann kommen wir alle an die Reihe. Auch der Papst.«

Darüber musste Ettore plötzlich lachen. »Auch der Papst. Aber den lässt der liebe Herrgott in einer Sänfte abholen, während unsereiner zu Fuß gehen muss. Wissen Sie, Monsignore, wie lange man für den Weg braucht?«

»Versuch dich zu erinnern!«, drang Prospero in den Säufer.

»Wir haben mit ein paar Freunden am Fluss gesessen.«

»Wie heißen diese Freunde?«

»Renzo, das Messer, Sepino, der Fischer, und der schwarze Salvatore.«

Nur widerwillig und unter Zuhilfenahme von kräftigenden Zügen aus der Flasche gab der Strauchdieb preis, dass man Renzo in den Kneipen Regolas und Trasteveres fände oder bei den Huren Roms, die tief in Trastevere eine Art Ghetto bewohnten, Sepino, wenn er nicht auf seinem Boot war oder irgendwo am Ufer seinen Rausch ausschlief, in seiner Wohnung in der Via Giulia. Nur wo der schwarze Salvatore zu finden sei, konnte Ettore nicht mitteilen.

»Den schwarzen Salvatore wirst du nicht finden, Bürschchen, er findet dich! Aber niemals so, wie du es dir wünschst«, fügte er noch drohend hinzu.

Prospero merkte sich die drei Namen, setzte die Befragung fort und erkundigte sich nach dem letzten Abend, an dem Onkel und Neffe zusammensaßen. Der Hilfsauditor zweifelte am Wahrheitsgehalt von Ettores ausweichenden Antworten. Wusste er wirklich nichts mehr, weil der Alkohol die Erinnerung ausgebleicht hatte oder schützte er nur den Rausch vor? Aber so fintenreich der Hilfsauditor nachfragte, bekam er nur immer wieder zu hören: »Ich weiß nicht, was los war. Seit dem Abend hat der gute Junge nicht mehr mit mir gesprochen.«

»Gib dir Mühe, irgendetwas muss dir doch einfallen.«

»Ich konnte schon meiner Schwester, die mir seitdem in den Ohren liegt, nichts sagen.« Ettore lief nun der Schweiß in Bächen von der Stirn über sein Gesicht. Er zog den Rock aus. Ein vor undenklichen Zeiten einmal weißes Hemd kam zum Vorschein. »Verbrennen Sie endlich den Juden! Lassen Sie mich armen Christenmenschen in Frieden! Die Trauer um meinen armen Neffen zerreißt mir das Herz! Und damit Sie es genau wissen: Es gab nichts zwischen mir und meinem Neffen. Renata spinnt.«

Für Prospero stand nun fest, dass man ihn in der Engelsburg verhören musste, denn Angelos Onkel verschwieg etwas, aber er durfte die Verhaftung nicht anordnen, und er zweifelte, dass er die Genehmigung bekäme, weil Ettore Scala als Angehöriger des Opfers von der Öffentlichkeit beschützt wurde.

»Denk gut nach, Ettore, denn wir sprechen uns noch.«

48.

Prospero und Valenti dachten noch darüber nach, wie man Ettore Scala zum Reden ermuntern könnte, als Deborah eintraf. Prospero freute sich, sie zu sehen, spürte aber eine leichte Kühle ihrerseits. Zum ersten Mal wirkte sie sehr zerbrechlich.

Der rasche Prozessbeginn, von dem sie jetzt erfuhr, überraschte und beunruhigte sie nicht weniger als zuvor Valenti. Aber Prospero ermahnte die beiden, nicht hektisch zu werden, sondern minutiös ihre Aufgaben entsprechend des Planes zu erfüllen. Zunächst nahmen sie sich die Gutachten vor, bevor sie überlegen wollten, wie sie das Alibi absichern konnten.

»Das Gutachten von Rabbi Meir aus Berlin, der zu den größten Autoritäten zählte, sollte kein Problem sein«, sagte Deborah und wollte den Brief an Meir versiegeln.

»Es ist ein Problem. Ein Rabbi, der unter Ketzern lebt. Ein Rabbi aus Berlin schwächt uns«, wandte Prospero ein.

Die Jüdin schüttelte den Kopf über die Christen, die sich gegenseitig verteufelten und sich untereinander stärker bekämpften als sie ihre Feinde bekriegten. Dann schlug sie den Rabbiner Jaakob Weiszmantel aus Krakau vor und erntete Zustimmung.

Die beiden Briefe an John Locke und Gottfried Wilhelm Leibniz, die Deborahs Vater mit der Bitte um ein Gutachten geschrieben hatte, lehnte Prospero ebenfalls ab, weil die beiden Philosophen Protestanten waren und damit ihre Expertisen vor dem Inquisitionsgerichtshof eher der Anklage als der Verteidigung dienen würden. Valenti schlug nun den Bischof von Cambrai, den bedeutenden Theologen François de Salignac de La Mothe-Fénelon vor und steuerte die Idee bei, den Philosophen Nicholas Malebranche um eine Denkschrift zu bitten. Da Prospero am besten die französische Sprache beherrschte, nahm er es auf sich, die Briefe an die Koryphäen zu verfassen und sie um ein Memoire zu der Frage zu ersuchen, ob die Juden Ritualmorde an christlichen Kindern begehen, während Deborah die Bittepistel an den Krakauer Rabbiner Jaakob Weiszmantel schrieb.

Nachdem Prospero unter dem letzten Brief den Schlusspunkt gesetzt hatte, schickte er ein inbrünstiges Gebet zum Himmel, dass es gelingen werde, und die selige Caterina Vigri bat er, sich für ihn zu verwenden, weil ihn Ängste peinigten, sich vor den erlauchtesten Geistern seiner Zeit zu blamieren. Dann strich er mit seinem rechten Zeigefinger mit einer nervösen Geste, die seine Anspannung verriet, das Amulett, das an einer Kette um seinen Hals hing, und versiegelte die Briefe.

»Das wär's«, rief er etwas zu forsch den beiden zu. Deborah nahm die Briefe an sich und versprach, dass sie noch heute einen Kurier nach Cambrai zu Fénelon schicken würde, einen nach Paris zu Malebranche und einen nach Krakau zu Weiszmantel. Wenn alles gut ginge, wären die Kuriere frühestens nächste Woche mit den Gutachten in der Ewigen Stadt zurück. Solange müsste ihr Vater auf Zeit spielen.

»Geb's Gott!«, entfuhr es Prospero, und Valenti bekräftigte das Stoßgebet mit einem kräftigen Amen.

Valenti zeigte dem Freund die Liste, die den Tagesablauf des Rabbiners in der Zeit des Mordes darstellte. In den fraglichen Stunden befand sich der Rabbiner eindeutig auf dem Musenfest der »Arcadia« im Palazzo Corsini. Deborah wirkte erleichtert, denn genügend Kardinäle und Bischöfe könnten bezeugen, dass sich ihr Vater im Palazzo Corsini aufgehalten hatte und demzufolge nicht Angelo getötet haben konnte. Die beiden Freunde kamen gleichzeitig auf die Idee, an einer Veranstaltung der Akademie teilzunehmen. Eine bessere Gelegenheit, ihre erlauchten Mitglieder zu treffen und sie zu bitten, das Alibi des Rabbiners zu bestätigen, würde sich kaum finden. Ihnen bliebe es erspart, bei den einzelnen Akademikern um Audienzen nachzusuchen, was sich als äußerst zeitraubend und unsicher erwiesen hätte, denn wer hatte schon Lust, einen Hilfsauditor zu empfangen und lästige Fragen, deren Folgen für das eigene Wohlergehen nicht abzuschätzen waren, zu beantworten? Auf dem Fest aber wären alle anwesend und niemand könnte sich Prosperos Fragen entziehen.

Valenti, der als Graf von Gonzaga über weitreichende Beziehungen in Kreisen des hohen Adels verfügte, versprach, sich zu informieren und eine Einladung an beide zu arrangieren. Die beiden verabschiedeten sich voneinander und verabredeten sich für den kommenden Tag nach der Sext am Ufer des Tibers in Trastevere in der Nähe des Ponte Sisto.

Mit einer Beschwingtheit, die er sich nicht erklären konnte, machte sich Prospero auf den Weg zu Velloni. Deborah hatte ihn doch noch angelächelt.

49.

Im ersten Stock des Gebäudes des Heiligen Offiziums, das sich linker Hand vom Vatikan und außerhalb der vatikanischen Mauern befand, ging Fra Bernardino ungeduldig im Vorraum zum Audienzsaal des Kardinalgroßinquisitors auf und ab. Der Abend senkte sich bereits über Rom, und er wartete seit einer geschlagenen Stunde auf die Rückkehr des Großinquisitors.

Zum einen empfand der Dominikaner darüber Freude, dass wieder mehr Römer zu seiner Mittagspredigt in die Kirche San Angelo in Pescheria gekommen waren und seine Predigt vom Vortage den erhofften Erfolg gezeigt hatte. Zum anderen aber verdross ihn zutiefst, dass der Alte trotz Folter nicht gestand. Außerdem beunruhigte ihn der junge Mann, der ihm im Beichtstuhl so frech widersprochen hatte. Je länger Fra Bernardino über den Fremden nachdachte, desto stärker empfand er die dunkle Drohung, die von dem Unbekannten ausging. Er musste ihn ruhigstellen! Denn das eigentlich Beunruhigende bestand für den Mönch darin, dass der Fremde kein Jude, kein Protestant, kein Freidenker war, sondern aus dem inneren Kreis der Kirche, aus der Kurie selbst zu kommen schien. Allerdings konnte er sich nicht erinnern, den jungen Mann jemals im Umfeld des Kardinalvikars gesehen zu haben. Wer war dieser unerwartete Widersacher?

Von einer Unruhe aus seinen Gedanken gerissen, schaute er auf und sah den Kardinal mit fliegender Cappa auf ihn zustürmen. Sperelli rief ihm schon auf halbem Wege zu: »Komm gleich mit mir mit!«

Fra Bernardino deutete eine Verbeugung an. Der Kardinal hielt ihm im Gehen beiläufig die rechte Hand mit dem Kreuzesring hin, die der Dominikaner zum Zeichen der Demut küsste. Er folgte dem Großinquisitor in den prächtigen Audienzsaal, dessen Wände mit rotem Samt bezogen waren, die ihre Entsprechung in den gleichfarbigen dicken Teppichen fanden. Der Kirchenfürst bot dem Mönch keinen Platz an, sondern kam ohne Umschweife sofort zur Sache. »Seine Heiligkeit haben den Prozess gebilligt, der im großen Saal im Kloster Santa Maria sopra Minerva stattfinden soll.«

»Also bei uns!«, freute sich der Mönch über die Wahl seines Klosters. Die Auswahl dieses Ortes stellte allerdings nichts Besonderes dar, weil seit über einhundert Jahren die Inquisitoren in Santa Maria sopra Minerva ihre Montags- und Donnerstagssitzungen abhielten und auch der Inquisitionsprozess gegen Galileo Galilei hier stattgefunden hatte.

»Aber«, fügte Sperelli ein wenig missmutig hinzu, »die Gefangenen bleiben da, wo sie sind, Corcos in der Engelsburg, der Synagogendiener und dessen Sohn bei uns. Der Papst hat für den Prozess eine Kardinalskongregation einberufen. Albani, Gabrielli, Tarugi, Noris, Carasoli und ich werden am Tag nach Corpus Christi über die drei Juden zu Gericht sitzen.«

Bernardino wusste nur zu gut, was das hieß. Es sah verdammt nach einem Patt aus, denn obwohl der Papst dem Großinquisitor entgegenkam, wagte er dennoch nicht, den Kardinalvikar zu brüskieren. Der Mönch spürte die Nervosität des Kirchenfürsten, die aus dessen Unsicherheit aufflammte. Denn er zweifelte nicht im Geringsten daran, dass ihn Carasoli, wenn er den Kampf nicht gewänne, über kurz oder lang vernichten würde. Fast schnauzte er Bernardino an, als er ihn hastig und im schroffen Ton fragte: »Hat der Alte endlich gestanden?«

»Nein, aber sein Sohn.«

Unmut verdüsterte das Gesicht des Kardinals, der eine wegwerfende Handbewegung machte. »Der Sohn nützt uns nichts. Selten genug lässt sich ein Jude taufen, und wenn wir schon mal einen haben, dann sperren wir den auch noch ein.«

Der Mönch verstand den Zorn des Kardinals, denn die Festnahme Giuseppe Romanos wirkte nicht gerade wie eine Werbung zur Konversion. Leider durfte er ihn auch nicht wieder auf freien Fuß setzen, denn er hatte das einzige Geständnis abgelegt, das sie als Beweis für die Schuld des Rabbiners und des Synagogendieners verwenden konnten. Er schlug ihm vor, den Druck der Straße zu erhöhen. Sperelli wiegte unentschlossen seinen Kopf. »Das ist ein Spiel mit dem Feuer.«

»Aber das Feuer richtet sich nicht gegen uns.«

»Schaff mir noch einen anderen Beweis, einen sicheren! Bring den alten Mann zum Reden. Du bist an nichts gebunden, an keine Norm, an kein Gesetz. Ich will ein Geständnis!«

Der Kardinal streckte dem Dominikaner zum Zeichen, dass die Audienz beendet war, die rechte Hand entgegen. Bernardino küsste den Ring, verbeugte sich und ging zur Tür. Er hatte die Tür gerade geöffnet, da rief ihm Sperelli, der sich schließlich doch für das Wagnis entschieden hatte, zu: »Setz die Straße ein, mein Sohn …«

50.

Velloni erwartete seinen Freund Prospero Lambertini bereits am Eingang zur apostolischen Bibliothek im Cortile della Pigna, dem Pinienhof. Der Philologe hatte die eindrucksvolle Leistung vollbracht, als Nichtkleriker vom Präfekten der vatikanischen Bibliothek zum Gehilfen berufen zu werden. Das lag schlicht und ergreifend daran, dass es niemand mit ihm an Bildung aufnehmen konnte. Die Freunde spotteten gutmütig über den Büchernarren, dass es keine Bibliothek gäbe, deren Bestände er nicht kennen würde. Selbst die Bücherei des Teufels sei ihm bestens vertraut. Zutreffend daran war, dass er ein beeindruckendes Talent dafür besaß, sich in jeder Büchersammlung sofort zurechtzufinden. Allerdings funktionierte diese Orientierungsfähigkeit nur in den Irrgärten der Bücher. In den realen Straßen und Gassen Roms verlief er sich selbst auf Wegen, die er tausendmal bereits gegangen war, weil er stets mit einem geistigen Problem beschäftigt war, anstatt auf den Weg zu achten. Velloni stellte das seltene Exemplar eines Menschen dar, der sich ganz und gar auf ein Gebiet konzentriert hatte, auf das Leben der Bücher, aber alle anderen Fähigkeiten, wenn er sie je besessen haben sollte, verkümmern ließ.

Der Bibliothekar riskierte mit diesem nächtlichen Besuch, den er seinem Freund nicht abzuschlagen übers Herz brachte, nicht weniger als seine Karriere. Die beiden Freunde begrüßten sich stumm, denn Eile war geboten. Sie huschten durch die knarrende Tür, die er hinter dem Hilfsauditor wieder verschloss.

Nicht zum ersten Mal betrat Prospero die Vaticana, denn zumeist las er in der Bibliothek der Sapientia oder der Gregoriana. Aber um diese späte Zeit durch den menschenleeren Salone Sistina zu wandeln, während sich der Abenddämmer in einem roséfarbenen Pastell in dem langen Saal ausbreitete und wie ein schützender Schleier auf die prächtig bemalten Wände legte, erfüllte seine Seele mit Frieden. Seit jenem Morgen, als er auf dem Weg zu seinem ersten Besuch bei Carasoli in die wütende Menschenmenge geraten war, hatte er dieses Gefühl nicht mehr empfunden.

Wenn man einen Vorgeschmack auf die Ewigkeit erhaschen will, gelingt das nur an diesem Ort, zu dieser Stunde, bei diesem Licht, das Gott selbst zu sein scheint, dachte er. Und er dankte seinem Schöpfer für die Gnade dieses Augenblicks.

Von den Fresken schauten die mythischen Gründer der großen Bibliotheken wie die eigentlichen Fürsten der Welt wohlwollend auf ihn herab, Peisistratos und Xerxes für die von Athen, Ptolemäus für die berühmteste Büchersammlung des Altertums, nämlich die von Alexandria. Eine zweite Bildfolge zeigte neunzehn der allgemeinen Konzilien der Christenheit, jene großen Versammlungen, die das Kirchenrecht hervorbrachten, das er so gut kannte. Die Pfeiler, die den zweischiffigen Saal teilten, adelten große Männer des Glaubens, wie *Adam, von Gott erzogen, Vater der Literatur.* Unter den Bildern standen die reich verzierten Bücherschränke, die Schätze der Welt enthaltend. Eine Welt, die diesen Reichtum nicht mehr empfinden würde, wäre dem Untergang geweiht, dachte Prospero und spürte das Verlangen, sich sogleich dem Studium und dem Lesen hinzugeben.

Velloni bückte sich und schloss den verschwenderisch

mit Blumenmotiven geschmückten Schrank unter dem Bild des Alexanders in der Christlichen Bibliothek Jeruschalaijms auf, suchte kurz und entnahm ihm ein dunkles Buch mit einer tiefroten Lilie auf dem Einband. »Kann es das sein?«

Der Hilfsauditor schüttelte den Kopf, schlug es aber aus Neugier auf und las auf der Titelseite in griechischer Sprache, dass es sich um das Buch Lilith handelte. Der Bibliothekar schmunzelte. »Die Mutter aller Teufelsbücher, und obendrein streng verboten.« Er stellte das Werk an seinen Platz zurück und zog Prospero mit sich, nachdem er den Schrank wieder verschlossen hatte.

Unter dem Bild des Konzils von Nicäa, auf dem das Apostolische Glaubensbekenntnis beschlossen worden war, stand ein weiterer Bücherschrank. Der Bibliothekar entnahm ihm sehr vorsichtig eine andere alte Handschrift.

»Das könnte es sein.«

Velloni legte es behutsam auf ein hölzernes Lesepult unmittelbar am Fenster, um das Abendlicht zu nutzen. Der Einband bestand aus einem weichen, aber schlichten Leder. Vom weißen Untergrund leuchtete eine blaue Lilie. Prospero spürte sein heftig schlagendes Herz. Genau dieses Buch hielt Maria Carasoli auf dem Porträt in der Hand. Er schaute seinen Freund voller Bewunderung an. Auf Vellonis Gesicht zeichnete sich ein leichtes Lächeln ab, weil ihm das Staunen des Hilfsauditors schmeichelte.

»Was ist es?«

Der Bibliothekar blickte mit inniger Liebe, aber auch mit ein wenig Scheu auf die Kostbarkeit, bevor er mit großer Bewunderung antwortete. »Eine sehr seltene Abschrift eines sehr alten Buches.«

»Canticum canticorum«, las Prospero halblaut. *»Das Hohelied Salomos?«*

»Die Homilie zum Hohelied des Gregors von Nyssa in einer Handschrift aus dem 9. Jahrhundert.«

Der Hilfsauditor blätterte vorsichtig in dem wertvollen Buch und blieb plötzlich bei den Predigten zum Hohelied des Kirchenvaters Gregor von Nyssa bei einem Satz hängen, so als hätte der Heilige Geist selbst ihm die Hand an diese Stelle geführt. Er las den Gedanken des heiligen Gregors laut vor: *»Jeder trete aus sich selber heraus und schreite auf den Abgrund der in dieser Schrift durchscheinenden Geheimnisse zu.«*

Velloni blickte verzückt auf das Buch. Dem Hilfsauditor blieb die Liebe, die der Bibliophile für das rare Werk hegte, nicht verborgen. »Oft wurde das Buch nicht kopiert. Vielleicht ein- oder zweimal.«

»Wo befindet sich das Original?«

Traurig zog der Bibliothekar die Schultern hoch. »Wahrscheinlich verbrannt, als die Türken die Hagia Sophia ansteckten.« Prospero dachte kurz an das traurige Schicksal Konstantinopels, wurde aber gleich wieder von der wertvollen Kopie in den Bann gezogen.

»Aber warum wurde es nicht öfter abgeschrieben oder später dann gedruckt? Schließlich stammt es von dem heiligen Gregor von Nyssa.« Der Kappadokier galt als Autorität und wurde als Kirchenvater verehrt. Nichts lag ferner, als ihn der Ketzerei zu verdächtigen!

»Nicht die Homilie Gregors, sondern das Buch als Ganzes wurde zwiespältig aufgenommen. Die Gestaltung der Initiale wirkt gewagt und schien manchen ketzerisch zu sein. Während Gregor die Liebe im Hohelied als Liebe der Menschen zu Gott als die höchstmögliche Liebe pries, sprechen die Initialen und Illustrationen eine andere Sprache. Sie feiern die irdische, die leibliche Liebe. Ich kenne kein anderes Buch, bei dem Inhalt und Gestaltung einen so hübschen Widerspruch ergeben.« Velloni schlug eine andere Seite auf. Von dem Pergament leuchtete im matten Abendlicht satt ein Initial in Form einer blauen Lilie. Es spielte mit den Formen der Blüten und des Buchstabens »L«.

Prospero las laut vor:

»L-eva eius sub capite meo et dextera …
Seine Linke liegt unter meinem Kopf,
seine Rechte umfängt mich.
Ich beschwöre euch,
Jeruschalaijms Töchter:
Was stört ihr die Liebe auf,
warum weckt ihr sie,
ehe ihr selbst es gefällt?«

Der Hilfsauditor blätterte aufgeregt weiter. Das Initial, das den Buchstaben E gestaltete, spielte mit der Figur eines Knaben, der mit einem Pfeil auf den Text zielte. Ohne Zweifel, es sollte den Eros, den Sohn der Venus und heidnischen Gott der Liebe darstellen. Tatsächlich gewagt, sehr gewagt, dachte Prospero. Laut setzte er erneut an:

»E-go flos campi et lilium
convallium sicut lilium inter spinas
sic amica mea … Ich bin eine Blume
auf den Wiesen des Scharons,
eine Lilie der Täler.
Eine Lilie unter Disteln ist
meine Freundin unter den Mädchen.

Ein Apfelbaum unter Waldbäumen
ist mein Geliebter unter den Burschen.
In seinem Schatten begehre ich zu sitzen.
Wie süß schmeckt seine Frucht meinem Gaumen!
In das Weinhaus hat er mich geführt.
Sein Zeichen über mir heißt Liebe.
Stärkt mich mit Traubenkuchen,
erquickt mich mit Äpfeln;
denn ich bin krank vor Liebe.
Seine Linke liegt unter meinem Kopf,
seine Rechte umfängt mich.
Bei den Gazellen und Hirschen auf der Flur
beschwöre ich euch, Jeruschalaijms Töchter:
Stört die Liebe nicht auf,
weckt sie nicht, bis es ihr selbst gefällt.«

Tief beeindruckt schaute Prospero den Bibliothekar an. Dann bestürmte er den Freund mit der Frage, wie der auf dieses Buch gekommen war. Velloni schlug die letzte Seite auf und zeigte ihm ein Wappen. Unter einem gekrönten schwarzen Adler vor goldenem Hintergrund schritt ein Löwe über sechs Pokale. »Das Wappen der Odescalchi«, staunte der Hilfsauditor.

»Das Buch stammt aus dem Besitz Benedetto Odescalchis, heute bekannt als Papst Innozenz XI. Wie das Teufelsbuch übrigens auch. Ich wusste, dass er einen Teil seiner Privatbibliothek der Vaticana vermacht hatte und habe dann nach Büchern gesucht, die deiner Beschreibung entsprechen. Mit etwas Glück, dachte ich, werden wir das fragliche Buch in seinem Nachlass finden. Zwei der Bücher verzierte die Lilie als Frontispiz.« Aus einer Westentasche zog Velloni ein Stück Papier, auf dem er den Zahlencode des Briefes notiert hatte und begann zur Probe mit der Entschlüsselung. Plötzlich sah er Prospero mit leuchtenden Augen an und fragte mit bebender Stimme: »Weißt du, was hier steht?«

Prospero schüttelte den Kopf. Sein Freund riss die Augen auf, als könne er es nicht glauben, blickte noch einmal auf Buch und Zahlencode, um sein Ergebnis zu überprüfen, dann sagte er: »Versteckt unter den ganzen frommen Worten steht: *Ich liebe Dich, Benedetto. Jede Faser meines Körpers sehnt sich nach Dir. Die Glieder schmerzen, die sich nach Dir ausstrecken, ach, und Dich doch nicht erreichen, weil Du ferne, weil Du fern von mir bist, Benedetto.*«

Ganz offensichtlich hatte Maria Carasoli zu Lebzeiten bereits eine Seligkeit genossen, allerdings eine verbotene mit dem sittenstrengsten Papst des Jahrhunderts, dachte der Hilfsauditor der Sancta Rota Romana Dr. Prospero Lambertini bei sich.

51.

Der Bibliothekar versprach, bis zum nächsten Tag den vollständigen Brief entschlüsselt zu haben. Er verabschiedete sich von Prospero an der Pforte und begab sich wieder in die Bibliothek zurück. In Lambertinis Kopf fuhren die Gedanken unterdessen wild im Kreis.

Auf dem Weg zu seiner Wohnung kam er wieder an der kleinen Kirche in der Via dei Penitenzieri vorbei, vor der er mit Deborah zusammen die beiden Mönche beobachtet hatte, die in dem unauffälligen Gotteshaus ihr Morgengebet verrichtet hatten. Prospero trat in die Kirche, bekreuzigte sich im Angesicht des Altars, kniete nieder und begann das Komplet zu beten, doch statt des Psalms Nummer vier: *Wenn ich rufe, erhöre mich, Gott, du mein Retter,* sprach er fast wie in Trance die Worte des Hoheliedes:

»Schön bist du, meine Freundin, ja, du bist schön.
Hinter dem Schleier deine Augen wie Tauben.
Dein Haar gleicht einer Herde von Ziegen,
die herabzieht von Gileads Bergen.
Deine Brüste sind wie zwei Kitzlein,
wie die Zwillinge einer Gazelle,
die in den Lilien weiden.«

Er sehnte sich plötzlich nach Deborah. Doch das Verlangen in seinen Adern verunsicherte ihn zutiefst.

Das Knarren der Kirchentür riss ihn aus seiner Trance. Er rieb das Gesicht in seinen Händen, bat Gott um Verzeihung, bekreuzigte sich und verließ schnell die Kirche.

Er hoffte, dass ihn niemand beobachtet hatte. Wieder auf der nächtlichen Straße schüttelte er heftig über sich den Kopf und stürmte seiner Wohnung entgegen. Ein paar Stunden Schlaf würden ihm guttun, trotz des Zeitdrucks.

Aber in seinem Zimmer saß zu seiner Überraschung Valenti, der schon ungeduldig auf ihn wartete. Er ließ dem Freund nicht einmal Zeit, sich zu setzen, sondern zog ihn sogleich wieder hinaus. Vor der Tür stand ein Einspänner bereit. Der Graf stieß Prospero etwas grob in den Wagen und setzte sich dann neben ihn. Erst jetzt fiel dem Hilfsauditor auf, dass Valenti Gonzaga so nobel gekleidet war, wie er ihn noch niemals gesehen hatte. Dessen unkomplizierte, kameradschaftliche Art im Kreis der Freunde ließ oft vergessen, dass Silvio Valenti Gonzaga eigentlich dem Hochadel angehörte.

Er trug einen tiefblauen Dreispitz mit weißem Spitzenbesatz an den hochgestellten Krempen. Den blauen Rock, Justacorps genannt, verzierten Goldwirkereien. Das weiße Rüschenhemd konnte nur mit Mühe von der knielangen roten Weste, die goldene und blaue Stickereien in der Farbe des Justacorps aufwies, gebändigt werden. Selbst die rosafarbenen Kniestrümpfe, die Valentis wohlgeformte Beine zur Geltung brachten, prunkten mit verspielten Mustern.

Der Graf gab seinem Kutscher ein Zeichen. Dieser schnellte empor und schwang auf dem Kutschbock stehend die Peitsche über den Kopf des Rappen. Das Pferd preschte los, so dass Prospero in die Polster der Kutsche gedrückt wurde.

»Wo fahren wir denn hin?«, fragte Prospero erstaunt.

»Du wirst schon sehen, Freund!«

52.

Über den Ponte Sisto jagte der leichte Einspänner durch die nächtlichen Gassen Regolas, schließlich über den breiten Corso zur Piazza Santi Apostoli. Im Rücken die baufällige Kirche, die dem Platz den Namen gab, vor sich die breite Front des Palazzos Odescalchi sprang Valenti aufgeregt aus der Kutsche und rief Prospero vergnügt zu: »Voila! En avant, mon cher.«

Immer noch etwas benommen von der rasanten Fahrt stieg der Hilfsauditor aus und rieb sich vor Verwunderung die Augen. Die für ihre Schlichtheit berühmte Fassade des Palazzos wirkte im unwirklichen Mondlicht dieser römischen Nacht plötzlich wie eine Theaterkulisse. Ihre Strenge bot nur den Rahmen des großen Welttheaters, in dem sich die Mutwilligkeit der Großen austobte. Das breite und hohe Tor des Palastes erhellten große Fackeln und in kleineren Abständen aufgestellte Becken mit lodernden Holzscheiten. Kutschen fuhren vor und Sänften wurden von kräftigen Männern im lockeren Lauf herbeigetragen. Elegant gekleidete Männer, Frauen in großer Garderobe mit gewagten Dekolletés entstiegen den prunkvoll verzierten Kaleschen. Sie hatten mit dem Leben der Römer, mit den Händeln der Prälaten und dem Alltag der Bauern aus der Umgebung, die Roms Märkte belieferten, nichts gemein. Aristokraten und Kardinäle lebten in diesen Nächten das Leben als Traum, als flüchtigen Kuss des Vergnügens. Des Vergnügens nicht um der Befriedigung, sondern um des Vergnügens willen, so jedenfalls erschien es Prospero. Sicher, es war dekadent, es war verworfen, es war frivol, aber welch wundervollen Leichtsinn atmete all das. Waren sie trunken, dann zuallererst von dem Stoff der Nacht, die aus Champagner gemacht zu sein schien.

Fast alle Männer trugen, sofern sie keine Kardinäle waren, wallende Allongeperücken und demonstrierten so ihren Reichtum, während ihre Gemahlinnen oder Mätressen Perücken wie hohe Türme auf ihren Häuptern balancierten. Mit einer Sicherheit, mit einer Leichtigkeit, zu der man geboren sein musste.

Je sechs livrierte Diener mit kleineren Fackeln in der Hand standen exakt ausgerichtet am linken und am rechten Flügel des Portals Spalier. Auf der linken Seite des weit geöffneten Tores musizierte ein Streichquartett. Correlis jubilierende Töne, im verspielten Wechsel von Largo zu Allegro und von Allegro zu Largo, verwandelten den irdischen Eingang in das Vestibül des Paradieses. Doch Valenti gönnte seinem Freund keine Zeit zum Staunen, sondern riss ihn ungestüm mit sich. Laut lachend vor Wohlgefühl verkündete er ihm: »Et in arcardia ego.« Und schleuderte dabei seinen rechten Arm nach oben, als wollte er seine Worte direkt in den Himmel an die Spitze des nächsten Sterns stoßen.

Prospero starrte den Freund daraufhin etwas begriffsstutzig an.

»Heute sind wir alle in Arcardien. Die Königin und der Herzog veranstalten ein großes Fest für die literarische Akademie Arcardia. Hattest du mich nicht gebeten, eine Einladung zu beschaffen?«, erklärte der Graf.

Das stimmte allerdings, aber Prospero hatte dabei nicht eine Sekunde darüber nachgedacht, was es hieß, zu einem so noblen Fest zu gehen, keinen Gedanken daran verschwendet, welch kostbare Kleidung, welche Frisur, welcher Schmuck notwendig war, wenn man es wagte, sich unter die erlauchten Mitglieder der Akademie zu mischen. Nun fühlte er sich in seiner einfachen Tracht fehl am Platze und aus diesem Grund all jenen, denen er Fragen stellen wollte, sichtbar unterlegen.

Der Haushofmeister, der einen vergoldeten Stab mit einer Goldkugel am oberen Ende hielt, musterte den im Vergleich zu den anderen Besuchern ärmlich Gekleideten mit unbewegter Miene, dann schaute er auf Valenti, schlug dreimal mit dem Stab auf das glänzende Pflaster der Piazza und verkündete mit großer Würde: »Graf Silvio Valenti Gonzaga di Mantua in Begleitung eines Herren inkognito.«

Prospero musste über die so nette wie elegante Umschreibung seiner Person lächeln.

Zwar kannte der junge Hilfsauditor die illustre Geschichte um die Akademie, ihre Gründung und die Legenden um die berüchtigten Soireen und Lustbarkeiten, aber zu einem Fest der Arcardia hatte er bisher keinen Zutritt erhalten.

Lodernde Fackeln, die in eisernen Halterungen staken, illuminierten die große Treppe, die sich elegant und majestätisch in die oberen Stockwerke schwang. Die beiden liefen hinauf. Zum ersten Mal begriff Prospero, weshalb es separate Aufgänge für Domestiken gab: ein Mensch, der von diesen Stufen, die so leicht wirkten, als schwebten sie, nach oben getragen wurde, verlor die Lust am Dienen.

Prospero berührte Valenti vertraulich am Arm. »Wenn du mir das vorher gesagt hättest, hätte ich mir eine passende Garderobe ausgeliehen«, flüsterte er dem Grafen vorwurfsvoll zu. Doch der zwinkerte ihm nur freundlich zu. »Für wen? Für die da? Glaub mir, die kennen ihre Kreise, da nützt auch keine Verkleidung. Du trägst vielleicht kein goldbesticktes Justacorps, aber unter deinem einfachen Rock schlägt das Herz eines Menschen, das ist mehr, als was man von den meisten hier sagen kann. Lass dich nicht von dem teuren Zwirn blenden, sondern konzentriere dich auf deine Aufgabe. Die Herrschaften sollen nicht deinen Aufzug bewundern, sondern das Alibi des Rabbiners bestätigen.« Prospero gab Valenti Recht. Dann traf sein Blick sich mit dem eines älteren Herren. Dieser stand in einer Ecke vor einem kleinen Amor mit einer jungen Frau zusammen, auf deren gepuderten Wangenknochen und linkem Mundwinkel je ein Schönheitspflästerchen klebte. Valenti raunte spöttisch dem Freund zu, dass der ältere Herr der in ganz Rom als Gockel verspottete Vater der Königin sei.

»Und die Dame?«

»Ob sie eine Dame ist, weiß ich nicht. Aber wenn, dann eine, die für Geld zu haben ist. Und diese Damen kenne ich nicht, Freund.«

»Wie kannst du das wissen?«, erkundigte sich Prospero voller Neugier.

»Weil sie nichts dabei findet, dass der alte Gockel ihr fortwährend in den Ausschnitt gafft. Teufel auch, hat die ihre Lockspeise gut präsentiert.«

Entrüstet wies er den Freund wegen seines Fluchs zurecht. Der Graf schaute schuldbewusst drein und versprach mit spöttischem Funkeln in den Augen, dass er zur Prim, und wenn er die nicht schaffen sollte, dann zur Terz beichten würde.

Inzwischen waren sie in der Beletage angekommen und wurden sogleich von Musik und Gesang begrüßt. Das schmeichelnde Licht der unzähligen Kerzen vervielfältigte sich in den hohen Spiegeln, die zwischen gemalten Nischen angebracht waren. Dem Ursprung der Musik folgend, gelangten sie in ein kleines Theater, in dem Kardinäle, Aristokraten, Dichter, Philosophen, Musiker, Künstler und die Damen der Monde und Demimonde saßen oder standen. Das Orchester wurde dirigiert von Domenico Scarlatti.

Er war neben seinem Konkurrenten Arcangelo Corelli einer der beiden musikalischen Götter Roms. Valenti deutete auf den in der ersten Reihe sitzenden Kardinal Ottoboni, der für seine Liebe zur Kunst und sein Mäzenatentum berühmt war.

Auf der Bühne aber agierten in dem Singspiel anstelle der Sänger nur mannsgroße Marionetten, die in allem, die hinter dem Proszeniumsvorhang singenden Menschen, täuschend echt imitierten, mit den ganzen ausladenden Armbewegungen, mit denen die Tenöre und Soprane, Bässe und Altstimmen ihre Gesangsnummern gestisch zu unterstreichen pflegten. Die Puppen stellten selbst wahre Kunstwerke dar, verschwenderisch genau in Detail und Ausstattung gearbeitet. Seitdem der Papst das Theater verboten hatte, wich man bei offiziellen Anlässen lieber auf diese Nachahmung der Sänger aus, um den Papst nicht bloßzustellen.

Der letzte Ton verklang im Raum. Der Dirigent – Scarlatti, abgekämpft, schwitzend, liebenswürdig lächelnd im Bewusstsein des Triumphes – wandte sich mit der nachlässigen Eleganz des völlig Erschöpften seinem Publikum zu und verbeugte sich. Die Zuschauer, hingerissen von der großen Geste Scarlattis und noch in der soeben verklungenen Musik schwelgend, klatschten und riefen Bravo. Prospero beeindruckte die Klugheit Scarlattis, der sich hütete, sich des eitel-blöden Gefühls des Triumphes zu überlassen. Er wusste nur zu gut, was er seinem Mäzen, der immerhin das Libretto gedichtet hatte, schuldig war. Er ging seinerseits nun klatschend auf den sitzenden Pietro Ottoboni zu. Der erst dreiunddreißigjährige Kardinal stand auf und lächelte mit dem ganzen jungenhaften Charme seines bemerkenswert schmalen Gesichts. Dann wiegelte er in ausgestellter Bescheidenheit, die alle Eitelkeit der Welt enthielt, ab. Doch schon stand die Königin Casimira Sobieska, fast doppelt so alt wie er, mit dem koketten Charme der Französin vor ihm und kniete mit großer Geste vor ihm nieder. Scarlatti schien indes vergessen, wurde wieder zu dem, was er vor dem Konzert war, ein bezahlter Diener. Auch der hochverehrte Künstler blieb letztlich in den Augen derer, die das Geld besaßen und die Macht, ein Lakai.

»Schau ihn dir an, du wirst ihn fragen müssen, ob er den Rabbiner beim letzten Fest gesehen hat. Er ist so etwas wie der Haushofmeister der Akademie«, flüsterte Valenti Prospero ins Ohr. Doch Prospero beobachtete die Szenerie ohnehin, fasziniert von dieser Komödie der Eitelkeit. Der junge Kardinal hob die Königinwitwe schnell auf und tadelte sie charmant: »Mein Gott, Majestät, was tun Sie? Ich bin nur ein armer Diener Christi.«

Sie umfasste mit ihrer Hand seinen Unterarm, auf dem der ihrige noch lag. »Sie sind der König der Dichter, Eminenz! Der Glanz der Akademie.«

»Maßlos übertrieben, er ist bloß der König der Mäzene«, ätzte Valenti. »Aber«, fügte er weise hinzu, »die Erfahrung lehrt, dass man sich die Mitwelt durch Geld gefügig machen kann, die Nachwelt hingegen das freche Mittelmaß nur dem Vergessen, der Damnatio memoriae gleichgültig anheimstellen wird. Kein Mensch wird sich nach seinem Tod an den *Dichter* Ottoboni erinnern!«

Der Graf machte Prospero nun auf den Mann aufmerksam, der zu der Königin und dem Kardinal trat. Für einen Kriegshelden und General wirkte er zu schmächtig, und doch, er war es: Livio Odescalchi, Herzog von Bracciano und Ceri, Fürst von Sirmium, der Neffe des vorherigen Papstes.

»Ich werde die eitle Königin, ein paar Dichter, ein paar Philosophen und ein paar adelige Herren, die meiner Familie verpflichtet sind, fragen, ob sie Corcos Alibi bestätigen können. Frag du Ottoboni. Sei aber auf der Hut, mein Freund. Der Mäzen ist in seiner Eitelkeit unberechenbar, ein begnadeter Intrigant.«

»Wir sehen uns in zwei Stunden bei deiner Kutsche.« Sie nickten sich noch einmal zu, dann trennten sie sich. Doch bevor er mit Ottoboni sprechen wollte, drängte es Prospero, Odescalchi nach seiner Tante zu befragen. Die Gelegenheit schien günstig wie nie. Er kämpfte sich durch Gruppen von Menschen zu Odescalchi durch. Immer wieder musste er galanten Damen ausweichen, die durch ihn hindurchzublicken schienen. Sie waren auf der Jagd nach einem reichen Gönner und wollten mit einem Habenichts möglichst nicht gesehen werden.

Verblüfft sah sich Prospero suchend um. Er hatte den Herzog verloren. Dabei musste Livio Odescalchi an ihm vorbeikommen, wenn er die Ecke des Saales zu verlassen gedachte, in der Prospero ihn gerade eben noch gesehen hatte. Er konnte sich doch nicht in Luft aufgelöst haben. Während er mit seinem Missgeschick haderte, beobachtete der Hilfsauditor, dass ein Diener aus einer geheimen Tür aus der Wand kam, zu einer Schönheit ging und ihr etwas ins Ohr flüsterte. Sie wedelte sich mit ihrem großen Papageienfächer erfreut Luft zu und folgte dem Diener mit der Spur eines lasziven Lächelns so unauffällig es ging, denn ihre riesige Perücke behinderte sie gefährlich beim Versuch, durch die kleine Tapetentür zu schlüpfen. Sollte der Herzog durch die Geheimtür entwichen sein? Es war die einzige sinnvolle Erklärung.

Prospero verharrte eine Weile unschlüssig, dann folgte er ihr. Er blickte rasch nach rechts und dann nach links, wobei er an Tür und Wand in Hüfthöhe den Öffnungsmechanismus suchte, was ihm schließlich auch gelang. Augenblicklich umgab ihn Dunkelheit. Unsicher tastete er sich den Gang entlang. Bald stand er erneut vor einer Tür. Der Hilfsauditor öffnete sie vorsichtig einen Spalt. Doch wie sehr staunte er, als sein Blick auf einen runden, doch festen Frauenhintern fiel, der ihm rosig entgegenleuchtete. Im Halbprofil erkannte Prospero zudem eine wunderschön geformte Brust. Prospero errötete. Hitze stieg in ihm auf. Die Schönheit der Welt traf ihn und schlimmer noch, er mochte es sich nicht eingestehen, sie verlockte ihn. Sein Kopf befahl ihm, sich von dem lieblichen Anblick loszureißen, doch versagten ihm die Füße den Dienst. Die Frau ergriff nun die Hand eines anderen, um sie spielerisch zwischen ihre Beine zu führen.

In diesem Moment spürte er eine harte Spitze, die gefährlich gegen seine Nieren drückte. Er erstarrte. »Einen Mucks und du kannst Gott persönlich berichten, was du gerade gesehen hast.«

53.

Der Mann hinter ihm war nicht halb so gesprächig wie die Spitze seines Messers, die Prospero den Gang entlang zu einer Tür dirigierte. »Öffnen!«

Prospero tat wie ihm befohlen und fand sich in einem kleinen Kabinett wieder, in dem eine Chaiselongue, zwei Armstühle und ein Tischchen standen. Die gegenüberliegende Tür flog auf. Zornig stürmte der Herzog nur mit einem Morgenrock bekleidet und einem Degen in der Hand hinein. Seine Augen funkelten gefährlich, sein Kopf leuchtete hochrot. Prospero hatte ihn bei einem amourösen Abenteuer gestört, und das war unverzeihlich. »Wer bist du, Kerl?!«

»Exzellenz, meine Name ist Prospero Lambertini, Hilfsauditor der Rota!«

Die Antwort schien den Herzog zu überraschen. »Kein Spion der Orsini?«

Prospero begriff sofort, dass der Herzog das Bankett zu einem kleinen tête-à-tête mit einer verheirateten Frau aus dem Clan der Orsinis nutzte, und ausgerechnet er hatte ihn hierin gestört. Aus seiner Sicht musste er Prospero natürlich für einen Späher des gehörnten Ehemanns halten. »Bei meinem Leben, nein!«

Auch der Moment der Überraschung vermochte den Zorn des Herzogs nicht zu mildern, und er brüllte den Hilfsauditor an: »Hat sich die Rota auf das Ausspionieren der Betten und Boudoirs verlegt?«

»Wenn ich Euer Exzellenz in dringenden Staatsgeschäften gestört habe, bitte ich untertänigst um Verzeihung«, gab Prospero sarkastisch zurück. Mochte der gestörte Hahn ihn töten oder verprügeln lassen, aber Prospero Lambertini ließ sich von niemandem auf der Welt anschreien. Der Herzog verzog den Mund. »Was willst du?«

»Ich bin Euch gefolgt, weil ich Eure Exzellenz zu sprechen wünschte.«

Odescalchis Zorn verrauchte langsam. Er wünschte nur noch, die Angelegenheit schnell hinter sich zu bringen. »Hör mit diesem ewigen Exzellenz auf! Das ist keine Anrede für einen ehrlichen Soldaten, nenn mich einfach General.«

Prospero berichtete dem Herzog über seine Ermittlungen hinsichtlich der Kanonisation der seligen Maria Carasoli, erwähnte den Brief, verschwieg aber wohlweislich die übersetzten Zeilen und erkundigte sich, ob er noch Schriftstücke seines Onkels besitzen würde, die von Interesse für die Untersuchung sein könnten. Livio Odescalchi fiel ihm ungeduldig ins Wort. »Ein Kavalier darf eine Frau nicht warten lassen. Du verstehst ...«, und ergänzte mit einem Blick auf Prosperos geistliche Kleidung: »... oder auch nicht. Ich habe dein Wort als Ehrenmann, dass du Stillschweigen über das Gesehene wahrst? Und ich werde sehen, was ich tun kann, um dir zu helfen.«

»Sie haben mein Wort.«

Der General nickte, ging, wandte sich aber an der Tür noch einmal um. »Melde dich morgen bei meinem Sekretär, Tomasini. Er läßt dich in der Bibliothek den privaten Nachlass meines Onkels einsehen. Es sind ein paar Briefe, ein paar ...«, und an dieser Stelle musste der General lächeln, denn das hatte er nicht von seinem nüchternen Onkel erwartet, »... ein paar Gedichte.«

54.

Der Diener, der ihn mit dem Dolch bedroht hatte, zeigte Prospero nun den offiziellen Weg in den großen Saal zurück.

Ein à la mode gekleideter Schimpanse lief durch den Saal und amüsierte vor allem die Damen. Prospero beobachtete den Affen einen Moment lang, bevor ihn eine bekannte Stimme aus der Betrachtung riss. »Ah, mein eifriger Auditor«, rief ihn Carasoli zu sich.

Prospero ging notgedrungen zu seinem Patron und begrüßte ihn. Der Kardinal hielt in einem kleinen Kreis Konversation. Neben Carasoli stand Ottoboni. »Meine Lieben, ich habe die Ehre, einen meiner fähigsten Mitarbeiter vorzustellen. Dottore Prospero Lambertini. Machen Sie sich ihn nicht zum Gegner!«, warnte der Kardinalvikar scherzend. »Er ist gefährlich klug.«

Prospero überlegte kurz, ob das Kompliment sarkastisch gemeint war und eher eine Warnung darstellte, bevor er antwortete. »Ich bin nur ein demütiger Arbeiter im Weinberg des Herrn.«

Eine Dame mit dem Anflug verblühender Schönheit spottete: »Aber ein Weinberg muss es schon sein, Dottore!«

»Stellen Sie sich das nicht allzu idyllisch vor, Madame, denn es liegt im Ermessen des Herrn, ob ich am Wein teilhaben werde oder es beim Wasser aus dem nächsten Tümpel bleibt!«

Ihre Augen blitzten vor Freude an dem kleinen Duell. »Verraten Sie mir, wo sich der Tümpel befindet. Er dürfte der schlechteste nicht sein.«

»Oh, Madame, er ist der allerschlechteste!«, parierte er.

»Au contraire! Er muss der Beste der Welt sein, wenn Ihr ein so großes Geheimnis aus ihm macht.«

Dann schaute sie in die Runde und sagte zur Verabschiedung: »Monsieurs!« Die Herren verbeugten sich leicht, auch Prospero. Sie berührte ihn fast im Vorbeigehen und flüsterte ihm zu: »Besuchen Sie doch meinen nächsten Salon.«

»Eine wirklich kluge Frau, die Princess de Ursins«, rief Ottoboni halblaut aus.

»Lassen Sie das bloß nicht die Sobieska hören. Sie würde schier platzen vor Eifersucht«, warnte einer der Männer.

Er beschloss, die Gelegenheit zu nutzen und bat Ottoboni um ein kurzes Gespräch unter vier Augen. Sie schritten zu einem der großen Fenster und blickten auf die Piazza. Prospero lobte zunächst etwas weitschweifig das Singspiel, denn er überlegte noch, wie er die Befragung des hohen Mannes am besten beginnen sollte. Doch Ottoboni kam ihm zuvor: »Ich weiß, dass es gut war. Rauben Sie mir nicht meine kostbare Zeit, junger Mann. Was wollen Sie?« Ottoboni ließ den Saal nicht aus den Augen. Prospero spürte, dass den eitlen Kirchenfürsten das Gespräch mit einem kleinen Hilfsauditor nicht interessierte. Er redete gewiss nur mit ihm, weil er Carasoli nicht vor den Kopf stoßen durfte. Dünkel aber hatte Prospero noch nie eingeschüchtert. Also fragte er den Kardinal ohne Umschweife, ob er sich erinnern könne, auf dem letzten Fest der Arcardia den Rabbiner Tranquillo Vita Corcos gesehen zu haben. Ottobonis Gesicht blieb weiter ausdruckslos. »Ja, er war da. Aber es wird Ihnen nichts nützen, weil ich mich nur erinnere, ihn gesehen zu haben, aber nicht, wann ich ihn sah, und ich auch nicht weiß, wie lange er hier war.«

»Haben Sie ihn vor oder nach Mitternacht gesehen?«

»Bedaure, aber ich sagte bereits, dass ich es nicht mehr weiß.« Damit wollte Ottoboni den Hilfsauditor stehen lassen, doch musste er seiner Eitelkeit noch mit einer wohlerwogenen Boshaftigkeit frönen: »Ach, steht es so schlecht um Carasoli, dass er schon seinen kleinsten Beamten losschicken muss, um seinem jüdischen Freund ein Alibi zu verschaffen? Ein Jammer, ein Mann seiner Intelligenz.« Er blicke Prospero kalt an, drehte sich um und ging, ohne ein weiteres Wort zu sagen, mit einer theatralischen Geste auf einen spitznasigen Gecken im weiten Künstlermantel zu.

Das zischende und knallende Geräusch vieler Explosionen, großer wie kleiner, jagte Prospero, der sich über

Ottobonis Überheblichkeit ärgerte, einen fürchterlichen Schrecken ein, während einige Gäste erfreut reagierten. Unmittelbar darauf hörte er die entzückten Ausrufe der Frauen, die sich im Diskant und im Seufzen zu überbieten trachteten: »Ah, ein Feuerwerk.«

Prospero folgte den Menschen die Treppe hinunter. Ein Diener überholte ihn mit einer Frau, die er unsanft am Arm gepackt hatte. »Wie oft habe ich dir schon gesagt, dass eine Hure wie du nichts auf unseren Gesellschaften zu suchen hat.« Prospero erkannte die Arme wieder. Es war die Frau, der der Gockel vorhin ins Dekolleté gestiert hatte. Die Königinwitwe hatte Anweisung gegeben, ihren Vater zu schützen, dachte der Hilfsauditor belustigt.

Dann befand er sich schon im Hof, der voller Menschen war, die in den Himmel starrten. Immer, wenn die Raketen explodierten und Gemälde an den Abendhimmel zauberten, klatschten und jubelten die Gäste. Den Höhepunkt des Feuerwerks bildete ein einzigartiges, noch nie erlebtes Kunstwerk. Die Leuchtkörper malten das Porträt Papst Innozenz' XII. mit bunten Farben ans schwarze Firmament. Die Zuschauer schwiegen zunächst ergriffen, bis sie in Laute höchster Begeisterung ausbrachen. Ihre Bewunderung schien nicht enden zu wollen.

»Da ist er ja wieder, unser Dottore!« Neben ihm war die Princess de Ursins aufgetaucht. Er wandte sich ihr zu.

»Darf ich bekannt machen: Seine Eminenz, Kardinal Gian Francesco Albani.«

Prospero verneigte sich leicht. Mit einer Geste voller Grazie hielt Albani ihm den Finger mit dem Kardinalsring hin. Der Hilfsauditor deutete einen Kuss an.

»Eure Eminenz, darf ich Ihnen Carasolis fähigsten Mitarbeiter, Dottore Prospero Lambertini, vorstellen?«

Ein liebenswürdiges Lächeln huschte über Albanis Mund. »Sehr gern, ma chère. Und womit beschäftigt sich der fähigste Mitarbeiter meines Freundes Carasoli gerade?«

Im Gegensatz zu Ottoboni wirkte Albani herzlich, ohne einen Anflug von Dünkel und wirklich an der Antwort interessiert. Die Erkundigung des Kardinals bot Prospero den besten Einstieg, um ihn zum Alibi des Rabbiners zu befragen. Deshalb antwortete er frei heraus: »Ich beschäftige mich mit dem Mord an dem kleinen Angelo.«

Der Kardinal schaute Prospero ein wenig mitleidig an. »Schlimm, sich mit diesem Ritualmord beschäftigen zu müssen.«

»Es ist nicht erwiesen, dass es ein Ritualmord war.«

Albani ging darauf nicht ein, sondern ließ nur ein kleines erstauntes »Ach« hören.

»Darf ich Sie etwas fragen, Eminenz?«

»Nur zu.«

»Haben Sie den Rabbiner auf dem letzten Fest der Arcardia gesehen?«

Albani dachte nach. »Ja, aber fragen Sie mich nicht wann.«

»Vor oder nach Mitternacht?«

»Nicht einmal das kann ich Ihnen sagen.«

Die Antwort stimmte Prospero zwar misstrauisch, aber er durfte nicht weiter in den Kirchenfürsten dringen. Dazu war der Hierarchieunterschied zwischen einem kleinen Hilfsauditor und einem Kardinal, der zudem noch *papabili* war, also als Kandidat für die Tiara in Betracht kam, zu groß.

»Auch ich kann mich nicht daran erinnern«, machte die Princess leicht beleidigt auf sich aufmerksam.

»Da sehen Sie, was Sie mit Ihrer Frage angerichtet haben. Sie haben eine Dame verstimmt, die in der Gunst Gottes steht. Entschuldigen Sie, Princess, unsere unentschuldbare Unaufmerksamkeit«, sagte Albani leicht belustigt. Die Princess wandte sich dem Kardinal zu. »Glauben Sie, der gute Tranquillo hat den armen Jungen auf dem Gewissen?« Obwohl er äußerlich ruhig wirkte, erkannte Prospero an dessen leicht zuckendem Augenlid, dass ihm die Frage unangenehm war. »Darum geht es nicht, ma chère, sondern nur darum, was die Leute glauben. Ich fürchte, der gute Tranquillo ist nicht mehr zu retten, wenn es auch unser junger Freund so überaus idealistisch versucht. Das Volk von Rom hat ihn bereits verurteilt.«

»Das Volk?«, fragte der Hilfsauditor. »Oder Fra Bernardino?«

Albani lächelte, wie man über die altklugen Bemerkungen von Kindern schmunzelt: »Wenn es Ihnen bei Carasoli nicht gefallen sollte, kommen Sie zu mir. Ein kluger Bursche findet bei mir immer seinen Weg.«

Die Princess flüsterte hörbar: »Überlegen Sie es sich gut, Dottore. Sie sprechen gerade mit dem nächsten Papst.«

Albani hob abwehrend die Hände. »Warten Sie aber nicht bis zum Abschluss dieses Falles. Denn dann, mein junger Freund, könnte es bereits zu spät sein.«

Warum nur klangen diese Worte wie eine Drohung und nicht wie ein Angebot? Sollte Albani etwa der Kopf der Verschwörung sein?

55.

Beim Verlassen des Palazzos stieß Prospero unvermittelt mit Valenti zusammen. Sie gingen schweigend schnellen Schrittes zum Einspänner, stiegen ein, und Valenti befahl dem Kutscher, loszufahren. Prospero schaute den Grafen erwartungsvoll an, doch Valenti hatte niemanden gefunden, der das Alibi des Rabbiners bestätigen wollte.

»Bei mir war es genauso. Sie halten sich alle raus«, konstatierte der Hilfsauditor traurig.

»Dass es so schlimm steht, hätte ich nicht gedacht.«

»Sie riechen schon das Feuer, und keiner will dem Rabbiner auf dem Scheiterhaufen Gesellschaft leisten. Corcos' Tod ist beschlossene Sache. Von allerhöchster Stelle beschlossen!«

»Ich danke dir für alles, was du getan hast, Valenti. Aber es ist besser, wenn du es dabei bewenden lässt. Deiner eigenen Sicherheit wegen. Du hast schon mehr als genug gewagt. Man sollte das Schicksal nicht herausfordern. Ich will dich nicht in diesen Albtraum mit hineinziehen und dein Leben gefährden.«

Valenti zeigte ihm bei diesen Worten ganz unstandesgemäß einen Vogel. »Wir sind Freunde. Außerdem lass ich mir doch nicht ein Abenteuer verderben!«

Mit besorgter Stimme erzählte Prospero von Albanis unverhülltem Angebot. Valenti riss die Augen auf. »Dann ist auch Carasolis Sturz beschlossene Sache. Albani nahm bei seinem Abwerbungsversuch schon keine Rücksicht mehr darauf, dass du zu Carasolis Famiglia gehörst.«

Prospero gab Valenti Recht, denn ihn hatte ein ähnliches Gefühl beschlichen, als er den Worten des Kardinals lauschte. »Werden wir den Wahnsinn aufhalten können?«

»Wenn nicht, wird er uns mit fortreißen!«

56.

Er hatte nur kurz, aber tief und traumlos geschlafen. Allerdings stand ihm beim Aufwachen wieder das Bild vor Augen, das er durch den Türspalt erhascht hatte. Aber als er sich anschickte, den nackten Frauenkörper im Halbprofil zu bewundern, erschien Deborah vor seinem geistigen Auge und schloss mit tadelndem Gesichtsausdruck die Tür. Er schüttelte den Kopf, wollte aufstehen, blieb dann aber doch noch im Bett liegen und dachte nach.

Wenn er sich schon für eine Seite entscheiden musste, hatte er sich dann nicht für die falsche Seite entschieden? Aber war es denn überhaupt seine Entscheidung? Oder schlitterte er nicht einfach nur aus Zufall in diese gefährliche Position? Wenn er sich in dieser heiklen Lage befand, dann doch nur, weil Gott etwas mit ihm vorhatte und er nur seinen Ratschluss gründlich erforschen musste. Albanis Angebot war verlockend. Aber warum sollte er es denn leicht haben? Der Teufel allein lockt, nicht aber Gott.

Prospero stand auf, wusch sich, zog seine Kleidung an. Dann schaute er in den kleinen Spiegel. Er wollte sich der Aufgabe stellen. Und Deborah? Wie würde er sich ihrer sinnlichen Wirkung entziehen können? Man war nicht keusch, nur weil man keine Gelegenheit hatte, unkeusch zu sein. Wenn er wirklich Priester zu werden gedachte, und das tat er, dann bot ihm die Zusammenarbeit mit der schönen Jüdin die praktische Möglichkeit, seine sexuelle Enthaltsamkeit in Gedanken, *in Worten und in Taten* auf eine Probe zu stellen. Und viel Zeit blieb ihm nicht mehr dafür, sich zu testen, die Fähigkeit, der Sünde zu widerstehen und den Versuchungen zu entsagen, unter Beweis zu stellen. In kaum einer Woche würde er das Weihesakrament erhalten. Gott hatte vortrefflich für ihn gesorgt, weil er es ihm eben nicht leicht machte und ihm Schwierigkeiten und Anfechtungen in den Weg stellte, an denen er sich zu bewähren hatte. Er spürte, wie er ruhiger wurde und sein Herz wieder heiter, denn bei allem, was nun kommen mochte, wusste er sich zweifelsohne im Einklang mit dem Herrn.

Eine halbe Stunde später stand er vor der Tür des Arbeitszimmers von Alessandro Caprara. Er klopfte an und trat ein. Caprara saß auf seinem erhöhten Stuhl in der Sitzecke und sprach mit einem Mönch, der leichtfertig wie Prospero damals bei seinem ersten Besuch das verführerisch weiche Sitzmöbel gewählt hatte. Der Auditor blickte auf und begrüßte herzlich wie eh und je seinen Schützling. »Ah, Prospero, setz dich zu uns.«

Er ging zu ihnen, erschrak aber, als er erkannte, dass es sich bei Capraras Besuch um Fra Bernardino handelte. Auch der Dominikaner zuckte merklich zusammen. »Ah, die Herren kennen sich?«, fragte Caprara verwundert.

»Der junge Mann hat bei mir gebeichtet.«

Caprara schaute seinen Schützling erstaunt an. Und auch Bernardino schien mit Spannung die Antwort des Hilfsauditors zu erwarten. Der setzte sich aber erst einmal auf den Stuhl dem Auditor gegenüber. Fast genoss er es, auf den in den weichen Polstern eingesunkenen Mönch herabzusehen. Dann erst antwortete Prospero mit einem ironischen Lächeln auf den Lippen. »Ich konnte doch die Gelegenheit, bei einem so erfahrenen Vater zu beichten, nicht ungenutzt verstreichen lassen.«

»Daran hast du recht getan«, schloss Caprara das unerquickliche Thema und weihte seinen Gehilfen in den Stand des Gespräches ein. »Der ehrenwerte Fra Bernardino ersucht uns um Mithilfe bei einem die Ehre der Kirche steigerndem Vorhaben. Es geht um die Beatifikation und die Kanonisation des kleinen Angelo.«

Die Dreistigkeit des Dominikaners ärgerte Prospero. Forsch fragte er deshalb: »Gibt es denn schon Wunder zu vermelden?«

»Was weiß ein so junger und unerfahrener Mann schon über Wunder?«, empörte sich der Mönch.

Doch der Hilfsauditor ließ sich nicht so leicht ins Bockshorn jagen. »Wie steht es um die Tugenden?«

»Da der Junge ein Märtyrer ist, kann der Tugendgrad vernachlässigt werden.«

»Wer sagt das? Bis jetzt ist er ein Mordopfer! Was im Übrigen nicht weniger schlimm ist.«

»Meine Herren!«, rief Caprara mäßigend dazwischen. Aber der gereizte Bernardino ließ sich nicht mehr besänftigen. Es hielt ihn nicht länger in seinen weichen Polstern, zumal die Schmach, beim Reden zu seinem jungen Feind aufblicken zu müssen, wohl noch zusätzlich Öl ins Feuer seiner Wut goss. »Es ist nicht schlimm, sondern eine Ehre, ein Märtyrer zu sein! Aber sage mir etwas anderes. Ohne Umschweife, frei heraus: Ist die Rota schon im Bund mit Ritualmördern?« Jetzt schaute er Prospero durchdringend an. Eiskalt lief es dem Hilfsauditor den Rücken herunter, denn er spürte, dass der Dominikaner mit diesem Blick Ketzer verhörte.

»Nicht mit Ritualmördern, aber mit der Wahrheit.« Nie zuvor im Leben hatte Prospero einen solchen Hass empfunden, wie er nun beim Anblick des feisten Mönches in seinen Adern siedete.

Zum ersten und zum einzigen Mal hörte der Hilfsauditor seinen Vorgesetzten brüllen. »Schluss jetzt! Wir dienen doch alle unserer Mutter Kirche.« Dann setzte er mit ruhiger Stimme fort: »Bitte nehmen Sie doch wieder Platz, verehrter Fra Bernardino«, und mit Blick auf seinen Schützling fügte er hinzu: »Setz dich und halt den Mund.«

»Was ich noch zu sagen habe, kann ich auch im Stehen tun. Das Heilige Offizium wird der Ritenkongregation vorschlagen, die Beatifikation des kleinen Angelo in die Wege zu leiten. Die überaus kluge Idee dazu kam übrigens von Seiner Heiligkeit persönlich.«

Damit hatte Bernardino seinen Trumpf ausgespielt.

»Und die Wunder?«, wollte der Hilfsauditor nun erneut wissen, auch wenn ihm der Mund verboten worden war.

»Der kleine Angelo hat geweint, als ich an seine Bahre trat. Mit seinen Tränen bat er mich, seinen Tod zu sühnen. Mit eigenen Augen habe ich es gesehen.« Und triumphierend gegen Prospero gewandt: »Oder willst du mich etwa der Lüge bezichtigen?«

»Ganz und gar nicht. Aber man sagt, dass Ermordete in Tränen ausbrechen, wenn der unerkannte Mörder an ihre Bahre tritt. So glaubt das Volk.«

»Willst du damit etwa behaupten, dass ich der Mörder des Knaben bin?«

»Wo denken Sie hin?«, versuchte Caprara zu beschwichtigen.

»Natürlich nicht«, leitete Prospero mit leiser Ironie sein Dementi ein. »Ich habe nur davor gewarnt, dass nach allgemeinem Volksglauben das Wunder falsch ausgelegt werden könnte. Es ist demzufolge uneindeutig.«

Bernardino sah seinen Widersacher an. »Oh, mein Sohn, ich mach mir große Sorgen um dich. Wo du glauben solltest, verlierst du dich in der Eitelkeit deines Verstandes. Der Teufel zerrt an dir. Haben dich die Juden mit der Krankheit der Vernünftelei und Spitzfindigkeit angesteckt? Prüfe deinen Glauben! Die Eitelkeit entfernt dich von Gott! Du musst Gott mehr lieben, als dein Denken. Komm zu mir, ich helfe dir gern auf den rechten Weg zurück. Doch bis dahin werde ich für dich beten, arme verirrte Seele.« Grußlos verließ der Mönch Capraras Arbeitszimmer.

Einige Minuten herrschte Stille zwischen dem Auditor und seinem Schützling. Dann brach der Auditor das quälende Schweigen: »Du hast dir einen Feind fürs Leben geschaffen.«

Er fuhr sich aufgeregt über die harten Bartstoppeln in seinem weichen Gesicht. »Manchmal ist es klüger, zu schweigen. Er weiß jetzt, dass wir gegen die Kanonisation sind und wird versuchen, gegen uns zu arbeiten. Besser wäre es gewesen, ihn über unsere Meinung im Unklaren zu lassen. Mamma mia! Außerdem, der Papst will es!«

Prospero schwieg, weil er wusste, dass Caprara Recht hatte und er Bernardino in die Falle gegangen war. Der Auditor forderte seinen Gehilfen auf, ihn über den Stand der Ermittlungen in Kenntnis zu setzen. Wie vorher schon Valenti beunruhigte auch Caprara der unverhüllte Abwerbungsversuchs Albanis, so, als sei Carasoli bereits ein toter Hund.

»Man liebt den Verrat, aber nicht den Verräter«, sagte er versonnen.

Dann versank der Auditor in ein langes Nachdenken darüber, während Prospero stumm dasaß und Caprara nicht zu unterbrechen wagte. Im Zimmer kehrte eine gespenstische Stille ein. Ab und zu drang Lärm von der Straße in das Arbeitszimmer und einmal das Läuten der Glocken. Auch später hätte Prospero nicht sagen können, wie lange sie so verharrten, aber es kam ihm wie eine Ewigkeit vor, ehe der Auditor das quälende Schweigen brach. »Gut. Ich unterrichte den Kardinal über den Stand der Dinge und auch darüber, dass vermutlich sein aussichtsreichster Kontrahent um die Tiara hinter der Verschwörung steckt. Teufel eins, so viel Durchtriebenheit habe ich dem zarten Albani gar nicht zugetraut. Und du, du versuchst für ein Weilchen, Bernardino aus dem Weg zu gehen und deine Ermittlungen künftig etwas zurückhaltender zu gestalten.«

Erst jetzt erzählte Caprara seinem erstaunten Schützling, dass sich heute Morgen schon der Sekretär Ottobonis bei ihm beschwert hätte, weil Prospero den Kardinal während des Festes mit dreisten Fragen belästigt habe. »Du dürftest gestern Abend fast allen wichtigen Leuten auf die Füße getreten sein. Ein guter Anfang in der Kurie. Ich gratuliere.«

Prospero blickte schuldbewusst nach unten. »Ich weiß, blinder Eifer schadet nur.«

Der Auditor lachte amüsiert, halb im Zorn. »Lass es sein, Prospero, Demut glaubt dir kein Mensch! Andererseits hilft es auch, gelegentlich auf den Busch zu klopfen. Wir haben doch eine ganze Menge Neues erfahren und einige Leute nervös gemacht. Und Leute, die beunruhigt sind, machen Fehler. Du hältst dich aber künftig zurück. Finde einen unauffälligen Weg ins päpstliche Geheimarchiv und versuche, Akten von Ritualmordprozessen aufzustöbern und durchzusehen. Es kann nicht schaden, ein paar Präzedenzfälle zu sichten.«

Prospero atmete erleichtert auf. So hatte er also nicht alles falsch gemacht. »Ich habe einen guten Freund, der im Archiv arbeitet«, strahlte Prospero und dachte an Aquaviva.

»Außerdem«, sagte Caprara mehr in Gedanken zu sich, »wäre es gut, wenn wir mit Schlomo sprechen könnten.«

»Vielleicht lässt sich das arrangieren«, entfuhr es Prospero, dessen Augen unternehmungslustig leuchteten.

»Möge Gott uns helfen«, sagte daraufhin der Auditor inbrünstig wie nie in seinem Leben und seufzte tief, bevor er Prospero segnete.

57.

Bernardino musste sich beeilen, um rechtzeitig zur Mittagsstunde vor seiner Kirche San Angelo in Pescheria einzutreffen, wo bereits eine weit größere Menge als noch am Vortag auf ihn wartete. Befriedigt stellte er fest, dass seine Predigten Erfolg zeigten.

Obwohl der Disput mit dem kleinen Hilfsauditor ärgerlich gewesen war, wusste er endlich, welche Position der junge Mann in der Kurie einnahm, der vorgestern noch gewagt hatte, ihm während der Beichte zu drohen. Er fühlte sich erleichtert, denn er hatte ihn für mächtiger und weit gefährlicher gehalten. Stattdessen hatte er erfahren, dass der nur ein kleiner Kläffer war. Kein Hahn würde nach ihm krähen, wenn ihm etwas zustößt. Ein leichter Gegner, auf dessen unverschämten Bluff Bernardino zunächst hereingefallen war.

In den letzten Stunden hatte man dem Dominikaner am Vorbau der Kirche eine Kanzel errichtet. Der Prediger bestieg sie, und die Menschen verstummten. Wieder gab ihm die Menge Kraft. »Erinnert ihr euch, meine lieben Freunde, dass ich euch erzählt habe, dass der kleine Angelo geweint hatte, bevor wir ihn begruben. Geweint hat der tote Engel! Ich frage euch, meine Brüder und Schwestern: Was seht ihr in den Tränen eines toten Kindes?« Bernardino blickte fragend in die Gesichter der Menschen. Aus ihren Augen, aus ihren Mündern formte sich die Antwort und wurde zum vielstimmigen Ruf: »Ein Wunder! Ein Wunder!«

Mit einer Handbewegung brachte er sie wie ein Dirigent zum Schweigen. »Jawohl, ein Wunder. Und nun hört, seht und staunt.« Bernardino schaute sich um und rief mit sanft befehlender Stimme zur Kirche gewandt: »Mario, komm!«

Ein Junge, um die sieben Jahre alt, verließ auf diesen Befehl hin die Kirche und rannte zur Kanzel. Der Mönch hob ihn zu sich hoch. »Das ist Mario. Gestern noch trugen ihn seine armen Eltern auf ihren Armen oder fuhren ihn in einem Holzwägelchen, weil der arme Mario nicht laufen konnte. Aber Marcia, die gute Mutter des Knaben, betete am Grab des armen Angelo für ihren Sohn und bat ihn unter Tränen, Fürsprache für ihr krankes Kind beim höchsten Herrn der Welt zu halten. Und siehe, der höchste Herr hat sie erhört, er hat auf den kleinen Angelo gehört. Während Marcia noch unter Tränen flehte, stand Mario aus seinem Wägelchen auf und lief zu seiner Mutter, um ihr um den Hals zu fallen und sie zu küssen, das gute Kind. Als habe er nie etwas anderes getan. Gesegnet sei der Herr, gepriesen sei Gott.«

Der Volksprediger schwieg. Die Menschen sahen auf den kleinen Mario und konnten sich des Mitgefühls nicht erwehren. Wieder mündete all ihr Fühlen und Denken in einem einzigen Ruf: »Ein Wunder. Ein Wunder.«

»Auf wen aber hört Gott?«, fragte er die tief gerührten Menschen.

»Auf die Heiligen!«, kam unverzüglich die Antwort.

Mit einem Mal fühlte sich Bernardino entspannt. Er genoss diese große Welle der Zustimmung, die er so erfolgreich hervorgerufen hatte und die nun zu ihm zurückkam. Er hatte die vielen Menschen vor ihm, die förmlich an seinen Lippen hingen, aus ihrem Alltag befreit und zu sich emporgehoben in eine Welt des Heils. Einem jähen Einfall gehorchend, forderte er den Popolo auf einmal auf: »Wir wollen die Gebeine des heiligen Angelo in diese Kirche übertragen und ihn hier in seiner Kirche – in San Angelo! – zur Ehre des Altars erheben! Trägt diese Kirche nicht schon wie durch ein Wunder seinen Namen? Hier in San Angelo wollen wir ihn anbeten! Hier, auf diesem Altar seine Gebeine betten, den Juden als stete Anklage für ihr abscheuliches Verbrechen, uns aber zum süßen, zum barmherzigen Segen.«

Der Gedanke verzückte die Menschen. Einzelne riefen schon: »Auf zum Grab des Heiligen!«

»Lasst uns unseren Heiligen heimholen!«, riefen bald andere entschlossen.

Wieder andere bekräftigten alsdann: »Gehen wir Angelo holen!«

Ungeahnte Seligkeit floss durch seine Adern. Noch nie hatte sich der Dominikaner dem Himmel so nah gefühlt wie in diesem Moment. Und der Popolo fühlte das Gleiche.

»Ja«, sagte er begeistert. »Ja, ihr habt Recht, meine guten Kinder, gehen wir den heiligen Angelo holen!«

Er kletterte geschwind von der Kanzel, hob den kleinen Mario herunter, nahm ihn bei der Hand und schritt auf die Menge zu, die sich sofort teilte und einen Korridor bildete.

»Ja, kommt, kommt alle mit, wir holen jetzt den kleinen Angelo nach Hause, unseren Heiligen. Kommt, ihr guten Leute.«

58.

Während die Menge über den Ponte Sisto in Richtung San Michele a Ripa zog, hatte Prospero den Vatikan erreicht. Er begab sich in das Geheimarchiv, in dem sein Freund Aquaviva arbeitete. Aquaviva beschäftigte sich gerade mit der Registratur der Schriftstücke, die eigentlich ein Hilfsassessor zu erledigen hatte. Die ungeliebte Arbeit wurde allerdings gern auf die unteren Ränge abgewälzt, bis sie schließlich auf der untersten Ebene angelangt war, bei jungen Männern wie Aquaviva, die ohnehin alle Arbeiten ausführten.

»Was verschafft mir das Vergnügen? Oder brauchst du nur Geld?«

»Schlimmer noch«, raunte Prospero verschwörerisch ihm zu. »Zugang zu Akten.«

Aquaviva runzelte die Stirn. »Kostet es nur die Stellung oder gleich das Leben?«

»Wer es auf Erden verliert, wird es im Himmel finden. Ich benötige die Akten vom letzten großen Ritualmordprozess.«

Angestrengt dachte der Freund nach. »Liegen die nicht im Archiv des Heiligen Offiziums?«

Der Hilfsauditor zog nur die Schultern hoch. Woher sollte er das wissen?

»Warte mal«, bat Aquaviva den Freund und entschwand in den schmalen Gang zwischen den Regalen. Prospero setzte sich derweil auf einen Stuhl und blickte auf die Akten, die von irgendwelchen Bauprojekten handelten, wie die Restaurierung der alten Kirche Santi Apostoli oder dem Umbau des Ripettahafens.

Kurze Zeit später kam Aquaviva zurück. Er hatte sich erkundigt, wo er etwas zu Ritualmorden finden würde, da Kardinal Carasoli um Auskunft bäte. Das entsprach zwar nicht der Wahrheit, führte aber zum Ziel. Er erfuhr, dass sich tatsächlich Akten von einem der größten Ritualmordprozesse im Geheimarchiv befänden, und zwar deshalb, weil zuerst der Kardinal Dei Giudici und anschließend eine Kardinalskommission damit beschäftigt worden waren. Er stieß seinen Freund flüchtig mit der Faust gegen den Oberarm, warnte dann aber: »Der alte Fuchs meinte, dass das eine sehr unerquickliche Angelegenheit gewesen sei, der Ritualmordprozess von Trient 1475.«

»Wo sind die Akten?«

»Komm mit!«

Sie tauchten in einen langen Gang zwischen zwei Regalen. Doch dort, wo die Berichte stehen sollten, klaffte eine deutliche Lücke. Der komplette Aktensatz war verschwunden! Aquaviva eilte, von Prospero gefolgt, zum Eingangspult zurück und sprach einen anderen im Archiv diensttuenden jungen Mann an. »Wo sind die Akten vom Trienter Ritualmord?«

Der schaute seinen Kollegen verwundert an. »Wer will das wissen?« Prospero trat neben seinen Freund. »Seine Eminenz Francesco der Heiligen Römischen Kirche Kardinal Carasoli!«

Der Angesprochene kratzte sich am Kopf. »Man kann sie nicht einsehen.« Der Hilfsauditor schaute ihn weiter fordernd an. »Ich weiß nicht, wo sie sind«, gestand der Kanzlist schließlich mit sichtlichem Unbehagen.

»Wer hat sie denn zuletzt benutzt?«, fragte Prospero unbeirrt.

»Der Konsultor des Heiligen Offiziums, Fra Bernardino.«

Am liebsten hätte Prospero einen Luftsprung vollführt, beherrschte sich aber und zwang sich mit äußerster Energie zum Gleichmut, denn nun fühlte er sich bestätigt, auf der richtigen Spur zu sein. An jeder Ecke dieses Falls traf er auf den Dominikaner. Das konnte kein Zufall sein.

Schnell bedankte er sich und verabschiedete sich von seinem Freund. Dann eilte er dem Dominikanerkloster Santa Maria sopra Minerva entgegen. Er musste die Akten einsehen. Und er hatte eine untrügliche Ahnung, wo sie sich befinden würden. Vergessen waren die Warnungen Capraras, unauffällig und vorsichtig zu ermitteln. Er war wie ein guter Jagdhund, den nichts mehr hielt, wenn er einmal Witterung aufgenommen hatte.

59.

Eine beeindruckende Prozession bewegte sich quer durch Rom. An der Spitze marschierte Fra Bernardino mit dem kleinen Mario an der Hand, dahinter die Eltern des wundergeheilten Kindes, gefolgt vom Popolo, Lieder singend, einige unter ihnen bereits in religiöser Ekstase, andere in gespannter Erwartung oder einfach in Freude. Stetig wuchs die Menge unter dem nachmittäglichen Himmel, reihten sich Menschen ein und wurden freundlich von den bereits Marschierenden aufgenommen. Wann kam es schon einmal vor, dass man dabei sein konnte, wenn die Gebeine eines Heiligen übertragen wurden?

Schließlich erreichten sie das große Gebäude des Hospiz San Michele. Dr. Arnaldi war zum Eingangstor geeilt und trat dem Mönch entgegen. »Was wollt ihr hier?«

»Es geht um eine Translation. Wir wollen den Leib des heiligen Angelo in unsere Kirche überführen«, antwortete Bernardino.

»Ich dulde keine Leichenfledderei! Geht wieder nach Hause, liebe Leute.«

»Was du willst, kann den Himmel nicht erschüttern. Aus dem Weg oder du bist des Todes! Kleinmütiger Mensch!«

Der Dominikaner ging einfach weiter. Der Zug quetschte sich ihm folgend durch das Nadelöhr des Haupteingangs auf den Friedhof und riss den Arzt einfach mit sich. Vor dem Hospiz bildeten diejenigen, die nicht auf den Friedhof oder in den Eingang passten, eine große Traube. Und es kamen immer neue Menschen hinzu, die das Gerücht von der Translation hierhergetrieben hatte.

Der Volksprediger blieb vor dem Grab Angelos stehen.

Weihevoll kniete er nieder. Es war ein erhebender Anblick, die vielen Männer, Frauen und Kinder zu sehen, die, wie von einer unsichtbaren Hand dirigiert, es ihm gleichtaten, in die Knie sanken und inbrünstig beteten. Nach einem volltönenden Amen erhob sich der Mönch und zeigte auf vier kräftige Männer. »Du und du und du und du!«

Mit bloßen Händen gruben sie den Kindersarg aus und hoben ihn auf die Grabkante. Bernardino kniete erneut mit verzücktem Gesicht nieder und küsste den Sarg und sprach das Confiteor:

»Quia peccavi nimis
Cogitatione, verbo et opera:
Mea culpa, mea culpa, mea maxima culpa.«

Dann stellte er sich aufrecht hin und rief laut: »Macht Platz für San Angelo, ihr guten Leute, tretet zur Seite für unseren Märtyrer.«

Die Männer hoben den Sarg hoch. Der Mönch segnete sie. Den kleinen Holzkasten auf ihren breiten Schultern tragend, mit einer Verklärung im Gesicht, schritten sie Richtung Ausgang. Dass es den Menschen gelang, auf dem Friedhof, mehr aber noch im engen Hausflur so weit zusammenzurücken, um eine Gasse für den Sarg zu schaffen, das alles grenzte an sich schon an ein Wunder.

Bernardino folgte den sterblichen Überresten des Knaben Angelo, zusammen mit Mario und dessen Eltern. Mit seiner schönen Stimme sang er das Magnificat. Die Menschen folgten ihnen. Lieder singend und betend zogen sie durch Rom, über die Brücken und die Tiberinsel, vorbei am Ghetto und erreichten den Portico de Octavia.

Die Kunde von der Prozession hatte sich geschwind im Ghetto verbreitet und dort Sorgen ausgelöst, denn es konnte durchaus geschehen, dass nach der Andacht der Zorn ausbrechen und der Popolo mit Messern und Knüppeln über die Juden herfallen würde.

Der Hauptmann, der die Ghettowache befehligte, wartete ungeduldig auf das Eintreffen der eilig angeforderten Verstärkung.

Im Eingang eines schäbigen Hauses, unter einem baufällig wirkenden Alkoven aber, den nur das Wohlwollen Adonais noch hielt, stand Chiskijah mit zwei Gefährten und beobachtete finster das Treiben der Christen. Unter ihren langen Kaftanen trugen die jungen Männer Rapiere. Sollte der Christensturm losbrechen, so würden sie sich nicht wehrlos abschlachten lassen und so viele sie konnten mit sich in den Tod reißen.

Doch vorerst waren die Christen mit Andacht und Verklärung beschäftigt. Die Träger brachten den Sarg in die Kirche und Bernardino mit so vielen Gläubigen, wie sein Gotteshaus irgend zu fassen vermochte, folgte ihnen – auf den Knien rutschend, die Hände zum Gebet gefaltet, das Credo singend »*Credo in unum Deo …*«

Drinnen wurde nun der bereits in Verwesung übergegangene Körper des Jungen im offenen Sarg auf dem Altar aufgebahrt. Bernardino stellte sich links neben den Sarg und segnete die Menschen, die an Angelos Körper vorbeizogen und seine Hand oder seinen Fuß küssten und mancher versuchte, ein Stück der Kleidung des Jungen abzureißen, abzuschneiden oder mit den Zähnen abzubeißen, um den Stofffetzen als Reliquie mit sich zu nehmen.

So ging Angelos Kleidung in Fetzen und bald schon lag

der Leichnam nackt auf dem Altar. Von der Leiche des Knaben ging für Fra Bernardino ein überirdisches Leuchten aus, ein Vorschein des Himmels.

60.

Aufs Äußerste beunruhigt über die Vorgänge in Pescheria betrat Kardinal Casaroli das Arbeitszimmer des Papstes im Quirinalpalast. Dort traf er neben dem Papst auf Albani und Sperelli. Casaroli verneigte sich und küsste dem Pontifex den Fischerring. Dann grüßte er flüchtig, doch nicht unfreundlich die anderen beiden Kirchenfürsten. »Heiliger Vater, diesem wild gewordenen Dominikaner Fra Bernardino muss unverzüglich Einhalt geboten werden! Er gefährdet die öffentliche Sicherheit. Ich schlage vor, seinen Ordensgeneral einzuberufen und zu verfügen, dass Bernardino für eine gewisse Zeit in ein Kloster weit weg von Rom geschickt wird.«

»Mein Konsultor ist ein gottesfürchtiger, ja, ein heiligmäßiger Mann«, hielt Sperelli dagegen. Mit dessen Widerstand hatte der Kardinalvikar gerechnet. Trotzdem ärgerte er sich über die dummen Einwände des Großinquisitors. »Über die Gottesfürchtigkeit des Mönches haben wir gar nicht gesprochen, sondern nur darüber, dass er zu einer Gefahr für die öffentliche Sicherheit wird. Lassen Sie uns doch bitte beim Thema bleiben!«

Sperelli lief rot an. »Wenn das Heilige Offizium nach Ansicht des Kardinalvikars von Rom eine Gefahr für die öffentliche Sicherheit darstellt, dann stellt die Heilige Inquisition fest, dass der Kardinalvikar von Rom die geistliche Sicherheit der Stadt gefährdet.« In Carasolis Augen blitzte ein gefährlicher Spott auf. »Und nun, Sperelli? Wollt Ihr mich jetzt auf den Scheiterhaufen zerren?«

Der Großinquisitor wusste nicht recht zu antworten. Mit schwacher Greisenstimme durchbrach Innozenz XII. das Schweigen: »Meine Brüder, in diesem Raum befinden sich nur ehrwürdige Diener des Herrn. Gehen wir in Demut miteinander um.«

Vom Tode berührt klingt seine Stimme, dachte Carasoli, allerdings mochte das unter Umständen nicht allzu viel besagen, denn in den letzten beiden Jahren hatten sie den Papst bereits zweimal schon auf dem Wege in den Himmel gesehen. Einmal war sogar der Beichtvater bei ihm gewesen, um ihm die Letzte Ölung zu spenden.

»Mein geschätzter Bruder, der Kardinalvikar, hat Recht, Rom gleicht einem Pulverfass. Andererseits würde die Entfernung des eifrigen Mönchs nur die Erbitterung der Menschen fördern. Sie würden argwöhnen, dass er einer Intrige zum Opfer fiel«, schien Albani liebenswürdig im Streit der beiden Kardinäle schlichten zu wollen. Hintersinnig wie immer, dachte Carasoli. Gegen dieses Argument ließ sich schwer etwas einwenden.

»Allerdings«, wandte er sich nun scheinbar gegen Sperelli, »sollten Sie Ihren Konsultor zur Mäßigung aufrufen. Es könnte nicht schaden, wenn er sich die nächste Zeit etwas zurückhalten würde.«

Carasoli durfte dem wirklichen Rivalen keinesfalls die Bühne überlassen, deshalb fiel er ihm mit großer Geste lobend ins Wort. »Weise gesprochen. Auf jeden Fall sollten wir dafür sorgen, dass der arme Junge wieder in sein Grab kommt.«

»Nein!«, schrie Sperelli. »Nein, der Junge ist heilig.«

Carasoli dankte dem Himmel für die Einfalt des Inquisitors. Er wandte sich an den Papst und wusste sich auf sicherem Terrain, denn nun hatte er einen Trumpf in der Hinterhand. »Heiliger Vater, wenn wir den Jungen als heilig ansehen, setzen wir das Martyrium des Ritualmordes voraus. Denn wie hätte sich der gewöhnliche Knabe sonst die Heiligkeit verdient, wenn nicht durch das Martyrium? Damit aber haben wir den Rabbiner bereits verurteilt, bevor wir den Prozess eröffnen und verwandeln das Verfahren in eine Farce. Es würde der Heiligen Inquisition unendlich schaden, wenn dadurch ihre Richter zu Hampelmännern erniedrigt werden würden.« Albani lächelte, doch sein Auge zuckte leicht. Bevor er noch etwas sagen konnte, entgegnete Sperelli: »Wenn wir die Angelegenheit hätten allein regeln dürfen, würde das Problem nicht bestehen, dann wäre der Rabbiner schon verurteilt.«

»Hat Schlomo gestanden? Welche Beweise haben Sie für seine Schuld?«, fragte Carasoli unbeeindruckt. Jetzt hatte er den Großinquisitor genau dort, wo er ihn haben wollte, jetzt musste er mit dem heraus, was er gegen den Rabbiner in der Hand hatte, und der Kardinalvikar war ausgesprochen neugierig, zu erfahren, womit Sperelli übermorgen vor Gericht aufzuwarten gedachte. Der antwortete aber nur hilflos: »Ich brauche keine Beweise! Ich habe Augen im Kopf und eine lange Erfahrung.« Carasoli schielte kurz und triumphierend zu Albani hinüber, dessen Lächeln indes vereiste.

»Dann wird der verehrte Bruder Sperelli die gesamte christliche Welt, die Anstoß an der Verbrennung des Rabbiners nehmen könnte, durch seine Augen blicken und an seiner Erfahrung teilhaben lassen. Ich erinnere Eure Heiligkeit nur an den enormen Schaden, den die Verbrennung des Ketzers Bruno und die Verurteilung des Wirrkopfes Galilei angerichtet haben. Daran tragen wir noch heute und wer weiß, wie lange noch.«

Innozenz XII. räusperte sich vor Unbehagen. »Ignorieren wir das Theater um den Jungen und führen wir mit der Hilfe des verehrten Kardinalvikars erstmal den Prozess durch«, schlug Albani mit sanfter Stimme, die dennoch eine gewisse Anspannung verriet, vor.

Carasoli fühlte, dass nun der richtige Zeitpunkt gekommen war, seinen Trumpf auszuspielen. »Nur leider können wir das Theater um den Jungen nicht ignorieren, weil wir ihn dann niemals heiligsprechen dürfen.«

»Wieso?«, rief Sperelli aus, und Albani schloss nur schicksalsergeben die Augen. »Weil Urban VIII. verfügte hat, dass niemand heiliggesprochen werden dürfte, den das Volk bereits vor der Seligsprechung als Heiligen verehrte.«

Vor einem Dreivierteljahrhundert schuf der Baberini-Papst diese Festlegung, weil er verhindern wollte, dass das Volk durch wilde Heiligenverehrungen Fakten schuf und den Papst damit zwang, denjenigen zur Ehre der Altäre zu erheben, den es sich ausgesucht hatte.

Der Großinquisitor sah den Kardinalvikar bestürzt an. Innozenz XII., der bis jetzt geschwiegen hatte, entschied mit leiser, todmüder Stimme: »Albani und Carasoli haben Recht, wir ignorieren das Theater zunächst, weil wir einen Aufstand provozieren würden, wenn wir dem Volk jetzt den Leib des Jungen nähmen. Doch heiliggesprochen wird er nie und nimmer!«

Während Sperelli betroffen vor sich hinstarrte, schmunzelte Carasoli, und Albani blickte nur unverwandt auf die

Szenerie. Bis jetzt hatte der Kardinalvikar es vermieden, Albani direkt anzuschauen, doch nun trafen ihre Blicke kalt aufeinander und maßen sich gegenseitig kurz. Carasoli spürte, dass der Machtkampf eröffnet war und wohl im Prozess entschieden werden würde.

61.

Prospero Lambertini sah keine andere Möglichkeit, die Akten über die Ritualmorde einzusehen, als in die Mönchszelle Fra Bernardinos im Kloster Santa Maria sopra Minerva einzudringen – mochte es auch noch so gefährlich sein. Zu dieser Zeit wähnte er ihn in der Kirche San Angelo. Deshalb hatte er sich von einem Bekannten den Ordenshabit der Dominikaner ausgeliehen und betrat mit der Kapuze auf dem Kopf, um sich nicht durch die fehlende Tonsur zu verraten, das neben der gleichnamigen Kirche gelegene Kloster des Ordens der Predigerbrüder. Die Hände und Unterarme staken in den Ärmeln der Kutte. Im Gegensatz zur brütenden Hitze auf den Straßen und Plätzen der Ewigen Stadt, herrschte hinter den dicken Klostermauern eine angenehme Temperatur. Prospero setzte ein freundliches Gesicht auf und schritt bedächtig aus. Im Kreuzgang sprach er einen Mönch an. »Gott zum Gruß, Bruder, wo finde ich Fra Bernardino?«

»In der Kirche San Angelo in Pescheria oder im Heiligen Offizium.«

»Man sagte mir aber dort, er sei hier.«

Der Mönch stutzte. »Davon weiß ich nichts. Aber versuch es doch in seiner Zelle. Sie befindet sich am Ende des Kreuzganges. Die letzte Zelle auf der Stirnseite.«

»Gott sei mit dir!«, bedankte sich Prospero und setzte seinen Weg fort.

Am Ende des Kreuzganges wandte er sich wie beschrieben nach links und stand auch schon vor der kleinen Eichentür. Der Gang war leer. Er schob den Riegel zurück und huschte schnell in den kargen Raum, der nur Bett, Stuhl, Tisch und einen kleinen Schrank enthielt. Unter einem einfachen Kruzifix an der Wand hing ein kleines, mehr schlecht als recht gemaltes Bildnis der Jungfrau Maria, das er anscheinend sehr liebte, denn es hing in einem teuren Goldrahmen. Unter dem Bild stand in einer Vase ein Strauß Feldblumen, den Bernardino vermutlich regelmäßig erneuerte. Prospero nahm das Bild von der Wand, um es besser betrachten zu können. Die Madonna wirkte eher wie ein junges, unbedarftes Mädchen, wie die Tochter eines kleinen Handwerkers. Auf der Suche nach einem weiteren Hinweis, nahm er das Bild aus dem Rahmen und drehte es um. Auf der Rückseite entdeckte er ein kleines Gedicht:

Darf ich dich Mutter nennen,
In kalter Einsamkeit,
Meine Liebe bekennen.
Es wäre doch Zeit,
Dass du mich befreist
Von meiner Schande Leid
Um die mein Leben kreist.

Prospero notierte das Gedicht. Er wollte später in Ruhe über diese ungelenken Verse nachdenken. Vielleicht führte das Gedicht zur Seele des Dominikaners. Schließlich hängte Prospero das Bild wieder an seinen Platz.

Auf dem Tisch lag ein Stapel Akten, daneben drei blaue Kugeln eines Rosenkranzes. Sie unterschieden sich in der Tönung voneinander. Aber auch im Material. Eine bestand aus Malachit, die beiden anderen aus blauem Glas. Der Hilfsauditor nahm die Perle aus seiner Tasche, die er in der Synagoge gefunden hatte. Auch wenn die Farbe der vor ihm liegenden Kugeln aus unterschiedlichem Blau bestand, glich doch keine der Perlen, die er in der Synagoge gefunden hatte. Prospero verwahrte sie wieder, setzte sich auf den Schemel und begann, den Bericht des Kardinallegaten Baptista Dei Giudici an den Papst zu lesen. Der Gesandte des Papstes sprach von der unfreundlichen Aufnahme durch den Fürstbischof Johannes IV. Hinderbach in Trient, von dessen hartnäckigen Versuchen, den Kardinal zu vergraulen. Durch die Zeilen drang der Vorwurf, dass der Fürstbischof dem Legaten nach dem Leben trachtete, weil der die Wahrheit zu ermitteln wünschte. Dei Giudici, den niemand eine Unterkunft in Trient zu gewähren gewillt schien, musste schließlich mit einer Kammer vorliebnehmen, in die es hineinregnete. Ständig wurde er in seinen Ermittlungen behindert und den Einwohnern von Trient hatte man verboten, mit ihm zu reden. Zu den jüdischen Frauen, die unter Hausarrest standen, ließ man ihn nicht. Mit ihnen konnte er nur mittels bestochener Subjekte kommunizieren. Die Männer der jüdischen Gemeinde waren zu diesem Zeitpunkt schon tot, erhängt oder verbrannt oder aufs Rad geflochten worden. Prospero verschlug es fast den Atem bei der Lektüre.

Er erfuhr aus den Akten, dass Ostern 1475 der berühmte Franziskaner Bernardino da Feltre nach Trient gezogen war, um im Dom gegen die Juden zu predigen. Er hatte den Menschen in Trient prophezeit, dass der Herr sie bestrafen würde, weil sie sich mit den Juden verbrüdern würden. Dem Hilfsauditor fiel eine Notiz in die Hände, die er nicht zuordnen konnte, die aber vermutlich von der Hand Fra Bernardinos stammte, zumindest glich die Handschrift der, mit der das Gedicht geschrieben worden war. Auf dem Blatt stand: *»Viele Male hatte der selige Bernardino gegen die Juden und gegen die Christen, die mit ihnen umgingen, gepredigt; nun erhob sich plötzlich eine Stimme in den Stadtvierteln vonseiten der Kinder, dass Simonetto – dies war der Name des verlorenen Sohnes – von den Juden ermordet wurde; und obwohl das Volk widersprach, so riefen die Kinder immer weiter, dass die Juden ihn ermordet hätten, und aus dem Mund der Kinder kam die Wahrheit.«*

In Giudicis Darstellung und in einer Prozesschronik unbestimmter Herkunft fand er schließlich den Hergang. Der kleine Simon, Sohn armer christlicher Eltern, war tatsächlich verschwunden. Zanesus, der Mann der Hebamme und den Juden übel gesonnen, brachte das Gerücht auf, dass die Juden den Knaben ermordet hätten. Die Hausdurchsuchungen bei den Juden brachten indes keinen Beleg für diese Behauptung.

Ostersonntag, den 26. März 1475 versammelten sich die Männer der jüdischen Gemeinde zum Gebet in der Synagoge. Die Frauen bereiteten das Essen vor. Da entdeckte Seligman im Keller des Hauses, in dem sich das rituelle Frauenbad, die Mikwe, befand, das durch einen Kanal mit dem Rinnstein verbunden war, die Leiche des Knaben. Tief erschrocken und in Panik berichtete er seiner Frau mit Namen Brünnlein von dem grausigen Fund. Sie eilten sofort zur Synagoge und informierten die anderen. Die Juden berieten sich untereinander. Es gab nur eine Erklärung, dass Christen das Kind getötet und in den Rinnstein geworfen hatten, damit die Leiche ins Haus der Juden gespült werden würde. Die jüdischen Hausväter Samuel und Engel, so wie der Arzt Tobias meldeten dem Podesta den Fund. Tobias als Arzt führte als Todesursache Ertrinken an.

Aber nicht nur, dass Zanesus die Trienter Christen gegen die Juden der Stadt aufzuwiegeln suchte, erschien auch Bernardino da Feltre bei Fürstbischof Hinderbach und forderte ihn auf, die Juden wegen des Ritualmordes zu bestrafen. Als Hinderbach dem Ansinnen des Predigers mit Reserve begegnete, drohte der Prediger dem Fürstbischof: *»Monsignore, das Volk pflegt etwas zu sagen, was wohl wahr sein könnte: Die Armen werden nicht erhört; das Brot, das man dem Hund ins Maul steckt, lässt ihn verstummen.«*

Jede Schonung, die der Fürstbischof den Juden möglicherweise anzugedeihen gedachte, würde ihm als Bestechlichkeit ausgelegt werden. Auf den Straßen und Plätzen würde man verbreiten, dass der Fürstbischof von den Juden gekauft worden sei.

Prospero stutzte und blätterte in den Akten: genau den gleichen Vorwurf erhob Hinderbach später gegen den päpstlichen Legaten, der wenigstens die Frauen retten wollte, nachdem er den Männern schon nicht mehr zu helfen vermochte. Der ehrbare Kardinal Dei Giudici wurde durch Hinderbachs Intrigen als ein von den Juden gekaufter Verräter hingestellt.

Die Drohung des Predigers hatte also ihre Wirkung auf den Fürstbischof nicht verfehlt. Hinderbach ließ die Männer der jüdischen Gemeinde festnehmen und foltern. Sieht man den Eifer, den der Fürstbischof gegen die armen Juden an den Tag legte, wunderte man sich, dass es überhaupt der Drohung Bernardinos bedurfte. An der Konfiskation des Vermögens der Juden verdiente der Fürstbischof noch.

Als Prospero die Protokolle der Qual zu Ende gelesen und detailliert mitverfolgt hatte, wie ein Jude nach dem anderen in der Folter gebrochen wurde und gestand, was man von ihm zu hören wünschte, die einen, weil es ihnen an Stärke mangelte, die anderen, weil sie hofften, dass sie dadurch vor allem die Frauen und Kinder schützen würden, wenn sie die Schuld auf sich nahmen, wurde ihm schlecht. Gefoltert wurde nicht, um die Wahrheit zu erfahren, denn es stand für den Fürstbischof und seine Kreaturen von vornherein fest, dass die Juden schuldig waren. Gefoltert wurde, um die Geständnisse der Schuld zu fabrizieren.

Man richtete alle Männer der jüdischen Gemeinde für ein Verbrechen hin, das sie nicht begangen hatten. Für Prospero trat deutlich Zanesus, der Schweizer, als Hauptverdächtiger aus den Akten, doch der wurde von Hinderbach beschützt. Und Hinderbach war Humanist. Ein antisemitischer Humanist.

Aber waren seine Freunde und Helfershelfer in Rom besser? Dass Giudici sich in Rom nicht durchzusetzen vermochte, hatte er den Humanisten in der Ewigen Stadt und ihrem Führer Platina zu verdanken, die all ihren Einfluss auf den Humanisten-Papst nutzten, um Hinderbach zu schützen. Prospero musste bitter lachen. Da preist alle Welt die Humanisten und verdächtigt die Kirche aller möglichen Verbrechen. Wie stand das doch im eklatanten Widerspruch zu den Fakten!

Als Prospero jedoch auf die Berichte über die Folterungen der Frauen stieß, darauf, dass man sie von ihren Kindern trennte, sie zwangstaufte und sie bis zu ihrem Lebensende in Arrest hielt, musste er, grün im Gesicht geworden, aus der Zelle hinaus, an die frische Luft, um sich nicht zu übergeben.

Hinderbach hatte den kleinen Simon zum Märtyrer und zum Heiligen gemacht und im Dom aufgebahrt. Vor dem verwesenden Kind mussten die Frauen, die alles verloren hatten – ihre Männer, ihre Kinder, ihre Identität –, hintreten, die Wunden des Knaben betrachten und ihn um Verzeihung bitten ...Was für ein Abgrund, was für eine Gottlosigkeit, dachte Prospero, während er zum Ausgang torkelte.

Bernardino kehrte hochzufrieden mit der gelungenen Translation des Heiligen ins Kloster zurück. Er hatte gerade den Kreuzgang hinter sich gelassen und sich nach links gewandt, da entdeckte er, dass ein Mönch aus seiner Zellentür taumelte. Wer mochte das sein, der da heimlich in seiner Abwesenheit in seiner Behausung herumgestöbert hatte? Instinktiv trat er in den Halbschatten einer Säule zurück und erkannte nun den blassen und offensichtlich zutiefst erschüttert an ihm vorbeilaufenden Mann im Habit. Es war Capraras renitenter Hilfsauditor. Zorn stieg in Bernardino auf über die Dreistigkeit dieses Prospero Lambertinis. Schon wollte er ihm folgen und ihn zur Rede stellen, da beschloss er einer Eingebung folgend, zunächst seine Zelle aufzusuchen. Die Tür stand offen, und die Akten auf dem Schreibtisch lagen durcheinander. Kein Zweifel, der kleine Hilfsauditor hatte es gewagt, in seine Zelle zu schleichen und sie zu durchsuchen. Er war zu weit gegangen, entschieden zu weit. Aus einem Feind war ein Todfeind geworden. Denn er hatte seinen intimsten Ort, in den er niemanden hineinließ, entweiht. Doch nicht genug damit. Bernardino durchfuhr es eisig, als er entdeckte, dass seine innig geliebte Madonna schief hing. Er hatte *ihr* Bild abgehängt. Schuldbewusst wie ein Kind trat er zu dem kitschigen Bild und rückte es wieder liebevoll gerade: »Verzeih, Mutter.«

62.

Ein wenig erholt, doch immer noch blass um die Nase traf Prospero im Ghetto ein, nachdem er zuvor die Sext in Santa Maria in Campitelli gebetet und einige Minuten nachdenklich vor dem Bocca de Verita, dem Mund der Wahrheit, verharrt hatte, um sich zu beruhigen und zu sammeln. Nachdem es ihm gelungen war, mit der Professionalität eines Untersuchungsrichters die Lektüre der Akten in Fra Bernardinos Zelle zu resümieren, lag Bernardinos Plan wie ein aufgeschlagenes Buch vor ihm.

Die Perlen in dessen Zelle bestärkten den Hilfsauditor zudem noch in dem Verdacht, dass der Mönch den Jungen eigenhändig den Juden untergeschoben hatte. Wozu benötigte er die unterschiedlich blauen Perlen, wenn er nicht nach Ersatz für die in der Synagoge verlorene Perle suchte? Nur leider stellten das zwar Indizien, aber noch keine Beweise dar, die er aber benötigte, wenn er einen so mächtigen Mann wie Fra Bernardino verdächtigen würde. Er musste einen Weg finden, endlich mit Schlomo zu reden, um aus seinem Munde zu erfahren, wie er das Opfer vorgefunden hatte und vor allem, ob ihm andere Merkwürdigkeiten aufgefallen waren. Vielleicht hatte Schlomo etwas Wichtiges bemerkt oder gefunden, das ihm weiterhelfen würde. Niemand kannte sich in der Synagoge so gut aus wie der alte Diener, ihm wäre auch nicht die geringste Unregelmäßigkeit entgangen.

Zwar kannte Prospero das Motiv des Dominikaners nicht, den Juden einen Ritualmord anzuhängen, doch dass er hinter diesen schrecklichen Ereignissen steckte, stand für Prospero außer Frage.

So mit sich ins Reine gekommen, schlug er den Weg zum Ghetto ein. Der kurze Weg dehnte sich, denn es konnte ihm nicht schnell genug gehen, Deborah wiederzusehen. Dann stand er endlich vor ihrer Tür und schlug mit der ganzen Kraft seiner rechten Faust gegen das grauschwarze Holz. Er hoffte, das wild klopfende Herz zu übertönen, das so verräterisch laut schlug.

Er brauchte nicht zu warten. Sie öffnete die Tür, kaum dass er die Tür berührt hatte. Ob sie seiner geharrt, heimlich die Minuten und Stunden gezählt hatte? Ihre Begrüßung fiel herzlicher aus, als er es zu hoffen wagte: »Prospero, endlich!«

Wie selbstverständlich ging er hinein, obwohl er zum ersten Mal das Haus des Rabbiners betrat. Sie schloss rasch die Tür hinter ihm und lehnte sich mit dem Rücken an das warme Holz. Er wandte sich um und wollte die schöne Jüdin um Hilfe bitten, aber das Bild, das sich ihm bot, ließ ihn verstummen. Von einem Oberlicht fiel verspielt ein Lichtstrahl auf ihre schöne Stirn, ihren Nasenrücken, ihre Brüste, von einem blauen Kleid umhüllt, das bis hinab zu ihren Füßen reichte. Ja, sie stand barfuß vor ihm. Nicht wie die kluge Tochter des Rabbiners, sondern wie ein Mädchen, das über die taufeuchten Tiberwiesen geeilt war, zum Fluss, um ihren Geliebten zu treffen.

Und da spürte er es wieder und stärker denn je, dieses

kleine, aber heftige Ziehen im Herzen, diesen Schmerz, den man nicht missen will, die Qual und das Glück ihres Anblicks. Ja, ihre Schönheit tat ihm weh, und nur ein einziger Schmerz mochte größer sein auf dieser Welt, die Qual, sie nicht zu sehen. Alles in ihm schrie danach, sie zu umarmen. In ihren Augen entdeckte er die Sehnsucht, die sein Verlangen zu spiegeln schien. Er tat einen Schritt auf sie zu, öffnete die Arme und meinte schon ihr pulsierendes Leben zu spüren, den Geruch ihrer Schläfen einzusaugen, die berückend schlichte Wahrheit des ganzen Erdenlebens, doch statt sie in die Arme zu nehmen, ergriff er ihre Hände und sagte mit belegter Stimme, indem er auf ihre Fußspitzen starrte. »Ihr habt doch tausend Verbindungen?«

»Prospero, sag gleich, was du willst!«

»Mit Schlomo sprechen!«

Sie stutzte ungläubig. »Du willst in den Kerker der Inquisition?«

»Ja«, antwortete er übermütig, »hinein und nachdem ich mit Schlomo gesprochen hab, wieder hinaus – und das alles heimlich!« Sie schüttelte nur missbilligend den Kopf. Kein Zweifel, sie hielt seine Idee für verrückt.

»Ich muss mit ihm reden!«, bekräftigte Prospero nun mit ernster Miene seinen Wunsch. Sie machte sich von ihm los und ging nachdenklich den Gang entlang in die große Stube. Prospero folgte ihr. »Dein Vater ist in eine große Verschwörung geraten, die ich noch nicht ganz durchschaue, aber sie nimmt immer deutlichere Konturen an.«

Deborah setzte sich nachdenklich an den großen Tisch. Er ließ sich auf dem Stuhl ihr gegenüber nieder. Sie wiegte den Kopf, unschlüssig, ob sich das Gedachte verwirklichen ließe, dann stand sie entschlossen auf. »Komm mit.

Ich erzähle dir unterwegs, was ich vorhabe. Es ist riskant, aber es könnte, wenn Gott will, gelingen!«

Er hatte Mühe, ihr zu folgen. In der Tür trafen sie auf Chiskijah, der in Begleitung seiner beiden Gefährten gekommen war. Ihr Bruder schaute missbilligend auf Prospero. »Was will der hier?«

»Unserem Vater helfen!«

Höhnisch lachte Chiskijah auf. »Dann soll er vorher zu seinem neuen Heiligen beten!«

»Neuer Heiliger?« Prospero ahnte nichts Gutes.

»Sie haben den toten Christenjungen zum Märtyrer erklärt und die Leiche in der Kirche aufgebahrt.« Mit dem Zeigefinger deutete er in die Richtung, in der San Angelo in Pescheria stand. »Was seid ihr nur für Barbaren? Was habt ihr nur für einen leichenfleddernden Gott?«

Der Hilfsauditor erbleichte. »Beeilen wir uns, wir haben keine Zeit zu verlieren. Vielleicht ist es schon zu spät.« Er nahm ihre Hand und zog sie mit sich. Auf der Straße blieb er plötzlich stehen und blickte sie verwundert an. »Wohin gehen wir eigentlich?«

Jetzt war sie es, die seine Hand nahm und ihn führte.

63.

Sie stiegen die enge Treppe bis fast unter das Dach des großen Hauses gegenüber der Synagoge hinauf. Am Ende der Treppe betraten sie ein kleines Podest und klopften an ein Türchen. Einmal, zweimal, dreimal. Nach geraumer Zeit regte sich endlich etwas in der Wohnung. Deborah und Prospero schauten einander kurz an, dann blickten sie wieder zur Tür, die von einem Mann mit pechschwarzen Haaren und düsteren buschigen Augenbrauen geöffnet wurde. Er wirkte noch etwas entrückt. Aus der Wohnung drang der schwere Geruch des Stechapfels. Ahab hatte erhitzten Stechapfelsamen geschnüffelt und vermochte nur mühsam, in die reale Welt zurückzukehren. Man musste sich mit dieser Droge schon sehr gut auskennen, wenn man nicht der Schizophrenie verfallen wollte. Ihre Anhänger meinten, dass der Stechapfel eigentlich den Baum der Erkenntnis darstellte, so hatte ihn dieser verrückte Niederländer, Hieronymus Bosch, zumindest gemalt. Langsam kehrte das Leben in Ahabs glasige Augen zurück.

»Wir müssen dich sprechen!«, sagte Deborah im Befehlston.

Ahab machte einen Kratzfuß, dann murmelte er freundlich: »Aber gewiss doch, Verehrteste. Treten Sie ein. Wir wissen doch alle, was wir unserem hochverehrten Rabbi schuldig sind.«

Ahab ging voraus. Der Hilfsauditor und die Jüdin folgten ihm. Prospero nahm den Kopf zwischen die Schultern, als er durch die niedrige Tür schritt. Das Gefühl, den Kopf eingezogen zu halten, verließ ihn auch in dem an Höhe und Breite winzigen Gang nicht. Vermutlich konnte sich der lange Ahab, der ihn um einen halben Kopf überragte, in seiner ganzen Wohnung nicht aufrichten. Daher rührte also seine stets geduckte Haltung, mutmaßte Prospero.

Sie traten in ein schmuddeliges Zimmer. Neben dem Bett stand eine Art Glaskolben auf einem kleinen Becken mit glühender Holzkohle, aus dem ein feines Gas entwich. »Nehmen Sie doch Platz. Tee gefällig?«

Einstimmig lehnten die beiden ab. Prospero empfand einen heftigen Widerwillen dagegen, sich auf dem bezogenen Stuhl niederzulassen. Doch sie saß schon und legte ein paar Münzen auf den Tisch. »Du musst eine Nachricht zum alten Schlomo schicken!«

»Ins Inquisitionsgefängnis? Bin ich ein Dibbuk?«

»Nein, aber ein Mann mit Verbindungen! Mein Vater wäre untröstlich und enttäuscht, wenn du seiner Tochter die kleine Bitte abschlagen würdest!«

»Bewahre, bewahre, davon kann keine Rede sein, Verehrteste.« Ahab hob abwehrend die Hände. Sein Blick streifte auffordernd die Münzen auf dem Tisch. Deborah legte noch ein paar Geldstücke hinzu. Ahab streichelte nachdenklich sein Kinn. »Ich will das Geld ja nicht für mich, aber ich muss Leute bestechen und diese Christen werden von Tag zu Tag teurer.« Dann fiel sein Blick auf den Hilfsauditor, und er lächelte schmierig. »Verzeiht, Dottore, verzeiht. Aber man hat manchmal den Eindruck, als ließen sich Ihre Glaubensbrüder für die kleinste Gefälligkeit jeden Buchstaben des Neuen Testaments vergolden.«

»Also, du machst es?«, unterbrach Deborah ihn ungeduldig.

»Wie könnte ich ablehnen?«

Prospero spürte eine leichte Übelkeit aufsteigen, begleitet von bohrenden Kopfschmerzen. Ihm verursachte der Geruch des Stechapfels Übelkeit. Er musste sich sehr konzentrieren, um Deborah folgen zu können.

»Schlomo soll sich in Krämpfen winden, am besten einen Veitstanz aufführen und in den Pausen des Anfalls nach seinem Arzt verlangen. Er muss jammern und sagen, dass nur Benjamin ihm helfen könnte, sonst sei er des Todes. Verstanden?«

»Aber ja, Verehrteste. Ich riskiere zwar mein Leben dafür, aber für den Rabbiner will ich es machen.«

Ahab verließ mit den beiden die Wohnung. Nach einer Ewigkeit, wie es Prospero schien, endlich wieder im Hausflur zurück, atmete er tief durch. Den Kopf allmählich wieder frei, schärfte er dem Juden ein, dass Schlomo erst am späten Abend, wenn nur noch die Nachtwache im Palast sein würde, den Anfall vortäuschen soll.

Zwei Treppen tiefer vor Benjamins Wohnung trennten sie sich. Ahab ging seiner Wege, während Deborah und Prospero auf dem Absatz stehen blieben.

Diesmal klopfte der Hilfsauditor an. Benjamin öffnete selbst. Sie gingen gleich in sein Zimmer. Auf dem Tisch lag ein menschliches Auge. Prospero schaute fasziniert darauf. Der Arzt war dem Blick des Hilfsauditors gefolgt. »Man muss es in Eiweiß kochen, dann wird es so hart, dass man es sezieren kann.«

Er setzte sich auf den Stuhl, sie auf das Bett und Benjamin auf seinen Schemel.

»Ich kann dich diesmal nicht zwingen, aber wir brauchen dringend deine Hilfe«, begann Prospero Lambertini.

»Wenn du so anfängst, dann frohlockt bereits der Scheiterhaufen.«

»Ja, aber wir laufen nicht Gefahr, von den Römern zerfleischt oder gesteinigt zu werden.«

»Welch Trost. Da bin ich wirklich erleichtert.«

»Wenn alles gut geht, ruft man dich heute Nacht in den Inquisitionspalast zum alten Schlomo. Er täuscht einen epileptischen Anfall vor und wird behaupten, dass nur du ihm helfen kannst. Wirst du gerufen, nimmst du mich als deinen unverzichtbaren Gehilfen mit.«

»Sie werden den Alten doch verrecken lassen«, entgegnete der Arzt skeptisch.

Prospero schüttelte nur den Kopf. »Nein, sie werden ihn hüten wie ihren Augapfel, denn sie brauchen ihn noch für den Prozess.«

Benjamin blickte unschlüssig auf das Auge vor ihm, das er zur Hälfte seziert hatte, und meinte dann nur widerwillig: »Warum mache ich das nur? Gelobt sei der Herr, ihr könnt auf mich zählen.«

Deborah erhob sich. »Wir sind in einer Stunde zurück, wir wollen diesem Helden nur die entsprechende Kleidung besorgen!«

»Ja«, lachte der Arzt kurz auf. »In diesem Aufzug wird dich auch der dümmste Büttel nicht für meinen Gehilfen halten.«

»Meinst du nicht, du könntest dem Kerkermeister einreden, dass der Abbé ein verkleideter Jude ist?«, spottete die Tochter des Rabbiners zurück.

Er schüttelte den Kopf. »Bewahre! Würde ich denn Gott herausfordern?«

Es war das erste Mal, dass Prospero ihn lachen hörte. Es war ein trockenes Lachen wie knackende Hölzchen. Gleich darauf vertrieb die Schwermut wieder den kurzen Anflug von Heiterkeit im Gesicht des jüdischen Gelehrten. »Warum habt ihr das dem kleinen Jungen angetan?«

Und Prospero vermochte nicht zu entscheiden, ob der Arzt den Mord oder die Aufbahrung in der Kirche meinte.

»Wir werden den Mörder kriegen!«, entgegnete er ruhig und fügte dann nachdenklich hinzu: »Und Bernardino wird für seine Leichenfledderei bezahlen müssen!«

64.

Auf der Piazza delle Azimele, in der Nähe des gleichnamigen Bogens, befand sich in dem düsteren Alkovenhaus aus dem Mittelalter das Geschäft des Kleiderhändlers Raphael delle Rose. Man erkannte es schon von Weitem an den bunten Stoffen, die verlockend vor dem Eingang hingen. Sie verliehen dem tristen, graufleckigen Haus Farbe und Geheimnis. Vier Stufen, die der Alkoven überdachte, führten tief in den Laden. Raphael, ein Mann unschätzbaren Alters, der immer mit ein und demselben schwarzen Kaftan bekleidet herumlief, handelte vor allem mit Stoffen und Kleidern aus zweiter und dritter Hand, die er sehr geschickt wieder aufarbeitete. Die teuersten Stoffe bekam man bei ihm für kleines Geld. Deshalb zählte halb Rom zu seinen Kunden. Sogar das große Modehaus Giuseppe Romano belieferte er – heimlich natürlich.

Deborah zog Prospero in den Laden. Der Hilfsauditor schaute sich in den über und über mit Waren vollgestopften Raum fasziniert um. Der Kleiderhändler trat durch eine mannshohe Tür aus seinem Lagerraum. Das Gesicht des Mannes mit den tiefen braunen Augen und der großen, lustigen Knollennase strahlte, als er die Tochter des Rabbiners erblickte. »Deborah, meine Schöne, was führt dich zu mir?«

»Ich brauche eine Verkleidung für diesen jungen Mann.«

»So, eine Verkleidung?« Raphael musterte ihn neugierig.

»Ja, er muss zum Juden werden!« Es war nicht zu entscheiden, wer stärker über Deborahs Worte erschrak, Raphael oder Prospero. Bisher hatte er nicht weiter darüber nachgedacht, dass er sich tatsächlich in einen Juden zu verwandeln hatte, wenn er ihren Plan verwirklichen wollte. Auch wenn es nur eine Verkleidung darstellte, so bedeutete es dennoch einen Frevel, in die Haut dieser Leute zu schlüpfen, die keine Christen waren. Es schien ihm, als gäbe er seinen Glauben auf, und das würde er tatsächlich für eine gewisse Zeit.

Der erfahrene Händler schaute skeptisch, doch sie versicherte ihm, dass es im Sinne ihres Vaters sei. Also schickte er sie ins Lager, um sich auszusuchen, was sie benötigten. Es war Prospero ein wenig unheimlich, ihr in den geheimnisvollen Raum hinter dem Regal zu folgen.

Und wirklich, Raphaels Lager war eine andere Welt, ein märchenhaftes Königreich. In den Kleidern hing die Geschichte, in ihren Falten wohnten andere Zeiten, in ihren Nähten ein anderes Denken. Prospero hätte es nicht im Geringsten erstaunt, wenn er unter all den Kleidungsstücken auch das Gewand gefunden hätte, das Moses trug, als er auf dem Sinai die Gesetze von Jahweh entgegennahm. Deborah aber schien sich wie Zuhause zu fühlen, so sicher bewegte sie sich in dieser Wunderwelt.

»Warte hier«, flüsterte sie ihm zu. Wie ein kleines Mädchen hüpfte sie durch den Gang, dessen Dunkelheit sie schließlich verschluckte.

Prospero war mit einem Mal allein. Unsicher schaute er sich um. Vor ihm lag ein weißes Leinenhemd mit einer kunstvollen Stickerei aus blauen Vögeln und goldenen Ähren, die um Kragen und Ausschnitt lief. Auf einem anderen langen Tisch entdeckte er eine schwarze Hose und etwas weiter von ihm entfernt einen schwarzen Kaftan mit Knöpfen an Leiste und Ärmel aus tiefschwarzem Malachit. Von einem kindlichen Drang getrieben, legte Prospero seine Kleidung ab und zog das Hemd, die Hosen und den Kaftan an. Er schaute sich suchend nach einem Spiegel um. Da fiel sein Blick auf einen schwarzen Hut mit einer breiten Krempe, und in seinen Augen verwandelte sich der Hut in eine Krone. Er setzte ihn sich auf den Kopf. Jetzt fiel ihm ein mannshoher Spiegel auf, der am Regal gelehnt stand. Als er in den Spiegel sah, erschrak er, denn er erkannte sich nicht mehr.

Der Hilfsauditor der Rota hatte sich in einen Juden verwandelt. In einen Juden? In den König der Juden! In den schönen König Salomo. So elegant mutete Prospero jetzt der fremde Mann im Spiegel an. Und auch Deborah schien es bei seinem Anblick nicht anders zu ergehen. Denn als sie aus den Untiefen des Lagers zurückkehrte kamen ihr die Verse aus dem Lied der Lieder wie von selbst über die Lippen:

»Siehe, mein Freund, du bist schön und lieblich.
Unser Lager ist grün.
Die Balken unserer Häuser sind Zedern,
unsere Täfelung Zypressen.«

Schönere Worte hatte er nie gehört, auch wenn er den hebräischen Vers nicht verstand. Er bestürmte sie, die Worte zu übersetzen. Doch sie weigerte sich so entschieden, dass er ahnte, niemals die Bedeutung dieser Verse zu erfahren. Stattdessen spottete sie mit gefährlich funkelnden: »Ai-jai. Du siehst einem Jeschiwa-Schüler zum Verwechseln ähnlich. Und wenn mein Vater erführe, dass du seiner Tochter schöne Augen machst, würde er dich in den Keller sperren und dich erst wieder rauslassen, wenn du den ganzen Talmud auswendig hersagen kannst.«

Er wandte sich ihr zu. Wenn man ihn jetzt gefragt hätte, wie er sich die Sulamith des Hoheliedes vorstellen würde, so gäbe es nur eine Antwort. So wie die Tochter des Rabbiner Tranquillo Vita Corcos!

Auch Deborah hatte sich verwandelt. Ihre Haare krönten ein goldenes Diadem mit einem Smaragd. Goldene Ohrringe umspielten ihre herzförmigen Ohrläppchen. Weiße Seide war ihr Kleid, um die Taille trug sie ein Tuch mit blauen und roten Blumenmustern. Über Kopf und Schulter fiel, züchtig das Dekolleté verdeckend, ein beinah durchsichtiges Tuch, das aus Luft gewirkt schien, mit Bildern von Schmetterlingen. In ihrer Spottlust leuchteten die großen Augen wie dunkle Edelsteine.

»Schön bist du, meine Freundin …«, kamen ihm die Verse des Hohelieds in den Sinn. Und selbstvergessen antwortete er auf ihren Spott: »Und ich würde den ganzen Talmud auswendig lernen. Jeden Vers würde ich ihm zitieren, bis er abwinkt und sagt, lass es gut sein, mein Sohn! Und dann hätte ich noch einen Vers, den er sich schließlich auch noch anhören müsste.«

»Und wie lautet dieser Vers?«

»Kommt heraus und seht,
ihr Töchter Zions,
den König Salomo mit der Krone,
mit der ihn seine Mutter gekrönt hat
am Tage seiner Hochzeit,
am Tage der Freude seines Herzens … denn
Rebbe, ich will deine Tochter heiraten.«

»Weißt du überhaupt, wie eine jüdische Hochzeit abläuft?«

»Zeig es mir!«

»Damit spielt man nicht.«

»Wer sagt, dass es ein Spiel wäre?«

Seine Worte verscheuchten den Spott aus ihren Augen, die nun freundlich wie der See Genezareth bei Windstille in ihrem Gesicht ruhten. »Am frühen Morgen wirst du, mein Bräutigam, in die Synagoge gehen, während ich die Mikwe aufsuche, um mit den Frauen das reinigende Bad zu nehmen. Und weil es gerade Donnerstag ist, erheben die Männer die Thora und rollen sie auf. Die würdigen Männer bitten dich, den Bräutigam, aus der Thora vorzulesen, weil an diesem Tag nur der Bräutigam dies tun darf. Sie ehren dich mit dem Titel ha-Chatan, das heißt der Bräutigam, Prospero ha-Chatan nennen sie dich. Und das ha-Chatan wird in deinen Ohren klingen wie Zimbeln und wie Tamburine. Wie die Glocken der Herde, die nach Hause kommt. Denn es ist wie die Heimkehr nach Jeruschalajim. Aus deinem Mund hören sie Moses Worte. Du kennst sie! Später, zur Mittagszeit führt man uns in die Synagoge. Dort warten schon die Minjan, zehn ehrbare Männer, weil Boas zu seiner Hochzeit mit Ruth zehn Männer berufen hatte. Wir tauschen die Geschenke aus. Von mir bekommst du den Tallith, den Gebetsmantel, und du, du schenkst mir das Gebetsbuch, aus dem ich die Mincha, das Mittagsgebet vorlese. Doch wir dürfen uns die Geschenke nicht direkt geben, so überreicht sie uns der Ba'al Kidduschin, der die Zeremonie leitet. Nach der Mincha hält der Ba'al Kidduschin eine Ansprache, und wir kommen zueinander.«

Prospero machte einen Schritt auf sie zu. Sie blickte ihm jetzt in die Augen, ernst und schön. Er wollte etwas sagen, doch sie legte ihm den Zeigefinger auf die Lippen. »Höre doch, mein Bräutigam. Der Ba'al Kidduschin schenkt uns ein Schüsselchen mit Weizenkörnern, das eine fruchtbare Ehe symbolisieren soll und spendet dabei Segenssprüche. Danach führen uns die Schuschbinim, die Führer, unter den Hochzeitsbaldachin. Im Beisein von Zeugen unterzeichnen wir den Ehevertrag. Der Ba'al Kidduschin nimmt einen Becher Wein und spricht die Segenssprüche, dann trinken wir aus dem Becher zum Zeichen, dass wir den Kelch des Lebens gemeinsam leeren wollen.«

Sie hatte die Arme angewinkelt, als befände sich der Kelch des Lebens tatsächlich zwischen ihren schmalen Händen, und er umfasste sie nun mit seinen, als wollte er sie und den Kelch des Lebens beschützen.

»Du steckst mir zärtlich den Ring auf den Finger und sagst: *Mit diesem Ring bist du mir anvertraut nach dem Gesetz Mose und Israel.«* Prospero sprach ihr in der Empfindung nie gefühlten Glücks nach. *»Mit diesem Ring bist du mir anvertraut nach dem Gesetz Mose und Israel.«* Er nahm ihre rechte Hand, um so zu tun, als schöbe er ihr tatsächlich den Ring auf den Finger. Doch sie zog mit einem hellen Lachen die Hand zurück. »Wie dumm du bist, Salomo! Wir tragen den Hochzeitsring links.«

So nahm er ihre linke Hand und fuhr mit Daumen und Zeigefinger über ihren linken Ringfinger. Sie schaute auf seine Hand und auf ihren Finger. Eine Träne rann plötzlich über ihre Wange. In ihren Augen meinte er, das Gefühl des Verzichts und den Schmerz darüber zu entdecken. Er wischte ihr die Träne weg. Auch wenn es ein Spiel bleiben musste, so war es doch zu schön, um jetzt aufzuhören. Sie hatte sich wieder gefasst und den Gedanken der Vergeblichkeit verdrängt. Anfangs sachlicher, dann immer sehnsuchtsvoller fuhr sie fort. »Damit endet der erste Teil der Zeremonie, die Erusin. Es schließt sich die Nissuin an.

Nachdem der Wein gesegnet wurde, folgen sechs Segnungen. Wir ziehen uns in ein kleines Zimmer zurück und nehmen die erste gemeinsame Mahlzeit ein. Damit ist die Ehe vollzogen. Anschließend zertrittst du das Glas, denn wir wollen doch niemals das Leid des jüdischen Volkes vergessen, denn wie heißt es im Psalm 137: *Vergesse ich dich Jeruschalajim, so verdorre meine Rechte.* Ein rauschendes Fest schließt sich an. Ein Fest, das unser ganzes Leben anhalten soll! Massle tow, massle tow! Unser ganzes Leben, als ob wir ein gemeinsames Leben haben können.«

Plötzlich begann sie zu lachen, anfangs laut, dann herzlich und bald auch ein wenig spöttisch. »Nein, wirklich, mein unerreichbar schöner Bräutigam, daraus wird nichts: So kannst du wirklich nicht bleiben.«

»Wieso?«

»Weil dir in diesem feinen Aufzug niemand glauben wird, dass du Benjamins Gehilfe bist. Oh, Salomon ha-Chatan. Komm, wir suchen dir etwas Einfacheres. Wir wollen den weisen König Salomo in einen Schlomele verwandeln.«

»Erst machst du mich zum König und im nächsten Moment zum Bettler!«

»Wir Frauen sind so, wusstest du das nicht? Jetzt komm und hilf mir suchen, du eitler Christ!«

Er blickte wie ein begossener Pudel, während sie sich schon in einem Kleiderhaufen nach der passenden Verkleidung umsah. Deborah warf ihm ein graues Hemd, das er widerwillig anzog, eine abgetragene Hose und schließlich einen Kaftan zu.

Jetzt stand er wie ein armer Jude vor ihr. Wie Schlomele. Zufrieden, jedoch auch ein wenig traurig, schüttelte sie den Kopf. »Jetzt siehst du wirklich echt aus! Wir werden dir eine Augenklappe verpassen und dein glattes Gesicht mit etwas Staub bedecken.«

»Soll ich noch schielen und hinken?«

»Das wird nicht nötig sein!«

Auf einmal schaute sie ihn sehr ernst an: »Was habe ich mir da nur ausgedacht? Was, wenn es schiefgeht?«

65.

Man konnte über Ahab sagen, was man wollte, aber sein Geld war er immerhin wert. Kurz vor Mitternacht jagte eine Kutsche mit einem kleinen Beamten der Inquisition zum Haus gegenüber der Synagoge. Der Kutscher schonte den Rappen nicht. Vor dem Haus angekommen, sprang der dürre Inquisitionsbeamte vom Kutschbock, rannte ins Haus, klopfte stürmisch an die erstbeste Tür und brüllte: »Aufmachen!«

Kurz darauf erschien ein verängstigter Mann in der Tür. »Wo wohnt Benjamin, der Arzt?«

Der Mann hatte kaum Stockwerk und Tür genannt, da stand der Dürre bereits vor Benjamins Tür, pochte und forderte herrisch Einlass. Benjamin schickte seine erschrockene Schwester, die ihm auf dem dunklen Flur entgegengekommen war, wieder zurück ins Bett und öffnete die Tür, den als Gehilfen Schlomele verkleideten Prospero im Schlepptau.

Der Inquisitor befahl dem jüdischen Arzt, ihm unverzüglich zu einem Kranken in den Palast des Heiligen Offiziums zu folgen. Ein kleines Geplänkel entstand, weil der Beamte zuerst nicht einsah, wozu der Quacksalber seinen Gehilfen Schlomele benötigte. Doch als sich Benjamin weigerte, ohne Schlomele mitzukommen, gab er ärgerlich nach, denn ihm saß die Furcht im Nacken, verantwortlich für den Tod des wichtigsten Gefangenen von Rom zu sein. Der Einspänner sauste über den Ponte Sisto und die Via dei Penitenzieri so schnell es ging zurück zum Inquisitionspalast.

Nach einer guten halben Stunde rasanter Fahrt hielt die Kutsche unvermittelt. »Das Tor auf für den Arzt! Geschwind! Geschwind!«

66.

Klirrend öffnete sich das große schmiedeeiserne Tor. Die Kutsche fuhr in den Innenhof des Palastes. Wie das Zuschnappen einer Falle schloss sich hinter ihnen das schwarze Tor. Der Inquisitor sprang vom Kutschbock, riss die Tür auf: »Aussteigen! Kommt! Schnell, schnell!«

Mit unguten Gefühlen folgte Prospero dem Inquisitor und dem Arzt in die Verliese des Heiligen Offiziums. Nun, da er sich in einen Juden verwandelt hatte, verstand der Hilfsauditor zum ersten Mal die Unsicherheit der Juden, die unter den Christen lebten, dieses stete Gefühl der Abhängigkeit von den Launen der Christen, so, als hätte man sich mit Sack und Pack auf dünnem Eis versucht, auf Dauer einzurichten.

Der Dürre brüllte: »Heh, ihr Schlafmützen, ich bringe den Arzt.« Der Kerkermeister kam ihm mit dem Schlüssel entgegen. »Was für ein Aufwand wegen des alten Juden!«

Vor einer Holztür mit einer kleinen viereckigen Öffnung blieben sie stehen. Der Kerkermeister blickte gewohnheitsmäßig durch und brummte: »Sieht aus wie verreckt!«

Ärgerlich stieß der Dürre ihn weg. »Lass sehen!«

Nachdem er sich augenscheinlich versichert hatte, dass Schlomo noch lebte, fuhr er Benjamin an. »Sieh zu, dass du ihn wieder auf die Beine bringst.« Der Kerkermeister schloss die Tür auf und ließ Arzt und Gehilfen in die Zelle. Der Inquisitor wollte folgen, doch Benjamin trat ihm bestimmt in den Weg. »Lassen Sie mich mit ihm allein, sonst werde ich ihn nicht behandeln!«

Seine Worte klangen zwar sanft, aber bestimmt. Der Dürre zischte durch die Zähne, dann drehte er sich um und wies den Kerkermeister an, die Tür wieder zu schließen. Schlomos Anblick betrübte sie.

In der Ecke der kleinen Zelle, in der sich nur etwas Stroh und ein Kübel befanden, kauerte der Greis am Boden. Er wirkte entkräftet, tatsächlich dem Tod weit näher als dem Leben.

Benjamin kniete sich zu ihm, begann, die Wunden des alten Mannes zu versorgen und ihm lindernde Mittel zu verabreichen. Der Synagogendiener stöhnte leise während der Behandlung und sagte mit der Stimme eines Mannes, der bereits alle Hoffnung hinter sich gelassen hatte auf Hebräisch:

»Des Menschen Hoffen aber hast du ausgetilgt
Du stößt ihn fort für immer, und er schwindet …«

»Was sagt er?«, fragte Prospero.

»Er zitiert Hiob.« Dann wandte er sich wieder Schlomo

zu. »Höre, guter, alter Mann, wo noch Atem ist, da ist auch Hoffnung!«

Der Arzt wies anklagend auf die Wunden. Eine Schande, das einem alten Mann anzutun.

»Wer hat dich gefoltert?«, fragte Prospero erschüttert.

»Ein Mönch namens Bernardino. Aber ich habe nicht gelogen, nicht den Rabbiner belastet, nicht meinen Gott verleugnet. Schande soll nicht mein Haupt bedecken. Sag das dem Rabbi, Benjamin, der alte Schlomo wird nicht lügen!«

Der Alte fasste den Gehilfen des Arztes genauer in den Blick. Sein Mienenspiel schwankte zwischen Zweifel und Missbilligung. »Das ist doch kein Jude. Wer ist das?«

»Ich suche den Mörder des Jungen und arbeite für die Rota. Es ist besser, wenn ich dir meinen Namen nicht nenne.«

Schlomo schaute ihn abweisend an, doch Benjamin sprang Prospero bei. »Du kannst ihm vertrauen! Er will den wahren Mörder finden. Schau dir seine Verkleidung an, dann weißt du, wie viel er riskiert, um mit dir zu reden.«

»Du wolltest mich also sprechen! Ach, lasst mich. Gebt mir Gift, ich muss ja nicht wissen, dass es Gift ist. Ich bitte dich, Söhnchen, gib mir einen leichten Tod!«

Der Arzt strich dem alten Mann liebevoll die Haare aus dem Gesicht. »Das darf ich nicht. Vertrau dem jungen Mann.«

Der Alte sah Prospero unschlüssig an.

»Deborah vertraut ihm auch.«

In Schlomos Gesicht kam etwas Leben.

»Und der Rabbi?«

»Der Rabbi auch.«

»Und du, Benjamin?«

Und jetzt geschah etwas, was Prospero nicht für möglich gehalten hätte. Benjamin sagte: »Ja, ich auch.«

Darüber hatte Prospero noch nicht nachgedacht, aber diese bedrohten Leute glaubten ihm. Es stimmte. Er spürte mit einem Mal die Verantwortung, die zentnerschwer auf seinen Schultern lastete. Er durfte sich keine Fehler leisten, schon um ihretwillen nicht. Glück und Leben hingen von ihm ab. Er sprach still ein Vaterunser, dann beugte er sich zu Schlomo. »Höre, Schlomo, wir haben nicht viel Zeit. Antworte mir bitte so genau du kannst. Wie fandest du am fraglichen Morgen die Synagoge vor? Offen oder verschlossen?«

»Sie war verschlossen.«

»Ist dir irgendetwas aufgefallen an der Tür?«

»Nein.«

Die Hoffnung sank, dass das Risiko, das sie eingegangen waren, sich auszahlen würde, doch Prospero fragte weiter, ohne eine Regung zu zeigen. »Und in der Synagoge, war da etwas anders als sonst?«

»Ja, ein Fenster in der dem Platz abgewandten Seite war zerbrochen.«

»Würde durch das Fenster ein Mensch passen?«

Schlomo nickte.

»Befand es sich im Erdgeschoss.«

Wieder nickte Schlomo. Prospero fragte weiter nach Verunreinigungen im Gang. Doch Schlomo war nichts aufgefallen, weil er nicht gesucht hatte. Die Tür zum Schulraum der Tempelgemeinde hatte aber sperrangelweit offen gestanden. Und das hatte ihn verunsichert. Unguten Gefühls betrat er dann den Gemeinderaum. Der alte Mann stockte. »Ich brauche Wasser!«

Bittend schaute Benjamin daraufhin Prospero an. »Könntest du das Wasser holen. Ich kann doch nicht selbst gehen, wenn ich einen Gehilfen dabeihabe«, entschuldigte sich der Arzt für die etwas paradoxe Situation.

Prospero nickte, ging und klopfte gegen die Tür. Der Kerkermeister erschien. Er nahm sich zusammen und bat unterwürfig: »Wir benötigen Wasser, Euer Gnaden.«

»Komm mit!«, brummte der Kerkermeister und ließ ihn hinaus.

Ein Scherge begleitete ihn in den Garten, in dem sich ein Brunnen befand. Auf dem Weg zum Brunnen begann der Mann den vermeintlichen Gehilfen des jüdischen Arztes zu befragen, ihn dabei aus den Augenwinkeln belauernd. »Ihr Ärzte, ihr kennt euch doch mit Weibern aus?«

Nachdem der verkleidete Hilfsauditor etwas vage die Frage bejaht hatte, bot der Wächter an, Schlomo gut zu behandeln und ihm zukommen zu lassen, was immer er wünschte, wenn Prospero ihm als Gegenleistung eine Jüdin für gewisse Stunden besorgen würde. Und dann ließ er leider der Beschreibung seiner Wünsche freien Lauf. »Eine, bei der ich mir nicht die Pfeife verbrenne! Das kannst du doch vorher feststellen. Schön muss sie sein. Mit Brüsten wie Melonen. Und einen Arsch …«, bei der Vorstellung des Hinterns seiner Traumfrau verengten sich seine Augen zu einem genießerischen Schlitz.

Der Hilfsauditor musste sehr an sich halten. Wie gern hätte er ihn zurechtgewiesen! Um die unerquickliche Beschreibung, die nur unerträglicher zu werden versprach, abzuwenden, murmelte er, dass er sich darum kümmern werde. Dann kurbelte er den Wassereimer hoch und ging mit dem vollen Eimer zurück. Doch der Scherge war nicht zu bremsen. Er begann nun die Frau, die Prospero besorgen sollte, detailliert zu beschreiben und erging sich genüsslich darin, sich auszumalen, was er mit alldem, was er bezeichnete, anzufangen gedachte. Allerdings verfügte er in seinen Wünschen nicht über eine nennenswerte Variationsbreite. Seine geschmacklosen Phantasien trieben Prosperos Schritte an, er wollte nur diesem Halbmenschen so schnell wie möglich entkommen. Die Grenze seiner Selbstbeherrschung war allerdings erreicht, als ihm der Wächter vor der Zelle die vor Schmutz starrende Hand auf die Schulter legte und mit seinem Gesicht fast Prosperos berührte. Der Hilfsauditor roch nur noch ein unerträgliches Gemisch von fauligem Knoblauch und billigem Fusel. »Ich würde sie richtig rannehmen. Verstehst du, richtig rannehmen, wie ihr Beschnittenen das nicht hinbekommt. Sie würde nur noch quieken und flehen, Ranucio, gib es mir.«

Prospero senkte den Kopf, weil der Zorn ihn zu übermannen drohte. »Ich werde unseren Schönheiten deine Vorzüge in leuchtenden Farben schildern!«

»Leuchten ist gut, leuchtende Farben ist richtig gut, mein Lieber«, freute sich der Gimpel. Und in Fahrt gekommen, bot er ihm noch an, einen Blick auf sein bestes Stück zu werfen, um es angemessen preisen zu können. Innerlich erblasst, versicherte ihm Prospero: »Mach dir keine Sorgen, ein Kerl wie du kann nur … also ich habe die höchsten Begriffe von deinem …«

»Was begreifen? Willst du ihn etwa auch?«, wunderte sich Ranucio, der nicht so recht verstand, warum der Arzt vorhatte, sein bestes Stück auch noch in die Hand zu nehmen, aber wenn das hilfreich sein würde, wollte Ranucio das gern zulassen. In diesem Moment hörten beide Benjamin rufen. »Wo bleibt das Wasser?«

Der Wächter schloss die Tür auf und ließ Prospero mit

einem Schulterklopfen in die Zelle zurück. Als die Kerkertür hinter ihm ins Schloss fiel, holte Prospero erst mal tief Luft. Benjamin blickte erstaunt zu ihm. »Was ist dir denn widerfahren? Du bist ja kreideweiß?«

Jedenfalls kannte Prospero nun Ahabs Gewährsmann im Kerker der Inquisition. Der Hilfsauditor kniete sich mit dem Wassereimer zu Benjamin, der sogleich begann, Schlomo zu waschen, während der alte Jude dem Hilfsauditor erzählte, wann und wie er den kleinen Angelo gefunden hatte. Wie er in den Schulraum trat und sich wunderte, weil er plötzlich das Gefühl hatte, der Flügel des Todes würde ihn streifen. Wie er den Jungen blass und tot auf dem Boden liegen sah und ihm der Widergeist das Herz anhielt. Dann setzte seine Erinnerung aus. Wie lange er in seinem Schock verharrte, wusste er nicht, erinnerte er sich doch erst wieder ab dem Zeitpunkt, an dem die Synagoge voller Menschen war und Benjamin vor ihm stand.

»Schlomo«, bat Prospero. »Überlege, ob dir noch etwas einfällt, als du den Schulraum betratest?«

Schlomo grübelte. »Ja, da war noch was, so ein Geruch. Scharf, süßlich, nach Schweiß, faulen Eiern und Urin, ganz leicht hing der Geruch in der Luft, so, als stünde er dort und könnte sich nicht entschließen zu gehen.«

Prospero schaute zu Benjamin. »Weißt du, wer so riecht?«

»Ja«, antwortete Benjamin sehr ernst. »Der Teufel!«

»Der Teufel?«, hakte er nach.

»Auf alle Fälle einer, der sich seine Schuppenflechte mit Teer behandeln ließ. Der Geruch fauler Eier deutet darauf hin.«

»Und der Urin?«

»Schwefel muss in der Salbe sein, Zinn und Kohle, aber

der Rest ist Glaubenssache. Manche mischen das Ganze in Monatsblut, andere in Urin, alles, was du dir vorstellen magst.«

»Kannst du herausfinden, wer der unheimliche Patient ist?«

Der Arzt verneinte. Selbst wenn er alle Ärzte Roms befragen würde, blieben da noch die Apotheker und Kurpfuscher, die weisen Frauen und die Barbiere.

In diesem Moment hörten sie den Schlüssel in der Tür, die gleich darauf aufgestoßen wurde.

Augenblicklich fuhr Prospero der Schreck in die Glieder, weil gleich ihre List auffliegen musste. Die Zelle betrat kein Geringerer als der Großinquisitor in Begleitung des Kardinals Gian Francesco Albani.

67.

Nichts hielt sie mehr zu Hause. Sie konnte weder schlafen, noch fand sie die Ruhe, ein Buch zu lesen. Auch Gebete halfen nicht, denn Jahweh antwortete ihr nicht mehr. Zürnte er, weil sie gar zu engen Umgang mit dem jungen Christen pflegte und ihm sogar die jüdischen Hochzeitsriten verraten hatte? Sah er in ihr eine Abtrünnige? Aber darüber mochte, darüber konnte sie jetzt nicht nachdenken. Prospero hatte sich in die sprichwörtliche Höhle des Löwens begeben, für sie, für ihren Vater. Er riskierte Leib und Leben. Gut möglich, dass sie ihre Gegner sträflich unterschätzt hatten. Vielleicht war seine Verkleidung schon durchschaut, seine Verstellung aufgeflogen. Denkbar, dass er bereits verletzt in einer Zelle lag oder gefoltert wurde. Eilten die Häscher bereits durch die Straßen Roms, Valenti und sie in die ewige Nacht des tiefsten Verlieses zu schleifen? Aber auch wenn sie ihn nicht quälten oder er die Tortur über sich ergehen ließ, ohne etwas zu verraten, würde seine Verhaftung das Ende bedeuten. Das Ende der Juden, das Ende Carasolis, das Ende ihres Vaters und natürlich auch ihr Ende. Doch das Letzte schreckte sie nicht mehr, weil ihr Leben ohnehin mit seinem verlöschen würde. Wie konnte sie ihn zu dem wagemutigen Streich nur ermuntern, ihn gar noch bei diesem wahnsinnigen Unternehmen unterstützen, anstatt sich ihm in den Weg zu stellen. Ihr Gewissen befand sich in Aufruhr, von Stunde zu Stunde mehr. Die Hölle mutete ihr geradezu wie ein Paradies an, angesichts der Seelenqualen, die sie litt.

Sie verschloss von außen die Tür. Die Via Rua lag still. Gespenstisches Licht drang von der Kirche San Angelo herüber, mit dem sie den verwesenden Leichnam des Kindes beleuchteten, ihres neuen Heiligen.

Deborah musste mit jemandem sprechen. Sie benötigte Beistand. Deshalb lenkte sie ihre schnellen Schritte zur Engelsburg. Ihr Gehen ging unmerklich in Laufen, dann in Rennen über.

So durfte sie Prospero doch noch nahe sein, keine zwei Meilen vom Inquisitionspalast entfernt, ebenfalls in einer Zelle, aber bei ihrem Vater. Und wenn das Ende schon unerbittlich nach ihnen greifen würde und sie die strengen Launen des Schicksals von Prospero getrennt hatte, dann wollte sie es gemeinsam mit dem Menschen erwarten, der ihr seit ihrer Geburt der liebste Mensch auf Erden war.

Als sie am Palazzo Carasoli vorbeikam, überlegte sie kurz, ob sie den Kardinalvikar ins Vertrauen ziehen sollte, um Prospero zu retten. Etwas in ihrem Innern hielt sie aber davor zurück, so, als würde das alles nur noch verschlimmern. Jetzt nur nicht die Nerven verlieren! Gleich, gleich würde sie Rat finden. Carasoli hatte glücklicherweise Anweisung gegeben, dass ihr jederzeit Zugang zum Rabbiner gewährt werden sollte.

»Prospero ist im Kerker der Inquisition.« Diese Worte flüsterte sie ihm zu, nachdem der Büttel die Zellentür hinter ihr verschlossen hatte. Und dann erzählte sie dem erschrockenen Rabbiner von Prosperos tollkühnem Unterfangen und erwähnte kurz, dass Bernardino sich die Trienter Ereignisse zum Vorbild genommen hatte. Den kleinen Angelo hätten sie schon als Heiligen in ihrer Kirche aufgebaut. Corcos dachte über die Ereignisse nach. Dann wirkte er plötzlich erleichtert. »Wie gut, dass ich nicht falsches Zeugnis ablegte. Es hätte niemanden von uns gerettet, aber allen geschadet. Ich sehe jetzt, dass du Recht hattest. Man muss der Ritualmordlüge entgegentreten.«

Seltsam, aber für Deborah war das alles jetzt sehr weit weg, denn sie sorgte sich einzig und allein um Prospero. »Hätte ich den Auditor nicht von seinem Plan abbringen müssen, anstatt ihm noch bei der Ausführung zu helfen?«

Corcos setzte sich. Er trank ein Glas Wasser. Dann schaute er Deborah an, als ob er ihre Frage nicht verstanden hätte. »Wie soll er denn sonst den Fall lösen? Warum hättest du ihm abraten sollen, Tochter?«

»Weil er sich in Gefahr bringt.« Sie stand immer noch unschlüssig im Raum.

»Wir alle sind in Gefahr.«

»Wir sind es aber nicht freiwillig, er schon!« Sie ballte unwillkürlich die Hände. Ihre Gedanken liefen im Kreis und vermochten nicht auszubrechen. Als sie aufschaute, begegnete sie dem prüfenden Blick ihres Vaters. »Hast du dich etwa in den Christen verliebt?«, fragte der Rabbiner streng.

Woher sollte sie denn wissen, was Liebe ist? Wenn das Wort die Freude beschrieb, die sie empfand, weil er bei ihr war, dieses Prickeln unter der Haut wie von tausend winzigen Nadeln, da sie seine körperliche Nähe spürte, diese quälende Angst wegen der Gefahr, in der er schwebte, oder einfach nur den Schmerz meinte, den seine Anwesenheit verursachte, wenn dieses Wort all das beschrieb, ja, dann liebte sie ihn. Aber wie ließ sich dieser verwirrende Ansturm von Gefühlen in Worte fassen, wie sprach man darüber und dann noch zu seinem Vater?

Der Rabbiner blickte wissend drein. Seine Miene nahm einen undurchdringlichen Zug an. »Du weißt, dass ihr keine Zukunft habt?«

»Ja, ich weiß. Und doch vergesse ich es immer, wenn wir zusammen sind.«

»Gott hat den Menschen geschaffen. Weil es aber nicht gut ist, dass der Mensch allein ist, schuf er aus ihm eine Gefährtin. Seit dem Tag suchen sich beide Teile. Erst in ihrer Vereinigung werden sie wieder ein Ganzes. Deshalb kommt der Mensch auf die Welt und sucht beständig den fehlenden Teil.«

»Und wer nicht das andere Ich sucht, sondern nur jemand nimmt, der den Haushalt führt und das Bett wärmt?«

»Der ist kein Mensch!«, sagte der Rabbi hart. »Aber wer sucht, der ist ein Mensch, und wer findet, denn nicht allen ist es vergönnt, so sehr sie auch danach trachten, den liebt Gott.«

»Und wie ist es mit dem«, drängte es sie zu erfahren, »der gefunden hat und dennoch verzichten muss?«

»Den liebt Gott besonders, denn mit ihm hat er Großes vor. Der ist ein Auserwählter des Herrn!«

»Gottes Liebe ist furchtbar.« Seine Worte quälten sie.

Der Rabbiner nahm seine Tochter tröstend in den Arm. »Nein, Gottes Liebe ist groß, aber alles Große muss uns erschrecken, weil es über die Kraft der Menschen geht. Nur den wirklich Auserwählten wird diese Liebe zuteil. Finde dich in Gottes Willen! Gelobt sei der Herr.«

»Nein, ich will nicht!«

»Du musst!«

»Nie und nimmer.« Deborah war voller Trotz. Sie verteidigte doch nur ihre Sehnsucht. Wenn es ein Wunder war, was sie füreinander empfanden, weshalb durfte dann das Wunder nicht dauern? Der Rabbiner streichelte nachdenklich seinen Bart. »Wohin soll das Ganze führen? Willst du die Hure eines Christen werden? Der dich wegwirft, wenn er deiner überdrüssig geworden ist.«

»Er wird meiner nicht überdrüssig.«

»Ach, Deborah, wer kann das wissen? Nicht einmal er! Der Mensch ist zugleich viele Menschen, und wir kennen doch nur einen Teil. Hat er das Priestergelübde schon abgelegt?«

»Nein.«

»Will er Priester werden, in Ehelosigkeit und Keuschheit leben?« Deborah wusste es nicht.

»Frag ihn.«

»Und wenn nicht?«, gab sie trotzig zurück.

»Dann frag ihn, ob er bereit ist, zu unserem Glauben überzutreten, ob er dich so sehr liebt, dass er seinen Freunden und seinem Glauben und seinem bisherigen Leben entsagt. Denn wenn nicht, dann hat eure Liebe keine Zukunft. Wie sagte Mose: *Darum wird ein Mann seinen Vater und seine Mutter verlassen und seiner Frau anhangen, und sie werden sein ein Fleisch.* Aber erst dann!«

»Das kann ich nicht von ihm verlangen.«

Die Augen des Rabbiners wurden dunkel. Er wirkte plötzlich sehr verletzlich. »Ich habe es deiner Mutter geschworen, auf dem Totenbett, dass ich auf dich aufpassen werde, dass ich dir die Reichtümer der Welt zu Füßen lege, die aus dem Wissen bestehen. Und dass ich dir, wenn der Tag gekommen ist, einen guten Mann aussuchen werde. Das alles habe ich deiner Mutter geschworen, als ich dich, weinendes Neugeborenes, aus ihren Armen nehmen musste, weil sie starb. Aber ich habe wohl zu lange gewartet. Immer gedacht, dass es noch Zeit hat mit einem Mann. Ich habe versagt!«

Ihr Vater tat ihr plötzlich leid. Der Bruder hatte ihr immer die Schuld an dem Tod ihrer Mutter gegeben, nicht so ihr Vater. Sie wollte ihn umarmen, trösten, aber sie vermochte ja nicht einmal, sich selbst zu besänftigen. Auf einmal verstand sie nichts mehr auf der Welt. »Was soll ich denn tun?«

Der Rabbiner griff in seine Tasche und holte ein zusammengelegtes schwarzes Samttuch hervor. Sie kannte es. Und erstarrte. Er faltete es auseinander und ein großer roter Rubin kam zum Vorschein. Er reichte ihn seiner Tochter. »Es ist das Kostbarste, was ich besitze. Tief in ihm brennt das Feuer der Wahrheit und ohne Wahrheit muss diese Welt erfrieren. Sie braucht dieses Feuer!«

»Ihr Rubin!«

Er nickte. »Deine Mame konnte nichts mehr sagen. Sie hat ihn mir in die Hand gedrückt, bevor sie zum Herrn

Adonai ging. Ich habe auch so gewusst, dass ich ihn für dich aufbewahren sollte.« Abwehrend hob Deborah die Hände und schaute zur Seite, als wollte sie den kostbaren Stein nicht einmal mit ihren Blicken berühren. Sie konnte ihn nicht annehmen! Aber ihr Vater ließ das nicht gelten. Er nahm ihre rechte Hand, drehte sie mit der Fläche nach oben und legte den Rubin hinein. Dann schloss er behutsam ihre Finger um das Juwel. »Deine Mutter starb, weil sie dir das Leben gegeben hatte. Wirf es nicht weg! Dieses so doppelt kostbare Leben, das du von Gott und von deiner Mame bekamst! Und sie war etwas Besonderes, deine Mutter, so wie du, Prinzessin.«

Sie schüttelte den Kopf, öffnete langsam die Faust und sah nun auf den Edelstein, der jetzt tatsächlich aus seinem Inneren heraus leuchtete. Konnte sein Licht sie führen, ihr einen Weg weisen aus dem Irrgarten des Lebens? Vielleicht hatte ihr Vater ja Recht. Was wusste sie denn von Prospero? Vor ein paar Tagen kannte sie ihn ja noch nicht einmal. Sie schaute wieder auf den Rubin. Tränen rannen über ihr Gesicht. Er streichelte ihren Kopf. »Wein dich ruhig aus, meine Tochter, wein dich ruhig aus. Jetzt ist die rechte Zeit dafür, aber dann lass uns stark sein. Du musst dir den jungen Christen aus dem Kopf schlagen! Trauere jetzt, meine Königin, meine Kaiserin, meine Fürstin von Jeruschalajim und sei dann stark. Stark für den Weg nach Hause: Denn wisse, die Frauen unseres Volkes sind stark.«

Und dann erzählte ihr der Vater von Judith, die dem schlafenden Tyrannen Herodes den Kopf abgeschnitten hatte. Und von Sulamith und den anderen jüdischen Heldinnen und die Welt versank in ihren Augen! Zum Trost aber sang er mit seiner schönen Stimme für sie den Psalm 122, den sie über alles liebte:

»Ich freute mich über die, die mir sagten:
Lasset uns ziehen zum Hause des HERRN!
Nun stehen unsere Füße in deinen Toren, Jeruschalajim.
Jeruschalajim ist gebaut als eine Stadt,
in der man zusammenkommen soll,
wohin die Stämme hinaufziehen,
die Stämme des HERRN,
wie es geboten ist dem Volke Israel,
zu preisen den Namen des HERRN.«

Auch wenn es ihr war, als schmerzte jede Faser ihres Körpers wie Feuer bei dem Gedanken, rang sie sich dennoch durch, die Liebe aus ihrem Herzen zu reißen, weil doch nicht sein konnte, was nicht sein durfte. Und der Schmerz wuchs nur und nichts linderte ihn. Zu ihrem Vater aber sagte sie mit fester Stimme: »Du hast recht, ich werde das Gefühl aus meinem Herzen jäten!«

Im Stillen aber bot sie Jahweh einen Handel an, indem sie ihre Liebe opferte: »HERR DER HEERSCHAREN, mach, dass er lebend und unbeschadet aus dem Kerker der Inquisition zurückkehrt und ihm alles auf der Welt glücken soll. Komm und rette ihn. Denn er ist es wert. Er wird ein Segen sein für Christen und für Juden. Dafür will ich ihm auf immer entsagen, Herr, mein Herr!«

68.

Der Triumphbogen des Konstantin leuchtete im hellen Licht des Mondes. Hastig eilte Fra Bernardino an dem antiken Bauwerk vorbei. Von Weitem sah er bereits das kleine Feuer, das vor dem Kolosseum flackerte. Er hielt direkt darauf zu in der Hoffnung, unter den Gestalten auch den Mann anzutreffen, den er suchte.

Eine Gruppe von sieben Leuten, vier Männer, drei Frauen saßen um die Lohe herum und tranken aus Holzbechern, die sie häufiger als ihnen zuträglich war aus einem kleinen Fässchen nachfüllten. Doch wer hier um diese Zeit saß, der gehörte zur untersten Schicht in Rom, zu den Falschspielern, Gaunern und Auftragsmördern, Bravi genannt. Bunt und abenteuerlich zusammengewürfelt wirkte ihre Kleidung. Die hier saßen, hatten weder Geld noch Ehre noch Sicherheit noch Aussicht auf ein langes Leben.

Von Weitem beobachtete Bernardino, dass sich ein Mann mit einer Narbe, die quer über seine Stirn verlief, schamlos und vor versammelter Mannschaft mit einer Frau vergnügte. Sie wippte auf seinem Schoß. *Mondo cane,* dachte der Mönch angewidert. Aber dem beinahe schon mechanischen Auf und Ab fehlte jede Freude, es wirkte nur trist und unendlich traurig. Der Mann stieß die Frau vom Schoß, zog die Hose hoch und holte sich Nachschub aus dem Fässchen. Sie schimpfte, doch er rief ihr versöhnlich zu: »Komm her, kannst aus meinem Becher trinken.« Sie kroch wieder zu ihm, nahm einen großen Schluck Fusel, dann legte sie den Kopf in seinen Schoß und schloss die Augen. Im gleichen Moment hatte Bernardino die kleine Gruppe erreicht. Der mit der Narbe schaute verwundert zu dem Mönch auf. »Was will denn das Kuttenvieh hier?«

»Halt's Maul!«, fuhr der schwarze Salvatore ihn an. Dann stand er auf, ging mit dem Dominikaner zum Kolosseum und stellte sich dort mit ihm unter einen der Bögen. Bernardino versicherte sich, dass niemand lauschte und begann ohne Umschweife: »Die Heilige Mutter Kirche benötigt wieder einmal deine Dienste, mein Sohn.«

»Wem soll ich beim Abkratzen helfen?«

»Die Rota hat einen neuen Hilfsauditor, Prospero Lambertini.«

»Wann soll dieser Signor Lambertini seinen letzten Seufzer tun?«

»Morgen! Ich zeig ihn dir bei der Corpus Christi Prozession, die er sich wohl nicht entgehen lassen wird.«

»Gut. Der Mann ist so gut wie tot, so wahr ich der schwarze Salvatore bin.« Bernardino drückte Salvatore ein paar Münzen in die Hand. Der steckte sie ein, ohne nachzuzählen. Der Dominikaner fühlte sich bei der Aussicht erleichtert, dass der aufmüpfige Hilfsauditor bald schon das Zeitliche segnen würde.

Bei der Gruppe ereignete sich unterdessen eine Szene, die Bernardino nachhaltig erschüttern sollte.

Der Mann mit der Narbe rüttelte an der Frau, der Gefährtin seines Elends, aber die rührte sich nicht. Er knuffte und stupste sie, er riss an ihr, jedoch sie reagierte nicht. Ein anderer trat zu ihr, befühlte den Puls, nahm ein Blatt und hielt es ihr an die Lippen, aber das Blatt bewegte sich nicht. Dann bekreuzigte er sich und meinte nur: »Die ist hin!«

Ungläubig, mit weit aufgerissenen Augen starrte der Mann mit der Narbe auf die Frau, als wollte er sagen: Wie konnte sie ihm das nur antun, ihn so zu verraten, ihn im

Stich zu lassen, denn nun stand er ganz allein, nun hatte er wirklich alles verloren.

Wie viele Menschen mochte dieser Meuchelmörder schon auf dem Gewissen, wie oft mochte er kalten Blickes mit seinem Stahl hoffnungsvolles Leben beendet haben, weil irgendeiner ein paar Scudi dafür springen ließ, doch nun schaute er den Priester mit den Augen eines Kindes an, das nicht verstand, was ihm widerfuhr. Und er bat ihn flehend: »Vater, beten Sie für sie, bitte, ich steche jeden ab, den Sie wollen, aber beten Sie für sie. Auch wenn es nicht so aussieht, sie war eine gute Frau.« Und dann sagte er einen Satz, den man diesem Bravo nicht zugetraut hätte: »Kein Mensch sollte in die Hölle kommen! Keiner! Beten Sie, Vater, beten Sie.«

So kam es, dass sich Fra Bernardino neben den Bravo setzte und für dessen totes Stück Mensch betete.

69.

Prospero atmete erst auf, als er den Inquisitionspalast verlassen und sich die großen schmiedeeisernen Tore hinter ihm geschlossen hatten. Sie waren mit dem Schrecken davongekommen. Aber trotz aller Erleichterung wollte die Bedrückung, die er im Kerker empfunden hatte, nicht von ihm weichen. Wie ein dunkles Gespenst hatte sie von ihm Besitz ergriffen. Er dachte an den alten Mann, den Albani jetzt verhören würde. Doch solange er mit ihm sprach, würde man Schlomo nicht foltern. Der feinfühlige Kardinal war nicht der Mann, der es schätzte, wenn in seiner Gegenwart die hochnotpeinliche Befragung vorgenommen wurde.

»Durfte ich ihm das Gift verweigern?«, riss Benjamin den Hilfsauditor aus seinen Gedanken.

»Du bist Arzt und kein Mörder.«

»Aber ich habe die Aufgabe, den Menschen zu helfen. Angesichts eines Martyriums, an dessen Ende ein Tod in Qualen steht, ist ein schneller Tod auch eine Hilfe.«

»Vielleicht gelingt es uns, den alten Mann zu retten. Wer entscheidet über Tod und Leben?«

»Gott«, antwortete der Arzt und gab damit Prospero recht, auch wenn ihm die Leiden des alten Mannes zusetzten.

Kaum hatten sie die Via Fiumara erreicht, da entdeckte Prospero eine Gestalt, die in diesen frühen Morgenstunden vor Benjamins Haus auf und ab lief. Prospero machte Benjamin darauf aufmerksam. Vorsichtig setzten die zwei Männer ihren Weg fort. Etwas näher gekommen, erkannte Prospero voller Freude, dass es Deborah war, die sich zum Schutz vor der Morgenkühle in ein Tuch gehüllt hatte. Sein Herz jubilierte. Nun hatte auch sie ihn entdeckt. Sie kam ihnen entgegen, erleichtert und gelöst. Aber kaum stand sie vor ihm, wurde sie ernst und zurückhaltend. »Konntest du mit Schlomo reden?« Prospero nickte. Während er ihr von seinen Erlebnissen im Kerker berichtete, spürte er nur eine seltsame, neue Kühle, die von ihr ausging. So sehr er sich auch mühte, gelang es ihm doch nicht, diese Distanz zu überwinden. Ärger stieg in ihm auf. Was war nur inzwischen geschehen? Sie behandelte ihn fast wie einen Fremden. Schlimmer noch als einen Fremden!

»Beinahe wären wir aufgeflogen«, fügte Benjamin hinzu. Und Prospero setzte fort: »Sperelli und Albani besuchten Schlomos Zelle, als wir noch da waren. Ich wurde Albani doch gestern bei der Soiree vorgestellt. Er kennt mich also.« Deborahs Augen weiteten sich vor Schreck.

»Willst du nicht Deborah loben, Prospero, die dir eine so vorzügliche Verkleidung zusammengesucht hat!«

»Ja! Er erkannte mich wirklich nicht! Aber ein Albani schaut sich den Gehilfen eines jüdischen Arztes auch nicht allzu genau an.«

»Gott sei Dank«, entfuhr es Deborah.

Prospero hatte den Funken von Furcht und das Lächeln der Erleichterung in ihren Augen bemerkt. Er war ihr doch nicht egal. Dennoch gelang es ihr, wieder hinter der Maske der Gleichgültigkeit zu verschwinden.

»Es hängt jetzt alles von dir ab, mein Freund. Unsere Hoffnungen begleiten dich. Übermorgen beginnt der Prozess«, sagte sie nun wieder sehr sachlich. Aber dann schaute sie ihn doch noch einmal an, eine Sekunde zu lange, schlug die Augen nieder und lief plötzlich grußlos fort, über den Platz, die Via Rua entlang nach Hause. Prospero schaute ihr verwirrt nach. Er konnte sich ihr widersprüchliches Verhalten nicht erklären. Empfindliche Morgenkühle zwickte ihn, und die Sonne drängte mit zartem Licht die Nacht zurück.

Ja, so waren sie, wie Sonne und Mond, denen es nur gewährt war, sich im Augenblick des Dämmers zu treffen. Ihnen gehörte gemeinsam weder der Tag noch die Nacht, und wie Tag und Nacht nicht zusammenkommen konnten, so würden sie sich auch niemals vereinigen dürfen.

70.

Der Gesang früher Vögel erfüllte den morgendlichen Himmel und begrüßte den 10. Juni 1700, den Tag des Corpus Christi Festes, das man in Rom besonders feierlich beging. Der Hilfsauditor, der in Benjamins Wohnung seine Verkleidung abgelegt und sich wieder in Prospero Lambertini verwandelt hatte, eilte mit großen Schritten der Kirche Santa Maria in Trastevere entgegen, die er sehr mochte und die in der Nähe seiner Wohnung lag. Etwas spät vielleicht, jedoch immer noch zu schicklicher Zeit wollte er dort die Laudes beten. In seinem Innern tobten gegensätzliche Gefühle. Er konnte sich Deborahs nicht sicher sein. Er wollte es auch nicht, wo er doch geschworen hatte, Priester zu werden. Er sehnte den Tag seiner Priesterweihe herbei, als ob damit wirklich etwas entschieden wäre, und gleichzeitig fürchtete er sich davor. Im Gebet und in der Beichte hoffte er, seine Gedanken zu ordnen. Deshalb trieb es ihn zu seiner Lieblingskirche. Hier sollt es am Sonntag geschehen, hier sollte er Gott geweiht werden.

Neben dem wunderschönen Turm aus dem Mittelalter mit einem Marienbild in seiner erhabenen Höhe stand der Hauptbau. Durch den etwas baufällig gewordenen Portikus schritt Prospero in den Innenraum, unter den Mosaiken der törichten und der klugen Jungfrauen hindurch. Er mochte diese weise Gegenüberstellung und dachte an den Spruch: Klugsein schützt vor Torheit nicht. Vor dem Apsismosaik, das in der Kuppel die Inthronisation der Jungfrau Maria auf gleicher Höhe mit Jesus sitzend zeigte, wollte er die Laudes beten. Sein Blick fiel auf Maria und Jesus, wie sie von sechs Heiligen umgeben nebeneinandersaßen.

Nicht wie Mutter und Sohn, sondern wie Braut und Bräutigam, die ihre Hochzeit feierten. Er errötete wegen des lästerlichen Gedankens. Erleichterung überkam ihn, als Michele ihm vom Altar entgegentrat.

»Reichlich spät für die Laudes!«, tadelte der glaubenseifrige Neapolitaner.

»Dich schickt der Himmel, Michele!« Prospero bat den Freund, ihm die Beichte abzunehmen.

»Dann muss es schlimm um dein Seelenheil stehen, wenn du mich darum bittest!«

Michele hatte Recht, schlimm stand es in der Tat um seinen Seelenfrieden. Noch vor Tagen lebte er das fröhliche, aber ereignisarme Leben eines strebsamen jungen Mannes in Rom, der sich auf seine Priesterweihe vorbereitete. Doch nun befand er sich im Zentrum tödlicher Intrigen und war, das musste er sich eingestehen, verliebt. Und nicht in die Jungfrau Maria, wie es sich als angehender Kleriker gehörte.

Michele wählte den einsamen Beichtstuhl gleich bei der prächtigen Kapelle.

Still sprachen sie das Vaterunser. Dann ermunterte Michele seinen Freund zur Beichte. »Vertrau dem Herrn deine Sünde an.«

Und Prospero erzählte von dem Hass, den er gegenüber einem Christen empfand, von der Verkleidung als Jude, von dem Gespräch mit Schlomo und hörte dabei Michele immer wieder aufstöhnen, als quälten ihn die Sünden und die Gefahren, in die sich der Freund begeben hatte. Es wäre keine Beichte gewesen, wenn er dem Freund nicht auch die schlimmste aller Verfehlungen offenbart hätte: »Und schließlich weiß ich auch nicht mehr, ob ich wirklich zum Priester bestimmt bin.«

Prospero vernahm ein heftiges Schlucken, dann Stille, bevor Michele sagte: »Reichlich spät kommen dir die Zweifel. Denn am Sonntag wirst du hier zum Priester geweiht. Es gibt nichts Höheres, Prospero.« Dann schwieg er wieder.

»Ich weiß, dass du kein leichtfertiger Geck bist und dass dein Entschluss, dem Herrn zu dienen, tief und ehrlich ist. Woher rühren die Zweifel? Was plagt dich? Weshalb zweifelst du an deiner Berufung?«

»Weil ich mich verliebt habe. Weil ich eine Frau liebe, mich nach ihr sehne und nicht mehr ohne sie sein kann!«

»In wen hast du dich verliebt?«

»In eine Jüdin.«

»Aber das ist unmöglich! Diese Liebe darf nicht sein! Du musst sie dir aus dem Herzen reißen. Gott will es. Gott verlangt es von dir! Siehst du denn nicht, dass genau darin deine Prüfung besteht?«

»Ich sehe es und fürchte mich.«

»Wovor?«

»Diese Prüfung nicht zu bestehen!«

71.

Der Kardinal beendete die Besprechung mit den Präfekten der dreizehn Stadtteile Roms, die vor großen kirchlichen Feiertagen und Prozessionen wie vor dem heutigen Corpus Christi Umzug des Papstes, immer stattfanden. Nur diesmal verlieh die aufgebrachte Stimmung in der Stadt wegen des Ritualmordverdachtes der Besprechung ein besonderes Gewicht. Während die Präfekten, sich gegenseitig ihre Mühsal klagend, den Saal verließen, trat Antonio auf den Kardinal zu und überraschte ihn mit der Mitteilung, dass der Kardinal Albani im kleinen Saal wartete und ihn zu sprechen wünschte. Obwohl Carasoli den Gegner keinesfalls unterschätzte, ahnte er, dass sich Albanis Situation verschlechtert haben musste, wenn der sich zu ihm begab.

»Ich empfange ihn in der Bibliothek«, wies Casaroli seinen Sekretär an.

Dann gönnte er sich noch etwas Zeit, denn es konnte durchaus nicht schaden, Albani etwas warten zu lassen, um ihm zu zeigen, wer der Herr im Hause und in Rom war. Nach einer guten Viertelstunde entschied der Kardinal, dass sein Rivale genug gewartet habe. Ihn länger zappeln zu lassen, würde die Demonstration der Macht in Arroganz verwandeln.

Carasoli betrat die Bibliothek und hob bedauernd die Arme. »Ich hatte ja keine Ahnung, dass Sie da sind, lieber Bruder, sonst hätte ich die Besprechung mit den Präfekten von Rom unterbrochen.« Er wusste, dass Albani ihm natürlich kein Wort glauben würde, aber darauf kam es nicht an.

»Ich habe mich zu entschuldigen, unangemeldet meinen viel beschäftigten Bruder derart zu inkommodieren«, parierte Albani elegant und zeigte einmal mehr sein gewinnendes Lächeln, das so berühmt wie berüchtigt war. Über ihn hieß es, dass er seine Feinde zu Tode lächeln würde. Die Freundlichkeit des Rivalen bestärkte Carasoli in seiner Vorsicht. »Womit kann ich Ihnen dienen, Albani?«

»Ich wollte mit Ihnen über den Prozess gegen Corcos sprechen, den wir morgen eröffnen werden.«

Carasoli bot Albani einen Platz an. Sie setzten sich auf zwei anmutig geschnitzte Stühle mit einem roten Damastbezug, das Sofa verschmähend. Beide wussten, warum. Albani lehnte das Angebot eines Tees höflich ab. »Sie wissen so gut wie ich, dass der gute Sperelli in seinem löblichen Eifer für unsere Kirche zuweilen übertreibt. Wir sollten ihm das nachsehen, zumal wir alle fehlbare Menschen sind.«

»Wer ohne Fehl und Tadel ist, der werfe den ersten Stein.«

»Es freut mich, dass Sie das so sehen. Reden wir also nicht über Sperellis Machtkämpfchen.« Albani schien sich über seine gelungene kleine Boshaftigkeit zu freuen. »Sprechen wir über den Prozess.«

»Über nichts anderes wünsche ich zu reden.«

»Im Interesse der Kirche, der Christen und Juden in Rom, sollten wir die Aufgeregtheit in der Stadt schnell beenden, indem wir den Rabbiner zügig verurteilen.«

Der Kardinalvikar dachte einen Moment nach, schon um sein Gegenüber zu verunsichern. »Im Interesse der Kirche liegt einzig die Wahrheit.«

Albanis linkes Augenlid zuckte leicht, ansonsten blieb sein freundliches Lächeln ungetrübt.

Nach einer kurzen Pause fügte Carasoli hinzu: »Ich kenne die Wahrheit noch nicht.«

Während sie mit Worten fochten, ging dem Kardinalvikar die Frage durch den Kopf, weshalb Albani immer nur über Corcos sprach und nicht über Schlomo. Das konnte nur bedeuten, dass der Synagogendiener zum besonderen Trumpf oder zum peinlichen Ausfall in Albanis Spiel geworden war.

Der Rivale wagte indes noch einen Vorstoß. »Die Wahrheit besteht doch darin, was der Kirche Gottes nützt und zum Wohle der Menschen dient.«

»Lieber Bruder, der Kirche Gottes nutzt nur, was wahr ist. Aber lassen Sie uns doch in Ruhe die Untersuchungen anstellen. Wir werden den Rabbiner hören, wir werden Schlomo hören und andere Zeugen und uns schließlich ein Bild machen.«

Albani erhob sich und sagte mit einer kaum wahrnehmbaren Resignation in der Stimme: »Natürlich werden wir das tun. Nichts anderes wollte ich mit Ihnen besprechen. Wir haben doch beide das gleiche Ziel.«

Carasoli brachte seinen Kollegen zur Tür der Bibliothek. »Wir werden auf alle Fälle gemeinsam entscheiden. Zwischen uns passt kein Blatt!«

»Ich freue mich, dass Sie das so sehen«, lächelte Albani. Carasoli war mit sich unzufrieden, weil Albani nun wusste, dass sich der Kardinalvikar alle Optionen offenhielt, aber er nicht die geringste Ahnung besaß, was der andere eigentlich von ihm wollte.

Er sah seinem Kollegen nachdenklich hinterher. Er wurde das Gefühl nicht los, dass der schlaue Albani nur auf ihn zugegangen war, um ihn in eine Falle zu locken.

72.

Zur gleichen Zeit stürmte der dürre Inquisitionsbeamte mit vier Polizisten Benjamins Haus. Der Arzt hörte im Halbschlaf die Schritte der Stiefel, die auf der Treppe dröhnten. Der Lärm näherte sich rasch, schließlich wurde an seine Wohnungstür gepoltert. Er schlug hellwach die Augen auf. Das galt ihm. Irgendetwas war geschehen, und das bedeutete nichts Gutes. Jetzt nahm er wahr, dass sein Schwager zur Wohnungstür ging. Saß er in der Falle?

Schnell sprang der Arzt aus dem Bett, zog Hosen und Kaftan über sein Hemd und riss das Fenster auf. Er wohnte im dritten Stock. Schaudernd blickte er hinab. Jehuda hatte die Tür geöffnet und dem Inquisitor, der nach Benjamin fragte, den Weg zu seinem Zimmer gewiesen. Der Arzt konzentrierte sich und sprach den Psalm 23:

יביצני על־מי מנחות 2 מזמוך לדוד יהוה ךעי לא אחסך:» ינהלני: בנאותדשא *Der Herr ist mein Hirte, mir wird nichts mangeln. Er weidet mich auf einer grünen Aue und führet mich zum frischen Wasser.«*

Die Tür wurde aufgerissen, und der Inquisitionsbeamte schaute Benjamin, der auf das Fensterbrett kletterte, überrascht an. »Du bist verhaftet wegen Mordes an dem Synagogendiener Schlomo.«

»Nein!«, schrie Benjamin aus Leibeskräften. Und mit dem dritten Vers des Psalms auf den Lippen sprang er aus dem Fenster.

Der Höchste hatte den alten Diener vor weiteren Torturen bewahrt, er würde auch das Richtige für ihn bestimmen. So warf er sich in Gottes Arme.

Aber Benjamin schlug nicht auf dem harten Pflaster auf, sondern erstaunlich weich. Er öffnete die Augen. Und da begriff er das Wunder und dankte dem Herrn tausendmal. Denn der Engel des Hern hatte einen Barrozzo mit hoch aufgeschichtetem Heu just in diesem Augenblick am Haus vorbeigeführt. Er sah nach oben und erkannte den wütenden Inquisitionsbeamten im Fensterrahmen, der ihm nachblickte, bevor der sich abwandte und brüllte: »Er steht mit dem Teufel im Bunde! Los hinterher, macht schon, ihr Tölpel!«

Als die Sbirren die Straße erreichten, versuchte Benjamin, sich gerade von dem Barrozzo herunterzulassen und brachte damit den enormen Heuhaufen erst gefährlich zum Wanken und dann zum Einsturz. Mühsam rappelte er sich auf. Fluchend kam nun der Bauer von vorn und nahm nur voller Schrecken wahr, dass sich das ganze Heu auf der Straße verteilt hatte. Der Arzt erhob sich, murmelte eine Entschuldigung, bevor er in die nächste Straße humpelte. Die Häscher waren ihm inzwischen auf den Fersen. Er floh in eine der winkligen Gassen, doch sie kamen immer näher. Beinah hätte er ein etwa zweijähriges Kind umgerannt, und einem Juden mit einem großen Sack auf dem Rücken gab er ungewollt einen Stoß, so dass der mit dem schweren Gewicht auf seinem Rücken in eine Drehung gerissen wurde. Glücklicherweise stieß er mit dem Sack die beiden ersten Verfolger zu Boden. Benjamin bog derweil von der Via Azzimele auf die Via Rua und entdeckte zu seinem Schrecken vor dem Portico eine lange Menschenschlange, die sich zur Kirche mit dem aufgebahrten Angelo wälzte. Es gab nur eine Rettung für ihn: Deborah musste ihn im Haus des Rabbiners verstecken.

Mit vier Schritten war er an der Tür des Rabbiners und klopfte heftig an. Sein Herz pochte wild, sein Atem rasselte in seinen Lungen. Lange Sekunden vergingen. Die Tür öffnete sich nicht. Doch dann bewegte sie sich. Deborah stand vor ihm. Sie schien sofort die Situation zu begreifen, zog ihn ins Haus und verschloss die Tür hinter ihm. Benjamin fiel auf die Knie und hustete vor lauter Anstrengung. Erleichtert dachte er, dass er es geschafft hätte und seinen Verfolgern entronnen sei. In diesem Moment hörte er eine kräftige Stimme von draußen: »Da ist der Dreckskerl rein!«

73.

Vor der Kirche San Angelo in Pescheria wimmelte es vor Menschen, die teils standen, teils auf Knien beteten oder sangen und warteten, um endlich den Knaben, nein, den Heiligen zu sehen. Es wurden ihrer immer mehr. Aus ganz Rom kamen sie zusammen. Leidenschaftlich hofften sie darauf, dass es ihnen gelingen würde, seinen Körper zu berühren. Ehrfurchtsvoll aber machten sie jetzt einer Frau Platz, die von unguten Vorahnungen getrieben zur Kirche strebte. Immer lauter erhoben sich die Rufe aus der Menge vor und bald auch schon in der Kirche an diesem Donnerstagvormittag zu Corpus Christi Anno 1700.

»Es ist die Mutter!«

»Die Mutter des Heiligen!«

»Lasst sie durch!«

»Geheiligt sei die Frucht deines Leibes!«

»Du bist gebenedeit unter den Weibern.«

»Lasst sie durch.«

»So lasst sie doch durch!«

»Geheiligt! Geheiligt! Gute Mutter!«

»Lasst die Mutter des kleinen Angelo durch!« Wie von selbst bildete sich im Kirchenschiff eine Gasse für Renata, durch die die Fischersfrau anfangs unsicher schritt. Noch nie hatte ihr ein Mensch Platz gemacht. Zeit ihres Lebens war sie es gewohnt, ihre Ellbogen zu benutzen, um nicht beiseitegeschoben zu werden. Diesmal aber traten die vielen Menschen ehrfürchtig zurück, sprachen mit höchster Verehrung von ihr und verglichen sie sogar mit der Mutter Maria. Aber es wollte ihr nicht gelingen, die Huldigung zu genießen, weil sie beständig ein dunkles Gefühl warnte, dass als Preis für den Genuss der hundertfach dargebotenen Bewunderung der schlimme Verrat an ihrem Sohn gefordert werden würde. Niemand hatte sie in der Theologie oder in einem anderen Fach belehrt. Sie war nur eine einfache Frau mit dem bisschen Erfahrung, das ihr das Leben aufgebürdet hatte. Sie spürte jedoch genau, dass die Huldigung nur die Maske der Versuchung und der Spott des Teufels sein konnte. Denn dafür brauchte sie kein Seminar und keine Vorlesung, um zu wissen, dass alles im Leben seinen Preis besaß und es nichts umsonst gab. Auch nicht die Verehrung. Ihr Instinkt trog sie nicht.

Sie war ja nur hier, weil man ihr hinterbracht hatte, dass ihr Sohn aus dem Grab gerissen und auf dem Altar dieser Kirche als Heiliger ausgestellt worden war. Sie mochte es nicht glauben. Mit widerstreitenden Gedanken rannte sie zur Kirche. Nur ein Gedanke beherrschte und peinigte sie zugleich: Sollte denn ihr toter Engel niemals Ruhe finden?

Sie schritt voller Furcht vor dem, was sie erwartete, der Apsis der Kirche entgegen, denn die Anwesenheit so vieler Menschen ließen sie ahnen, dass die Gerüchte der Wahrheit entsprachen. Vor ihr stand plötzlich der dicke Mönch, der die verwesende Leiche ihres Sohnes mit seiner Körperfülle verdeckte. Er sprach zu ihr mit großer Barmherzigkeit: »Frau, dein Sohn ist ein Heiliger. Bedenke, welche große Ehre dir der Herr zuteilwerden ließ, du bist die Mutter eines Heiligen.«

Sie aber hörte nicht auf seine Worte. »Geh zur Seite, ich will zu meinem Sohn.«

Bernardino konnte ihr das nicht verwehren. Unter Segenssprüchen und Lobpreisungen machte er Platz.

Was sich ihr offenbarte, schnürte ihr das Herz ab. Es waren keine fünf Tage her, da hatte sie noch gesehen, wie ihr Angelo scherzend und übermütig und dann wieder verschmitzt und grübelnd durch die Gassen von Regola lief. Ein Heiliger sicher nicht, aber etwas Besonderes war er. Mehr als ihre beiden anderen Kinder, die sie sehr wohl liebte, die aber ihrem Bruder im Verstande und im Gefühl nachstanden. Und jetzt lag er schamlos ausgestellt nackt auf diesem Altar. Ihr Blick wurde unwillkürlich von seinem Brustkorb angezogen. Dort bewegte sich etwas. Renata ahnte, was sich da regte, und hoffte so sehr, dass sie sich irrte. Sie kannte den Anblick von altem Fisch. Auf seinem Brustkorb wimmelte es von Maden. Der Bild brannte in ihren Augen und versengte ihren Blick. Der ganze Irrsinn musste enden, sofort! Sie nahm alle Kraft zusammen und brüllte aus tiefstem Herzen: »Schafft ihn zurück in sein Grab!«

Das war keine Bitte, sondern ein Befehl. Bernardino ging auf sie zu, um ihre Hände zu halten, und sprach mit sanfter Stimme auf sie ein. »Das geht nicht, Mutter. Der Heilige Angelo gehört nicht mehr dir.«

»Wie? Nicht mir?« Der Zorn überkam sie. »Ich bin seine Mutter. Was redest du für einen Unsinn!« Danach wandte sie dem Mönch den Rücken zu und sah in das Kirchenschiff. Die Menschen verstummten, hörten auf zu beten, manche erhoben sich, aber alle beobachteten atemlos, was vor dem Altar Unerhörtes vor sich ging. »Wenn hier keiner ist unter euch, der einer armen Mutter helfen will, dann werde ich es allein tun, dann werde ich allein meinen Sohn ins Grab zurückbringen, auf meinen eigenen Händen, mit denen ich ihn gewiegt und gewaschen habe, dann ...«

Weiter kam sie nicht, denn Bernardino fiel ihr mit der ganzen Gewalt seiner Stimme ins Wort. »Sie ist nicht bei Sinnen, die Arme. Der Schmerz hat ihr den Verstand geraubt. Der Teufel hat sich als Trauer verkleidet! Bringt sie fort. Schnell! Wir wollen sie später heilen! *In nomine patri et fili et spiritus sancti, Amen!«*

Mit großer Geste bekreuzigte sich Bernardino. Renata schaute den Dominikaner verdutzt an. Wie konnte der behaupten, dass sie verrückt sei, gar vom Teufel besessen. Sie wollte doch nur ihren toten Sohn begraben! Bevor sie noch etwas erwidern konnte, packten sie mehrere Männer und schleiften sie brutal aus der Kirche. Renata wehrte sich, sie klammerte sich an die Stuhlreihen, an die Kleidung der Menschen, an denen sie vorbeigezerrt wurde, an alles, was sie in der Eile mit ihren Händen zu fassen bekam. Sie wollte ihren armen Jungen nicht allein lassen. War es denn nicht schlimm genug, dass er tot war? »Ihr guten Leute, helft einer armen Mutter! Er ist mein Sohn! Mein Sohn!«

Niemand kam ihr zu Hilfe. Stattdessen sahen die Menschen sie nur bedauernd an. Bernardinos Stimme dröhnte ihr nach: »Die Arme ist nicht bei Sinnen! Hilf, Herr, hilf!«

Ein weiterer Dominikaner, ein Exorzist, dirigierte die Männer zu einem kleinen Holzverschlag neben der Kirche. Renata spürte noch, wie sie in den Raum geworfen wurde. Und dann lag sie im Dunkeln. Sie hörte noch, wie eine Tür verschlossen wurde. Benommen stand sie auf, trommelte sich an der Tür die Fäuste blutig und schrie sich die Stimmbänder wund um Hilfe für ihren kleinen Angelo! Doch ihre kräftige Stimme ging unter in dem Agnus Dei, das Bernardino unterdessen angestimmt hatte und in das die tausend Kehlen vor und in der Kirche einstimmten:

Agnus Dei, qui tollis peccata
Mundi, miserere nobis.
Du Lamm Gottes, du trägst die Sünden
Der Welt, erbarm dich unser.

74.

Deborah erschrak. Jemand klopfte heftig an die Tür. Ratlos blickte sie Benjamin an. Sie legte den Zeigefinger auf die Lippen und wies dann stumm mit dem Finger in Richtung Kellerverschlag. Wieder pochte es gegen die Tür. Deborah vergewisserte sich, dass Benjamin die Bodenklappe hinter sich zugezogen hatte. Als sie die Tür öffnete, schlug ihr das vielstimmige Agnus Dei von der Kirche San Angelo in Pescheria geradezu ins Gesicht:

Agnus Dei, qui tollis peccata
Mundi, miserere nobis.

Ein schwer atmender Inquisitionsbeamter mit vielen Polizisten im Schlepptau stand vor ihr.

»Was wollen Sie?«

»Gib den Arzt Benjamin heraus!«, herrschte er sie an. Als sie keinerlei Anstalten unternahm, sich zu rühren, winkte er die Sbirren heran, die Deborah einfach zur Seite schoben und das Haus stürmten. Sie protestierte, aber der Beamte befahl ihr nur barsch. »Zeig uns, wo er ist.«

»Hier ist keiner außer mir.« Sie schaute ihm fest in die Augen.

»Wage es nicht, uns zu belügen!«

»Wessen wird er denn verdächtigt?«, stellte sie den Inquisitor unbeeindruckt zur Rede.

»Des Mordes an dem Synagogendiener Schlomo.«

»Schlomo ist tot?«, entfuhr es ihr. Der arme Schlomo! Sie kannte ihn schon, so lange sie denken konnte. Er hatte ihr Lesen und Schreiben beigebracht.

»Mörder!«, schrie sie dem Inquisitor ins Gesicht. Der Inquisitor lief rot an. »Noch ein Wort, und du kommst mit!« Die Tochter des Rabbiners wandte sich ab. Sie ging in die hinteren Zimmer des Hauses, wo die Sbirren das unterste zuoberst kehrten auf der Suche nach dem flüchtigen Arzt. Ihr blieb fast das Herz stehen, als zwei Polizisten die Kellerklappe öffneten und hinabstiegen. Sie folgte ihnen. Nun war auch noch Benjamin verloren. Warum, warum nur musste ihnen alles misslingen?

Im großen Gerümpelkeller fanden die beiden Polizisten nichts. Sie betraten die gegenüberliegende Mikwe. In dem Baderaum reinigten sich die Frauen rituell immer dann, wenn sie ihre Menstruationsblutung gehabt hatten. Nur in diesem Raum konnte Benjamin sich versteckt halten. Gleich, gleich würden sie ihn entdecken. Äußerlich gleichmütig folgte sie den Schergen mit Blicken. Im Innern aber starb sie tausend Tode. Die Häscher schauten in die Ecke, in und auf den Schränken nach, warfen einen Blick in das dunkle Wasser. Sie fanden Benjamin nicht. Auch Deborah fragte sich jetzt, wo sich der Arzt versteckt haben mochte. Es gab aus dem Keller kein Entrinnen, und doch konnten ihn die Sbirren, die jeden Winkel durchsucht hatten, nicht finden. Sie erinnerte sich jetzt daran, wie der Mystiker im Gesang der sterbenden und lebenden Engel schwebte. Und musste unwillkürlich lächeln. Der Inquisitionsbeamte schien zu glauben, dass ihn die Jüdin auch noch verhöhnte. Wütend beschimpfte er seine Leute. Dann drohte er Deborah. »Im Kerker verrecken wirst auch du, sobald wir diesen Benjamin und seinen Gehilfen haben. Und wir kriegen sie! Verlass dich drauf. Dann wird dir das freche Grinsen schon noch vergehen!«

Er wollte schon die Wohnung verlassen, da drehte er sich im Flur noch einmal zu ihr um. »Kennst du Schlomele, den Gehilfen des Arztes?«

Kannte sie Schlomele? Prospero kannte sie, den König Salomo kannte sie, aber einen Schlomele kannte sie nicht.

»Nein«, antwortete sie wahrheitsgemäß und entspannt. »Ein Schlomele, der Gehilfe des Arztes sein soll, ist mir unbekannt! Soviel ich weiß, arbeitet der Arzt allein. Ansonsten gibt es natürlich viele im Ghetto, die so heißen. Schlomele der Schuster, Schlomele, der Metzger …«

»Halt dein freches Maul!«, fauchte der Inquisitor und verließ außer sich vor Zorn mit den Sbirren das Haus. Deborah atmete hörbar aus und entspannte sich. Doch plötzlich überkam sie eine schlimme Ahnung. Niemand durfte von Prosperos Verkleidung erfahren. Sie würden den Hilfsauditor des Mordes bezichtigen, schon weil er zur Famiglia des Kardinals Carasoli gehörte und sie dadurch endlich den Trumpf in die Hand bekämen, der ihnen fehlte.

Und außer ihr und Prospero wussten nur Benjamin und Ahab von der Verkleidung. Sie alle mussten unbedingt schweigen! Wo aber war Benjamin?

75.

Unterdessen kam Prospero mit einem kleinen Köfferchen, wie ihn die Ärzte benutzten, im Palazzo Odescalchi an. Jetzt, wo die helle Sonne die Säle und Kabinette beleuchtete, erkannte er den Palast kaum wieder. Er fragte nach Odescalchis Sekretär, der auch sogleich erschien und ihn in ein kleines Zimmer neben der Bibliothek führte. Auf einem Tisch stand eine Holzkiste. Der Sekretär zeigte auf die Kiste. »Darin sind alle Briefe des Papstes, die sich im Besitz des Herzogs befinden.« Bevor er das Zimmer verließ, mahnte er sehr freundlich: »Vergessen Sie nicht, dass der Herzog Ihnen vertraut.«

Er hat auch allen Grund dazu, dachte Prospero. Schließlich war er unfreiwillig Zeuge geworden, wie der Herzog einem mächtigen Mann Hörner aufgesetzt hatte. Das sagte er freilich nicht, sondern nickte nur zum Dank.

Sobald er allein war, begann er die Kiste zu durchsuchen. Es fanden sich darin sieben Briefe von Maria Carasoli. Der Hilfsauditor entnahm der Tasche eine Tinktur, mit der er die Geheimschrift sichtbar zu machen vermochte, mehrere Bogen Papier, um die Zahlen zu notieren, und die Ausgabe von Gregors Hohelied-Homilie aus dem Besitz des Papstes, mit der er die Zahlen der verborgenen Botschaft entschlüsseln konnte. Zuerst musste er das Papier mit der Flüssigkeit bestreichen, die dann den verborgenen Text so lange erscheinen ließ, wie das Papier nass oder feucht durch die Tinktur war. Mit dem Trocknen des Papiers wurde die Geheimtinte wieder unsichtbar. Den Buchstaben musste er die Zahlenwerte zuordnen, die dann Seite, Zeile und Buchstaben anhand der Homilie ergaben.

Die Briefe selbst enthielten ziemlich belanglose Betrachtungen über die Keuschheit, die Liebe zu Gott und über das Glück der Nonne als Braut Christi. Echt und wahr empfunden, aber von Tausend anderen genauso gedacht und von Hundert anderen bereits in ähnlicher Weise zu Papier gebracht.

Aber welche Überraschung erwartete ihn, als er die geheimen Botschaften entschlüsselte. Plötzlich erschien der banale Brief nicht mehr so belanglos. Handelte der offizielle Brief von der Entsagung, so gab die Entsagung auch im verborgenen Inhalt das Thema vor, die Abkehr von den Menschen, um frei zu sein für Christus verwies auf die Kämpfe der Maria Carasoli, sich von der verbotenen Liebe abzuwenden. Erging sich die Autorin in der für alle lesbaren Epistel in ihrer Liebe zu Christi, so litt sie im verborgenen Brief an der Liebe zum Kardinal Odescalchi, dem späteren Papst Innozenz XI.

Prospero schmunzelte zunächst darüber, dass sich der umworbene Odescalchi als Papst der Unschuldige nannte, nämlich Innozenz. Aber das Lächeln verging ihm schnell, als sich ihm offenbarte, womit er es hier zu tun hatte, mit der Liebe der tugendhaftesten Frau des 17. Jahrhunderts zu dem tugendhaftesten Papst dieses Säkulums. Was sich ihm hier offenbarte, war zugleich menschlich erschütternd und ein klerikaler Skandal. Prospero beugte sich über die übersetzten Worte.

Lieber, liebster Herr Kardinal, Mann Gottes, Sie haben meine Seele geprüft und nur Sie allein wissen, wie rein sie ist. Und doch, in aller Keuschheit ruft sie nicht nur nach Christus. Sie fragt auch beständig nach Ihnen! Ich habe bis zum Zustand der völligen Erschöpfung Sieche gepflegt, und zwar diejenigen mit Vorliebe, die an einer ansteckenden

Krankheit litten, und gebetet, um meine Sehnsucht nach Ihnen in Müdigkeit zu ersticken. Doch wenn ich mich so erschöpft, dass ich keinen Schritt mehr vor den anderen zu setzen verstand, auf mein hartes Lager legte, und hoffte, an nichts mehr denken zu können, schlief ich dennoch mit der brennenden Sehnsucht nach Ihnen ein. Das Lager konnte nicht hart genug sein, um der Süße der Phantasie zu wehren. Im Traum stand allein Ihr Bild mir vor Augen und seltsam, immer trieb mich das Gefühl, Sie beschützen zu müssen, heiliger Mann. Wurde ich von den guten Schwestern geweckt, lag mir noch vor den heiligen Silben Christi oder Kyros oder Messias Ihr geliebter Name auf den Lippen. Oh, ich weiß, ich weiß ja nur zu gut, dass das alles Sünde ist. Sagen Sie mir, mein heiligmäßiger Freund, warum werde ich nur so versucht, warum nur?

Prospero verschlug die Lektüre den Atem. Vor seinen Augen, Zeile für Zeile, Wort für Wort, Buchstabe für Buchstabe enthüllte sich ein Drama, für das er aus allzu nahe liegenden Gründen nicht ganz unempfänglich war. Zwar fehlte der Antwortbrief, doch ihre nächste Epistel ließ Odescalchis Entgegnung ahnen. Er hatte sie sicher zur Buße ermahnt, zu asketischen Übungen geraten, aber es muss sich auch etwas von dem großen Gefühl, das er für sie empfand, in seine Sätze geschmuggelt haben, denn sie schrieb ihm neben all dem Dank für seine Mahnungen und vorgeschlagenen Kasteiungen, dass sie wisse, wie sehr sie beide der Buße bedurften.

... welch unerhofftes Glück und doch auch welche Pein. In Ihren Worten, ferner Freund, entdeckte ich eine Leidenschaft, die sich von der Liebe unterscheidet, die ein Hirte seiner Herde entgegenbringt. Auf welche Art soll ich Gott dafür danken, dass Sie meine Gefühle erwidern? Soll

ich meinen Leib abtöten? Nur noch daran arbeiten, das sündige Fleisch zu überwinden. Wie es der große Antonius tat.

Sie ging voran, sie sprach bereits vom Leib. Mühsam hinter theologischen Argumenten dürfte er seinen Schrecken versteckt haben, dass sie ihrem Körper, den er in seiner Einsamkeit anbetete, Gewalt anzutun gedachte, und er schien sie, und hier schüttelte Prospero den Kopf, mit einer der sinnlichen Frauenfiguren des großen Bildhauers Bernini verglichen zu haben, denn sie antwortete Folgendes:

Ach, ach, guter Kardinal, zu viel Ehre, zu viel Wohlwollen, das Sie mir entgegenbringen. Wie können Sie den armseligen Körper einer Nonne mit der makellosen und dadurch doch sündhaften Schönheit der Costanza Bonarelli vergleichen. Wissen Sie denn nicht, dass Bernini in dieser Büste seine Geliebte dargestellt hatte. Aus Eifersucht schüttete er ihr Säure ins Gesicht, weil er das Antlitz, das ihn so sehr quälte, weil es ihn zuvor himmlisch betörte, zerstören wollte. Würden Sie so weit gehen und meinen Körper vernichten wollen? Oh, ich bete inständig, dass Sie es tun würden. Wenn die liebliche Larve der Seligkeit entgegensteht, soll sie zerschlagen werden! Ich möchte nicht, dass dieses eitle Gehäuse, das die Welt Leib nennt, Sie vom Pfad der Tugend abbringt. Lieber würde ich sterben! Warum empfinden wir nur so? Kann Gott uns so grausam prüfen?

Der Hilfsauditor verstand, wie sehr diese beiden Menschen ihre Zuneigung als Sünde empfanden, und mehr noch, dass sie einander begehrten, weil sie ihre Liebe als Sünde verstehen mussten. Sicher hatte er ihr einen langen Brief über die Enthaltsamkeit und über Exerzitien, die das Verlangen dämpfen, geschrieben. Jedenfalls las Prospero in der nächsten Nachricht von ihr, dass sie ihm zutiefst für seine Ratschläge dankte, die sie beflissen befolgte. Nun sei sie frei und gelöst und spüre endlich wieder eine lang vermisste Ruhe. Der Frieden sei in ihre Seele zurückgekehrt.

Aber diese Ruhe hielt nicht lange an, denn sie musste die Erfahrung machen, dass der Versuch, die Liebe durch Exerzitien zu töten, das Gleiche sei … *wie der Versuch Feuer mit Öl zu löschen.*

Und schon im darauffolgenden Brief fieberte sie ihrer Begegnung mit dem Kardinal entgegen. Sie reiste zu ihm. Sie wollte mit ihm sprechen, und er? Er hatte es genehmigt.

Prospero konnte es kaum erwarten, den nächsten, den siebenten Brief zu lesen. Offiziell schrieb sie von der mystischen Vereinigung der Braut, der Nonne also, mit dem Bräutigam, mit Jesus Christus:

O Herr, liebe mich leidenschaftlich und liebe mich oft und lange! Denn je häufiger du mich liebst, desto reiner werde ich; je leidenschaftlicher du mich liebst, desto schöner werde ich; je länger du mich liebst, desto mehr werde ich geheiligt hier auf Erden.

War das schon ungeheuerlich, obwohl es noch mit den Denkfiguren der christlichen Brautmystik spielte, mochte Prospero kaum glauben, was er aus diesen Buchstaben und den dazugehörigen Zahlenwerten entzifferte. Er überprüfte das Ergebnis noch einmal, um keinem Irrtum aufzusitzen.

Das, was er las, zwang ihn, schleunigst mit Francesco Carasoli zu reden.

76.

Wie jedes Jahr begannen die Corpus-Christi-Feierlichkeiten am späten Nachmittag mit einer Messe in der Bischofskirche des Papstes, in San Giovanni in Laterano, die Innozenz XII. selbst zelebrierte.

Prospero war es zusammen mit Valenti, Michele und Aquaviva trotz der vielen Menschen, die das Portal der Basilika bestürmten, noch gelungen, ins Innere der Kirche zu gelangen. Sie standen eingezwängt zwischen niederen Klerikern, Pilgern aus dem ganzen Abendland, Studenten, Händlern, Fischern, Metzgern, Handwerkern, Bauern und ihren Frauen und Kindern. Aber die Messe, die sie erlebten und die feierliche Einsetzung der Hostie, des Leibes Christi, in das geschmiedete Behältnis in Form einer Mondsichel, entschädigte sie für die erduldete Unbequemlichkeit.

Albani nahm die Monstranz aus den Händen des gebrechlichen Papstes entgegen, dessen Kräfte nicht mehr genügten, um sie selbst auf dem langen Prozessionsweg zu tragen. Feierlich hob er sie nun hoch, um sie den Gläubigen zu zeigen, dann hielt er sie vor seinem Herzen und schritt dem Papst voran zum Ausgang der Lateranbasilika. Die anderen Kardinäle reihten sich in gemessenem Abstand hinter den Papst ein. Es folgten die Bischöfe, die Ordensgeneräle, die Äbte und der römische Senat, die Präfekten der Stadtteile in ihrem prächtigsten Ornat, und schließlich der Reihe nach alle, die in der Kirche die heilige Messe gefeiert hatten.

Vor dem Portal von San Giovanni wartete bereits eine große Menge mit Fahnen und Wimpeln, festlich gekleidet oder in ihrer schlichten Alltagstracht, heute aber mit

Blumen oder bunten Bändern verziert. Das Volk von Rom liebte diesen Feiertag besonders wegen des Trostes, den er spendete und der Hoffnung, die er in die Herzen der Menschen goss, dass Gott nämlich allgegenwärtig war und gnädig und auch den Sünder nicht verstieß. Ihnen allen war er bereit, das Himmelreich zu öffnen. Dazu hatte er seinen Sohn geschickt, dessen unvergänglichen Leib sie heute feierten in der Sehnsucht nach der eigenen Unvergänglichkeit.

Das bunte Gewimmel der vielen Christen auf dem weiten, und doch überfüllten Vorplatz der Basilika fügte sich mit den aus der Kirche drängenden Gläubigen wie durch Geisterhand. Genau betrachtet bestand das Wunder darin, dass jedes Jahr um diese Zeit das Ritual von immer neuen Generationen der Römer und ihrer Gäste bewundert und eingehalten wurde. Niemand hatte es notiert, es wurde von Generation zu Generation vererbt. So setzte sich der Zug von der Lateranbasilika zur größten Marienkirche Roms, zu Santa Maria Maggiore, in Bewegung.

Die Nachmittagssonne stach nicht mehr unbarmherzig aus ihrem hohen blauen Himmel, sondern beschenkte die Stadt mit einer freundlichen und verspielten Wärme, die hin und wieder durch einen Windhauch aufgelockert wurde.

Allen voran trug Kardinal Albani die Monstranz, gefolgt vom Papst selbst, der es sich nicht nehmen ließ, diesen Weg zu gehen. Hinter ihm trugen vier Cavaliere den Papstthron, falls die Beine dem Pontifex unterwegs den Dienst versagen sollten. Hinter den Purpurträgern marschierten die Musiker in ihren Livreen, die in den Farben weiß, rot und grün gehalten waren. Prachtvoll leuchteten die Banner der dreizehn Vorsteher der Stadtbezirke Roms, und die

Fahne der Universität, auf der ein Engel in feurigen Farben prangte, wie das Wissen, das von Gott kam, um mit ganzer Größe und Gewalt die Erde zu erobern. Diesem Banner schloss sich die Fahne Roms an, auf deren rotem Untergrund die goldenen Buchstaben S.P.Q.R. leuchteten: *Senatus Populusque Romanus* (der Senat und das römische Volk). Ihm folgte die rote Johanniterflagge aus reiner Seide mit weißem Kreuz. Wie Engelstränen funkelten die Edelsteine, mit denen die prächtigen Gewänder der Patrone der großen Familien besetzt waren. Schließlich folgten Erzbischöfe, Bischöfe, die Generaloberen der Orden, die Äbte, die Diakone, Subdiakone und die Erzpriester der sieben Wallfahrtskirchen Roms.

Die Mönche vermischten sich bereits mit dem Popolo. Der Weg der Monstranz vom Lateran zur Kirche Santa Maria Maggiore symbolisierte den irdischen Weg in die Ewigkeit. Im Lateran war der Leib Christi in Gestalt der Hostie, die sich in der Monstranz befand, wirklich anwesend, leibhaftig, unter den Menschen, tief im Jammertal, und nahm nun seinen Weg aus dem Heiligtum, dem Fanum, hinaus durch die Straßen Roms ins Profanum, ins Alltägliche, um in Santa Maria Maggiore wieder ins Fanum zurückzukehren. Und hatte nicht jeder, der in dieser Prozession mitmarschierte die Anwesenheit des Gottessohnes, der alle Schuld auf sich nimmt, nötig? Und einige unter ihnen ganz besonders! Mögen sie es wissen oder auch nicht. Danach würde am Ende aller Tage nicht gefragt werden. Nicht danach, was man gewusst, sondern danach, was man getan hatte.

Singend verließ der Zug nun San Giovanni in Laterano. Prospero kamen bei all der Pracht und der Gelöstheit die letzten Tage wie ein Traum vor, unwirklich und vergangen. Im lichten Schein der Sonne zerstoben all die

Nachtgestalten, die seine Seele belasteten. Wie nur konnte er daran zweifeln, Priester zu werden. Er verstand sich selbst nicht mehr, seinen Zweifel nicht und auch nicht die Schwachheit, jemand anderen als die Kirche zu lieben, diejenige, die ihm Mutter wurde, als er der neuen Ehe Lukrezia Lambertinis mit Graf Bentivoglio im Wege stand. Inmitten dieser seligen Menschen erlebte Prospero mit jeder Faser seines Körpers die große Familie, die *Gemeinschaft der Heiligen,* die sie bildeten. Sie waren seine Familie, die jetzt in der Hochstimmung der Anwesenheit des Gottessohnes selbst Bernardino einschloss. Er war bereit zu verzeihen! Er verzieh.

Die Freunde fanden sich plötzlich in einer Gruppe von Dominikanern wieder. Prospero spürte auf einmal einen sengenden Blick auf sich, und schaute sich um. Kalt fühlte sich plötzlich sein eben noch so wohlig warmes Herz an, vereist unter den kalten Augen Fra Bernardinos. Mein Gott, durchfuhr es den jungen Hilfsauditor, wie konnte der Mönch selbst an diesem Tag, in dieser feierlichen Prozession, so sehr hassen? Galt nicht zu Recht die Vergebung als die christlichste aller Tugenden?

Ob aus Abwehr oder aus Vergebung, aus Friedenswunsch oder aus Hilflosigkeit oder aus allen Gründen gleichermaßen: Prospero schlug ein Kreuz über den Mönch. Und schloss sich wieder seinen Freunden an, in das *Te deum* einfallend, das sie mit allen anderen sangen.

Bernardino fühlte sich durch den Segen des kleinen Hilfsauditors verhöhnt und winkte unauffällig die abenteuerliche Gestalt, die sich hinter ihm gehalten hatte, zu sich. Der schwarze Salvatore glitt wie zufällig an die Seite des dicken Mönchs. Nur mit den Augen wies der Mönch auf Prospero, der nun halb rechts vor ihm lief. Der Blick genügte Salvatore. Er nickte nur leicht, zum Zeichen, dass er verstanden hatte.

Prospero konnte sich dagegen nicht erwehren, wieder überkam ihn das Gefühl, verfolgt zu werden. Er raunte Valenti zu: »Spotte nicht, aber ich glaube, mich verfolgt jemand!«

»Meinst du wirklich?«, entgegnete dieser skeptisch, lenkte dann aber doch ein: »Gut. Ich lass mich zurückfallen und du wechselst möglichst oft deine Position. Mal seh'n, ob ich etwas Auffälliges bemerke. Wenn dein Gefühl dich nicht trügt, dann kriegen wir den Schuft schon!« Diese heitere Leichtfertigkeit bewunderte Prospero immer wieder an seinem Freund.

Wie angekündigt blieb Valenti zurück, ohne den Freund aus den Augen zu verlieren. Der Hilfsauditor beeilte sich, den rechten Rand der Prozession zu erreichen, um gleich darauf sich wieder zurückfallen zu lassen und so schnell es ging auf die linke Seite zu wechseln. Valenti fiel dabei bald ein süditalienischer Typ auf, der geschmeidig und unauffällig Prospero an den Fersen geheftet blieb, ganz gleich, wohin er sich begab, wie schnell oder wie langsam.

Ebenfalls auf der linken Seite erhoben sich finster die geschwärzten Ruinen eines antiken Tempels, in die sich die kleine Kapelle des heiligen Pietro und Marcellino duckte. Einem spontanen Einfall folgend, rannte der Graf gegen den Verfolger und stieß ihn durch das kleine Gartentor der Kapelle. Durch die Überrumpelung und die Heftigkeit des Stoßes geriet der Schwarze hinter der Pforte ins Taumeln. Schon stand Valenti vor ihm. »Wer bist du und wer schickt dich?«

»Aus dem Weg!«, zischte der.

»Wer schickt dich, Kerl?« Valenti stellte sich auf einen Kampf ein, denn er war fest entschlossen, der Sache auf den Grund zu gehen.

»Du Narr!«, fluchte der andere und versetzte dem Grafen schnell einen Faustschlag. Dem zweiten Schlag konnte Valenti aber ausweichen und warf sich mit einem Sprung auf seinen Angreifer, der das Gleichgewicht verlor und mit ihm zusammen der Länge lang hinstürzte. Valenti presste die Arme des anderen auf den Boden, doch der verschränkte die Füße um seinen Hals und riss mit einem Schwung seines Unterleibes Valenti herunter. Dann sprang er auf. Doch der Graf packte ihn am rechten Fuß und riss ihn mit einem Ruck in seine Richtung, wodurch der andere aufs Gesicht fiel. Valenti wollte sich auf ihn stürzen, doch der Schwarze trat mit den Füßen gegen seinen Brustkorb und stieß ihn dadurch zurück. Der Graf stürzte auf den Rücken, fast gleichzeitig mit seinem Fall landete der Schwarze auf seinem Oberkörper, klemmte dessen Unterarme auf den Boden wie in einen Schraubstock unter seinen Knien ein, legte seine großen Hände um seinen Hals und drückte zu. Valenti begann zu röcheln und dachte nur erstaunt: »Sieht so das Ende aus?«

77.

Die Prozession näherte sich unterdessen dem großen schmucklosen Giebel der Kirche Santa Maria Maggiore. Prospero hatte nicht länger das Gefühl, verfolgt zu werden. Aber wo war Valenti? Er wollte schon umkehren und den Freund suchen.

Da nahm er ihn plötzlich wahr, diesen scharfen Geruch nach Schweiß, faulen Eiern und Urin. Kein Zweifel, das war der infernalische Geruch, den ihm Schlomo beschrieben hatte. Besser hätte man es nicht ausdrücken können, dachte Prospero: wahrlich der Gestank des Teufels. Schnell wandte er sich um und sah plötzlich in diese kalten, schmalen Augen, die ihn fast gelangweilt anschauten. Dieser kurze Blick genügte, und Prospero wusste, dass er seinem Mörder gegenüberstand. Da war kein Hass und keine Gefühlsregung, nur die ruhige Konzentration eines Handwerkers. Wie ein Metzger, dachte Prospero. Es stimmte, Salvatore litt an einer Schuppenflechte, die ihn räudig aussehen ließ. Mit einer schnellen Bewegung wich der Hilfsauditor dem gegen ihn geführten Stoß mit dem Messer aus. Im Stillen dankte Prospero dem alten Synagogendiener, denn dessen Beschreibung hatte ihm nun das Leben gerettet. Ihm wurde plötzlich bewusst, dass er inmitten der vielen Menschen nicht sicher war, dass die Menge dem Bravo nur die perfekte Tarnung bot, sich ihm unbemerkt von hinten oder von der Seite zu nähern und ihn durch einen schnellen Stoß zu töten. Nur weg, raus aus diesem unübersichtlichen Labyrinth von Menschen hämmerte es zwischen seinen Schläfen. Er floh aus der Prozession. Trat fremden Menschen auf die Füße, rempelte sie an, erntete missbilligende Blicke und erreichte schließlich den Rand des Umzuges. Es ging um sein Leben. Er rannte in die erstbeste Straße und fühlte, dass der Mörder ihm an den Fersen klebte. Instinktiv schlug er den Weg zum Regolaviertel ein.

Feigheit gehörte eigentlich nicht zu seinen Eigenschaften, aber sein Verfolger hatte mit Sicherheit schon viele

Menschen ins Jenseits befördert. Sich ihm zu stellen, unbewaffnet und ungeübt, bedeutete Selbstmord. Und er hatte noch ein Versprechen einzulösen. Der Hilfsauditor lief mit wilder Entschlossenheit um sein Leben.

Die Via Panisperna war zu dieser Stunde ungewöhnlich menschenleer, denn ganz Rom nahm an dem Umzug zu Ehren von Corpus Christi teil. Prospero spürte, dass er den Bravo zwar nicht abzuschütteln vermochte, aber es dem Meuchelmörder scheinbar auch nicht gelang, den Abstand zu verringern. Der Lebenswille trieb den Hilfsauditor und ließ sein Herz wild pochen. Er flog förmlich über die Piazza Veneziana. Und suchte in Todesangst nach Rettung.

Prospero spürte den keuchenden Atem des Verfolgers im Nacken und presste alle Kraft in seine Beine, so dass das Unmögliche gelang und er trotz der Erschöpfung beschleunigte. Und plötzlich geschah ein Wunder. Das Blei wich aus seinen Waden. Er fühlte sich auf einmal seltsam leicht. So als schwebte er über den Boden dahin. Zwar hörte er den Verfolger noch, aber dessen Atem spürte er nicht mehr in seinem schweißnassen Nacken. Offensichtlich war es ihm gelungen, die Distanz zu vergrößern. Und dann sah er plötzlich den Gasthof La Grassa vor sich. War das der Ort der Rettung oder der Ort des Sterbens? Hierhin hatte es ihn also getrieben! Zu dem Gasthof à la Bologna, der eine Ahnung von Heimat im fremden Rom bildete.

Aber warum war der Gastraum leer? Die Enttäuschung floss wie flüssiges Blei in seine Knochen. Niemand war da. Er saß in der Falle, hier fand er keine Hilfe. Kein Zweifel, es war nicht der Ort der Rettung, sondern der des Sterbens. Prospero empfahl Gott seine Seele. Da tauchte Caterina hinter der Theke auf. Nun verfluchte er sich, hierher geflohen zu sein.

»Wo ist dein Vater, deine Brüder, Caterina?«, presste er keuchend hervor.

»Bei der Prozession! Aber wie siehst du denn aus?« Sie schien überrascht zu sein, ihn so verängstigt zu sehen. In diesem Moment betrat der schwarze Salvatore den Gasthof. Caterina warf einen Blick auf den Bravo. Prospero erkannte in ihren Augen, dass sie wusste, mit wem sie es zu tun hatte.

»Wo ist Pepe?«

»Wer ist Pepe?«

»Vater hat ihn beauftragt, dich zu beschützen.«

Prospero begriff, dass Pepe ihn die ganze Zeit beschattet hatte, dass daher das Gefühl rührte, verfolgt zu werden und dass Valenti womöglich den falschen Mann attackierte.

Salvatore blickte kalt, mit unbewegtem Gesicht vor sich hin. Er war ein Geschäftsmann des Todes. Im Angesicht des schmutzigen Würgeengels erkannte Prospero mit schmerzlicher Klarheit, dass er Caterina nicht am Leben lassen würde. Eine Zeugin des Mordes an einem Mitarbeiter der Rota konnte sich der Bravo nicht leisten. Prospero verfluchte sich, das Mädchen so leichtfertig in Gefahr gebracht zu haben. In diesem Augenblick nahm sie seine Hand und zog ihn mit sich. »Komm!«

Verwirrt ließ er sich von dem Mädchen durch die Tür in die Küche führen. Caterina schaute ihm tief in die Augen und flüsterte: »Wenn ich sage *jetzt,* fliehst durch die Tür auf der linken Seite.«

Salvatore folgte ihnen mit gezücktem Dolch. »Jetzt!«, sagte Caterina, dann griff sie den großen Nudeltopf am Henkel, der auf dem Herd stand, vollführte mit ihm eine Umdrehung, als ob sie einen Diskus in der Hand hielt, und schlug mit dem großen Topf nach dem Bravo. Salvatore sprang knapp, aber noch rechtzeitig zur Seite, so dass der Schlag ins Leere ging und die Wucht des Topfes das Mädchen in die Ecke riss. Der Bravo packte sie, hielt mit dem linken Arm ihren Bauch umklammert, ihre beiden Arme dabei am Körper eingeklemmt, und mit der rechten Hand ihr den Dolch an den Hals. Prospero hatte sich keinen Zentimeter bewegt und stand starr vor Schreck. Der Bravo verzog keine Miene. »Wenn du ein Mann bist, komm her. Und ich lasse sie frei.«

»Tu es nicht!«, warnte Caterina.

Salvatore schnauzte das Mädchen an: »Halt's Maul!«

Prospero entdeckte in ihren Augen einen Gedanken, der ihn erschauern ließ. Er wollte sie mit Worten davon abhalten, doch zu spät. Mit ganzer Kraft trat sie mit ihrem Fuß dem Bravo auf die Zehen, der daraufhin den Griff seines linken Armes etwas lockerte. Im gleichen Augenblick stieß sie mit ihrem Gesäß mit voller Kraft gegen sein Geschlechtsteil, bückte sich, so dass der Stoß seines Dolches ins Leere ging, entwand sich dem Mörder, griff nach dem Küchenmesser, das auf dem Tisch lag, und stieß zu. Salvatore, tödlich getroffen, röchelte so etwas wie einen Fluch. Noch im Fallen jedoch trieb er den Dolch bis ans Heft in den Bauch des Mädchens. Während ihm der Bravo vor die Füße fiel, drehte sich Caterina mit großen Augen Prospero zu. Sie versuchte ein Lächeln, doch es gelang ihr nicht mehr.

78.

Prospero griff nach sauberen Handtüchern und kniete sich bestürzt zu ihr. Entsetzen packte ihn, die Angst um das junge Leben von Gioacchinos Tochter. Er untersuchte sie. Sie blutete nicht. Der Hilfsauditor vermutete, dass das Blut aus der Wunde sprudeln würde, wenn er das Messer herauszöge. Dringend benötigte er einen Arzt. Den besten Arzt von ganz Rom.

Mit einem Scherz auf den Lippen betrat in diesem Moment Gioacchino mit einem seiner Söhne die Küche, weil sie das Festessen vorbereiten wollten, ehe die restliche Familie und auch die Gäste eintreffen würden. Als Gioacchino den toten Bravo und sein todwundes Nesthäkchen mit dem Heft des Dolches, das aus ihrem Bauch ragte, entdeckte, gefror ihm das Lachen auf den Lippen.

»Caterina!« Mit einem Satz war er bei seiner Lieblingstochter.

Prospero wagte nicht, den Vater des Mädchens, das ihn mit ihrem Leben geschützt hatte, in die Augen zu schauen. »Warte hier! Beweg sie nicht! Tu nichts. Rühr sie nicht an! Lass alles, wie es ist! Ich hole einen Arzt!«

Prospero stürmte aus dem Gasthof, entdeckte einen Einspänner mit Kutscher, rannte auf ihn zu, stieß den dösenden Kutscher vom Bock und peitschte das Pferd durch die engen Gassen, dann über die Via Papale, die den Vatikan mit San Giovanni in Laterano verband und über eine Nebenstraße zum Portico Octavia. Nie hatte er gelernt, eine Kutsche zu lenken, doch in seinem Kopf raste nur ein Gedanke: »Schneller!«

Immerfort ließ er die Peitsche knallen. Die wenigen

Menschen, die ihm in die Quere kamen, sprangen in Todesfurcht zur Seite und riefen ihm derbe Verwünschungen hinterher. Die Wache am Portico versuchte erst gar nicht, diesen Wahnsinnigen aufzuhalten. Auf der Via Rua, die wie immer voller Juden war, verursachte Prosperos Fahrt ein wildes Chaos. Zum Glück befand sich das Haus des Rabbiners gleich am Anfang des jüdischen Corsos, wie man die Straße auch nannte. Er zog scharf die Zügel an und betätigte die Bremse des Einspänners. Das Pferd stoppte, so schnell es konnte, schleifte aber den Wagen mit den blockierten Rädern noch ein paar Meter weiter.

Noch bevor die Kutsche ganz zum Stehen gekommen war, sprang Prospero herab und stürmte die Treppen, immer zwei Stufen auf einmal nehmend, zur Haustür des Rabbiners hinauf. Mit beiden Fäusten trommelte er gegen das Holz, während er aus Leibeskräften brüllte: »Aufmachen!«

Deborah öffnete erschrocken. Bevor sie sich nach dem Grund für sein Ungestüm erkundigen konnte, war der schon an ihr vorbei ins Haus gestürmt und rief: »Benjamin! Wo ist Benjamin?«

Schon erschien der Arzt nur mit einem Kaftan des Rabbiners bekleidet im Korridor. Er war in den Abfluss der Mikwe getaucht und hatte sich dort vor den Sbirren versteckt. Durch die vorn und hinten offene Röhre seines Schlüssels hatte er Luft geholt. Jetzt trocknete seine Kleidung. Deborah funkelte den Hilfsauditor an. »Bist du verrückt geworden? Benjamin wird gesucht, und du veranstaltest ein solches Aufsehen!«

Prospero achtete nicht auf Deborah, sondern befahl dem Arzt nur: »Nimm deine Instrumente und komm!«

Sie packte ihn am Arm. »Wenn sie Benjamin haben, werden sie ihn foltern, bis sie wissen, wer der geheimnisvolle Schlomele war, den sie suchen!«

»Das spielt jetzt keine Rolle mehr«, keuchte er. Sie zog ihre Hand von seinem Arm zurück.

»Ich muss mich nur umziehen«, warf der Arzt ein.

»Dafür ist jetzt keine Zeit. Beeil dich. Es geht um Leben und Tod!«

79.

Vorsichtig untersuchten die sanften Hände des Arztes das junge Mädchen. Caterinas Atem ging nur noch sehr flach. Prospero kniete und betete zur Jungfrau Maria, dass sie ein Wunder täte und bat die selige Caterina Vigri um Hilfe, die Namensvetterin des Mädchens.

Inzwischen waren auch die Mutter und die Geschwister Caterinas eingetroffen, und auch Pepe, den die Gewissheit, versagt zu haben, sichtlich quälte.

Der Arzt wandte sich an Caterinas Mutter. »Besser, Ihr hofft wenig und bereitet Euch auf das Schlimmste vor.«

Dann bat er, dass alle den Raum verlassen sollten und nur Caterinas Mutter dabliebe. Außerdem benötigte er viel heißes Wasser und starken Alkohol. Die Geschwister wurden losgeschickt, bestimmte Kräuter zu besorgen und Maden.

Im Hinausgehen sagte Gioacchino mit finsterer Entschlossenheit: »Und jetzt werden wir das Mördernest ausräuchern und aus dem Pack herausprügeln, wer den Auftrag zum Mord gegeben hat. Das Blut meines Kindes schreit zum Himmel. Und es wird nicht eher Ruhe finden, ehe der Mistkerl dafür krepiert!«

Gioacchino verschwand in den Keller seines Gasthofes und kam mit vier Dolchen und zwei Rapieren zurück. Pepe nahm zwei Dolche und einen Degen, ohne eine Wort zu sagen, nur mit der finsteren Entschlossenheit im Blick, seinen Fehler wiedergutzumachen.

Und dann geschah etwas, was für immer geheim bleiben musste und niemals das Licht der Öffentlichkeit erblicken durfte, etwas, das Prospero auch nicht beichten würde. Niemals! Er trat zu seinem väterlichen Freund, nahm ihm die anderen Waffen aus der Hand und drang in ihn:

»Du nicht, Vater! Caterina braucht dich hier. Der da …«, dabei schaute er kurz zu Pepe, »und ich werden das zu Ende bringen!«

Vorsichtig betraten sie noch einmal die Küche und zogen den toten Salvatore heraus. Gioacchino warf einen Blick auf die Leiche und sagte voller Hass: »Der schwarze Salvatore. Gut, dass der Satan tot ist. Er hat schon zu lange Gottes Schöpfung beleidigt.«

Prospero riss die Augen auf und starrte den Toten an. »Das ist der schwarze Salvatore?«

»Der schlimmste Bravo Roms«, erwiderte der Wirt.

Prospero pfiff durch die Zähne. Wie hatte doch Ettore Scala gesagt: Nicht du wirst ihn, sondern er wird dich finden. Plötzlich bekam vieles einen Sinn. Wenn er seine Pflicht und Schuldigkeit gegenüber Gioacchino erfüllt hatte, würde er sich noch einmal Ettore Scala vorknöpfen, denn der wusste doch mehr, als er ihm verraten hatte.

In der Küche packten beide den toten Salvatore am Arm und schleiften ihn hinaus auf die Straße, zu der Kutsche. Als der Kutscher Prospero erneut und mit nicht weniger entschlossenem Gesicht auf sich zukommen sah, sprang er lieber gleich vom Bock.

Prospero drückte ihm ein paar Münzen in die Hand. Dann warfen sie die Leiche in die Kutsche, setzten sich auf den Kutschbock und jagten los. Diesmal lenkte jedoch Pepe das Gefährt, was sie schneller und sicherer ans Ziel brachte.

Der Hilfsauditor nahm das Kreuz ab, das er gemeinsam mit Caterinas Talisman um den Hals trug und verstaute es tief in seiner Tasche.

Nicht der Hilfsauditor, nicht der Doktor der Rechte, nicht der heitere und kluge Prospero Lambertini war jetzt unterwegs, sondern nur ein sehr wütender Mann, der Urlaub von Gott genommen hatte!

80.

Friedlich lag das Kolosseum im milden Abendlicht. Die Kutsche stoppte in einer Wolke voller Staub unmittelbar neben den vier Bravi, die mit zwei Frauen um ein Feuer saßen. Pepe und Prospero zogen Salvatores Leiche aus der Kutsche und warfen sie aufs Feuer. Die Frauen wollten sie schnell herunterziehen, doch Prospero zog nur das Rapier und befahl kalt und hart: »Lasst den Satan dort liegen, wenn ihr ihm nicht in der Hölle Gesellschaft leisten wollt!« Die Bravi sprangen auf und zogen blank. Prospero fuhr sie an: »Wer ist sein Auftraggeber?«

Anstatt zu antworten, wollte ein Bravo mit seinem Messer nach ihm werfen, aber Pepe hatte dem Meuchelmörder mit einem kraftvollen Hieb seines scharfen Degens die Hand in der Luft abgeschnitten, so dass dieser, seinen blutenden Armstumpf haltend, heulend zu Boden sank. Den nächsten Bravo erledigte der Katalane mit einem Messer, das er dem Auftragsmörder zwischen die Augen warf. Die Frauen liefen schreiend davon. Ins Kolosseum hinein.

Der dritte Bravo attackierte Prospero mit seinem Rapier. Mühselig setzte sich Prospero zur Wehr, denn er hatte den Umgang mit Waffen nicht gelernt. Indem er ihn mit kräftigen Hieben, die Prospero hilflos parierte, traktierte, rief er ihm schnalzend zu: »Na, Bürschchen, wo ist denn nun dein Auditor? Du Judenknecht!« Prospero erkannte den Mann. Es war einer der Spießgesellen, die vor dem Gasthof Benjamin zu Tode treten wollten.

»Fahr zur Hölle!«, rief Prospero finster und stach zu. Der Bravo sank zu Boden. Prospero Lambertini stand da wie gelähmt. Er hatte einen Menschen getötet. Sein Zorn war verraucht. Pepe schrie ihn an: »Die Waffe hoch!«

Der vierte Mörder raste mit dem gezückten Stahl auf Prospero zu. Doch er stand unter Schock. Er hatte getötet, mit seiner eigenen Hand. Nur ein Gedanke pochte in seinen Schläfen. Die Rache ist mein, sprach der Herr, und nicht die Sache der Menschen, schon gar nicht die Sache eines angehenden Priesters. Zu weit befand sich Pepe von dem Hilfsauditor entfernt, als dass er helfen konnte. Er schloss die Augen und brüllte noch einmal: »Prospero, wach auf, das Rapier hoch!«

Prospero blickte für einen kurzen Moment dem Bravo in die siegssicheren Augen, und es war ihm auf einmal, als spräche die selige Caterina Vigri mit ihm und mahnte sanft: »Das Rapier hoch!« Und Prospero hob die Waffe und schleuderte mit einer perfekten Parade den Degen des

Angreifers weg. Nie würde er erklären können, wie er zu dieser perfekten Gegenwehr in der Lage gewesen war. Ihm dünkte, dass der Erzengel Georg persönlich den Stahl geführt hatte. Der Bravo griff unterdessen nach seinem Messer, um damit Prospero den Garaus zu machen, brach aber im nächsten Moment in die Knie und fiel mit dem Oberkörper vornüber. In seinem Rücken stach das zweite Messer Pepes, der sich während Prosperos Parade in die Wurfposition gebracht hatte.

Beide schritten nun zu dem sich am Boden windenden Bravo, dem der Katalane die Hand abgehauen hatte. Sie schauten sich an und wussten, dass sie es nun zu Ende bringen mussten. Prospero fragte den Bravo: »Wer war Salvatores Aufraggeber?«

»Ich krepier sowieso. Von mir erfahrt ihr nichts!«, brachte der mit schmerzverzerrter Stimme hervor.

»Recht hast du. Du stirbst sowieso! Wenn du vorher noch deine zweite Hand und dann die Füße verlieren willst, dann schweig! Spätestens, wenn ich dir die Kniescheiben zertrümmere, singst du wie eine Amsel. Du kannst zwischen einem leichten und einem schweren Tod wählen!«

Dem Auftragsmörder dämmerte es, wie es auch Prospero Lambertini schauerlich bewusst wurde, dass der Katalane kein Wort mehr sagen, sondern seine Drohung Schritt für Schritt in die Tat umsetzen würde, wenn der Bravo es vorziehen sollte, zu schweigen. Bei dem Gedanken stieg Übelkeit in Prospero auf.

»Fra Bernardino ist es. Fra Bernardino hat den Mord an Lambertini in Auftrag gegeben. Mehr weiß ich nicht.«

Pepe und Prospero wandten sich wortlos ab und gingen zur Kutsche, denn sie wussten, dass der Mörder nicht gelogen hatte. Warum sollten sie sich an ihm die Hände schmutzig machen? Er stand nicht auf ihrer Rechnung.

Fra Bernardino also, dachte Prospero in der Kutsche. Keine wirkliche Überraschung. Aber, fragte er sich, wer steht hinter Bernardino? Sperelli? Albani? Wie viel wussten sie von dem Spiel des Dominikaners und vor allem: Wessen Spiel war es? Er musste dringend mit Ettore sprechen, denn es gab nun die Verbindung von Bernardino über Salvatore zu Ettore – und dann zu Angelo. Doch Ettore musste warten, wie der ganze Fall warten musste. Denn zuvor drängte eine andere Pflicht, der er sich stellen musste.

81.

Klopfenden Herzens kehrte Prospero zum Gasthof La Grassa zurück. Er hoffte, dass Benjamin das Wunder vollbracht hatte, Caterina vor dem sicheren Tod zu bewahren. Doch der Gasthof war geschlossen. Ein schlechtes Zeichen. Der Hilfsauditor sah einige Gäste unverrichteter Dinge von dannen ziehen. Einige Stammgäste schüttelten den Kopf, denn nicht einer erinnerte sich daran, dass Gioacchino das Ristorante jemals geschlossen hatte. Gerade an Festtagen liebte er es, im Kreise seiner Gäste zu feiern. Pepe zog Prospero zum Seiteneingang. Dämmer und Stille beherrschten die Flure und Räume. Der Tod hing in ihrem Gebälk. Ihnen kam Gioacchinos ältester Sohn, Giacomo entgegen. Prospero fragte ihn mit belegter Stimme: »Wie geht es Caterina?«

»Der jüdische Arzt sagt, wenn sie die Nacht überlebt, dann hat sie es überstanden. Vater ist in der Gaststube.«

Der Katalane verabschiedete sich mit einem Kopfnicken und zog sich zurück. Es besteht Hoffnung, sie ist noch nicht tot, hämmerte es in Prosperos Gehirn. Die hochgespannte Hoffnung wurde erschüttert, als er an der Küche vorbeilief und durch die geöffnete Tür eine Blutlache auf dem Boden sah, ihr Blut, neben blutigen Handtüchern. Der Arzt hatte den Dolch des schwarzen Salvatore aus ihrem Bauch entfernt. Er lag nun mitten in der Küche.

Würde Caterina sterben, hätte er zwei Menschen auf dem Gewissen. Den Tod des Auftragsmörders, der von seiner Hand den Tod empfangen hatte, würde er nicht beichten können. Dazu reichte Micheles Vollmacht nicht. Diese schwere Sünde durfte ihm nur der Kardinal Großpönitentiar, der für Buße und Strafe zuständig war, oder der Papst selbst vergeben. Sonst niemand. Und wie könnte er denn beichten und um Vergebung bitten, wo er doch die schwerste Sünde nicht bereute. Wo aber keine Reue ist, kann auch keine Vergebung sein.

Prospero trat in die Gaststube und spürte ihren kleinen Talisman, der auf seiner Haut brannte und der ihn beschützt hatte. Ihr Lächeln sah er vor sich, das nicht mehr das eines Kindes noch schon das einer Frau war. Er ertappte sich dabei, dass ein Grinsen über seine Lippen huschte. So als geschähe es gerade, sah er wieder ihren koketten Wimpernaufschlag, als sie ihm die Tortellini Vongole servierte.

Dann entdeckte er im dunklen Raum Gioacchino und Caprara. Schweren Herzens ging er zu den beiden Menschen, die ihn wie einen Sohn aufgenommen hatten und die er zutiefst enttäuscht haben musste. Gioacchino saß mit gebeugten Rücken am Tisch, stierte auf die Tischplatte, die Hände zum Gebet gefaltet. Caprara hatte tröstend seine Hände auf die des Wirtes gelegt und sprach ruhig auf ihn ein. Er blickte auf und sah zu Prospero. Auch Gioacchino schaute zu ihm. »Komm, mein Sohn, komm setz dich zu uns. Wir wollen für Caterina beten.«

In seiner Stimme war kein Vorwurf, er gab Prospero scheinbar nicht die Schuld an dem Vorgefallenen. Aber das machte es für den jungen Mann nur schlimmer. Wenn der Wirt ihn rasend vor Zorn beschimpfen würde, wäre es für Prospero leichter. Woher er den Mut nahm, wusste er nicht, aber er fragte Gioacchino leise: »Darf ich zu ihr?«

»Noch nicht, noch ist Benjamin bei ihr.«

»Der beste Arzt von Rom«, lobte Caprara. »Wie gut, dass du ihm das Leben gerettet hast.«

Prospero setzte sich zu den beiden Männern an den Tisch.

»Kennst du den Auftraggeber?«, fragte Caprara seinen Schützling, ohne ihn anzuschauen.

»Fra Bernardino. Er ist, denk ich, auch der Mörder Angelos.«

»Du musst dringend dem Kardinal Bericht erstatten! Warum hat der Mönch den Knaben ermorden lassen?«

»Um den Juden einen Ritualmord anzuhängen.«

»Ich fürchte, es ist etwas komplizierter und zieht größere Kreise, als du dir vorstellen magst«, gab der Auditor zu bedenken. »Fra Bernardino hat mit Sicherheit nicht allein gehandelt. Da steckt mehr dahinter. Sei vorsichtig!«

Der Auditor verstummte. Nach einer Weile erkundigte er sich bei Prospero, was ihn so sicher mache, dass es um einen vorgetäuschten Ritualmord ging. Prospero gestand seinem Patron: »Ich habe die Trienter Akten in der Zelle dieses Teufels gefunden. Er hat sich an dem Präzedenzfall orientiert.«

Der Auditor schüttelte den Kopf über die Tollkühnheit seines Schützlings. »Du warst in seiner Zelle? Dein Leichtsinn kostet dem armen Mädchen vielleicht das Leben!« Schuldbewusst senkte Prospero den Kopf.

»Nicht sein Leichtsinn«, widersprach der Wirt. »Höchste Zeit, dass jemand diesen Teufel beseitigt.«

Gioacchino stand auf und sprach fordernd, wie er niemals zuvor mit Alessandro Caprara geredet hatte: »Ihr habt eine Woche Zeit, Landsmann, Gerechtigkeit zu üben, danach hole ich mir mein Recht selbst!«

82.

Der Mann mit der Narbe quer über der Stirn fand Bernardino in der Kirche San Angelo. Der Mönch kniete vor dem aufgebahrten Leichnam des kleinen Angelo und betete. Vorplatz und Kirche waren immer noch voller Menschen. Der Narbige brauchte eine Weile, bis er zu dem Dominikaner vordrang. Er kniete ebenfalls nieder und räusperte sich. Bernardino schaute auf. »In den Beichtstuhl, aber unauffällig.«

Von den Menschen unbeachtet kroch der Mörder in das Gestühl. Der Dominikaner begab sich nach einer kleinen Weile zum Beichtstuhl und nahm unverdächtig in ihm Platz. »Was willst du?«

Der Bravo berichtete von den Ereignissen am Kolosseum, die er aus sicherer Entfernung und ungesehen beobachtet hatte, weil er spät aus der Stadt zurückgekommen war. Erst wollte er seinen Kumpanen zu Hilfe eilen, doch dann hatte er das Gefühl, dass er seinem Wohltäter besser dienen könnte, wenn er ihm das Geschehene berichten würde.

Im tiefsten Inneren seines Herzen bedauerte Bernardino Salvatores Tod. Der Bravo war zwar ein großer, aber immerhin ein nützlicher Sünder. Der Mönch hatte ein Werkzeug verloren. Er ging auf die Anbiederungsversuche des Bravos nicht ein, sondern ließ sich die beiden Männer, die wie Gottes Strafgericht über die Mörder gekommen waren, beschreiben. Den einen der beiden kannte er nicht, der andere konnte nur Prospero Lambertini gewesen sein.

Unglaublich. Die Entschlossenheit und das Geschick des jungen Mannes nötigten ihm Respekt ab. Er hatte seinen Gegner sträflich unterschätzt. Wenn dieser Jüngling sogar einen erfahrenen Bravo wie Salvatore auszuschalten verstand, bedurfte es vieler Fallen und Maßnahmen, um seiner Herr zu werden. Nur in einem hatte er sich nicht geirrt: dass der junge Mann sterben musste.

»Wie gut bist du in deinem Gewerbe?«, fragte er den Spießgesellen.

»Ich bin fünfunddreißig Jahre alt und betreibe das Geschäft seit zwanzig Jahren. Da kann ich so schlecht nicht sein!«

Stimmt, dachte Bernardino, sagte aber laut: »Führe zu Ende, wozu Salvatore zu schwach war.«

»Ich will es tun. Weil du für meine Frau gebetet hast.«

»Wenn Lambertini tot ist, dann werde ich beim heiligen Angelo hier in der Kirche für das Seelenheil deiner Frau eine Messe lesen.«

»Sie sind zu gütig, Vater!«, antwortete der Bravo tief beeindruckt.

Zufrieden mit seiner List sprach Bernardino: »*Ego te absolvo a peccatis tuis in nomine Patris et Fílii et Spíritus sanctus. Amen.*«

»Amen«, hörte er den Bravo sagen, bevor der den Beichtstuhl verließ. Bernardino blieb noch zurück und dachte nach. Er musste Vorkehrungen treffen, wenn der Hilfsauditor auch diesmal dem Stahl des Mörders entgehen würde. Er beschloss mit Sperelli zu reden.

Und er musste sich dringend mit Carasolis Sekretär Antonio beraten.

83.

Schneller als erhofft waren die Kuriere zurück, die Tag und Nacht geritten waren. Deborah las abgespannt den Antwortbrief Fénelons, der kein Gutachten zum Thema des Ritualmordes verfassen wollte. Er schätzte zwar die Weisheit des Rabbiners, ließ sie der Franzose freundlich wissen, doch zu diesem Thema sich zu äußern, käme ihm mangels Kenntnis nicht zu. Angesichts der Autorität des Bischofs, der auch Erzieher des Dauphins, des französischen Kronprinzen war, schwächte Fénelons Absage ihre Verteidigung im Prozess. So hielt sie nur die Briefe von Malebranche und des polnischen Rabbiners in der Hand, die versprachen, dass sie noch in dieser Woche die Denkschrift zu Papier brächten, die dann nächste Woche via Kurier bei ihr sein konnte. Sie beschloss, ihrem Vater die letzten beiden Briefe in die Engelsburg zu bringen, damit er sie beim Prozess vorweisen konnte. Ihre Gedanken aber trieben ihr eigenes Spiel. Sie entfernten sich von den Briefen und sogar vom Ritualmordprozess, der morgen eröffnet würde. Sie sorgte sich um Benjamin, vor allem aber um Prospero. Sie wusste nicht, weshalb er es so eilig hatte und warum er so außer sich war. So panisch und völlig außer sich hatte sie ihn noch nicht erlebt. Etwas sehr Schlimmes muss geschehen sein.

Wie viel Überwindung sie der Schwur auch gekostet haben mag, sich ihre Liebe wie wild wachsendes Unkraut aus dem Herzen zu jäten, so sehr entpuppte sich dieser Schmerz immer mehr als Kinderspiel im Vergleich dazu, ihn auch einzuhalten. Verstand und Gefühl hatten sich wütend ineinander verbissen. Vor ihr lag der Rubin ihrer Mutter. Für ihre Mutter bestand die Wahrheit in der Liebe zu ihrem Vater. Und für sie? Im Entsagen? Aber sie durfte nicht mit Jahweh hadern. Sie hatte ja einen Pakt mit ihm geschlossen. Sie stand auf und holte Nadel, Faden und eine kleine Kette. Dann nähte sie aus dem Samttuch ein Täschchen mit Schlaufen. Den Rubin legte sie in den kleinen Beutel, zog die Kette durch die Schlaufen und hängte ihn sich um den Hals. Mit Bedacht hatte sie die Kette ausgewählt, die lang genug war, dass der Beutel in ihrem Busen verschwand. Von nun an wollte sie den Stein immer bei sich tragen. Er sollte ihr Glück bringen. Glück? Was war das? Deborah fühlte nur den Schmerz im Herzen. In diesem Augenblick glaubte sie, dass sich das Glück und ihr Leben für immer voneinander getrennt hätten. Beim Nähen stach sie sich mit der Nadel in den Finger. Mit einer gewissen Befriedigung beobachtete sie den Blutstropfen, der sich bildete. Wenn die Seele litt, sollte der Körper nicht ungeschoren davonkommen. Zum ersten Mal verstand sie die seltsamen Bußrituale der Christen. Sie bestraften ja nur den Körper, der die Seele beständig verriet. Denn ihr ganzer Leib, jede Sehne, jeder Muskel und jede Kapillare sehnten sich nur nach ihm. Die Nase wollte ihn riechen, die Augen ihn sehen, die Ohren seine Stimme hören, die Haut ihn fühlen und ihr Fleisch sich in seiner Umarmung aufbäumen, bis es unendlich befriedigt erschlaffte. Die ganze Sehnsucht ihres Leibes hieß Hingabe, die ganze Wirklichkeit war aber Verweigerung. Sie musste sich ihm verwehren. Innen und Außen kämpften heftig miteinander. Und dazwischen, dazwischen stand nur der Geist.

Plötzlich schreckte sie auf aus ihren Gedanken. Blut trieb in ihre Wangen vor Scham, als hätte sie etwas Unrechtes gedacht. Schnell ging sie zur Schüssel und warf sich Wasser ins Gesicht. Sie hörte, dass mehrere Menschen eintraten. Die Schritte bewegten sich zum großen Zimmer. Deborah ging dorthin.

Chiskijah stand zwischen sechs jungen Männern und sprach mit funkelnden Augen. »Nie wieder werden wir uns ducken, Brüder! Morgen Nacht befreien wir den Rabbiner, meinen Vater, aus dem Kerker. Ich habe die Wache bestochen.«

In Chiskijahs Augen spiegelte sich die ganze Verachtung wider, die er gegenüber den korrupten Christen empfand. Er lachte leicht und zeigte auf die Waffen, die auf dem Tisch lagen. »Wenn etwas schiefgeht, werden wir uns zu verteidigen wissen!«

Deborah verwünschte die Dummheit ihres Bruders. Er wird noch alles verderben und bringt den Tod über das Ghetto. Sie trat in die Mitte des Raumes. Nun erst wurde sie von den Verschwörern wahrgenommen. Aber sie alle kannten sie, deshalb beunruhigte ihre Anwesenheit keinen. Fordernd fragte sie die Einzelnen. »Kannst du mit einer Muskete umgehen, Schi'mon? Und du Scha'ul, weißt du wie man einen Degen führt?«

»Was spielt das für eine Rolle«, fiel Chiskijah ihr verärgert ins Wort. »Es liegt alles in Gottes Hand.«

»Eure Mütter und Väter, eure Brüder und Schwestern werden eure Torheit mit ihrem Blut bezahlen!«

»Ach, Schwesterchen, wem willst du Angst machen? Bezahlen wir nicht seit Jahrhunderten für unsere Feigheit mit Blut? Haben wir denn überhaupt noch welches? Es wird Zeit, dass unserem Volk wieder ein König David, ein Judas Makkabäus, ein Bar Kochba entsteht.«

Deborah lachte bitter auf. »Und das willst du alles in einer Person sein: König David, Judas Makkabäus und Bar Kochba?«

Chiskijah fuhr sie barsch an. »Wer hat dich um Rat gefragt, Weib! Morgen um Mitternacht werden wir unseren Rabbiner befreien. Ich bin es leid, jede Tat, die nur ein bisschen Mut erfordert, zu zerreden. Uns von unserer Klugheit lähmen zu lassen. Denn Klugheit schlägt in Torheit um. Es muss getan werden, was getan werden muss. Und dich, liebe Schwester, werden wir leider so lange im Keller einsperren müssen, bis wir unseren Vater befreit haben, damit du uns nicht gefährdest.«

Es klopfte an der Tür.

»Du bleibst hier«, befahl Chiskijah seiner Schwester und verschwand dann einen Moment lang an der Haustür. Als er zurückkam, verkündete er seinen Getreuen: »Mein Gewährsmann hat mir mitgeteilt, dass mein Vater noch morgen Nacht ins Inquisitionsgefängnis verlegt wird. Wir werden uns als Sbirren verkleiden und ihn schon morgen Abend aus dem Kerker holen.«

Chiskijah machte ein Zeichen zu einem seiner Gefährten, der aufstand und Deborah am Oberarm packte. Keine Gegenwehr half, der kräftige Metzgersbursche hob sie mühelos hoch und trug sie in den Keller. Chiskijah brachte ihr noch Brot, Käse und Wasser, dann wurde über ihr die Klappe geschlossen und verriegelt.

Da saß sie nun, gefangen im eigenen Haus und konnte nichts mehr tun. Wie nun die beiden Briefe in die Hände ihres Vaters kamen, war dabei noch ihre geringste Sorge. Nein, alles, was sie unternommen hatten, Benjamin, Valenti, sie und Prospero, alles war vergebens gewesen, denn die Befreiung, ganz gleich, ob sie glückte oder nicht, würde als Schuldeingeständnis gewertet werden. Als Geständnis, das keine Folter aus dem alten Schlomo und keine Drohung aus ihrem Vater herausgeholt hatten. Niemand würde den Popolo dann mehr aufhalten können, das Feuer ins Ghetto zu tragen!

84.

Caterina lag in ihrem Bett, bleich, die Augen geschlossen, im Niemandsland zwischen Leben und Tod. Prospero litt Höllenqualen im Angesicht des jungen Mädchens, die doch mit alldem nichts zu tun hatte, nichts mit dem kleinen Angelo und nichts mit den Juden, nichts mit Fra Bernardino und auch nichts mit den Händeln der Mächtigen, nichts mit Carasoli, nichts mit Sperelli, nichts mit

Albani. Mein Gott, warum nur sie, fragte er sich verzweifelt. Benjamin trat auf ihn zu und flüsterte ihm ins Ohr: »Ich bin so weit gegangen, wie meine Kunst reicht, doch der Rest liegt in Gottes Hand.«

Prospero schaute den Arzt dankbar an. Dann fischte er das kleine Kreuz aus seiner Hosentasche und band es sich wieder um den Hals. »Lass uns beten!«

Benjamin schüttelte den Kopf. »Ich bin doch kein Christ!«

Der Einwand focht Prospero nicht an. »Es gibt doch nur einen Gott!« Dann wandte er sich an Gioacchino. »Oder hast du etwas dagegen, dass der Jude für das Leben deiner Tochter betet, Vater?«

»Ein Christ hat ihr den Tod bringen wollen, ein Jude will sie retten. Nein, bete, Arzt, ich bitte dich, bete mit uns.«

So ließen sich die drei Männer am Bett der Gastwirtstochter nieder und flehten Gott um Caterinas Leben an, der Wirt im breitesten bologneser Dialekt, Prospero lateinisch und der Jude hebräisch. Auf eine der drei Sprachen musste Gott doch hören!

Sie dachten nicht an die Zukunft, nicht daran, dass in wenigen Stunden der Prozess gegen den Rabbiner Tranquillo Vita Corcos eröffnet werden würde, und dass nicht nur Caterina in ihrem Jungmädchenbett vom Tode bedroht war, sondern auch der Jude und der Hilfsauditor und mit ihnen gemeinsam viele andere Menschen, dass der Verderber das Gift brauen, die Messer schleifen, die Kugeln ohne Zahl gießen ließ und die Heerscharen der Hölle von der Kette befreite.

In diesen Nachtstunden hofften die drei so unterschiedlichen Männer nur das eine, baten sie inbrünstig allein darum, dass Gott gnädig, dass er gut und gerecht sei und ein Einsehen haben würde mit diesem einfachen und doch so einzigartigen Mädchen.

85.

Bis zur Terz hatte er bei Caterina gesessen und für sie gebetet. Als Prospero aufzubrechen gezwungen war, schwebte sie noch immer zwischen Leben und Tod. Er fühlte sich müde und zerschlagen. Er schritt vorbei an dem missmutig dreinblickenden Elefanten vor der Dominikanerkirche Santa Maria sopra Minerva, der nach dem Willen Papst Urban VIII. einen ägyptischen Obelisken als Symbol der Weisheit trug. Kein Geringerer als er selbst hatte eigens für den von Gianlorenzo Bernini geschaffenen Dickhäuter die Inschrift in gestochenem Latein gedichtet: *Der du dies siehst, erkenne hierin den Beweis, dass man einen kräftigen Geist haben muss, um die Last der Weisheit zu tragen.* Einen kräftigen und vor allem unerschrockenen Geist, kommentierte Prospero bitter.

Dann betrat er zum zweiten Mal in seinem Leben das unmittelbar neben der Kirche Santa Maria sopra Minerva gelegene und zur Kirche gehörende Kloster der Predigerbrüder, schritt durch den Kreuzgang vorbei an den Fresken mit den berühmten Inquisitoren der Vergangenheit, von denen einige ihren Kopf in der Hand hielten als Erinnerung daran, dass sie im Kampf gegen die Ketzer den Tod fanden. Vor Kurzem noch war er heimlich hierhergeschlichen, um Fra Bernardinos Zelle zu durchsuchen. Jetzt trat er offiziell ein. Der Kardinalvikar von Rom hatte Prospero Lambertini als zuständigen Untersuchungsrichter für diesen Fall herbeordert.

Nur wenige Römer wussten, dass in den Vormittagsstunden des 11. Juni des Jubeljahres 1700 der Inquisitionsprozess gegen den Rabbiner Tranquillo Vita Corcos eröffnet wurde. Diese wenigen waren bei Strafe der Exkommunikation zum Schweigen verpflichtet worden.

Unter einem schweren dunkelroten Baldachin saßen die fünf Kardinäle erhöht auf einer Bank, Albani aber in der Mitte, daneben Carasoli, Noris, Tarugi und Sperelli. Auf den beiden Stufen vor der Bank kauerten ihre Sekretäre. Den Kardinälen gegenüber und deutlich tiefer saß der Rabbiner auf einem einfachen Schemel aus Holz, so dass sie herabblicken konnten und er zu ihnen aufschauen musste. Als Prospero den Rabbi sah, kam ihm die Absurdität zu Bewusstsein, dass er noch niemals mit Tranquillo Vita Corcos gesprochen hatte und ihn persönlich gar nicht kannte, den Mann, für den er sich in Gefahr begab. Aber er tat es ja nicht für ihn, sondern für Renata und für Angelo, und auch für Deborah und natürlich für die Wahrheit. Ihren Vater im Blick, der vor seinen irdischen Richtern saß, sehnte er sich nach ihr, nach ihren tiefen Augen, ihrem befreienden Lachen, nach ihrer Haut, nach der Heimkehr, danach ein Fleisch zu werden. Suchend schaute er sich im Saal nach ihr um, doch fand er sie nicht. Er mutmaßte, dass man sie nicht zum Prozess zugelassen hatte. Aber würde sie dann nicht auf dem Vorplatz stehen, ihrem Vater versuchen so nahe wie möglich zu kommen, so nah man sie nur ließ? Der Hilfsauditor zwang sich zur Konzentration. Er benötigte jetzt einen klaren Kopf.

Hinter dem Rabbiner arbeitete der Schreiber an einem

Tisch. Halbkreisförmig waren Bankreihen angeordnet, die wie bei einem Hörsaal oder einem anatomischen Theater sich Reihe für Reihe erhoben. Ein paar ausgewählte Kardinäle, Bischöfe und andere Geistliche, vornehmlich Mitarbeiter der Inquisition verloren sich in dem großen Zuschauerraum.

Sein Blick blieb bei Fra Bernardino hängen, der in der ersten Reihe saß. Zorn stieg ihm zu Kopfe. Da war er, den er für Angelos Mörder hielt, der seinen Tod in Auftrag gegeben hatte, der die Schuld daran trug, dass Caterina zwischen Leben und Tod schwebte. Nichts hielt ihn mehr zurück. Betont gemessen, sich zur Ruhe zwingend, ging er auf den Dominikaner zu und setzte sich neben ihn. Bernardino erschrak. »Du bist ein Teufel! Und ich werde dich zur Strecke bringen!«, flüsterte der Hilfsauditor unbewegten Gesichtes. Dann erhob er sich und suchte sich einen Platz in einer hinteren Reihe. Für Außenstehende wirkte die Kampfansage wie ein kurzes Gespräch unter Bekannten, nur wer genauer hinschaute, entdeckte die Angst in Bernardinos Augen kurz aufflackern.

Albani eröffnete den Prozess. Er beschuldigte den Rabbiner des Ritualmordes an den Knaben Angelo, Sohn des Fischers Giovanni und seiner Frau Renata. Der Kardinal forderte angesichts der eindeutigen Beweislage den Rabbiner auf, seine Schuld einzugestehen und zu bereuen, dann würde man die mögliche Milde walten lassen. Andernfalls stünden dem Heiligen Offizium auch andere Formen der Befragung zur Verfügung, die man im Interesse der Wahrheit anzuwenden bereit war. Unverhüllter konnte der Richter kaum drohen und dem Angeklagten verdeutlichen, dass das Urteil bereits feststand.

Corcos erhob sich ruhig. »Hochverehrte Kardinäle. Sie

alle kennen mich, Sie alle wissen, dass ich zu so einer abscheulichen Tat nicht fähig bin. Aber lassen wir das weg! Dann stellt sich doch die Frage, weshalb sollten wir Juden einen kleinen Jungen umbringen? Wozu? Ich habe ein Gutachten verfasst, das die Unvereinbarkeit eines Ritualmordes mit unserer Religion beweist. Weitere Gutachten von jüdischen und christlichen Autoritäten werden folgen. Ich bitte um Nachsicht, dass ich sie angesichts der Kürze der Zeit noch nicht beibringen konnte. Welchen Nutzen sollten wir also aus dem Tod des Jungen ziehen? Hochwerte Kardinäle, ich kann diese Frage klar beantworten: Keinen! Deshalb bekenne ich, unschuldig im Sinne der Anklage zu sein.«

Prospero meinte, über Carasolis traurigen Mund ein Lächeln huschen zu sehen. Sperelli antwortete, noch bevor der Rabbiner sich gesetzt hatte. »Ich glaube nicht, dass wir unsere kostbare Zeit mit der schriftlichen Kasuistik des Mörders vergeuden müssen. Rufen wir einen Experten für jüdische Angelegenheiten in den Zeugenstand, dass er uns Aufklärung über die Bräuche der Juden verschafft, die sie nur allzu gern geheim halten. Fragen wir unseren lieben Bruder Bernardino.«

Albani stimmte zu. Der Mönch stand auf, trat gewichtig nach vorn, bis er neben dem Rabbiner stand. Er strahlte Autorität aus, weil er sich selbst für einen wichtigen Mann hielt. Sperelli fragte den Konsultor, ob er mit den Sitten und Gebräuchen der Juden vertraut sei. Nachdem Bernardino die Frage mit dem Hinweis darauf beantwortet hatte, dass er seit fünfzehn Jahren die Strafpredigt in der Kirche San Angelo in Pescheria halte, wünschte Sperelli darüber Aufklärung zu erhalten, warum die Juden immer wieder Ritualmorde begehen. »Denn«, fügte Sperelli scheinheilig und mit gespielter Verwunderung hinzu, »wir können uns das Motiv des Verbrechens nicht erklären und würden sogar daran zweifeln, wenn wir nicht zweifelsfrei Tat, Tatort und Täter kennen würden.«

»Um genau zu sein – und nur für das Protokoll, lieber Bruder –, kennen wir weder die Tat noch den Täter und auch nicht den Tatort. Denn die Einwände gegen alle drei Annahmen sind so stark, dass es zweifelhaft ist, ob es sich überhaupt um einen Ritualmord handelt, ob der Mord in der Synagoge stattfand und ob tatsächlich der Rabbiner den Jungen getötet hat. Ich sage nicht, dass es sich nicht so zugetragen hat, ich sage aber auch nicht, dass es sich so zugetragen hatte. Im Übrigen sollten wir auch das Gutachten des Rabbiners zur Kenntnis nehmen, wenn wir uns den erfahrenen Strafprediger anhören. Tun wir das eine nicht, verliert das andere seine rechtliche Bedeutung«, widersprach Carasoli.

Albani gab dem Kardinalvikar Recht, forderte dann aber den Dominikaner auf, die Frage zu beantworten. Der aber stellte sich aufrecht hin und begann anzuklagen anstatt darzustellen. »Die Fülle an überlieferten Ritualmorden lässt keinen Zweifel zu.«

»Doch!«, rief Prospero von seinem Platz aufspringend. »Doch, und tausendmal doch! Es existieren mehr als genug Zweifel! Ich kenne keinen einzigen bewiesenen Ritualmord.«

Die Inquisitoren schauten konsterniert zu dem jungen Mann, der es wagte, sich unaufgefordert zu Wort zu melden, obwohl es sein gutes Recht war als Untersuchungsrichter, jederzeit Voten und Fakten in das Verfahren einzubringen, auch wenn die Form seiner Äußerung etwas ungewöhnlich war. Nicht der Jähzorn war mit Prospero durchgegangen, sondern er hatte die Erregung kühlen Verstandes gespielt.

»Wenn wir meinen, dass wir Ihres Rates bedürfen, Hilfsauditor, werden wir Sie befragen«, rüffelte ihn Albani nachsichtig.

Carasoli witterte die Chance, Bernardinos Argumentation zu stören und einen wichtigen Beweis, bevor er geäußert wurde, in Misskredit zu bringen. Also spielte er den Advocatus diaboli.

»Und was ist mit dem Ritualmordprozess in Trient 1475, wo die Männer der jüdischen Gemeinde für das Verbrechen des Ritualmordes hingerichtet worden waren? Oder hat sich die Kirche Ihrer Meinung nach geirrt, Doktor Lambertini?«, fragte er streng, so als wollte er ihn zurechtweisen und gleichzeitig beschämen.

Prosperos erste Überraschung wich sogleich dem Verstehen. Er bewunderte den Kardinalvikar für das geschickte Spiel. »Nein«, antwortete er, »die Kirche hat sich nicht geirrt, weil sie sich nicht irren kann, denn sie ist geleitet durch den Heiligen Geist, der aus dem Mund des hochverehrten Baptista der Heiligen Römischen Kirche, Kardinal Dei Giudici sprach. Lesen Sie seine Berichte an Papst Sixtus IV.«

»Ich kenne die Berichte. Der junge Mann hat Recht, sie sind ohne Fehl und Tadel«, pflichtete der gelehrte Kardinal Noris bei. Und der beste Jurist der Kurie, der Kardinal Tarugi, bestätigte den seriösen Charakter der Berichte und Voten des päpstlichen Legaten, dem der Trienter Ortsbischof Johannes Hinderbach deshalb nach dem Leben getrachtet hatte.

Gian Francesco Albani spürte wohl, dass ihm der Prozess entglitt, deshalb vertagte er die Verhandlung mit der

Begründung, dass man sich zunächst mit den Trienter Akten in Ruhe befassen wolle. Außerdem schloss er Dr. Prospero Lambertini vom Prozess aus, denn wenn er auch wichtige Hinweise gab, so hatte er dennoch die Verhandlung empfindlich gestört. »Unseren verehrten Fra Bernardino wollen wir morgen hören.«

Prospero war entschlossen, sich zu beschweren, denn man durfte ihm als Untersuchungsrichter nicht den Zutritt verwehren. Außer er stand selbst unter Verdacht. Der Rabbiner wurde abgeführt.

Die Kardinäle verließen den Saal. Sperellis Gesicht war vor Zorn hochrot angelaufen. Carasoli trat zu Albani und entschuldigte sich bei dem Kollegen für seinen etwas vorlauten Angestellten.

»Ja, die Begabtesten machen uns naturgemäß die größten Sorgen, lieber Bruder«, antwortete dieser und setzte noch süffisant hinzu: »Es ist unsere schwere Aufgabe, ihr Talent in die richtigen Bahnen zu lenken. Denn Begabung ohne Demut wird zum Fluch. Den Verstand für einen Untersuchungsrichter der Sancta Rota Romana hat er, aber besitzt er auch die notwendige Bescheidenheit für das Amt? Vielleicht würden seinem Charakter ein paar Jahre im Kloster dienlich sein?«

»Die Welt ist ein Kloster, lieber Bruder«, entgegnete der Kardinalvikar.

86.

Kaum saßen sie in der Kalesche, Prospero neben Antonio, dem Kardinal gegenüber, da las ihm Carasoli auch schon die Leviten. »Bilde dir nicht ein, dass du da eben etwas gekonnt hast! Du hast dem Gegner all deine Trümpfe gezeigt. Jetzt kann er in Ruhe seine Strategie korrigieren. Außerdem hast du dich in die Schusslinie begeben!«

Da stehe ich doch schon längst drin, dachte Prospero.

»Albani empfahl mir, dich ins Kloster zu stecken. Und vielleicht sollte ich das sogar tun! Zu deiner eigenen Sicherheit. Caprara hat mir schon berichtet, dass jemand dich umbringen wollte.«

»Fra Bernardino«, warf Prospero ein.

»Hast du Beweise?«

»Keine, die wir verwerten können.«

»Also keine! Beweise, die man nicht verwenden kann, sind keine! Lerne das endlich!« Dann schaute der Kardinal aus dem Fenster und blickte auf den Campo de' Fiori. Prospero Lambertini folgte seinen Blicken. Die Aura von Leben und Tod umgab den Platz Roms, Blumenverkäufer boten hier ihre Blumenpracht an, wie auch die Scheiterhaufen auf diesem Platz errichtet wurden. Prospero überraschte die Dünnhäutigkeit seines Vorgesetzten, der im Gerichtssaal eine sehr gute Figur gemacht hatte. Nur zu gut wusste Prospero, wie unzufrieden der Kardinalvikar mit ihm war, zumal er sich nicht, wie in solchen Situationen üblich, zerknirscht zeigte. Doch diesmal fand sich der Grund für seine mangelnde Demut in seinem Zorn und in seiner Verletztheit. Caterina rang mit dem Tod. Man hatte versucht, ihn zu töten. Keine Autorität der Welt könnte die große Wut im Herzen Prospero Lambertinis besänftigen.

»Und er hat Angelo ermordet!«, fügte der Hilfsauditor nach einiger Zeit hinzu. Der Kardinalvikar maß ihn mit einem prüfenden Blick. »Auch dafür hast du sicher nur Beweise, die wir nicht verwenden können.«

»Nicht mal das, nur Indizien!«, gab Prospero trotzig zurück. Der Kirchenfürst ignorierte die Respektlosigkeit des Hilfsauditors. »Was gibt es von meiner Tante zu berichten?«, wechselte er das Thema.

»Es tut mir leid, Eminenz, aber ich habe eindeutige Liebesbriefe gefunden, die Ihre selige Tante mit dem Kardinal Benedetto Odescalchi gewechselt hat.«

Der Kardinal riss vor Staunen die Augen auf: »Mit Innozenz XI., dem Tugendbold?«

»Sie hatten eine ... Ihre Tante beichtete dem damaligen Kardinal nicht nur, dass sie ihn liebte, sondern sie schrieb auch in eindeutiger Weise darüber, dass sie miteinander das Bett geteilt hätten.«

»Sic transit gloria mundi«, äußerte der Kardinal entsetzt. Er wirkte mit einem Mal erschöpft. Doch dann straffte er sich. »Vernichte die Briefe und vergiss, was du gelesen hast!«

Prospero glaubte, sich verhört zu haben. Es war wie ein tiefer Sturz. Doch der Kardinal ließ ihm keine Zeit für Fragen oder Proteste. »Morgen will ich einen Bericht von dir, dass aus deiner Sicht einer Kanonisation nichts im Wege steht.«

Der Kardinal befahl dem Kutscher zu halten, um Prospero aussteigen zu lassen. Der Hilfsauditor verließ die Kutsche, doch Carasoli winkte ihn noch einmal zu sich: »Vergiss nicht, dass du vom Prozess ausgeschlossen bist! Und beruf dich nicht auf dein Recht als Untersuchungsrichter. Der Fall des kleinen Angelo ist dir entzogen. Ich möchte nicht, dass du in dieser Angelegenheit noch etwas unternimmst. Geh, und schreib deine Empfehlung für die Heiligsprechung meiner Tante! Und schreib sie gut!«

Die Kutsche fuhr ab und ließ einen Prospero zurück, der glaubte zu träumen.

87.

Keine fünf Minuten benötigte Prospero, um sich wieder im Ristorante La Grassa einzufinden. Er fand Benjamin in der Küche, der gerade einen kräftigen Kräutertee braute für den Fall, dass Caterina erwachen würde. Die Maden, versicherte ihm der Arzt, fressen die Wunde sauber. Wenn kein Brand auftreten würde, könnte sie überleben. Er vermutete, dass die inneren Blutungen zum Stillstand gekommen seien, weil sie ansonsten bereits verblutet wäre. Allerdings kannte er nicht das Ausmaß des Blutverlustes. Alles käme auf den Lebenswillen, die Kraft ihres jungen Körpers an. Gioacchino kam in die Küche. Er sah schlimm aus, aschfarben der ansonsten immer rosige Teint, die Augen eingefallen. »Gut, dass du wieder zurück bist. Sie ist wach und will dich sehen.«

Prospero ging in Caterinas Kammer. Aus ihrem blassen Gesicht leuchteten ihre Augen. Er setzte sich zu ihr ans Bett und nahm ihre Hände: »Du hast mir das Leben gerettet.«

»Nein, nicht ich. Die heilige Caterina.« Sie wies schwach

mit dem rechten Zeigefinger auf das Amulett an seinem Hals. Er lächelte gerührt. »Ja, richtig, die heilige Caterina.«

Dann nahm er ihre Hände und küsste sie. Er schwor im Stillen Gott, auf Deborah zu verzichten und übermorgen in Santa Maria in Trastevere die Priesterweihe zu empfangen. Nur einen Wunsch hegte er, dafür wollte er sich dem Allmächtigen unterwerfen, dass dieses junge Mädchen wieder zu Kräften kommen würde. Für seine Sünden sollte Gott ihn strafen, und nur ihn allein. *Mea culpa, mea culpa, mea maxima culpa!*

Nachdem er das stumme Gebet beendet hatte und ihr ins Gesicht schaute, aus dem in diesem Moment langsam die Blässe wich und das Leben vorsichtig zurückkehrte, fühlte er, dass Gott ihn erhört hatte.

»Alles wird gut«, sagte er sanft. »Aber jetzt schlaf, schlaf dich gesund.«

Er strich ihr die braune Haarsträhne aus der Stirn und lächelte sie an. Sie stöhnte leise, dann schloss sie die Augen und schlief wieder ein. Er wusste nicht, wie lange er bei ihr gesessen und ihre Hand gehalten hatte. Aber als er ging, legte er ihr das kleine goldene Kreuz in die Hände, das er seit seiner Kindheit trug.

Prospero schlich auf Zehenspitzen aus der Kammer und trat in die Gaststube. Gioacchino, der Arzt und Alessandro Caprara schauten ihn fragend an. Er lächelte nur und sagte: »Alles wird gut.«

88.

Caprara hatte Prospero empfohlen, das Gutachten so zu verfassen, wie es der Kanonisation von Carasolis Tante zuträglich war. Dann verabredeten sie sich, dass der Auditor den Prozess besuchen und seinen Fortgang für Prospero beobachten würde. Trotz all der Machtkämpfe wollte er das Seinige dazu beitragen, dass der Rabbiner frei und Bernardino hinter Schloss und Riegel käme. Allerdings riet er Prospero, sich auf Bernardino zu konzentrieren, denn an diejenigen, die hinter ihm stünden, würde er nicht kommen. Zumal der erfahrene Auditor ahnte, dass inzwischen wohl mehr Kardinäle in den Fall verstrickt seien, als sie ahnten, denn immer deutlicher wurde es ihm, dass sich die Tragödie um den Knaben vor dem Hintergrund des Machtkampfes um die Cathedra Petri abspielte. »Lass uns den Teufel endgültig zur Strecke bringen.«

Prospero gab dem Auditor Recht, doch mochte sich sein Gerechtigkeitsempfinden nicht damit abfinden.

Mit Pepe, der ihn nicht mehr aus den Augen ließ, war er ins Ghetto zurückgekehrt, um mit Deborah zu sprechen, doch er traf sie nicht zu Hause an, und auch in der Synagoge fand er sie nicht. Wo mochte sie sein? Unruhe schlich in sein Herz, als man ihm in der Engelsburg versicherte, dass sie ihren Vater seit gestern nicht mehr besucht hätte. Prospero und Pepe begaben sich zu Valenti Gonzaga. Aber der schlief nur tief und fest, laut schnarchend. Prospero rüttelte unsanft an seiner Schulter. Fluchend schlug der Graf die Augen auf. »Träum ich oder wach ich?«, brummte er erschrocken, als er den Katalanen entdeckte.

»Du bist wach, mein Freund«, antwortete Prospero und

wies auf Pepe, »euch muss ich einander wohl nicht mehr vorstellen.«

»Danke, ich habe bereits die Bekanntschaft mit seiner Faust gemacht.« Während Valenti aufstand und sich das Gesicht wusch, berichtete ihm Prospero von Caterina, die ihm das Leben gerettet hatte, verschwieg allerdings sein Gelübde, und informierte ihn über den Stand des Prozesses. Valenti hielt erstaunt inne, schaute seinen Freund mit großen Augen an und brachte nur ein »Potzblitz« über seine Lippen. Angesichts der letzten Ereignisse ließ er lieber die Kleidung eines Geistlichen hängen und zog sich als Kavalier an, schnallte den Degen um und sagte grimmig: »In den Staub mit allen Feinden Gottes!«

Es klopfte an der Tür. Michele stürzte atemlos ins Zimmer. Als er Prospero weder zu Hause noch in der Rota oder in der Kirche Santa Maria in Trastevere antraf, war er zu Valenti gerannt, in der Hoffnung ihn hier zu finden. Er verschnaufte kurz, dann berichtete er, dass er in Albanis Kanzlei vorhin ein Gespräch zwischen seinem Kardinal und Sperelli angehört hatte. Der Großinquisitor hatte Albani mitgeteilt, dass er Fra Bernardino beauftragt habe, Material für einen Inquisitionsprozess gegen Prospero Lambertini zu sammeln.

»Sie brauchen doch gar nicht zu sammeln. Wenn sie den Ritualmord beweisen können, dann haben sie mein öffentliches Votum gegen Ritualmorde in der Hand und können es als Ketzerei auslegen.«

Michele schüttelte den Kopf. »Sperelli will dich nicht nur mit ein paar ketzerischen Ansichten drankriegen, er will dich als Häretiker brennen sehen! Und das am liebsten mit dem Rabbiner zusammen!«

89.

Antonio wirkte blass und missmutig, als er durch den rechten Flügel des Querschiffes der Kirche Santa Maria sopra Minerva zur Kapelle der Carafas eilte. Nichts Unangenehmeres vermochte er sich vorzustellen als dieses Treffen, denn es erinnerte ihn unweigerlich an Vorgänge, die er lieber vergessen würde. Unter den missbilligenden Augen des heiligen Thomas, der auf den Fresken den Sieg über die Ketzer davonträgt, und den strengen Blicken des Kardinals Carafa wartete bereits Fra Bernardino auf den Ordensbruder. Kurz angebunden fragte Antonio den Volksprediger: »Du wolltest mich sprechen?«

Bernardino lächelte süßlich. »Antonino, du erinnerst dich doch, wen der kleine Angelo als letzten Menschen in seinem kurzen Leben sah?«

Antonios Kopf schwoll rot an. Er schwieg und verfluchte den Tag, an dem er sich mit dem Ordensbruder eingelassen hatte.

»Dich und mich hat er gesehen, bevor er seine Seele Gott befahl.«

»Ja, schon gut«, entgegnete er. »Komm endlich zur Sache.« Er wusste, dass er sich diesen Ton gegenüber Fra Bernardino eigentlich nicht erlauben durfte. Aber der ließ sich nicht aus der Ruhe bringen. »Ich habe euch geholfen, jetzt bist du dran.«

So musste es ja enden, dachte der Sekretär des Kardinals, selbst wenn er diese missliche Angelegenheit unbeschadet überstehen sollte, würde Bernardino immer wieder mit neuen Forderungen kommen. Er würde sich dieser Geißel entledigen, sobald sich die Lage beruhigt hatte. Dieser Gedanke beruhigte ihn etwas. »Was soll ich tun?« Bernardino, der darauf scheinbar nur gewartet hatte, präsentierte seine Forderung, hart, kurz und unmissverständlich. »Ich will Lambertini. Ich will, dass er brennt.«

Antonio schluckte. »Nicht der Scheiterhaufen! Er kommt in Klosterhaft«, entgegnete er nüchtern, als handele es sich um eine geschäftliche Abmachung und nicht um Leben oder Tod.

»Er ist kein Mönch.«

»Er wird es vor Antritt der Klosterhaft sein. Franziskaner, Dominikaner oder Augustiner-Eremit?«

»Dominikaner«, forderte Bernardino, weil er über weit reichende Verbindungen im Orden verfügte. Antonio nickte.

»Abgemacht!«, stimmte Fra Bernardino zu. Die Vorstellung, dass dem vorlauten Hilfsauditor statt eines schnellen Todes eine lebenslängliche Demütigung bevorstehen würde, gefiel ihm nur allzu offensichtlich.

»War es das?«, fragte Antonio angewidert.

Bernardino strich den Sekretär zärtlich über die Wange. »Vergiss nicht, mein Bruder in Christo, dass ich dich mit in den Abgrund reißen werde, wenn ich fallen sollte!«

90.

Prospero, Valenti und Pepe eilten, gleich nachdem sie sich von Michele verabschiedet hatten, zur Posterule Tiberine. Sie hatten Glück. Ettore saß wieder an seinem Baum und döste. Als auf sein Gesicht, das von der Sonne beschienen wurde, ein großer Schatten fiel, öffnete er ärgerlich die Augen und erkannte den Hilfsauditor. »Hau ab, eh ich dir die Fresse poliere. Ich hab dir doch gesagt, was ich weiß.«

Ettore hatte kaum zu Ende gesprochen, da fühlte er schon einen harten Griff an seiner Kehle, wurde hochgezogen und sah in das mitleidlose Pferdegesicht des Katalanen.

»Teufel, Teufel, was willst du denn von mir?«, jammerte er. Der Katalane nahm zwar seine kräftige Hand von der Kehle des Taugenichts, doch es kam noch viel schlimmer für ihn, denn er spürte dafür den gefährlichen Druck der mitleidlosen Spitze eines Rapiers auf seiner Brust. Der Cavaliere Valenti Silvio Gonzaga schaute ihn an, wie man ein Insekt anblickt, das man aufzuspießen im Begriffe war. »Keine Ausflüchte, Hundsfott, sonst findest du dich gleich bei des Teufels Großmutter wieder!«

Ettore verlegte sich aufs Bitten. Der Hilfsauditor spürte die Verachtung, die in ihm aufstieg, als der freche Kerl so jämmerlich zu betteln begann. Hat der denn gar keinen Stolz im Leibe, fragte sich Prospero angewidert. Aber Ettores Leben war wohl nicht dergestalt verlaufen, dass er so etwas wie Stolz hätte entwickeln können. Nur den Trost des Rausches hatte er gefunden. Er fiel auf die Knie und hob flehend die Hände. »Bitte, ihr guten Herren. Sie sollen alles erfahren, was ich weiß. Alles, fragt nur, fragt nur. Ettore hat ein gutes Gedächtnis. Ettore wird alles tun, um so feine Herren zufriedenzustellen.«

Valenti steckte den Degen in die Scheide, ließ ihn aber nicht aus den Augen. Ettore lächelte dienstbeflissen. »Gute Herren, schöne Herren, Ettore steht euch zu Diensten.« Prospero ertrug das Knien der armseligen Gestalt nicht länger. »Erheb dich!«, befahl er. Mit schiefem Grinsen kam er der Aufforderung nach.

»Was wollte Fra Bernardino von dir?«, fragte der Hilfsauditor streng. Ettore wirkte ehrlich erstaunt. »Bernardino? Von mir? Nichts!«

»Heh, heh, heh, keine Lügen!«, drohte Valenti.

Prospero musterte ihn derweil eindringlich. »Bernardino hat mit dir nicht über Angelo gesprochen?« Ettore fiel erneut auf die Knie und rang die Hände. »Nein, bei meiner Ehre.«

Valenti verdrehte nur die Augen. Aber Prospero glaubte ihm, denn er hatte möglicherweise voreilig Schlüsse gezogen, bevor er nämlich alle Fakten kannte. Für seine unsicheren Spekulationen durfte er Ettore nicht verantwortlich machen. Die Gleichung »Bernardino-Salvatore-Ettore-Angelo« ging also nicht auf. Er hatte etwas übersehen. Es lohnte nicht, den Irrweg weiterzuverfolgen. Prospero beschloss, bei einer Tatsache anzusetzen. »Erzähl mir von dem Abend, an dem Angelo bei dir war!«

»Ja, dieser Abend, dieser verdammte Abend.« Ettore erhob sich. Er strich seine Kleidung gerade und staubte sie mit den Händen ab. Es sah nicht so aus, als hätte er das jemals zuvor in seinem Leben getan. Prospero Lambertini begriff instinktiv, dass Ettore sich durchgerungen hatte, ein Geständnis abzulegen, deshalb sagte er mit sanfter Stimme: »Erleichtere dein Gewissen, Ettore. Es wird dir danach besser gehen. Es ist das Einzige, was du noch für deinen Neffen tun kannst. Ich weiß, du bist kein schlechter Kerl.«

»Nein«, pflichtete Ettore bei. »Ettore ist kein übler Bursche. Nur manchmal etwas schwatzhaft. Ich bin schuld am Tod meines Neffen. Ich. Ich allein! Oder vielmehr mein loses Maul. Aber ich musste ja wieder an diesem verfluchten Abend die erste Geige spielen.«

»Was hast du Angelo erzählt?«

Schuldbewusst blickte Ettore den Hilfsauditor an.

»Sie müssen wissen, Monsignore, Giovanni ist nicht der leibliche Vater von Angelo.«

»Wer ist es dann?«

»Renata war in Stellung bei einem Prälaten. Na, als der Braten in der Röhre war, haben wir sie schnell mit dem einfältigen Giovanni verkuppelt.«

Prospero schlug sich mit der flachen Hand an die Stirn. Das war es also, was ihm Renata auf dem Friedhof versucht hatte mitzuteilen. Er spürte die Erregung in sich aufsteigen, weil er der Wahrheit zum Greifen nah gekommen war. »Bei wem war Renata in Stellung?«, drängte der Hilfsauditor. Doch Ettore flüchtete in die süße Melancholie des Selbstmitleides, in die einzige Qual, die durch ihre Schmerzen lindert. »Oh, hätte ich nur meinen Mund gehalten.«

»Bei wem war sie in Stellung?«, drang Prospero weiter in den armen Ettore. »Red schon, mach! Bei Albani? Bei Sperelli? Bei wem, Mann, war Renata in Stellung? Wer ist Angelos Vater?« Ettore kratzte sich an der Schläfe, öffnete den Mund und die nassen Augen traten groß und fragend aus ihren Höhlen. So als verstünde er nicht, was mit ihm geschah. Er brach vor Prospero in die Knie, verharrte dort einen Augenblick und fiel dann plump wie ein Mehlsack auf den Bauch. Im Rücken ragte ein Wurfmesser.

91.

Finster stürmten die Freunde den Gastraum. Prospero fluchte, weil er bereits so dicht an der Wahrheit gewesen war. Aber im Gasthof erwartete ihn endlich auch einmal eine gute Nachricht. Gioacchino umarmte den Hilfsauditor und tanzte mit ihm durch die Wirtschaft. Dabei sang er und rief: »Sie ist übern Berg! Sie ist übern Berg! Meine kleine Caterina lebt. Sie lebt. Sie wird leben. Hundert Jahre wird sie leben!«

Prospero war schon ganz schwindlig, als ihn der Wirt auf den Fußboden zurückstellte. Pepe und Valenti grienten. Dann schlug der Wirt mit der Faust auf den Tisch und brüllte, dass es ganz Regola hörte: »Das muss gefeiert werden.«

»Ja«, stimme Prospero zu. »Das muss gefeiert werden, aber erst, Gioacchino …« Die Anrede ließ Gioacchino jedoch nicht zu. Er fiel seinem jungen Landsmann gebieterisch ins Wort. »Nein, nein, nein, Freundchen! So leicht entkommst du mir nicht. Du hast heute schon einmal Vater zu mir gesagt. Das hat mir gut gefallen. Sag es einfach weiter!«

Prospero schmunzelte. »Ja, Vater, das muss gefeiert werden, aber vorher haben wir noch ein paar Strolche zur Strecke zu bringen!« Gioacchino nickte. Dann erkundigte sich der Hilfsauditor nach Renzo, dem Messer.

»Der mit der Narbe quer über der Stirn? Ein übler Bursche. Du willst wohl Großreinemachen? Die Welt von ein paar Schurken befreien. Lass es, Söhnchen, sie wachsen nach.« Aber Prospero ließ nicht locker. Ja, Großreinemachen! Heute ist der Waschtag der Gerechtigkeit, dachte er.

Gioacchino gab dem Drängen nach und meinte, dass man ihn üblicherweise beim Kolosseum findet. In diesem Moment trat Benjamin mit seinem Arztköfferchen in die Gastwirtschaft und bat darum, dass man ihn sicher zu Deborah zurückbrächte. Seine Arbeit sei jetzt getan.

»Gleich, gleich«, bat Prospero. Er verließ die Wirtschaft, lief die schmale Treppe zu Caterinas Zimmer hoch, klopfte an und trat ein. Sie sah zwar noch schwach, aber weit besser aus als noch vor ein paar Stunden. Prospero fiel ein Stein vom Herzen. Und er dachte an sein Gelübde, das er nicht brechen durfte, denn sie lebte ja. Gott hatte seinen Teil getan, nun musste Prospero seinen Part der Abmachung erfüllen. Er setzte sich kurz zu ihr ans Bett.

»Werde gesund.«

»Ja.«

Dann lachte er sie an. Die ganze Anspannung fiel von ihm ab. »Dein Vater hat mich adoptiert.«

»Was heißt das?«, fragte sie mit großen Augen.

»Dass ich nun dein Bruder bin.«

»Wie klug von ihm«, lächelte sie. »Dann kannst du mich ja jetzt nicht mehr heiraten.«

»Aber ich geh dir jetzt auch nicht mehr verloren, Schwesterchen.«

Caterinas Augen leuchteten.

92.

Auf dem Weg ins Ghetto stießen Prospero, Benjamin, Valenti und Pepe beinah mit einer Prozession des Zornes zusammen, die von Fra Bernardino geführt sich auf dem Weg Richtung Vatikan oder Engelsburg befand. Noch bevor Bernardino sie erkannte, setzten sie sich in eine Nebenstraße ab. Eile war geboten. Prospero trieb alle an, weil ihm seine Intuition verriet, dass die Dinge zu ihrer Entscheidung drängten. Sie rannten. Wenig später erreichten sie das Ghetto und brachen, nachdem sie vergeblich angeklopft und gerufen hatten, die Haustür des Rabbiners auf. Fieberhaft durchsuchten sie das Haus, fanden aber nirgendwo die Tochter des Rabbiners. War das Gottes Preis für das Leben Caterinas, fragte sich Prospero, wies diesen Gedanken dann aber als Lästerung sogleich zurück.

Nur wirklich große Angst um einen Menschen lässt einen so großen Unfug denken und selbst an dem zweifeln, an dem nicht zu zweifeln war, rüffelte er sich selbst. Seine Unruhe wuchs, als er auf dem großen Tisch im Wohnzimmer die Briefe von Malebranche, dem deutschen Rabbiner und die Absage Fénelons fand. Ihr Vater wartete dringend auf diese Schriftstücke, und sie lagen hier herum. Längst hätte sie ihm diese wichtigen Schriftstücke gebracht, wenn sie nicht gewaltsam daran gehindert worden wäre. Aus Ratlosigkeit schwiegen sie und dachten angestrengt nach, wo sie Deborah noch suchen konnten. In diese gespannte Stille hinein hörten sie plötzlich ein Pochen. Sie folgten dem Geräusch, standen vor der Kellerklappe, und öffneten sie vorsichtig. Heraus kam eine so verzweifelte, wie zornige Deborah. In kurzen Worten informierte sie die anderen über Chiskijahs Vorhaben. Valenti hieb mit der Faust auf den Tisch. »Dann läuft er Bernardino in die Falle.«

»Chiskijah liefert dem dicken Mönch genau das, was er braucht«, fluchte Prospero. Enttäuscht, müde, ratlos fuhr der Graf Deborah an. »Warum hört dein Bruder eigentlich nicht ein einziges Mal auf dich?« Ihm schienen seine in Furcht gesprochenen Worte schon leidzutun, aber Deborah antwortete darauf leise, voller Scham. »Weil er glaubt, dass ich unsere Mutter umgebracht habe. Sie starb bei meiner Geburt.«

Wie gern hätte Prospero sie jetzt in den Arm genommen, wo sie so allein und hilflos dastand.

»Entschuldige«, murmelte Valenti.

»Wir müssen zur Engelsburg«, entschied Prospero.

»Hast du einen Plan?«

»Nein, nur die Gewissheit, dass wir dort sein müssen. Kommt!«

Ohne Benjamin, der nach Hause zurückkehrte, machten sich die drei jungen Leute und der Katalane auf den Weg.

93.

Als sie an der Kirche San Angelo vorbeikamen, fiel ihr Blick fast gleichzeitig auf einen vor dem Portal sitzenden Mann, der nur mit Hose, Hemd und Halstuch bekleidet war. Kleidung und wettergebräunte Haut ließen auf einen Fischer schließen. Sein Anblick berührte Prospero. Der kräftige Mann wirkte hilflos wie ein Kind. Er hatte die muskulösen Arme um die angewinkelten Knie geschlossen und wippte nach vorn und hinten im gleichförmigen Rhythmus. Prospero trat zu ihm. »Was ist mit dir?« Der Mann schaute Prospero aus traurigen Augen an. »Sie sollen mir meine Frau wiedergeben.«

»Wer ist deine Frau?«

»Renata.«

Prospero reichte ihm die Hand und half ihm auf. »Vielleicht hat dir deine Frau von mir erzählt. Ich bin Prospero Lambertini, Hilfsauditor der Sancta Rota Romana, und ich werde den Mord an deinem Sohn aufklären.«

In die Augen des Fischers trat etwas Leben. »Ja, Renata hat von einem jungen Mann erzählt, den sie am Grab unseres Sohnes getroffen hat. Sie hat auch gesagt, dass der nicht so ist wie die anderen.«

»Was machst du hier?«, erkundigte sich Prospero sanft.

»Nachbarn haben mir erzählt, dass der fette Mönch von dieser Kirche hier meine Frau eingesperrt hat, weil sie vom Teufel besessen sein soll.«

»Teufel auch!«, fluchte Valenti, Pepes Augen funkelten gefährlich.

»Nur weil sie wollte, dass Angelo in seinem Grab Ruhe finden sollte.«

»Komm«, entschied Prospero. »Dein Sohn ist dort drin.«

Doch Giovanni sträubte sich. »Ich will ihn so nicht sehen. Signor, auch wenn es eine Todsünde ist, ich kann ihn so nicht sehen. Ich will ihn in meiner Erinnerung so behalten, wie ich ihn im Leben gekannt habe.«

Prospero legte seine Hand auf die Schulter des Fischers. »Es ist in Ordnung, Giovanni. Warte hier!«

Dann betrat er mit den anderen die Kirche. Dämmerig lag das Schiff vor ihnen. Durch die Seitenfenster brach das

Abendlicht. Am Altar beleuchteten die Kerzen den aufgebahrten Körper des Knaben. Der süßliche Geruch der Verwesung stach in ihre Nasen. »Süß sollen die Heiligen riechen!«, sagte Prospero grimmig. Allerdings verstummte er sogleich, weil ein Geräusch in seinen bitteren Spott drang. Schreie und Verwünschungen. Obwohl von einem Menschen stammend, klangen die Laute nicht mehr menschlich. Mit zum Bersten gespannten Nerven gingen sie zur Treppe, die in die Krypta der Kirche führte, aus der die Geräusche kamen. Wieder hörten sie die schrillen Wortfetzen und dann eine Männerstimme. »Ich befehle dir im Namen unseres Herrn, Jesus Christus, auszufahren aus dem Leib dieser Frau! Fahr aus, Lilith! Dämon, fahr aus!«

Bangen Herzens betraten Prospero und seine Freunde die Krypta, die von Kerzen erleuchtet war. Welch Schauspiel würde sich ihren Blicken bieten? Überall standen und hingen Kruzifixe. Dann erblickten sie einen Mönch mit einer Peitsche in der Hand. Auf dem schwarzen Boden der Krypta standen Blutlachen. Auf einer Holzpritsche lag ein nackter, blutender Mensch. Eine Frau. Es brauchte eine Weile, ehe Prospero erkannte, dass der von der Peitsche entstellte Leib Renata gehörte. Sie hatte ein blutiges Auge und weinte vor sich hin, voller Angst vor dem Exorzisten und seinen beiden Gehilfen. Der Dominikaner fühlte sich in seiner Teufelsaustreiberei gestört, wandte sich um, maß den Hilfsauditor mit wütendem Blick: »Verschwindet! Stört uns nicht. Wir müssen der armen Frau helfen. Sie ist vom Teufel heimgesucht!«

Prospero sagte kein Wort, ging nur zur Pritsche, stieß den Mönch gewaltsam zur Seite und band Renata los. Als er ihr half, sich aufzurichten, war schon Deborah zur Stelle, um ihm zur Hand zu gehen. Der Mönch erhob die Peitsche, um nach Prospero zu schlagen. Valenti zog seinen Degen und drückte die Spitze gegen den Rücken des Exorzisten. »Wage es und es wird mir eine Freude sein, aus dir Hackfleisch zu machen!«

Die Gehilfen flohen. Valenti ging nun, das Rapier gefährlich in der Hand wiegend um den Mönch herum und nahm ihm die Peitsche aus der Hand.

»Mit dieser Peitsche also hast du die arme Frau gepeinigt.« Er schlug zu. Der Mönch jaulte auf. Doch Valenti taumelte in seinem Zorn. »Fahre aus Satan!«, brüllte er und schlug wieder zu. Wieder jaulte der Dominikaner auf. »Domini canes!«, fluchte der Graf und hob wieder die Peitsche. Doch da herrschte Prospero ihn an: »Lass ihn zufrieden. Der Herr wird ihn richten, nicht du!« Dann wandte er sich an den Exorzisten: »War Fra Bernardino in jungen Jahren in Südamerika?« »Ja, als Missionar. In Paraguay.« Also doch, dachte Prospero und bat dann Valeri, den Exorzisten nach draußen zu bringen.

Deborah wusch Renatas Wunden und half ihr, wieder in ihre Kleider zu schlüpfen. Nachdem die arme Frau notdürftig versorgt und wieder bekleidet war, sagte Prospero zu Deborah: »Lass uns allein.«

»Ich warte draußen.« Sie verließ die Krypta. Nun waren sie unter vier Augen. Prospero nahm ihre Hand. Er beschwor sie. »Bitte, Renata, sag mir, wer Angelos Vater ist.« Sie schaute den Hilfsauditor scheu an. »Bitte, ich muss es wissen! Es bleibt unter uns! Niemand wird es erfahren! Nicht einmal dein Mann. Denn er hat sich um Angelo gekümmert wie um seinen Sohn und deshalb ist er und bleibt er Angelos Vater. Ich schwöre es dir, Renata!«

Sie blickte unsicher und fuhr sich mit der Handfläche über den Mund. Dann stand sie auf, stöhnte aber leise vor

Schmerzen und schaute Prospero lange an. Schließlich gab sie sich einen Ruck und sagte klar und deutlich: »Seine Eminenz, Francesco Carasoli.«

94.

Renata und Prospero hatten Angelo in seinen Sarg gebettet und trugen ihn aus der Kirche. Auf dem Vorplatz zog sich unter Valentis vorgehaltenem Rapier der Exorzist nackt aus, während Giovanni das Schauspiel mit großen Augen verfolgte. Unsicher bedeckte der Mönch mit seinen blutigen Händen sein nacktes Geschlechtsteil. Er stierte zum Boden, weil er es nicht wagte, den Grafen anzuschauen.

»Höre ich, dass du dich über uns beklagt hast oder sehe ich dich noch einmal in Rom, bist du des Todes. Und jeder Mann meines Geschlechts wird dieses Versprechen erfüllen, wenn ich aus irgendeinem Grund verhindert sein sollte. Das schwöre ich, so wahr ich ein Gonzaga bin«, herrschte Valenti den Mönch an. »Und nun verschwinde aus meinen Augen, bevor ich es mir anders überlege.« Dann knallte er mit der Peitsche, und der nackte Mönch floh in die Gassen der Stadt.

Giovanni lief zu seiner Frau und umarmte sie. »Dass ich dich wiederhabe!«

Dann sagte Prospero zu den Eheleuten: »Bringt euren Sohn zurück zum Friedhof San Michele. Bettet ihn zur ewigen Ruhe, die niemand mehr stören soll. Valenti wird euch begleiten und den Sarg tragen helfen.«

»Und Ihr, Monsignore?«

»Ich bin kein Monsignore, Renata. Ich habe noch eine Pflicht zu erfüllen. Das bin ich deinem Sohn schuldig. Ich habe es dir versprochen.«

Renata küsste Prospero auf die Stirn. »Gott schütze dich!«

Er fühlte Angst, große Angst, aber er durfte weder zaudern noch zögern. Es war sein Weg.

95.

Mit Mund und Nase sog er die Düfte von Lavendel, wilder Rose, Rosmarin und Baldrian ein. Die wohlige Wärme des Wassers öffnete seinen Körper für die ätherischen Öle. Er liebte es, in der großen Badewanne aus grauem Marmor zu liegen, den Blick über die Fresken und Deckenbildnisse wandern zu lassen, die Episoden aus der Mythologie verherrlichten, im Licht, das blau durch die Bleifenster brach, und die Widrigkeiten dieser Welt hinter sich zu lassen. Zuweilen überanstrengte ihn seine feurige Geliebte, die Macht, denn nie konnte er ihrer sicher sein und hatte ständig um sie zu buhlen. Hielt sie nicht letzten Endes alle zum Narren, die sich zu ihr drängten? Auch wenn ihm all dies bestens bekannt war, so wusste Francesco Carasoli auch, dass er sich nach ihr verzehrte. Nicht raffinierte Speisen, nicht erlesene Weine, nicht atemberaubende Frauen begehrte er, sondern nur sie allein. Er genoss es, Macht zu haben. Auf die einzig wahre Art, wie es nur ein Kenner vermochte, auf die stille, scheinbar demütige Art.

Er kannte all ihre Popanze, die ihn aufgrund ihrer Plumpheit abstießen, all die schmierigen Parvenüs, die sich so billig von ihr abspeisen ließen, mit Statussymbolen und Accessoires, all jene, die sich mächtig dünkten und doch nur allerlei Gesindel um sich herum versammelten, die ihnen nach dem Munde redeten. Wahre Macht aber bedeutete nicht, ständig von Lobhudlern umgeben zu sein. Nein, sondern dass geschah, was man wollte, ohne dass man damit in Verbindung gebracht wurde. Wahre Macht bedeutete zu wirken, die Fäden in der Hand zu behalten, ohne in das grelle Licht der Öffentlichkeit zu treten. Ihre Ruhmeshalle war die Stille, ihr Boudoire die Heimlichkeit. Nur hier ergötzte man sich wirklich an ihr. In voller Eitelkeit. Und weil er so intim mit ihr verkehrte, sie fast besser zu kennen meinte, als sie sich selbst, glaubte er auch der Einzige zu sein, der wirklich dazu berufen war, die Cathedra Petri zu besteigen. In diesen stürmischen Zeiten bedurfte der Vatikan keines Theologen, keines Engels, keines tumben Askesen oder eitlen Gecken, sondern des Geliebten der Macht.

Aber so kurz vor dem Ziel liefen die Dinge plötzlich aus dem Ruder. Und nur weil dieser kleiner Junge tot in der Synagoge aufgefunden worden war. Dabei hatte der Kardinalvikar die Heiligsprechung seiner Tante, der seligen Maria Carasoli, als überwältigendes Ereignis, um seine Wahl abzusichern, so geschickt eingefädelt. Oh, er war sich der Tugenden seiner Tante so sicher gewesen. Konnte sie denn nicht an sich halten? Wie abgeschmackt, dachte der Kardinal, den Mund von Tugend nicht voll genug zu bekommen und dann unter hehren Worten Geilheiten drechseln. Verärgert stieg er aus dem Bad.

Das erste Mal in seinem Leben beruhigte ihn sein Hausmittel nicht. Musste es denn ausgerechnet ein Kardinal sein? Wenn es so dringend war, hätte sie den Reitknecht rufen sollen, fluchte er. Er begann, sich abzutrocknen. Gut, auch er hatte sich einmal in seinem Leben einen Fehltritt geleistet. Mit einer Dienstmagd aber! Er besaß kaum noch eine Erinnerung an dieses blutjunge Mädchen, über das er hergefallen war, als sie ihm das Bad gerichtet hatte. Wie ein Köter auf der Gasse hatte er sie besprungen. Weil ihn die Geilheit übermannt hatte! Ihm schauderte, wenn er sich daran erinnerte. Eine kurze Peinlichkeit, die er bald schon vergessen hatte. Geblieben war nur der Ekel. Der Popolo nannte dieses Teil, das die meisten Männer beherrscht, nur vulgär den »Schwanz«. Und das war es auch, der Schwanz des Teufels!

Wenn schon der kleine Hilfsauditor seine Angreifbarkeit entdeckte, dachte der Kardinalvikar, könnte es anderen auch gelingen. Damit hatte er nie und nimmer gerechnet! Lambertinis Untersuchungsergebnis hatte ihn stärker verunsichert, als er es anfangs geglaubt hatte. In der Kutsche hatte er das Gefühl, dass ihm plötzlich jemand den Boden unter den Füßen wegzog. Zwar war mit der Vernichtung der Briefe der Stein des Anstoßes erst mal aus der Welt, aber wusste er, wo das Balzen der beiden Tugendbolde noch Spuren hinterlassen hatte? Äußerste Vorsicht war geboten, besonders im Umgang mit Albani. Aber sein Rivale wusste davon noch nichts, im Gegenteil, zur Stunde schien der Kardinalvikar sogar in der besseren Position zu sein, weil der Prozess gegen den Rabbiner Albani aus den Händen zu gleiten drohte. Das musste er ausnutzen, schnell und hart. Er zog sich an und ging zum Kabinett seines Sekretärs.

Zu seinem Erstaunen traf er diese süditalienische Frohnatur im Zustand einer Depression an. Als der seinen Patron sah, schien sich Antonio schnell zusammenzunehmen. »Eure Eminenz, womit kann ich …« Aber der Kardinalvikar ließ seinen Sekretär nicht ausreden. »Was will Bernardino?«, fragte er ihn unvermittelt.

»Dass wir Lambertini fallen lassen.«

»Scheiterhaufen?«

»Ich habe ihn auf Klosterhaft runtergehandelt.«

»Das verlangte auch Albani.«

Eigentlich mochte der Kardinal den jungen Hilfsauditor. Klug, karrierewillig, aber kein Speichellecker. Der Zufall hatte es nun so eingerichtet, dass ausgerechnet der junge Lambertini die Sünde seiner seligen Tante entdeckt hatte. Es konnte ihm deshalb nichts Besseres widerfahren, als dass der Mitwisser seiner Familienschande hinter dicken Klostermauern verschwinden würde. Gern opferte er den Hilfsauditor nicht, aber den Kampf um die Macht führt man nicht mit persönlichen Sympathien oder gar noch Loyalität. Noch war nichts verloren. Im Gegenteil. Sollte er sich mit seinem Rivalen arrangieren oder den Kampf aufnehmen? Carasoli schwankte. Plötzlich stand sein Entschluss fest. Er befahl dem Kutscher, anzuspannen.

96.

Eine Viertelstunde später stand er ihm gegenüber. Wie immer lächelte Albani, als er den Kardinalvikar freundlich begrüßte. »Was für eine schöne Idee, mein Bruder, meinen Besuch zu erwidern. Wir hätten das schon früher tun sollen.«

Sie hatten lange genug finassiert, entschied der Kardinalvikar und ging direkt auf sein Ziel los. »Es wird Zeit, dass wir miteinander reden. Ohne Haken und Ösen.«

»Das denke ich auch«, antwortete Albani schlicht und führte ihn hinaus in den Park. Da schritten nun die beiden Kardinäle, die im Streit um die Papstkrone lagen, im milden Licht der Abendsonne durch die Allee der rhombisch geschnittenen Koniferen friedlich nebeneinanderher. Sie hatten die Hände auf dem Rücken verschränkt. Man konnte meinen, dass sie über ein theologisches Problem räsonnierten.

»Sie bekommen Corcos und die Kanonisation des kleinen Angelo«, bot Carasoli an.

Albani verblüffte die Direktheit. »Und was wollen Sie dafür?«

»Die Tiara.«

»Der Jude ist mir egal!«, sträubte sich Albani.

»Auch dass Sie Ihr Gesicht verlieren, wenn Corcos als freier Mann den Gerichtssaal verlässt und Bernardino vor ein Gericht gestellt wird?«

»Wofür?«

»Häresie? Amtsanmaßung? Aufwiegelei? Leichenschändung? Schwarze Künste? Weiße Künste? Bunte Künste? Was immer Sie wollen. Suchen Sie sich etwas aus.«

»Was geht mich der unappetitliche Dominikaner an?«

»Nichts. Falls Ihnen all der Unfug, den Sperelli anstellen könnte, wenn er durch seinen Konsultor in Schwierigkeiten gerät, gleichgültig sein kann!« Carasoli fasste ihn scharf ins Auge. Das erste Mal, seitdem er ihn kannte, lächelte er nicht. Aus dem gelegentlichen Zucken des Augenlides war ein nervöser Tick geworden.

»Sie wissen, dass ich Sie schätze«, lenkte Albani ein.

»Corcos auf dem Scheiterhaufen, Angelo geheiligt, Bernardino auf Mission nach China oder zu den Hottentotten und Lambertini in ein Kloster gesperrt, das könnte ich mir gut vorstellen.«

»Hat Sie mein kleiner Hilfsauditor so geärgert?«

»Natürlich nicht!«, log Albani. »Aber wir wollen doch reinen Tisch machen.«

»Na, meinetwegen. Lambertini als Zeichen meines guten Willens.« Carasoli musste ein Lächeln unterdrücken, weil sein Rivale nicht ahnte, wie sehr seine Forderung Lambertini betreffend dem Kardinalvikar in die Hände spielte.

Albani hatte seine Bedingungen genannt, jetzt kam der eigentliche Kaufpreis. Carasoli war gespannt stehen geblieben. Der Konkurrent wandte sich ihm zu. »Einem würdigen Papst wie Ihnen würde ich natürlich sehr gern tatkräftig als Staatssekretär und als Kardinalvikar von Rom zur Seite stehen.«

Carasoli verzog keine Miene. Das war also der Preis für die Tiara. Der Rivale als Stellvertreter. Schon mancher Papst wurde von seinem Staatssekretär beherrscht. Das Staatssekretariat, die Herrschaft über Rom und die Inquisition, die sein Vertrauter Sperelli führt, lägen dann in seiner Hand. Wirklich schlau, dachte Carasoli. Der Machtkampf wäre nicht entschieden, nur verlagert. Kurz dachte er an den Borgia-Papst Alexander VI., der jahrelang sich mit seinem Vizekanzler, wie das Amt damals hieß, Ascanio Sforza die Macht teilen musste, bis er ihn schließlich doch ins Abseits manövriert hatte.

»Einverstanden!«, sagte Francesco Carasoli, und ein Lächeln huschte über sein Gesicht.

Michele kam mit hochrotem Kopf den Weg entlanggerannt. Endlich sah er seinen Patron.

»Was gibt es.«

»Eure Eminenz«, sprudelte es aus Michele heraus. »Der Sohn des Rabbiners hat versucht, seinen Vater aus der Engelsburg zu befreien.« Albani war die Überraschung und Freude deutlich anzusehen.

»Ein besseres Geständnis, als sich der weithin anerkannten Gerechtigkeit der Inquisition zu entziehen, gibt es nicht. Denn nur wer etwas zu verbergen hat, wer schuldig ist, muss vor seinen Richtern fliehen.«

»Befindet er sich in Haft?«, fragte der Kardinalvikar.

»Die Flucht konnte vereitelt werden. Der Sohn aber, dem es gelang zu entwischen, lief geradewegs dem Popolo in die Arme, der sich unter Führung Fra Bernardinos vor der Engelsburg versammelt hatte.«

»Was wollen die denn dort?«, entfuhr es Carasoli.

»Den Rabbiner töten!«

»Ich habe doch gleich gesagt, dass es ein Fehler ist, den Prozess heimlich zu führen!«, triumphierte Albani. »Die Leute fürchten, dass wir die Sache im Sande verlaufen lassen! Was schlagen Sie vor, was wir tun sollen?«

Der Kardinalvikar spürte die Gefahr. Er konnte das Volk weder mit Gewalt auseinandertreiben lassen, wenn er Papst werden wollte, noch durfte er es als Kardinalvikar von Rom gewähren lassen. Carasoli brauchte Albani nicht einmal anzublicken, um zu ahnen, dass der sich an seiner Zwickmühle weidete. Ein einziger Fehler und ihre hübsche Vereinbarung wäre Makulatur.

»Hatten Sie nicht zugestimmt, mit mir eine kleine Landpartie nach Tivoli zu unternehmen? Ich garantiere Ihnen, dass wir in meinem Gartenpalais Ruhe finden, um ungestört vom Alltag über die Zukunft zu befinden.« Carasoli setzte darauf, dass man ihm natürlich keinen Vorwurf machen konnte, was auch immer geschehen würde, wenn er zur fraglichen Zeit nicht in Rom war. Und auch Albani würde sicher keinen Wert darauf legen, sich in den gefährlichen Stunden in Rom aufzuhalten und womöglich durch eine falsche Entscheidung seine Kariere noch so kurz vorm Ende des Pontifikates des guten Innozenz zu gefährden. Sollte doch der Tölpel Sperelli sich in seinem Übereifer die Finger verbrennen. Morgen würden sie überrascht zurückkehren und ans Aufräumen gehen, schuldlos, was in ihrer Abwesenheit in Rom geschehen war.

»Meine Kutsche steht vor der Tür«, drängelte Carasoli.

»Du hast uns nicht mehr angetroffen und hast uns die Nachrichten nicht überbracht!«, schärfte Albani seinem Sekretär ein. Dann ließen sie Michele stehen und eilten schnellen Schrittes zu Carasolis Kutsche, so, als wollten sie der Gegenwart entfliehen, um die Zukunft zu sichern.

97.

Bernardino stieg vor der Engelsburg auf eine Kalesche, die man eigens für ihn herbeigeschafft hatte, um zu den vielen Menschen zu reden, die sich vor der Festung versammelt hatten und teilweise in den Gassen und Straßen standen, die zum Kastell führten, weil der Platz bereits überfüllt war. Prospero und Deborah hörten ihn reden, als sie sich nach vorn drängelten, Pepe folgend, der ihnen mit bewunderungswürdigem Geschick den Weg frei machte.

»Das ist der Sohn des Mörders unseres heiligen Angelo. Seht ihn euch an! Gerade wollte er seinen Vater befreien, auf dass sie bald wieder gemeinsam über christliche Kinder herfallen können wie reißende Wölfe, um unseren Herrn, Jesus Christus, zu verhöhnen. Den Rabbiner schützen die hohen Herren noch. Aber seinen Sohn haben wir jetzt. Lobet den Herrn. Denn auch der Sohn des Rabbiners hat die Mazze von Angelos Blut gegessen. Bestrafen wir ihn dafür! Und holen wir uns danach seinen Vater! Und dann lasst uns ins Ghetto gehen und endlich Schluss machen mit Roms Schande. Befreien wir Christus in Rom!«

Deborah tat einen kleinen Aufschrei, als sie sah, dass zwei Männer Chiskijah in die Knie zwangen. Um ihn herum standen sieben Männer mit Dolchen in der Hand. Sie wollen ihn gerade töten. Abstechen wie ein Lamm, dachte Prospero. Da hörte er sich schon brüllen: »Nein! Nein!«

Alle Augen richteten sich auf ihn. Für einen Augenblick wirkte Fra Bernardino verunsichert. Der Hilfsauditor nutzte Bernardinos Überraschung aus und kletterte ebenfalls auf das Dach der Kalesche. Die Menschen starrten ihn neugierig an.

»Großes Volk von Rom!«, rief er voller Inbrunst. »Römer, was immer man auch über euch gesagt hatte, eines hatte noch niemand gewagt zu behaupten, dass ihr ungerecht wäret.« Ein Raunen ging durch die Menge. Sie stimmten ihm zu, für ungerecht wollten sie nicht gehalten werden. Prospero zeigte mit seinem ausgestreckten Arm auf Bernardino: »Da steht der Mörder des kleinen Angelo.« Damit hatte er die Aufmerksamkeit der Römer erobert, er durfte jetzt nicht nachlassen. »Er hat den kleinen Angelo zum Kolosseum gelockt und ihn dort erwürgt.«

»Lüge, alles Lüge!«, brüllte Bernardino. »Packt ihn. Schlagt ihn. Hängt ihn auf. Er steht mit den Juden im Bunde!«

Doch das ging dem Popolo zu schnell. Für ungerecht sollte man sie nicht halten. Rufe kamen aus der Menge: »Lasst ihn ausreden!«

»Beweise!«

»Beweise!«

»Beweise!«

Prospero maß Bernardino mit einem abschätzigen Blick, dann schaute er in die Menge. Nun kam das Schwerste. Jetzt musste er improvisieren, denn mit Indizien durfte er dem Volk nicht kommen.

»Fragt ihn, wo sein Rosenkranz ist.«

Bernardino erschrak. »Was geht dich mein Rosenkranz an?«

»Hast du vielleicht etwas zu verbergen?«, fragte Prospero streng.

»Was sollte ich zu verbergen haben? Ihr alle kennt mich doch als ehrlichen Mann!«, sprach er zum Popolo, nahm seinen Rosenkranz vom Gürtel und hielt ihn weithin sichtbar hoch. »Was sollen die Possen! Hier ist er!«

Prospero betete zu Gott, dass sich seine Annahme bestätigen würde. Mit einer schnellen Bewegung riss er die Kette dem Dominikaner aus der Hand. »Lass sehen!« Der Mönch wollte etwas sagen, doch Prospero hob gebieterisch den linken Arm, während er schnell die Perlen des Gebetskranzes zwischen Daumen und Zeigefinger der rechten Hand laufen ließ.

Da war sie, die kleine Perle, die so unscheinbar war und ihm doch so viel erzählte, die er gesucht und Gott sei Dank auch gefunden hatte. Er hob sie hoch.

»Und was ist das hier?« Der Popolo starrte gebannt auf die eine Kugel, mit der Prospero jetzt die Kette zwischen Daumen und Zeigefinger in die Höhe hob. Aber natürlich konnten die Menschen nichts erkennen. »Ihr seid zu weit weg, um das zu sehen, was ich sehe. Nämlich eine Perle, die anders ist, als all die anderen!«

»Gib mir meinen Rosenkranz zurück. Und ihr, » rief Bernardino dem Popolo zu, »lasst euch nicht zum Narren machen.«

»Dann erklär mir doch mal, wie diese Kugel aus dunkelblau angemaltem Ton zwischen die Perlen aus seltenem Edelstein kommt?«

»Was soll das heißen?«, rief jemand aus der Menge.

»Der große Missionar Fra Bernardino war in seiner Jugend in Südamerika, um dort die Heiden zu bekehren. Und die bekehrten Heiden machten ihm ein kostbares Geschenk. Sie überreichten ihm einen Rosenkranz aus einem seltenen Stein, den man nur dort findet, einen dunkelblauen Sodalith mit weißen Adern.«

»Was sollen die Gaukeleien? Ich habe vor Jahren eine Perle verloren und sie durch die aus Ton ersetzt. Aber jetzt ...« Weiter kam Bernardino nicht, denn Prospero hatte die kleine, unscheinbare Perle, die er in der Nacht in der Synagoge gefunden hatte, aus seiner Tasche geholt und hielt sie nun hoch. »War es diese Perle, die du verloren hast? Ich habe sie nämlich gefunden. Noch am gleichen Tag, an dem man den kleinen Angelo in der Synagoge entdeckt hatte. Was wolltest du in der Synagoge! Sprich! Sag es uns!« Raunen und Staunen durchwogte den Popolo. »Hat es dir die Sprache verschlagen? Ich sage es dir: Du wolltest mit dem schwarzen Salvatore zusammen die Leiche des ermordeten Angelo den Juden unterschieben.«

»Hirngespinste, reine Phantasie!«, schrie Bernardino, der den Fehler beging, sich zu verteidigen, anstatt zum Gegenangriff überzugehen.

»Phantasie? Hirngespinste? Mit diesem Rosenkranz hast du den armen Angelo erwürgt.«

»Verleumdungen!«, versuchte der Dominikaner, Prospero zu überbrüllen, um das Heft des Handelns zurückzugewinnen. Doch Prospero ließ sich nicht beirren. »Ihr alle, großes Volk von Rom, habt ihr nicht, als ihr den kleinen Angelo in der Kirche San Angelo in Pescheria besucht habt, die Würgemale an seinem Hals gesehen. Ich sage euch, ich habe Ärzte gefragt, und sie haben mir alle bestätigt, dass Angelo mit einem Rosenkranz erwürgt worden war.«

»Wer hat das bestätigt?«, bulldogte Bernardino.

»Arnaldi!«, log Prospero und bat den Herrn inständig um Beistand bei dieser frommen Lüge.

Sie alle kannten Arnaldi, den Arzt von Rom, den Mann, der sich um die Armen kümmerte. Bernardino brüllte verzweifelt in die Menge. »Merkt ihr denn nicht, dass der Teufel zu euch spricht. Dass er lügt, dass er fälscht, dass er euch der guten Sache abspenstig machen will, dass er euch verführen will.«

»Was hast du in der Synagoge gemacht? Wo ist Angelos Blut?«, fuhr er dem Mönch in die Parade. »Wir wollen es zurückhaben!«

Deborah fröstelte, denn nun stand alles auf Messers Schneide. Die letzte Frage war abgeschmackt. Prospero wusste es. Ihm war nur zu bewusst, dass ihm die Argumente ausgingen. Er hatte keinen neuen Beweis mehr, den er präsentieren konnte, deshalb war er in die Rhetorik geflüchtet. Doch dort würde ihn Bernardino zu fassen bekommen, denn er war ein Meister im Reich der Vorurteile. Dem Hilfsauditor blieb nur übrig, zu bluffen, denn alle Indizien, die er besaß, würden ihm in einem Prozess helfen, nicht aber vor den Menschen, die mit dem Herzen entschieden. Deshalb fragte Prospero noch einmal. »Was hast du mit dem Blut des kleinen Angelo gemacht?«

Bernardino kniff die Augen zusammen und setzte zum Reden an. Er witterte seine Chance. Prospero fühlte, dass der schreckliche Gegenangriff des gewieften Mönches bevorstand. Das Überraschungsmoment war aufgebraucht, die Argumente verschossen. Deborah senkte den Kopf. Prospero schaute kühn in die Menge, doch es war nur noch Schauspiel. Kein Pfeil steckte mehr in seinem Köcher. Er hatte die Hoffnungen, die auf ihm lasteten, enttäuscht. Gleich würde Bernardinos Rhetorik über ihn herfallen. Aber der schaute ihn nur mit plötzlich weit aufgerissenen Augen stumm an. In seiner Brust stak ein Messer. Plötzlich vernahm Prospero aus der Menge das Jammern eines Mannes. »Ich habe meinen Wohltäter ermordet. Schande über mich. Das erste Mal im Leben, dass ich das Ziel verfehlte. Schande! Schande!«

Prospero schaute in die Menge. Er sah einen Mann mit einer Narbe quer über der Stirn, der sich jetzt auf Pepe stürzte. »Und nur, weil du mich angerempelt hast, du verfluchter Kerl!« Doch Pepe streckte den Bravo mit einem mächtigen Fausthieb nieder und grinste. Prospero lächelte seinen Beschützer dankbar an. Dann wandte er sich dem Mönch zu, der jetzt auf dem Rücken lag und in den Himmel blickte. Der Hilfsauditor kniete sich zu dem Sterbenden. Fra Bernardino blickte fragend, als verstünde er nicht, was mit ihm geschähe, weich und friedlich. Aller Zorn, alle Schreie, alle Grobheit schienen von ihm gewichen. Seine Lippen flüsterten eine Frage, und Prospero hielt sein Ohr an den Mund des Dominikaners. Was er hörte, rief ihm das kleine Bild in der Zelle des Mönches ins Gedächtnis: »Darf ich zu dir kommen, gute Mutter? Darf ich, bitte, bitte …«

Prospero nahm den Kopf des sterbenden Mönchs in seinen Schoß.

»Warum Angelo?«, fragte er ihn sanft.

»Weil Antonio es so wollte!«

»Antonio, Carasolis Sekretär?«

Der Hilfsauditor spürte, dass Bernardino ihn nicht mehr hörte, dass er ihn längst nicht mehr erkannte. Wie ein kleiner Junge bettelte er: »Bitte, bitte, bitte, Mutter, darf ich kommen?« Bei all dem Hass, den Prospero empfunden hatte, konnte er sich der Rührung, ja des Mitleids nicht entziehen. Er nahm die rechte Hand des Dominikaners und drückte sie. »Geh, Bernardino, du darfst zu ihr gehen. Die Schande ist vorbei. Sie nimmt dich endlich auf und verzeiht!«

Prospero Lambertini spürte, wie das Leben Fra Bernardino wie ein flüchtiger Wanderer verließ, wie der Atem anhielt und die Augen stehen blieben. Er schloss sie.

98.

Nachdem Renzo und Chiskijah dem Kommandanten der Engelsburg übergeben worden waren und die Soldaten auch die Leiche des toten Dominikaners mit in die Festung genommen hatten, um sie zunächst dort aufzubewahren, bis der Orden sie abholen ließ, verlief sich die Menge und ließ Deborah, Prospero und Pepe auf dem riesigen Vorplatz zurück.

»Brauchen Sie mich noch?«

»Nein, Pepe.«

Der Katalane ging. Es kam Prospero seltsam, geradezu gespenstisch vor, nach dem brodelnden Gedränge der vielen Menschen allein in der Stille des mächtigen Platzes zu stehen. Inzwischen hatte der Mond sich in die Mitte der Nacht erhoben und beschien einen trügerischen Frieden.

»Ich bringe dich nach Hause.«

»Nicht nötig«, wehrte sie ab.

»Die Entscheidung steht Ihnen nicht zu, mein schönes Fräulein.« Prospero tat ein paar Schritte, sah sich dann aber verwundert um, weil sie noch wie angewurzelt dastand. »Worauf wartest du? Deinen Vater werden wir erst morgen befreien können. Denn es wird viel zu klären sein.«

»Und Chiskijah? Und seine Freunde?«

»Morgen, Deborah. Die ganze Angelegenheit dürfte für viele Leute so peinlich werden, so dass man Gnade vor Recht ergehen und Chiskijah freilassen wird, schon um schnell den Mantel des Schweigens über diese Affäre zu decken.«

Seine Worte schienen sie zu beruhigen. Doch dann entdeckte er einen Funken in ihren Augen, der ihn beunruhigte. Denn auch er hätte sie nach der Sorge, dem Zorn, der Angst, dem Bangen und Hoffen der letzten Tage gern in den Arm genommen. Sie hatten gegen eine Welt gekämpft, und waren dabei nicht untergegangen. Deborah musste genauso erleichtert und müde sein wie er. Die Stunde des Abschieds war gekommen. Er wusste es, und er wusste, dass sie es wusste. Und er betrog sich, wenn er die Stunde, in der sie sich für immer trennen würden, um Minuten feilschend herauszögerte. Nur deshalb brachte er sie nach Hause, nur deshalb schritten sie gemeinsam über die Brücke, die die Engelsburg mit dem Stadtteil Regola verband.

Stumm passierte er mit ihr die Via Giulia, die still vor ihnen lag. Niemand außer den beiden befand sich jetzt auf der Straße. Von hier bogen sie in die Gassen, die sie zum Portico de Octavia führten.

Dunkel und friedlich liegt die Kirche San Angelo in Pescheria wie all die anderen Kirchen Roms in der Stunde nach Mitternacht, dachte Prospero. »Kaum zu glauben, welche Leidenschaften, welch Hass und welch Verehrung von ihr ausgegangen sind«, wunderte er sich. Auch sie schaute jetzt zu dem Gotteshaus. Als einziges Zeugnis der Ereignisse der letzten Tage lag nur die Kutte des Exorzisten auf dem Vorplatz.

Viel zu früh trafen sie vor ihrer Tür ein. Sie standen und schwiegen. Er spürte den Schwur, den er Gott geleistet hatte, und vermochte es doch nicht, Lebewohl zu sagen. Aber Abschied musste sein, so lautete sein Teil der Verabredung, denn Gott hatte Wort gehalten. Man durfte den Herrn nicht betrügen! Aber das Herz? Durfte man das eigene Herz betrügen? Kam nicht die Sehnsucht nach dem anderen auch von ihm? Und hatte nicht der Herr sie zusammengeführt, um den Anschlägen des Teufels zu wehren. Hilflos wie ein kleiner Junge nahm er sie in seine Arme. Welch Glück, sie zu fühlen. Er spürte ihre Brüste und seine sich regende Männlichkeit. Hatte der Allmächtige sich geirrt, dass ausgerechnet sie zueinanderpassten, die nicht beieinander sein durften? Aber Seine Wege waren bekanntlich unergründlich.

Er küsste sie lang und innig, mit einem Kuss, der nie enden sollte, der nach einem ganzen Leben schmeckte. Ja, in ihn musste das ganze Leben passen, das sie nicht miteinander führen durften, ein anderes Leben, ihr Leben, ihr gemeinsames Leben. Und es war, während sich ihre Münder vereinten, als ob in einer großen Beschleunigung ihre Ehe verlief. All das lag in einem Kuss: Hochzeit und die Geburt der Kinder, die Sorgen und Freuden des Alltags und das Glück, gemeinsam alt zu werden, stürmisch und dann wieder zart, voller Leidenschaft und voller stiller Liebe küssten sie sich in der Dämmerung, in der Stunde, in der Sonne und Mond beisammen sein durften. Aber die Sonne schickte immer kräftigere Strahlen über die Hauptstadt der Christenheit, während der Mond abnahm. Und so war schließlich auch das Ende im Kuss, jener große Tod, den man Abschied nennt. Wortlos und ohne einander anzublicken trennten sie sich.

Als er am Fuß der Treppe die Straße betrat, hörte er wie oben die Tür zuschlug. Tausend Kräfte zogen ihn zurück, tausend Kräfte und die Gewalt des Herzens, aber es half ja nichts. Auch wenn er sich die Seele blutig lief, er musste sie verlassen. Er war schon weiter gegangen, als er gedurft hätte. Und ob ihm das der Herr jemals verzeihen würde, blieb so ungewiss, wie das arme, blinde Menschenleben.

Hinter der Tür aber kauerte Deborah auf dem Boden, unfähig sich zu bewegen. Wie gern wäre sie ihm nachgelaufen, hätte ihn zurückgeholt, Prospero ha-Chattan. Aber es durfte ja nicht sein!

O dass du mein Bruder wärest,
der meiner Mutter Brüste gesogen!
Fände ich dich draußen,
so wollte ich dich küssen
und niemand dürfte mich schelten!
Gelobt sei der Herr!

99.

Es war bereits später Vormittag, als Dr. Prospero Lambertini, nachdem er verspätet die Terz gefeiert hatte, frisch rasiert sich zum Palazzo Carasoli begab. Zuvor hatte er seinem Vorgesetzten, dem Auditor der Sancta Rota Romana, Alessandro Caprara, Bericht erstattet und das weitere Vorgehen abgestimmt, denn ein paar, allerdings wesentliche, Fragen blieben weiterhin offen, die er noch klären musste. Für Renata war die wichtigste Frage darunter. Dass Bernardino den Jungen getötet und die Leiche den Juden untergeschoben hatte, stand ohne Zweifel fest, weshalb es aber Angelo war, der den Tod fand, das blieb nach wie vor rätselhaft. Und bevor nicht das letzte Rätsel gelöst war, würde Prospero keine Ruhe geben. Die Spur führte in eine für ihn überraschende Richtung, zu Carasolis Sekretär Antonio. Der Hilfsauditor mochte nicht spekulieren, er suchte nach Fakten. Er konzentrierte sich auf diese Aufgabe, denn sein Inneres fühlte sich seit heute Morgen nur taub und tot an. Er hatte sein Herz bei ihr gelassen.

Antonio wollte ihn gleich an der Treppe abfertigen. Er wirkte fahrig, obwohl er sich bemühte, gelassen und freundlich wie immer zu sein. »Mein Lieber, der Patron weilt noch mit Kardinal Albani in Tivoli. Er wird wohl heute Nachmittag erst zurückkehren. Ich sag ihm, dass du ihn sprechen wolltest.«

»Nein, Antonio, wir beide haben zu reden!«, gab der Hilfsauditor emotionslos zurück.

»Bedaure, ich habe alle Hände voll zu tun. Komm ein andermal wieder, mein Freund.« Antonio lächelte gezwungen und wollte ihn schon stehen lassen.

»Wir gehen in die Bibliothek, Antonio! Oder soll ich mit den Sbirren wiederkommen?«

Antonio stutzte. Prosperos Miene wirkte abweisend und bestimmt. Er bluffte nicht, er war sich seiner Sache sicher.

»Gut, aber nur kurz!« Antonio ging in die Bibliothek voraus, den Kopf ein wenig zwischen den Schultern eingezogen. Die ganze Haltung des Sekretärs, erkannte Prospero, drückt Schuld aus. Er schloss hinter sich die Tür. Nun standen sie sich gegenüber wie zu einem Duell.

»Was willst du, Lambertini?«

»Fra Bernardino ...«

»Ist tot!«, fiel ihm Antonio ins Wort.

»Richtig, aber vorher hat er gestanden, dass du den Auftrag zum Mord an Angelo gegeben hast.«

»Das ist gelogen!«

»Ich habe Zeugen!«

»Dann präsentiere sie!«

»Alles zu seiner Zeit. Darauf kannst du dich verlassen! Und rühr dich nicht von der Stelle. Es wäre sinnlos, wir finden dich überall.« Prospero wandte sich zum Gehen. Er wollte schon die Tür öffnen, als er Antonio in seinem Rücken hörte. »Warte, Lambertini!«

Prospero wandte sich ihm erneut zu.

»Es stimmt wirklich, was ich sage. Ich habe nicht den Auftrag zur Ermordung gegeben. Warum sollte ich das auch tun? Ich kannte den Fischerjungen nicht einmal.«

»Wer soll dir das jetzt noch glauben?« Prospero machte Anstalten, die Bibliothek zu verlassen.

»Aber es ist die Wahrheit!«, schrie der Sekretär verzweifelt. Sein Kopf war vollkommen rot angelaufen.

»Du kannst mir jetzt die ganze Wahrheit sagen oder der strapado!«

Antonio lachte laut auf. »Willst du dich etwa gegen den Kardinalvikar stellen? Wer glaubst du zu sein, Lambertini?«

»Adio, Antonio. Ich muss zu meinem Auditor Alessandro Caprara, der auf dem Weg zum Papst ist. Er wartet auf mein Votum für den Bericht an Seine Heiligkeit.«

Nun war Antonio verwirrt. »Aber wieso berichtet Caprara nicht dem Kardinalvikar?«

»Weil es scheint, dass der Kardinalvikar Partei in der ganzen Angelegenheit ist. Seine Eminenz Tarugi ist nun mit der Untersuchung betraut.«

»Aber das geht doch nicht. Man muss doch seiner Eminenz Carasoli ...«, stammelte der Sekretär. In diesem Augenblick läuteten die Glocken. Es war zwölf Uhr mittags. In einer jähen Aufwallung warf er sich Prospero zu Füßen. »Hilf mir!«

»Die Wahrheit!«

»Die Wahrheit ist, dass sich Carasoli von diesem Jungen verfolgt fühlte. Als ihn der Kleine wieder einmal vor dem Palazzo auflauerte und ihn bis zur Apotheke ›Zu den hilfreichen Pülverchen‹ folgte, schnappten wir uns den Jungen. Bernardino, Salvatore und ich. Aber der Dummkopf wollte uns einfach nicht sagen, weshalb er dem Kardinal nachschlich. Da folterten ihn die beiden. Aber der verstockte Knabe schwieg. Ich sah weg und hielt mir die Ohren zu, weil ich es nicht ertrug.«

»Du hättest sie daran hindern können. Der Gedanke kam dir nicht in den Sinn, oder?«

»Schon, aber Carasoli wartete doch auf die Information, die ich ihm beschaffen sollte, gleich, wie!«

»Und dann?«

»Erwürgte Bernardino den Kleinen mit seinem Rosenkranz im Jähzorn, weil er sich von dem Schweigen des Kindes verspottet fühlte.«

»Und weiter!«

»Verließ ich mich darauf, dass er die Leiche verschwinden lassen würde.«

Nun lag die ganze Geschichte offen vor Prosperos Augen, diese Mischung aus Hass, Gier und Ehrgeiz. Nur eines musste er noch wissen, aber das herauszufinden, würde nicht so schwer sein. Prospero schüttelte müde den Kopf. »Aber Bernardino begann sein eigenes Spiel, als er den ermordeten Knaben ausblutete und den Juden unterschob?«

»Warum hat der kleine Hundsfott nicht geredet!«

»Das wirst du nie erfahren, Antonio. Das verspreche ich dir.«

»Was wird jetzt aus mir?«

Prospero Lambertini überließ den Sekretär seinen Ängsten und verließ den Palazzo.

Er beschloss, die Apotheke aufzusuchen und erinnerte sich, dass er dem Apotheker schon einmal begegnet war, unfreiwillig. Von dem Mann würde er die letzte Information bekommen, die ihm noch fehlte, um den Fall restlos aufzuklären, vorausgesetzt, er nähme Pepe mit. Aber am Gasthof La Grassa musste er ohnehin vorbei. Der Katalane würde dem hasenfüßigen Quacksalber schon die Stimme lockern. Und danach musste er sich sputen!

Viel Zeit blieb ihm nicht mehr, bis er am nächsten Tage das Weihesakrament als Priester empfangen und von der Mutter Kirche aufgenommen werden würde in der Nachfolge Jesu und der Jünger. Er hatte sich endlich geistlich darauf vorzubereiten und die Exerzitien vorzunehmen. In nur wenigen Stunden war es so weit. Es war zwar wie Nachhausekommen. Aber es war auch wie eine Heimkehr allein.

100.

Das ganze Ghetto feierte die Freilassung des Rabbiners Tranquillo Vita Corcos. Auch Chiskijah und seinen Freunden vergab der Papst großzügig den Versuch, den Rabbiner gewaltsam aus der Engelsburg zu befreien. Innozenz XII. wünschte Frieden und Versöhnung in Rom nach der Aufregung der letzten Tage. Und an diesem Wunsch hatte Alessandro Caprara im Hintergrund über den Kardinal Tarugi nicht unwesentlich mitgewirkt.

Auch Deborah hatte mitgefeiert, aber die Freude erwärmte nicht ihr Herz. Als sie am Sonntagmorgen die Augen öffnete, hatte sie kaum geschlafen. Sie wälzte sich noch im Bett, als sie die Glocken hörte. Leise stand sie auf, zog ein schwarzes Kleid an, bändigte mühsam das wilde rote Haar in einen Zopf, legte sich einen Schleier über das Haupt und verließ heimlich das Haus. Es war ihr Herz, das sie trieb. Über die Brücken der Tiberinsel erreichte sie den Stadtteil Trastevere. Als sie auf die Lungaretta kam, geriet sie unversehens in das Spalier, das die Römer bildeten, um an dem großen Weihesakrament der Priester teilzunehmen.

Unwillkürlich erinnerte sie sich an den frühen Morgen vor fünf Tagen, als sie mit Prospero vom Friedhof kommend auf dem Weg zur Engelsburg hier entlangkam. Sie drängelte sich geschickt nach vorn und sah jetzt den Zug der Novizen in ihren weißen Stolen über den schwarzen Priesterröcken, die aus der Via dei Penitentieri in die Lungaretta bogen. Sie trugen Fahnen mit Kreuzen und Statuten, sangen das *Gloria in excelsis Deo* und gingen über Blumen, die man ihnen auf den Weg gestreut hatte. Die Menschen jubelten den jungen

Männern zu, deren reine Stimmen den Höchsten im Himmel verherrlichten, dem sie gleich geweiht werden würden. Deborah entdeckte Valenti und gleich hinter dem Grafen ihn. Aber sie sah ihn nur noch unscharf hinter dem Schleier der Tränen, denn in wenigen Minuten würde ihm der Bischof die Hand auflegen und zum Priester weihen. Für sie aber war es, als stürbe er. Ewige Keuschheit würde er dem Herrn geloben. *Gloria in excelsis Deo et in terra pax hominibus bonae voluntatis.* Mit jedem Schritt, den er ging, mit jeder Strophe, die er sang, würde er sich weiter von ihr entfernen. *Ehre sei Gott in der Höhe und Friede auf Erden den Menschen, die guten Willens sind.* Sie zwängte sich durch die Spalierstehenden, um auf seiner Höhe zu bleiben. Wie schön er war! Auch als Christ, ihr König Salomo, ihr Prospero ha-Chattan.

Nun zogen sie in die Kirche Santa Maria in Trastevere ein. Deborah gelang es, ins rechte Kirchenschiff zu gelangen und sehr weit nach vorn zu kommen. Von hier aus hatte sie eine gute Sicht. Die Weihlinge standen im Halbkreis. Der Titularbischof der Kirche, Francesco Kardinal Carasoli, begann die Eucharistiefeier. Er rief die zu Weihenden mit ihren Namen auf. »… Valenti Silvio Gonzaga, Annibale Cosca, Prospero Lambertini …«

Nachdem der Kardinal die fünfundzwanzig Weihlinge mit ihren Namen angesprochen hatte, fragte er sie, ob sie bereit zum Gehorsam wären und immer wieder gelobten sie auf seine Frage: »Ich bin bereit.« Bereit, das Priesteramt als zuverlässiger Helfer des Bischofs auszuüben, bereit, Gottes Wort zu verkünden, bereit, die Sakramente zu feiern, bereit, das Erbarmen für die Gemeinde zu erflehen, bereit, den Armen und Kranken und Notleidenden zu helfen. Jeder Schwur der Bereitschaft, den Prospero gut hörbar leistete, bedeutete gleichzeitig ein Trennungsgelöbnis von ihr. Und als Carasoli sie schließlich examinierte: »Seid ihr bereit, euch tagtäglich enger an Christus zu binden«, antwortete ein jeder der fünfundzwanzig jungen Männer: »Mit Gottes Hilfe bin ich bereit!«

Was sollte Deborah tun, sie musste Prospero zu seinem Herrn ziehen lassen, sie hatte es ja ihrem Gott geschworen. Aber es war ihr dabei, als ob sie innerlich verbluten würde. Nun erflehte der Kardinal die Hilfe des Heiligen Geistes und ging zu jedem jungen Mann hin und legte ihm die Hand auf. Deborah schien es, dass er bei Prospero länger stehen blieb und sich ihre Blicke maßen. Doch dann wurden ihnen die Priestergewänder angelegt und die Hände mit Crisam bestrichen. Nie wieder durfte er sie mit diesen geweihten Händen berühren und schließlich feierten die Christen mit den neuen Priestern die heilige Messe. Obwohl sie es ja wusste, fühlte sie erst jetzt mit seiner ganzen Wucht, was das bedeutete. Was hier geschah, war endgültig! Aus, für immer, nie wieder. Zwischen ihnen standen eherne Gelübde, ihre und seine, die nichts auf der Welt überwinden konnte, und sie schon gar nicht.

Palestrinas »Stabat mater« wurde nun ihre Totenmesse. Sie wollte einen Kadisch über ihre abgetriebene Liebe beten. Deborah spürte die Übelkeit, die von ihr Besitz zu ergreifen drohte. Sie schleppte sich zum Ausgang, an die frische Luft und atmete erst einmal tief durch. Wie lange sie so gestanden hatte, wusste sie nicht. Sie kam erst wieder zu sich, als die Menschen aus der Kirche strömten.

War es nur Zufall, hatte es Gott oder der Teufel gewirkt, aber im Gedränge standen sie sich jetzt noch einmal gegenüber und blieben wie angewurzelt stehen, so dass die aus der Kirche drängenden Menschen an ihnen vorbeiströmten.

Wie durch ein Wunder wurden sie weder gedrängt noch gestoßen. Man ließ sie und machte um sie einen Bogen. Auch wenn sie verschleiert blieb, erkannte er sie. Sie drückte ihm ein schwarzes Samtbeutelchen in die Hand. Prospero spürte darin etwas Hartes und nahm den Rubin heraus.

»Tief in ihm brennt das Feuer der Wahrheit, und ohne Wahrheit muss diese Welt erfrieren. Sie braucht dieses Feuer! Er soll dich beschützen und in dunklen Stunden den Weg nach Hause leuchten!«

Dann entschwand sie in der Menge. Und nun wurde er tatsächlich angerempelt. Weitergetrieben, auf einen Weg, den er sich ausgesucht hatte, noch bevor er von ihr gewusst hatte. Und wenn er von ihr schon früher Kenntnis erlangt hätte?

Er ließ den Stein langsam zurück in den Beutel gleiten.

Sie aber lenkte ihren Schritt energisch zum Ghetto.

101.

Auf dem Platz vor der Kirche traf er auf den Kardinalvikar, der gerade seine Kutsche besteigen wollte. Carasoli lud den Priester Dr. Prospero Lambertini zu sich in die Kutsche ein.

Er lobte seine Ermittlungen, die dazu geführt hatten, den wahren Schuldigen zu finden. Nicht auszudenken, wenn Tranquillo Corcos hingerichtet worden wäre. Prospero hörte sich ruhig die Worte des Kardinals an. Er könnte es dabei bewenden lassen, doch dann würde er die Wahrheit zugunsten des Aufstiegs opfern. »Es ist wahr«, gab er dem

Kardinal Recht. »Die Taten Bernardinos sind erschreckend. Er war ein Fehltritt seiner Mutter, die ihn verstoßen hatte. Darin bestand die größte Angst des begabten Mannes, verstoßen zu werden. Dass die Juden seine gut gemeinten Missionsversuche nicht annahmen und ihn zurückstießen, hat ihn über die Jahre mit einem monströsen Hass erfüllt. Er und Fra Antonio haben Angelo getötet.«

»Mein Sekretär?«, rief der Kardinal erschrocken aus.

»Ja, Eminenz. Sie hatten bemerkt, dass der Junge Sie verfolgt und Sie beobachtet hatte, als Sie von einem Apotheker in Regola ein Fläschchen mit einer Substanz bekommen haben, die einem alten Mann auf der Cathedra Petri beim Sterben helfen sollte. Denn der Papst stirbt schon seit geraumer Zeit, und sein Sterben könnte sich auch noch lange hinziehen.«

»Was sagen Sie da, Lambertini? Sind Sie übergeschnappt?«

»Nein, Eminenz, das wissen Sie so gut wie ich. Aber hören Sie mir zu. Die Geschichte hat eine Pointe, die Sie nicht kennen. Sie gaben also Antonio den Auftrag, herauszufinden, was der Junge wusste und wer hinter ihm stand. Denn Sie witterten eine Intrige Ihrer Feinde. Und Sie besaßen ja für ein schlechtes Gewissen einen guten Grund. Mit dem Inhalt des Fläschchens konnten Sie bestimmen, wann der Papst sterben würde, nämlich genau dann, wenn man Ihre selige Tante zur Ehre der Altäre erheben würde, dann wäre für Sie der Weg zur Tiara frei.«

»Wäre ich Ihnen als Papst so unangenehm, Lambertini?«

»Sie wären mir der liebste gewesen, Eminenz. Und Sie wären der Beste gewesen, wenn Sie nicht diese Ungeduld ins Unglück getrieben hätte. Ihre Ungeduld ist Ihr wahrer

Feind! Und vielleicht am Ende ein Mangel an Liebe. Für einen Menschen schlimm, für einen Priester unverzeihlich.«

»Was wollen Sie, Lambertini?«

»Ihnen die Wahrheit sagen. Denn ich habe zu wenig Beweise für das, was ich weiß.«

»Wie immer, Lambertini, keine verwertbaren Beweise. Dann beeilen Sie sich, meine Zeit ist kostbar.«

»Oh, diese Ungeduld, Eminenz! Immer diese Ungeduld.« Prospero schüttelte den Kopf. »Antonio bat seinen Ordensbruder Bernardino um Hilfe. Sie fingen mit Salvatores Hilfe den Jungen, folterten ihn, aber sie bekamen nichts aus ihm heraus. Bernardino würgte ihn mit seinem Rosenkranz, um ihn zum Sprechen zu bringen, aber es lief aus dem Ruder. Der Junge war plötzlich tot, erwürgt. Bernardino versprach, sich um alles zu kümmern. Er, der alles über Ritualmorde zu wissen schien, schächtete die Leiche und schob sie den Juden unter, denn nun begann endlich sein Spiel. Seine Rache an den Juden. Und Albani und Sperelli erkannten, dass man Sie aufgrund Ihrer Freundschaft mit dem Rabbiner als Anwärter auf die Cathedra Petri diskreditieren konnte, denn auch Albani möchte Papst werden. So hat sich die Geschichte, die von Ihnen ausging, von Ihrer Ungeduld, am Ende gegen Sie gewandt.«

»Sie sagen ja selber, dass Sie das niemals beweisen können. Laufen Sie auf die Straße, erzählen Sie das allen Leuten, wenn man Sie als Geisteskranken wegschließen soll.«

Carasoli hat mit versteinertem Gesicht den Kutscher angewiesen, zu halten: »Doktor Lambertini will uns verlassen!«

»Sie wollen ja gar nicht mehr wissen, warum Sie der Junge verfolgt hat!«

»Warum?«

»Weil er Ihr Sohn war.«

»Mein Sohn?« Der Kardinal erstarrte.

»Ja, den Sie als junger Kleriker mit der Hausmagd Renata gezeugt haben.«

»Mein Sohn?«, rief der Kardinal aus, um einer Erschütterung zu wehren, die mehr und mehr von ihm Besitz ergriff.

»Er hatte von seinem Onkel erfahren, dass sein leiblicher Vater der große Kardinalvikar von Rom, Francesco Carasoli, war. In diesem unseligen Augenblick erfuhr er die Wahrheit über seine Herkunft. Erinnern Sie sich an die Liebesstunde mit Renata, Eminenz? Wie hatte Renata über ihren gemeinsamen Sohn gesagt? Er sei ein Engel, gescheiter und anders als ihre beiden anderen Kinder. Sie hatte nicht Geschwister gesagt. Aber sie war davon überzeugt, dass er hätte Papst werden können.«

»Aber warum hat er mich verfolgt?«

»Weil der aufgeweckte Junge wissen wollte, wer sein Vater ist.«

»Weshalb hat er das nicht gesagt?«

»Sie fragen sich, weshalb Ihr Sohn unter der Folter schwieg?«

Carasoli nickte mechanisch. Er schien sich vor der Wahrheit zu fürchten. Aber Prospero wollte sie ihm nicht ersparen, denn das war für ihn das Schlimmste an der Geschichte. »Weil er Sie geliebt hat.« Carasoli blickte verstört auf.

»Ja, Eminenz, er war stolz auf Sie. Er hat Sie geliebt. Angelo wollte Ihnen keine Schwierigkeiten bereiten. Ihr Sohn hat geschwiegen, um Sie zu beschützen. Er dachte, er sei in der Gewalt Ihrer Feinde, als er gequält wurde. Euer Eminenz, ich habe in der Nacht auf dem Friedhof die Leiche gesehen, man hat ihn grausam zugerichtet. Und der tapfere Junge hielt stand. Wie sollte er auch ahnen, dass der unbekannte Vater, dem er kindliche Verehrung entgegenbrachte, den Befehl geben würde, einen dreizehnjährigen Jungen zu foltern.«

»Mein Sohn«, sagte Carasoli fassungslos. »Er hat mich geliebt?«

»Und das ist ihm zum Verhängnis geworden.«

Der Kardinal hatte immer gewusst, dass der Pakt mit der Macht ein Bündnis auf Zeit war und sie ihn eines Tages auslachen und bloßstellen würde, wie sie es mit jedem ihrer Liebhaber bis jetzt gehalten hatte, wenn der Galan zu schwach wurde. Er wusste doch, dass sie dann ruhig dasitzen und zuschauen würde, wie er im grellen Licht der Lächerlichkeit stand. Aber dass sie ihn auf diesem Leidensweg in die Verdammnis stürzen sollte, das hätte er niemals geahnt. Nun war sie also da, die Stunde, in der alles enden würde, so kurz vor dem Ziel.

Carasoli wirkte mit einem Mal sehr alt, seine Gesichtszüge wie gemeißelt. Prospero stieg aus der Kutsche aus. Der Kardinalvikar rührte sich nicht. Stumm und bewegungslos saß er da. Er hatte seinen Sohn zu Tode foltern lassen! Das würde er sich niemals verzeihen können. Geschweige denn der Allmächtige.

102.

Ganz Rom überraschte die Nachricht, die sich wie ein Lauffeuer verbreitete: dass der mächtige Kardinalvikar von Rom, Francesco Carasoli, der aussichtsreichste Bewerber um die Tiara, sein Amt und das Kardinalat niedergelegt hatte, um seine Tage in einer Kartäuserabtei in der Basilicata zu beschließen. Antonio schickte der Papst als Missionar nach China.

Ein paar Tage nach der Priesterweihe überraschte Caprara Prospero beim Mittagessen bei Gioacchino mit der Neuigkeit, dass Innozenz XII. gestorben war. Dann bedauerte er, dass Carasoli nicht ins Konklave zöge, für die Kirche wäre er der beste Mann gewesen.

»Leider nicht«, widersprach Prospero. »Jemanden wie den, nur geduldiger, liebender, menschlicher, den bräuchten wir.«

»Da magst du Recht haben«, lenkte Caprara ein, der mit dem Bollito misto liebäugelte, den Gioacchino aufgefüllt hatte. »Na, egal, Gott geb's, dass es nicht Albani wird! Das wäre gar nicht gut für dich, Prospero.«

Es wurde Albani.

103.

Ja, es wurde Albani, dachte Benedikt XIV. Der Camerlengo rief nach ihm, und Benedikt wusste, dass er den Popolo nicht länger warten lassen durfte, auch wenn er mit seiner Beichte noch längst nicht zum Ende gekommen war. Zu viel, was er zu bereuen hatte, was er niemandem anvertraut hatte. War es auch sein erster Fall als Untersuchungsrichter, so war es nicht sein letzter, in dem er die Grenzen dessen, was sich für einen Mann Gottes schickte, übertrat. Er schwor, Gott alle Missetaten zu beichten, um sie zu bereuen. *Mea culpa, mea maxima culpa!* Doch nun musste er sich dem Volk von Rom zeigen. Er hatte es lange genug warten lassen.

In einer kleinen, schmucklosen Kammer, genannt das Tränenzimmer, legte er seine Kardinalskleidung ab und zog das Ornat des Papstes an. Dann schritt er durch den breiten Flur zur Benediktionsloggia des Petersdomes. Hinter ihm reihten sich nun die Kardinäle ein. Er blickte kurz nach rechts und entdeckte Valenti Gonzaga. Es war gut, dass er den Freund so nah bei sich wusste. Wenn er Papst war, so wollte er dennoch Prospero Lambertini bleiben, denn man hatte ihn ja nur zum Pontifex gewählt, weil er so war, wie er war: ein fehlbarer Mensch. Das durfte, das wollte er niemals vergessen. Nur so, begriff er plötzlich, konnte er dem Amt gerecht werden.

Die Sonne schien ihm ins Gesicht, als er die Loggia betrat und die vielen Menschen sah, die den Petersplatz bevölkerten. Demut, Prospero, sagte er leise zu sich, Demut!, als Kardinal Corsini verkündete: *»Annuntio vobis gaudium magnum. Habemus papam: Eminentissimum ac Reverendissimum Dominum, Dominum Prosperium, Sanctae Romanae Ecclesiae Cardinalem Lambertini qui sibi nomen imposuit Benedictum XIV. (*Ich verkünde euch eine große Freude. Wir haben einen Papst. Einen hervorragenden und höchstzuverehrenden Herrn, Herrn Prospero der Heiligen Römischen Kirche Kardinal Lambertini, der sich den Namen Benedikt XIV. gegeben hat.)« Kaum hatte Corsini geendet, brach der Jubel der Menschen aus. *Vivat,* riefen sie und: *Benedetto.* Sie kannten ihn ja und er, er kannte sie.

Am 14. Juli 1751 erließ Papst Benedikt XIV. die Bulle »A quo primum«, in der er verbot, den Juden Ritualmorde an christlichen Kindern zu unterstellen und sie zu verfolgen: »Die Juden sollen nicht verfolgt, nicht erschlachtet und auch nicht vertrieben werden.«

Nachwort

An einem Frühjahrstag des Jahres 2001 stieß ich bei meinen Studien und Recherchen zum Vatikan und zu den Inquisitionen auf den Papst Benedikt XIV., der von 1740 bis 1756 den Stuhl Petri innehatte. Von Anfang an begeisterte mich diese Gestalt der Geschichte, denn Prospero Lambertini, wie er mit dem Geburtsnamen hieß, ist nicht nur ein intelligenter Mann mit Esprit, sondern auch ein Liebhaber der Wissenschaften und zudem noch in seinen jungen Jahren Auditor der Rota gewesen.

Das höchste römische Gericht trug den Namen Rota und unter einem Auditor müssen wir uns einen Richter vorstellen. Aber damit längst nicht genug, Prospero Lambertini war von Beginn seines Weges in der römischen Kurie für Heiligsprechungsverfahren zuständig, d.h. er hatte zu untersuchen, ob die Wunder, die man der Fürbitte eines selig- oder heiligzusprechenden Christen zuschrieb, auch tatsächlich Mirakel waren. Denn ein Wunder konnte nur etwas sein, das nicht auf natürliche Ursachen zurückgeführt werden konnte, etwas also, das wirklich stattgefunden hatte, das man sich aber ohne das Wirken Gottes nicht hätte erklären können.

Er war also ein richtiger Wunder-Detektiv, der erst von einem Wunder sprach, wenn sich keine naturwissenschaftliche Erklärung für das Phänomen fand. Darüber hinaus versuchte er als Papst, Aufklärung und katholische Kirche zu versöhnen, und nahm dabei in Kauf, dass sich der windige Voltaire auf Kosten der Kirche etablierte. Darüber war der Menschenkenner Lambertini hingegen erhaben. Er schrieb das Grundlagenwerk über Heiligsprechungsprozesse, das bis 1917 gültig blieb, und selbst nach der Reform der Verfahren immer noch in weiten Teilen in Gebrauch ist. Den Index der verbotenen Bücher schaffte er zwar nicht ab, kämpfte aber dafür, ihn zu reformieren. Schließlich sollte ein Autor, dessen Buch auf diese Liste kam, erstens wissen, warum, und zweitens Widerspruch einlegen können. Schließlich verbot der Papst, die Juden wegen angeblicher Ritualmorde zu verfolgen.

Ganz Rom liebte Papa Benedetto, und unzählige Anekdoten kursieren über ihn in der Ewigen Stadt.

Denn fast alle Figuren hat es wie den Helden des Romans tatsächlich gegeben. Wie hätte man auch einen Gian Francesco Albani oder einen Sylvio Valenti Gonzaga erfinden können, wenn sie nicht dem Autor plötzlich aus dem Trubel des Heiligen Jahres 1700 entgegengetreten wären? Ich ließ mich beim Schreiben also von der Überlieferung antreiben, und wenn freilich auch nicht alles historisch belegt ist, so spricht dennoch nichts dagegen, dass es sich so hätte zugetragen haben können.

Um die Authentizität zu erhöhen, zitiere ich Originaltexte oder verwebe Zitate mit erfundenen Texten, die in kursiver Schrift stehen. Deshalb habe ich zu danken der großen Mystikerin Mechthild von Magdeburg, die ein Zitat für die Briefe der Maria Carasoli beisteuerte, weil kaum ein schöneres Wort der Sehnsucht existiert als das, was Mechthild in ihrem Buch »Das fließende Licht der Gottheit« dichtete:

»O Herr, liebe mich leidenschaftlich und liebe mich oft und lange! Denn je häufiger Du mich liebst, desto reiner werde ich; je leidenschaftlicher Du mich liebst, desto schöner werde ich; je länger du mich liebst, desto mehr werde ich geheiligt hier auf Erden.«

Außerdem bin ich Wilhelm Schamoni dankbar, der in »Auferweckungen vom Tode« aus den Akten der Heiligsprechung des Franz von Sales zitierte. Die Beziehung zwischen Benedetto Odescalchi und Maria Carasoli ist der innigen Beziehung des Franz von Sales zur heiligen Johanna Franziska von Chantal nachempfunden.

Gleichfalls müssen die Akten, Überlieferungen und Historiografien zum Ritualmordprozess von Trient von 1475 als Quelle genannt werden.

Überdies wäre das Buch ohne das Hohelied der Liebe im Besonderen und der Bibel im Allgemeinen nicht denkbar.

Den bildenden Künstlern von Piranesi bis Roessler-Franz verdanke ich die Möglichkeit der Rekonstruktion Roms, denn nach der Gründung des italienischen Königreiches 1870 wurde die Stadt gründlich verändert. Vom alten Ghetto finden sich beispielsweise nur noch Fragmente. Nicht versäumen möchte ich, dem großen Historiker der römischen Juden, Arthur Berliner, Reverenz zu erweisen, und natürlich auch Ferdinand Gregorovius und Ludwig von Pastor.

Aber all das wäre nichts gewesen ohne die Entdeckung des Wunderdetektivs Prospero Lambertini, der zu den faszinierendsten Menschen gehört, denen ich auf meinen historischen Streifzügen begegnen durfte. Kaum kann ich deshalb unser nächstes Treffen erwarten!

Personen der Handlung

Prospero Lambertini, Hilfsauditor der Rota, des höchsten römischen Gerichtes, später Papst Benedikt XIV.
Freunde Prosperos:
Velloni, Assistent des Präfekten der päpstlichen Bibliothek, später Universitätsprofessor
Sylvio Valenti Gonzaga, Konsultor der Indexkongregation, später Kardinal
Acquaviva, Mitarbeiter im päpstlichen Archiv, später Kardinal
Michele Santini, Sekretär Albanis, später Kardinallegat in Paris

Angehörige der Kurie:

Papst Innozenz XII.
Kardinal Francesco Carasoli, Kardinalvikar von Rom
Kardinal Gian Francesco Albani, Widersacher von Carasoli, später Papst Klemens XI.
Kardinal Sperello Sperelli, Großinquisitor
Alessandro Caprara, Förderer und Vorgesetzter Lambertinis, Auditor, an der Rota zuständig für Heiligsprechungen
Fra Antonio, Dominikaner und Sekretär Kardinal Carasolis
Fra Bernardino, Dominikaner und Konsultor der Heiligen Römischen Inquisition

Andere Bürger Roms:

Gioacchino, Gastwirt
Caterina, seine Tochter
Pepe, sein Diener
Giovanni und *Renata,* Eltern des ermoderten Angelos
Ettore Scala, Renatas Bruder

Die Juden:

Tranquillo Vita Corcos, Rabbiner
Deborah, seine Tochter
Chiskijah, sein Sohn

Schlomo, Synagogendiener
Giuseppe Romano, sein Sohn

Benjamin, Gelehrter und Arzt
Ahab, Spitzel